W0183405

Toni Sánchez Bernal

# Ofensa al frío

Planeta

La lectura abre horizontes, iguala oportunidades y construye una sociedad mejor. La propiedad intelectual es clave en la creación de contenidos culturales porque sostiene el ecosistema de quienes escriben y de nuestras librerías. Al comprar este libro estarás contribuyendo a mantener dicho ecosistema vivo y en crecimiento. En **Grupo Planeta** agradecemos que nos ayudes a apoyar así la autonomía creativa de autoras y autores para que puedan seguir desempeñando su labor.
Dirígete a CEDRO (Centro Español de Derechos Reprográficos) si necesitas fotocopiar o escanear algún fragmento de esta obra. Puedes contactar con CEDRO a través de la web www.conlicencia.com o por teléfono en el 91 702 19 70 / 93 272 04 47.

© Toni Sánchez Bernal, 2024
Esta edición se ha publicado gracias al acuerdo con Hanska Literary&Film Agency, Barcelona, España

© Editorial Planeta, S. A., 2024
Av. Diagonal, 662-664, 08034 Barcelona
www.planetadelibros.com

Diseño de la colección: Compañía

Primera edición: febrero de 2024
Depósito legal: B. 987-2024
ISBN: 978-84-08-28352-2
Composición: Realización Planeta
Impresión y encuadernación: Rotoprint by Domingo
Printed in Spain - Impreso en España

PEFC Certificado
Este libro procede de bosques gestionados de forma sostenible
PEFC
PEFC/14-38-00305
www.pefc.es

*Para Gael, porque aquí predije su llegada.*
*Ojalá algún día lea esto y se sienta tan orgulloso de su padre*
*como su padre lo está de él.*

«Quien con monstruos lucha
cuide de no convertirse a su vez en monstruo.
Cuando miras largo tiempo a un abismo,
el abismo también mira dentro de ti».

Friedrich Nietzsche

# PRIMERA PARTE

# MIGUEL

Apenas es medianoche y no piensa más que en matarse.

El cómo hacerlo es lo que le corroe la vida. Siente un tumulto de hormigas moviéndose bajo su piel y toda la botella de ron que se ha pimplado no ha servido para detenerlas. ¿Será estrechando una cuerda en su cuello, rajándose las venas en la bañera o se encerrará en el coche, tapará el tubo de escape y a dormir? Piensa entonces en tirarse por la ventana; le parece, *a priori*, la manera más sencilla de acabar con su vida. Solo necesitaría un instante de valentía para dar el paso hacia delante y ya estaría, adiós. Pero no. Al encontrarse en casa, lo más alto a lo que puede aspirar a tirarse es desde el segundo piso, y romperse una pierna para nada es absurdo.

Entonces, ¿cómo? ¿Cómo? Ponte a buscar tú ahora un puente cercano en esta zona. Y coger el coche para ir a un sitio donde suicidarse le aporta cierto aroma cutre a la cosa. ¿Qué puede hacer? Por otra parte, la opción de salir de casa y tumbarse en las vías férreas le parece de mal gusto. No consigues más que putear a la gente decente y trabajadora que va en el tren y que se ve afectada por un retraso más que considerable.

Eso él lo sabe muy bien.

Recuerda una ocasión, hará diez u once años. Alba y él vivían por aquel entonces en un cuchitril en El Pozo y se dirigían a ver un musical que se representaba en la Gran Vía madrileña. *Los Miserables*, cree recordar. El caso es que tenían el plan organizado desde hacía semanas: después de comer irían al centro, harían compras, merendarían porras con chocolate y a continuación se dirigirían al teatro en Gran Vía. Ya después del musical, dependiendo de la hora a la que terminara la función, verían si les daría tiempo o no de tomar un *gin-tonic* antes de volver a casa. ¿Pero pudieron disfrutar de dicho plan?

En absoluto.

Sí que fueron al tren sobre las tres y media de la tarde, pero a medio camino se vieron parados. «¿Qué pasa?, ¿por qué llevamos tanto tiempo detenidos?», se escuchaba entre los pasajeros. La respuesta la obtuvieron gracias a las noticias en los móviles: un suicida. Los trabajadores del tren de cercanías se limitaron a pedir paciencia y se excusaron con estar esperando la llegada del juez. Los alaridos de los pasajeros tomaron el protagonismo: viajes, reuniones, compromisos inapelables... Pero nada que hacer. Por desgracia, el tren debía permanecer detenido hasta que se firmase la orden de levantamiento del cadáver. El problema es que su señoría debía estar de guardia vete a saber dónde y tardó más de tres horas en aparecer. Así que nada, llegaron justos de tiempo a Atocha y les tocó correr hasta la Gran Vía.

—¿Lo ves? —comentó Alba—. Ya te dije que deberíamos haber venido por la mañana y comer al mediodía aquí en Madrid, y no en casa. Pero como solo piensas en ahorrar y ahorrar...

Recuerda la cara exacta que puso Alba, cómo apartó la mirada llena de indignación. Estaba guapa. Miguel diría que llevaba ese vestido azul que le quedaba tan bien. Pero quién sabe, pues él nunca ha sido bueno para recordar ese tipo de cosas; quizá llevaba el vestido morado.

Se acerca a la ventana y contempla la noche de mierda que está haciendo. Solitaria (para algunos) y angustiosa. Mira el atizador de la chimenea, en especial su punta afilada, pero no le atrae la idea de clavársela. Entonces observa la botella de ron que yace sobre la mesita de centro, vacía y sin propósito, que agoniza con una última gota que resbala de la boca. Se pasa la mano por los labios con sed, pero decide no seguir por la senda del alcohol y observa de nuevo la oscuridad que se atisba en el exterior. Es fácil decir que el viento arrastra un sollozo que intenta colarse por las rendijas de la ventana. Se le pone la piel de gallina y se cruza de brazos.

Observa el termómetro de mercurio rojo que hay colgado al lado de la puerta y que lleva toda la noche marcando la misma temperatura: seis grados.

Durante varios segundos, se queda mirando fijamente el mercurio rojo. Necesita cerciorarse para poder continuar con su plan. Pero no, el termómetro no baja de los seis grados. Mejor, mucho más fácil así.

Entonces qué, Miguel, ¿cómo va a ser?, se pregunta a sí mismo. Se sacude la pena y trata de combatir su malestar con la entereza que siente hacia su decisión.

Sí, se va a matar esta misma noche.

Solo ha de decidir cómo.

Podría ir al garaje, sumergirse entre las mil cajas apiladas en la pared del fondo y ver si encuentra alguna cuerda lo suficientemente fuerte como para soportar su peso. Pero le ataca la imagen que tantas veces ha visto en películas: cómo el ahorcado busca con desespero una bocanada de aire y mueve las piernas con espasmos. Y eso no lo quiere para su último instante en esta vida. Y lo de rajarse las venas en diagonal, ¿dolerá mucho?

Se siente imbécil. Le falta carácter incluso para suicidarse.

Mientras, las hormigas siguen hurgando bajo su piel. Siente cómo se pasean entre las fibras de sus músculos y en cualquier momento le empezarán a mordisquear los pulmones. De hecho, lo empieza a notar. El aire le falta y se ha de convencer de que son los nervios. El ansia por morir cuanto antes.

Sí, abrirse las venas será lo más fácil.

Con esta idea en la cabeza sube al cuarto de baño de arriba. Pone el tapón en el desagüe del lavamanos y abre el grifo. Deja la mano izquierda en reposo total bajo el chorro del agua y con la mano derecha coge unas tijeras.

Muchos pensarán que estoy loco, piensa Miguel, pero ¿cómo no estarlo con esta vida que llevamos Alba y yo desde hace tres años?

A través del espejo, ve el termómetro que hay en una esquina del baño, también de mercurio rojo, y comprueba que está en los seis grados que reinan en la casa esta noche.

¿Dónde está?, se pregunta.

A decir verdad, no desea que venga. Prefiere que sea un acto de intimidad y amor propio.

Abre las tijeras hasta dejar las hojas horizontales y las coge con el puño entero. Observa las venas de la muñeca izquierda: tan tranquilas ahí, reposando sobre el lavamanos mientras el agua las va sumergiendo cada vez más.

Se mira en el espejo y siente repulsión ante lo que ve. No aprecia más que a un memo de ojos frondosos, con los cuarenta apenas estrenados y que no es más que un fantasma.

Teme compadecerse de sí mismo y replantearse su decisión si continúa observándose, así que baja la mirada y se centra en lo importante: las tijeras y sus venas, sus venas y las tijeras... El agua pronto le sumergirá el antebrazo, y entonces calcula que será un buen momento. Siente casi excitación al imaginarse el detonador dentro del agua, cómo explotará la sangre por todo el lavamanos.

Pero una imagen de Alba se cruza por su cabeza y la emoción se transforma en angustia. Después de todo lo que han vivido estos últimos años, ¿puede asegurar que esta sea realmente una salida a su situación? Igual no consigue escapar de la mierda, sino simplemente cambiar de perspectiva. Y eso a él no le vale. Miguel lo que quiere es respirar al fin.

Nota los pies húmedos y se da cuenta de que el agua se

derrama del lavamanos y empieza a encharcar el suelo. Cierra el grifo y confirma lo tonto que está siendo. Grita de rabia al tirar las tijeras al suelo.

Abre la puerta del baño y observa el pasillo. Primero a la izquierda, después a la derecha, pero nada, ni rastro de ella. No siente frío, pero, aun así, observa el termómetro de la pared y se extraña al ver que, al igual que los dos anteriores, también este mercurio rojo marca seis grados. El no saber dónde está es lo que le satura el cerebro en este momento y se descubre a sí mismo empapado en sudor.

Decide no pensar.

Llega a la habitación de matrimonio. Esta habitación en la que hace tres años que no duerme. Encuentra una bolsa de deporte y mete algo de ropa. Lo primero que alcanza. Lo único que quiere es irse cuanto antes y con un par de mudas bastará. Cualquier cosa que necesite puede comprarla más adelante o quizá su hermano le pueda prestar algo.

Con el agobio de ir a contrarreloj, cierra la bolsa y sale escopeteado hacia el pasillo.

Se detiene súbitamente.

Piensa en llevarse algo de la casa, y solo hay una cosa que sí quiere conservar para siempre. Se gira hacia la puerta cerrada de la derecha. Coloca la mano en el pomo y, con todo el pesar del mundo, lo gira.

Entra en una habitación que lleva tres años sin nadie que la ocupe.

Quiere recordar este cuarto por el resto de sus días. Esta cama con un edredón de Pixar que apenas tuvo tiempo de ser utilizado, la cenefa de elefantes que juegan con una pelota de playa o ese móvil musical del sistema solar que cuelga del techo y que tanto les costó escoger. Sobre la estantería, *El Principito,* claro que sí. Aunque también un recopilatorio de cuentos infantiles, desde leones marinos parlantes hasta un cazador que se hace amigo del tigre al que va a disparar.

Detiene su divagar en el termómetro de la pared, pero tampoco ella está aquí; el mercurio marca seis grados.

No se atreve ni a encender el interruptor, con la poca luz de la luna que entra por la ventana le basta. Total, sabe dónde está lo que busca. Sobre la cómoda del fondo. Es ahí donde encuentra la fotografía.

Es imposible que la felicidad que irradian en la instantánea sea fingida. No, aquello era real. O así es como recuerda ese día en el parque del Retiro.

—Eh, familia, girad —les dijo su padre.

Y ellos se giraron con ingenuidad para encontrarse con una cámara. Lucía estaba en brazos de Alba y él las rodeaba a ambas.

—Qué bien habéis quedado, *jodíos*, si es que no podéis ser más bonicos.

—Papá... —se quejó Miguel.

—No me digas que no, mirad. —Su padre, que moriría cinco meses después de cáncer de páncreas, giró la cámara y les mostró la imagen: sí, era verdad, salían realmente bien.

El fotógrafo *amateur* se fue con una sonrisa a seguir con su paseo alrededor del estanque y ellos se quedaron allí. Recuerda la luz emitida por Alba, cómo lo besó primero a él en los labios y después a la pequeña en la cabeza, a quien rodeó todavía más fuerte en señal de estima y protección.

Ahora se guarda la fotografía en la bolsa de deporte, echa un último vistazo a la habitación y sale al pasillo, no sin antes cerrar la puerta de esta cápsula del tiempo.

Baja las escaleras apresurado y está de nuevo en la sala de estar. Realiza una panorámica sobre sus pies en busca de su portátil, que es lo único que necesita para su trabajo. Lo coloca en la bolsa, aplastando camisetas y pantalones, pero ¿y el cargador? Se rasca la cabeza al intentar recordar. Diría que lo había dejado al lado del portátil, pero no puede ser: ahí no está. Mira el enchufe y tampoco. ¿Quizá en el cajón del mueble? No. ¿Bajo la mesita de la sala? Nada. ¿Y si se ha caído bajo el sofá? Tampoco. Ni rastro del cargador.

Con las esperanzas puestas en la última búsqueda, acude al revistero que hay en la esquina, pero tampoco. Y es entonces cuando lo siente.

Frío, mucho frío.

Se queda sin habla al ver que el mercurio desciende lentamente.

Mira la bolsa de deporte y repara en que está a la vista, ahí, en medio de la estancia, donde fácilmente la puede ver cualquiera. Cualquiera no, ella. Ella es la que no tenía que verla. Mierda, ¿cómo ha podido ser tan descuidado? Se gira de nuevo hacia el mercurio y ve que se ha detenido en los cero grados centígrados.

La sentencia cae sobre sus hombros.

Ha de reaccionar.

Balbucea al intentar vocalizar una disculpa. Pero antes de que las palabras tomen forma, las engulle de nuevo y se queda en silencio. Observa detenidamente su alrededor, pero no ve señal alguna. Sabe que nunca ha sabido mentir y que no puede seguir ocultando su decisión.

Coge la bolsa y calcula la distancia. Solo ha de cruzar la sala y estará en el recibidor, frente a la puerta.

Necesita un segundo de valentía.

Un segundo, nada más.

Agarra con firmeza la bolsa y pisa firme en su camino.

Un libro sale disparado de la estantería, y eso es lo primero que le hace titubear. No es un ataque, ni siquiera es una advertencia, es más bien un ruego. Un ruego de que se replantee su decisión, que no avance. No lo hagas, por favor, diría Miguel que escucha en su oreja izquierda. Pero él sigue caminando. Aprecia un cuadro que se libera de su alcayata y se mueve hasta colocarse en medio de su camino. Miguel calcula sus opciones, pero tampoco puede pensar mucho: el cuadro avanza hacia él, pero no para impactarle, sino para evitar que siga moviéndose hacia la puerta. El problema es que Miguel nunca fue conocido por su habilidad física, más bien por su torpeza. Al esquivar el cuadro pega un traspié y cae contra el mueble de al lado, dándose un golpe en la cabeza.

Miguel se lleva una mano a la frente. Le escuece y, efectivamente, al mirarse los dedos ve sangre en ellos. Pero no tiene tiempo. Este burdo intento de retenerlo no hace más que reafirmar su necesidad de salir de esta locura en la que se halla anclado. Da un paso y otro más. Cualquier objeto de la sala de estar es un posible proyectil. Se mantiene atento y mala cosa si se confía. Aunque a la vez se siente culpable, pues sabe que sus sospechas son infundadas, ¿por qué iba a recibir un ataque violento?

Cuando se cree cerca de su objetivo, el mueble que hay al lado se desplaza un metro hasta cruzarse en su camino. Él no lo esquiva, sino que da un salto y lo pasa por encima: ya está. Pisa el recibidor y se encuentra frente a la salida.

Coloca la mano en la manilla y el simple gesto de abrir la puerta se le hace imposible. La manilla no termina de ceder y la puerta no se abre un ápice. Coloca sus dos manos y se impulsa con todo su peso, pero nada, la puerta no se abre. Baja, por Dios, baja; pero no hay forma. Todo su peso no sirve para hacer que la manilla baje del todo.

Es tal su ímpetu que la rompe hasta caer al suelo. Lanza la manilla bien lejos y, ahora sí, se ve libre al fin.

Pero.

Aquí está Alba. Con todo el ajetreo no ha escuchado su coche acercándose. Tampoco el chirrido de la puerta de la finca al abrirse y cerrarse. Esto hace que Miguel se sienta aún peor, mucho más tonto, más absurdo, más todo.

—¿Qué haces? —pregunta ella.

Viste esa chaqueta negra que le regaló cuando aún celebraban los cumpleaños. No le ve el jersey que lleva debajo, pero seguro que lo ha combinado con ese amarillo de cuello vuelto que le queda tan bien. Lo que sí le ve son las piernas estilizadas gracias a las medias que asoman entre la falda y las botas.

Miguel la mira. Sabe que Alba espera una respuesta sensata por su parte, pero no la va a encontrar, pues se queda mudo. Clavado como un gilipollas en medio del recibidor, con una bolsa de deporte en la mano y una herida abierta en la frente.

Alba ve la bolsa, pero no dice nada.

Miguel solo puede bajar la mirada, encogerse de hombros y recuperar el aliento. Así que Alba lo da por imposible. En fin..., menea la cabeza y sube las escaleras llevándose el *frío* con ella.

Él se queda aquí. Solo. Desamparado. Escucha cómo se alejan los pasos de Alba y, al mirar al frente, ve la libertad prometida del exterior. No lo piensa mucho, pese a conocer su destino. Sale al invierno de la noche y contempla el horizonte que ofrece la sierra madrileña y que ahora mismo no es más que una silueta fantasmal. Qué fácil sería simplemente echar a andar y perderme por la maleza, piensa Miguel. Se gira y estudia esta casa vieja, alejada de toda vida, de dos plantas y tejado triangular, a la que un día llamó hogar y que ahora bien podría ser una cárcel.

Y sabe que no, que eso es injusto. En una cárcel te obligan a estar. Sin embargo, él escogió quedarse aquí por amor a su familia. O a las cenizas de lo que un día fue su familia, mejor dicho.

Cabizbajo y con las manos en los bolsillos regresa al interior de la casa.

## ALBA

La alarma del teléfono suena como un lamento a las siete de la mañana. Con la cabeza aún metida bajo la almohada, estira el brazo y alcanza a apagar el móvil sin mirarlo siquiera. Después suspira y se queda inerte en la cama durante varios minutos. Pero toca empezar el día, ya lo sabía antes de liarse a beber la noche anterior y decidir llegar de madrugada. Sabe que a su edad una ya no se recupera tan fácilmente de las jaranas y sus excesos, pero qué coño, valió la pena... Y la asaltan imágenes de la noche anterior.

Saca su cabeza de la sepultura de la almohada y se queda con la mirada perdida en el lado izquierdo de la cama, desocupado desde hace tres años. Mira el termómetro que hay junto a la puerta y, al ver los ocho grados habituales a esta hora y en esta época del año, se permite cerrar los ojos y recordar.

Después del alivio que supuso llegar a casa, quitarse las botas y deslizarse el pijama, se obligó a lavarse los dientes, y con esas se arrastró hasta el baño. Las tijeras en el suelo le llamaron poderosamente la atención en cuanto entró y, al notar los pies húmedos, comprobó que el suelo estaba encharcado. Metió la mano en el lavamanos y sacó el tapón del desagüe, que empezó a chupar el agua con ese molesto ruido que nunca ha soportado. Entonces rememoró la estampa que la había recibido hacía tan solo unos minutos al llegar a casa, ¿qué pintaba Miguel tan hecho polvo?, ¿y esa herida en la frente?, ¿y por qué llevaba una maldita bolsa de deporte? Así que no le quedó otra que bajar las escaleras. Lo encontró comiendo queso, con la puerta de la nevera abierta y la mirada desenfocada en la pared. En la otra mano tenía, cómo no, una cerveza.

—¿Cómo te has hecho eso? —preguntó ella observando la herida de la frente—. Anda, vamos a desinfectártela.

No lo cogió de la mano (hace años que no se tocan), pero lo guio hasta el sofá y le indicó que se sentara. Ella bajó el botiquín del baño y le limpió la herida.

—Eres un desastre —añadió antes de terminar.

Ahora en la cama, con la primera luz del día entrando por la ventana, recuerda el momento y su cuerpo se estremece. Miguel estaba sentado y ella justo delante, de pie y atenta a la herida. Pero recuerda que sintió cierta melancolía de antaño. Por un segundo deseó que la cogiese de la cintura y la acercase hacia él. Aunque solo fue un instante. Al acabar de limpiar la herida y mirarle la cara, enseguida le desapareció cualquier atisbo de cariño. ¿Acaso él hizo el menor gesto de aprecio? No, tampoco. Ni siquiera se dieron las buenas noches. Ella se ocultó bajo el edredón de plumas y él abrió el sofá cama.

Alba sabe que le toca empezar un día más, rutinario, anodino y, por ello, frustrante. Cuando baje le tocará enfrentarse a su marido, y eso se le hace cuesta arriba. Coge fuerzas y se obliga a salir de la cama y a decirse a sí misma buenos días.

Aún no tiene energías, así que no levanta los pies del suelo cuando baja a la sala de estar. Por un momento piensa en dar media vuelta para no cruzarse con él, pero es tarde, la está mirando desde la puerta de la cocina.

—Te he dejado café.

Ella da las gracias con los brazos cruzados y se sirve una taza humeante que enseguida se lleva a la mejilla. Oh, si no fuera por estos pequeños placeres. Coloca una rebanada de pan en el tostador y la espera se le antoja angustiosa. No es que le repela la compañía de él (que si al menos le despertase eso...), es más bien una sensación de indiferencia, de soledad que se le mete por los poros de la piel y la obliga a perderlo de vista.

Aun así, se dice que no, que debe quedarse en la cocina. Desea que sea él quien se vaya. Pero no, Miguel está demasiado ocupado comiendo un bol de cereales.

—¿Qué tal esa resaca? —pregunta ella.

—Yo no tengo de eso —miente él.

—¿Y la herida?

Él señala la tirita que luce en la frente y levanta el pulgar.

¿Le pregunto por la bolsa de deporte?, piensa ella, pero le da miedo la respuesta. No lo ve capaz de abandonarla, pero llevan tantos años sobreviviendo a la tensión que nunca se sabe. Entiende la condena que supone esta vida; también a ella la ahoga, pero está segura de que todos los sacrificios que están haciendo merecen la pena. Y sabe que, aunque sea muy en el fondo, él también lo cree así.

Con la taza de café en la mano y una tostada a medio untar de mantequilla en la otra, lo mira de forma distraída. Hace años que no se sientan a desayunar juntos. Lo que antes era un momento agradable, quizá el mejor del día, ahora es un mero trámite. Entonces era el gozo de compartir unos minutos antes de la inmersión en la cotidianidad. Sin embargo, ahora escuchan el goteo del tiempo a su alrededor.

—¿En qué andas ahora? —dice él simulando algo de normalidad. Es la dichosa pregunta que le suele hacer por las mañanas, y aunque la respuesta admite pocos cambios, él no deja de hacerla.

—Quiero ponerme con unos collares que me han pedido —dice ella dándole un bocado a la tostada—. Pero primero quiero terminar unos pendientes que se quedaron a medias...

Ella misma nota que la frase ha quedado sin terminar, como dejando entrever que calla información: sí, no le dio tiempo a concluir los pendientes porque anoche salió por ahí de farra, y necesitó tiempo para acicalarse y ponerse guapa; o al menos sentirse como tal, que ya es mucho. Hace un silencio para que él le pregunte qué hizo, a dónde fue, con quién estuvo. Y a punto parece de hacerlo. La fusila con la mirada, pero finalmente se queda callado. Miguel Callejo siempre tan hermético. Se lleva unos cereales a la boca y simula masticarlos con indiferencia.

Alba lo imita dedicándose a la tostada. Y sin saber por qué, los dos se quedan absortos mirando el termómetro que ahora indica nueve grados.

## MIGUEL

—¿Quiere un poco de agua?, ¿le puedo ofrecer un café?

—Nada, nada..., usted a lo suyo —indica el cerrajero que ha tenido a bien acercarse esta misma mañana. Y es que lo suyo le ha costado, todos le decían que tardarían unas cuarenta y ocho horas en poder acercarse a una casa tan lejana, en medio de la nada—. Ponerle una manilla en la puerta es un segundo. Yo le aviso, no se preocupe.

—Me retiro a trabajar, si necesita algo... —dice Miguel antes de ir a la sala de estar.

Se sienta frente al portátil, donde hay un hombre esperando en la videollamada.

—*Excuse me, I'm back here. What were we talking about?*

—*No problem. Well...*

Es Anthony, el emprendedor de una *start-up* australiana que desea que Miguel le traduzca los textos de su página web al castellano. Se trata de una primera reunión en la que han de concretar las condiciones laborales. Miguel odia hablar de dinero y, por tanto, este tipo de reuniones. Pero qué se le va a hacer, hay que pagar el súper y le toca tener siempre el cuchillo entre los dientes para luchar por su trabajo. Es lo que tiene ser autónomo en este país. Por suerte para él, en Australia se debe tener otra concepción y este hombre no parece dispuesto a timarlo. Eso que se lleva.

Podría ser peor. Aún se está curando de las heridas que le

provocó uno de sus últimos trabajos para una editorial. El autor inglés de la novela dejó claro, por activa y por pasiva, que encontraba poco inspirada la versión castellana de «su hijo de papel». A su entender, a la traducción le faltaba frescura y era incapaz de emocionar. El lío se montó cuando el autor no tuvo mejor idea que colgar sus quejas en las redes sociales y dedicarle su propio *hashtag*: #StopMiguel

¿Cuál fue el siguiente trabajo que le mandó la editorial? Un manual de agricultura sostenible de más de seiscientas páginas que ha de entregar a final de mes.

—*Bye! See you then.*

Cierra la videollamada con el australiano y se ve en el reflejo que le devuelve la pantalla. Se pregunta qué hora será y considera que es un buen momento para empezar a beber. Solo una cerveza, piensa para justificarse. Aunque la gravedad lo tiene preso y se ve incapaz de ir hasta la nevera. Se limita a contemplar una sala de estar que tiene aborrecida, pese a que recuerda que hubo un día en el que soñó con vivir en una casa como esta. Fue cuando todavía vivían en un pequeño piso de protección oficial, la noche antes de plantarse en una joyería y decir:

—Me gustaría ver los anillos de compromiso que tienen. No sé cómo son, si han de tener unas características especiales para considerarse de compromiso o qué, pero quiero uno.

—¿Y para qué lo quieres, figura? —le dijo el dependiente, un hombre que debería estar jubilado desde hacía años.

—Pues para casarme, qué si no.

Al volver al piso de cincuenta metros cuadrados con el anillo envuelto en el bolsillo, le asaltaron las dudas de cómo hacer la pedida de mano. Por un momento planeó invitar a Alba a un fin de semana en Londres y pedirle matrimonio en el mismo *pub* en el que se conocieron, pero ya se había gastado todo el sueldo de un mes en el anillo y ese viaje se hacía inviable. ¿La invito a cenar al italiano ese de Malasaña al que fuimos una vez?, se dijo entonces. Pero sin tiempo para pensar, escuchó cómo la puerta se abría: era Alba volviendo del trabajo, y escondió el anillo en el cajón de su mesita. Eso sí, con la promesa de darle vueltas al coco acerca de cómo hacer una pedida digna y romántica. Es una ocasión única, convino consigo mismo, haré que sea especial, qué menos.

¿Pero tuvo alguna idea? Ni una sola. Todas le parecían tan clichés que las desechaba en el acto y el anillo se quedó relegado en el cajón durante tres semanas.

Hasta que un miércoles cualquiera, después de comer, tuvo lugar la pedida.

Habían comido unos carbonara y estaban tomando café en el sofá cuando la situación entre ellos se calentó y la urgencia reclamó acudir corriendo a por un preservativo.

—Tranquilo, ya voy yo —dijo Alba saliendo escopeteada del sofá a la habitación.

Siempre guardaban los preservativos en el cajón de la mesita de noche de Miguel. Y claro, al quedarse él en el sofá esperando a que ella volviera desenvolviendo un preservativo, cayó en la cuenta. Abrió los ojos como platos y pegó un salto hacia la habitación.

Alba tenía la caja del anillo en las manos.

— Pero esto... ¿qué es?

—No sé. Ábrelo, a ver.

Esa tarde no hicieron el amor. Alba, entre lágrimas y con el anillo en el dedo, se colgó del cuello de Miguel y, pese a que este (todavía dominado por la pasión de hacía solo un minuto) intentó retomar la llamada de la madre naturaleza, no tuvo éxito en su batalla. Alba se escabulló exclamando que tenía que contárselo inmediatamente a sus hermanas, que no se lo iban a creer y que, de hecho, ni ella misma se lo creía aún.

—Pero oye, que no me has dado ninguna respuesta.

—¿Tú qué crees, tonto?

Ella corrió a por el teléfono móvil y él, tras un suspiro, cogió la ropa que había diseminada por todo el sofá y volvió a vestirse.

Una sonrisa se cuela entre la niebla de Miguel y se descubre a sí mismo con semblante alegre por primera vez desde hace años. Pero cualquier recuerdo bonito queda ya lejos.

Se gira con dolor hacia la ventana. Ya no se aprecia, pero cada mañana al despertar y encontrar la ventana empañada, escribe en el cristal de la izquierda un «Buen día». Así, con el dedo mismo y de manera espontánea, adaptando su mensaje diario al día en el que se encuentran. Por ejemplo, en Navidad le felicita la Navidad, o el día de su cumpleaños, su cumpleaños, claro. Retoma su papel de amargado con vocación de alcohólico y recuerda su deseada peregrinación hacia la nevera.

—¡Ah del barco!

En cuanto escucha esa voz aguda y jovial, Miguel sabe que necesita una cerveza más que nunca. Odia las visitas, especialmente cuando estas tienen una sonrisa perenne en todo momento. Pero lo valiente no quita lo cortés, así que Miguel se gira para enfrentar a la recién llegada.

—Hola, ¿qué tal?, ¿cómo estás?

## ALBA

Se baja las mangas de la chaqueta y vuelve a inclinarse sobre la lupa que le permite seguir grabando en el pequeño collar que tiene sobre su escritorio. Siempre en invierno teme que los dedos se le engarroten y le dificulten el trabajo, pero luego piensa que ni tan mal. Ya hubiese querido vivir así cuando residía en aquella buhardilla de techo inclinado. Se recuerda malviviendo con hasta cinco capas de ropa a la vez: camiseta, sudadera, dos chaquetas (una estrecha y otra holgada) y bata. Ese era el uniforme de estar por casa mientras estudiaba la carrera. Pero, Alba, se dice a sí misma, ahora no estás mucho mejor; en estos momentos estás en el taller a tan solo siete grados, mientras que en el pasillo hay trece, ¡seis grados de diferencia! ¡Seis! ¿Qué te pasa?

Se frota las manos y detiene su diálogo mental de golpe. Mira el termómetro y ve los siete grados centígrados que marca.

—Estoy acompañada, ¿qué más quiero? —dice bajito para sí misma.

Más que frío, lo que ella siente es un abrazo. Un abrazo largo y sentido.

Continúa el grabado. Solo le falta su firma como autora y el collar estará listo para su envío. De hecho, al sonarle el móvil teme que sea de la tienda, pero no. No es nadie del trabajo... A decir verdad, no sabe cómo etiquetar al nombre que ve en la pantalla del teléfono. Se queda pensando si responder o no, y finalmente deja que salte el contestador.

Esta mañana está algo preocupada, el soldador de plata ha empezado a hacer el tonto y teme tenerlo que jubilar en breve. Sabe que es caro y que no es el mejor momento para extras. Por suerte, se consuela, el resto del equipo funciona bien; y que dure, por favor. Mira la rueda de amolar y de pulir, y desea que sea así. También echa un vistazo al soldador oxiacetilénico e intenta centrarse. Se pone a murmurar la canción que salta en la lista de reproducción aleatoria que ha puesto en el altavoz y se esmera en el grabado de su firma.

—¡Ah del barco!

Nada más escuchar el saludo que proviene de abajo se echa a temblar.

—Hola, ¿qué tal?, ¿cómo estás? —saluda Miguel con su característico tono «bienqueda» que rezuma falsedad.

—La princesa está arriba, ¿a que sí? —dice la visitante empezando a subir las escaleras—. Encerrada en su torre, cómo no...

Los peldaños de la escalera crujen y la visitante se acerca inevitablemente.

Lejos de salir a recibirla como una buena anfitriona, Alba se queda sentada y simula concentración, pese a haber terminado el collar. Ni siquiera se gira cuando escucha la puerta abrirse a sus espaldas.

—Sabes que por las mañanas me gusta estar concentrada, Diana.

—Pero sabes que tu hermana te quiere un montón y que para ella eres una referencia.

—Ajá... —dice Alba trabajando en el collar.

—En serio, eres como Frida Kahlo y Marie Curie, pero mejor. —Se acerca y finge interés—: ¿Qué piedras son estas?

—Perlas barrocas, espinelas, jade y astillas de ópalo —dice Alba por orden—. ¿Qué quieres? Suéltalo ya.

Mira de frente a esta chica cargada de energía a sus veinticinco años.

—Oye, ¿Miguel está bien? Lo he visto con mala cara. Y otra cosa, entre tú y yo, tienes que convencerlo de que se corte el pelo. Las greñas pueden tener su punto, no digo yo que no, pero del «bohemio *sexy*» al «vagabundo bajo el puente» hay una línea muy fina, y Miguel está ahí dudoso...

—Tiene mucho trabajo, como todos... —Aprovecha para señalar ligeramente todas sus herramientas de joyería esparcidas por la mesa, pero a su hermana eso le da igual—. Y tú, ¿qué te cuentas?

—¿Y esto me lo preguntas sin ofrecerme algo calentito con lo que animarme a hablar, en serio?

Alba clama al cielo inconscientemente y se resigna a tener que hacer un descanso en su jornada laboral.

—Anda, vamos a la cocina, ¿te apetece un té?

Al pasar por la sala de estar encuentran a Miguel hablando con una chica muy mona que ya ha estado alguna vez en casa.

—Del trabajo —dice Alba a su hermana tras indicarle que siga caminando.

Minutos después, las dos se quedan apoyadas en el mármol de la cocina, removiendo sus tés con algún que otro soplo.

—Anda que no está Eva insoportable —empieza Diana—. En serio te lo digo, que tengo unas ganas de irme... Todas mis amigas han estudiado la carrera fuera de aquí, bien lejos, y voy yo, ¿y qué hago? Me quedo en Madrid... Claro, ahora ellas vuelven radiantes, con un saco de experiencias vitales, mientras que yo...

—Pues ni que estuvieses tan mal, guapa.

—Si ya sé que no me puedo quejar, pero no sé. A veces tengo miedo de llegar a los treinta y ver que no he volado del nido.

—Ten miedo. Los treinta llegan enseguida.

Diana se pone seria y la mira en busca de un momento de intimidad que, a la vez, no sabe cómo empezar.

Alba, por su parte, está volando muy lejos de aquí. La época de estudiante, esos años en los que te comes el mundo, en los que todo es nuevo, en los que parece no haber consecuencias de nada y en los que aspiras a un futuro prometedor. ¿Por qué no?, te decías, claro que se puede, te arremangabas y te ponías a realizar lo que hiciese falta. Se acuerda de un día con sus compañeras del módulo de bisutería y joyería, estaban hablando de sus expectativas laborales y una soltó:

—¿Creéis que al menos una de nosotras llegará a ser alguien en este mundillo?

—¿Y por qué no? —respondió Alba.

—Es muy difícil llegar a la primera división.

—Siempre hay alguien que lo consigue, ¿o no?

Pues es verdad, terminó admitiendo una de sus compañeras, y realmente Alba lo creía, ¿por qué no yo?, ¿acaso no tengo el talento necesario? Solo se requiere de un golpe de suerte. Tener una oportunidad. *One shot,* como dice la canción, claro que sí. Pero este pensamiento se lo reserva para ella. A su hermana (que estudia Publicidad y Relaciones Públicas), no le cuenta nada.

—¿Estás bien, Diana?

Al principio parece dispuesta a responder, pero se sonroja y se queda callada. Ella, que siempre es tan echada *p'alante,* va y se queda sin habla. Lo que hace saltar todas las alarmas en Alba.

—¿Me vas a contar el motivo de tu visita o no?

Diana bebe un sorbo de té y mira a su hermana.

—Ayúdame, Alba, por favor.

# MIGUEL

—La princesa está arriba, ¿a que sí? —dice Diana sin esperar respuesta—. Encerrada en su torre, cómo no...

Conociendo el talante de su cuñada, Miguel ni se molesta por el hecho de que enfilase las escaleras nada más llegar. La cortesía de dos besos y un poco de blablablá no va con ella.

—Mi hermana es la loca de la casa, aprenderás a quererla —le dijo Alba el día que lo llevó a que conociese a su familia.

En fin, no creo que a Alba le haga ilusión interrumpir su trabajo, pero que la aguante ella, que para eso es su hermana, piensa Miguel al ver a Diana meterse en el taller. Después acompaña al cerrajero hasta su furgoneta y le agradece el que se haya acercado a la casa esa misma mañana con tanta diligencia.

—Nada, para eso estamos. Y, además, es así como se fideliza a los clientes, ¿a que sí? —Arranca la furgoneta y hace un gesto con la gorra—. A mandar.

El vehículo se aleja por el horizonte y él se queda viendo el tiempo pasar. Quién sabe si por disfrutar de las vistas de la sierra o porque intuye quién se acerca.

Reconoce el Fiat blanco en cuanto lo ve torcer por la carretera.

—*Aloha,* literato —saluda ella.

—Señora doctora...

Pasan a la sala de estar, y con Beatriz sí hay el protocolario blablablá que siempre ha fluido entre ellos. En cada uno de sus encuentros, la conversación ha sido agradable e interesante. De ahí que, pese a que no habría sido necesario encuentro físico alguno para el trabajo que Miguel hace de corregir y traducir la tesis doctoral de Beatriz, y podrían haberlo solucionado fácilmente vía *e-mail*, ambos han tenido siempre interés en quedar cara a cara.

—Fuera del tema de la corrección, dime, ¿qué te parece?, ¿tú qué opinas? —pregunta Beatriz dejando la chaqueta tirada en el sofá y poniéndose cómoda.

—Solo soy corrector y traductor. No sé nada de física, tu tesis está en chino para mí —dice él dándole una cerveza y soltando el abridor por la mesa—. Anda que no me has dado quebraderos de cabeza con tanto lenguaje técnico.

Bien podrían considerarse amigos. Solo han quedado tres o cuatro veces, pero ella no ha dudado en abrirle sus pensamientos y en hacerle alguna que otra confidencia.

Miguel está a punto de hablar cuando Alba y Diana cruzan la sala. Las dos calladas y atentas a Beatriz, que no puede más que saludar cordialmente. Las dos hermanas se meten en la cocina, pero dejan la estancia impregnada de cierto aroma rancio que amenaza con alcanzar cada rincón de la casa.

—Algún día tienes que contarme qué hacen todos estos dichosos termómetros en cada habitación —pregunta Beatriz.

—Ya estaban cuando nos mudamos —miente Miguel.

—Con el frío que siempre tenéis aquí..., joder.

—Tenemos que arreglar la caldera. A ver si nos ponemos.

—Tú sabes que existen las estufas, ¿no?

—En cuanto la apago se va todo el calor. Mira estas ventanas, no aíslan nada.

—Hijo mío, pues enciende la chimenea, yo qué sé.

Ella le da un USB en el que él copia la tesis doctoral corregida y traducida, y dan por finiquitada toda relación laboral. Los dos saben que este es el último encuentro. A Miguel le sabe mal, entre tanto gilipollas que le toca aguantar, una clienta agradable siempre es de agradecer. Beatriz debe estar sobre los veintiocho años aproximadamente y podría decirse que es objetivamente guapa. Vale, muy guapa.

Recuerda la primera vez que la chica se presentó en casa. Miguel temió que quizá Alba pudiese sentirse molesta, pero ¿acaso no es verdad que ella sale siempre que puede y vete a saber lo que hace allí fuera? Pues eso. Aunque le costó, Miguel se obligó a no sentirse mal y se convenció de que no estaba haciendo nada malo. Era una clienta más. Es verdad que cuando quedas cara a cara con una persona se dan ciertas conversaciones más profundas de las que se producen por *webcam*, aunque sin más, tampoco había que darle más importancia.

Pero sí, Beatriz es muy guapa.

Ella se levanta y se pasea por la sala con la excusa de querer consultar los libros que pueblan la estantería. Coge uno al azar y se dedica a estudiar la contraportada. Miguel, sin embargo, pierde todo atisbo de sonrisa.

Es el mercurio rojo del termómetro, que está bajando.

La chica se encoge ante el cambio de temperatura y recurre a la chaqueta que está en el sofá.

—¿Tienes algún plan para hoy o qué?

—Ya ves mi oficina —dice Miguel señalando el portátil—, abierta las veinticuatro horas.

—Pero comer, comerás, digo yo, ¿no?

—No tengo pensado morir de inanición, cierto.

—Ponte la chaqueta, va, que te invito a comer.

Al principio Miguel se niega e inventa cualquier excusa, pero Beatriz, que ya lo conoce, sabe que está mintiendo y así se lo hace saber.

—No seas soso. Te digo que te levantes, va —responde ella.

Miguel está a punto de volverse a negar cuando Alba y Diana salen de la cocina. Las dos con mala cara y nerviosas, excesivamente nerviosas. ¿De qué coño pueden haber hablado ahí dentro?, piensa Miguel, que al ver el mal gesto que le dedica Alba no lo duda.

—Dame cinco minutos y estoy listo.

Beatriz sale canturreando de la casa.

Miguel la sigue con la mirada a través de la ventana con una sonrisa. Sonrisa que borra al recordar la mala cara de Alba y Diana al salir de la cocina y subir las escaleras. Por un momento desea poder acercarse y preguntar qué les pasa; ofrecerse a ayudar de ser posible. Pero mejor que no. Retiene su impulso y solo tiene ojos para el termómetro.

Sigue bajo, en los ocho grados aproximadamente.

Respira hondo. Se pone la chaqueta y se obliga a subir al Fiat blanco de Beatriz sin remordimiento alguno.

No estoy haciendo nada malo, se dice a sí mismo para convencerse, solo voy a comer con una clienta. Ya está.

## ALBA

—¿Y ahora qué? —pregunta Diana—. ¿Qué pone ahí?

—Toca esperar —dice Alba dejando el prospecto a un lado.

Menuda estampa: las dos hermanas encerradas en el baño y cogidas de la mano. Diana sentada en el váter, Alba sobre el bidé y, entre ellas, un test de embarazo aparcado sobre papel higiénico.

—Así que Víctor... Bueno, mira, si al menos sirve para quitarte de la cabeza al *desgraciao* de Jaime.

—Si lo nombras tres veces igual incluso se aparece.

—Vale, nos quedamos con Víctor entonces.

—Es tan guapo..., es una mezcla entre Capitán América y Ryan Gosling. —Diana se lleva la mano al pecho y abre la boca como, oh, Dios mío, qué bueno está.

—¿Pero a ti te trata bien o no? —pregunta Alba.

—Si estoy con él, ¿tú qué crees?

—Y cerebro, ¿tiene un mínimo de materia gris, al menos?

—A ver, ingeniero no es, para qué mentirte, pero ay, a mí es que me trata muy bien, me hace reír mucho... Es un sol. Es mi sol —reconoce Diana—. Y sí, también es policía. Ya está, ya lo he dicho.

—¿Te has ido a liar con un poli? —pregunta Alba con tono jocoso.

—El amor, qué se le va a hacer, chica. Llega sin pedir permiso. Pero eh, que tiene cien mil cualidades para contrarrestar, no creas. Y, de hecho, se me ocurre una de palmo y medio que...

—¡Calla, burra!

Las dos ríen con complicidad. Diana no puede disimular los nervios provocados por la prueba de embarazo y Alba se deja contagiar. Viaja casi diez años atrás.

Ella estaba sentada en el borde de la cama de matrimonio y Miguel daba vueltas como un reo pasillo arriba, pasillo abajo.

—¿Quieres hacer el favor de parar? Me estás poniendo histérica.

Él no se atrevió a llevarle la contraria y se sentó a su lado. Consultó la hora y soltó un bufido con el que se quedó vacío. Alba lo miró con mala cara, bastante nerviosa estaba ya como para también aguantarlo a él. Los dos coincidieron en mirar el test de embarazo que ella tenía en la mano.

—Igual está roto y por eso aún no sale nada.

—Bastantes cosas se nos han roto ya, ¿no te parece? —dijo ella en referencia al condón causante de ese mal trago.

¿Madre? Ella nunca se había planteado la posibilidad de ser madre. En su grupo de amigas siempre era la rara, la que iba a priorizar su carrera por encima de cualquier compromiso familiar.

—Mírala, aquí viene la feminista —dijo una vez su amiga del instituto.

Tan feliz que estaba ella en ese momento de su vida y va, y quizá se había quedado embarazada, hay que joderse. Pero si apenas paso de los treinta, pensó al llevarse la mano a la frente para quitarse el sudor frío. ¿Y mi familia qué dirá? Alba, eres tonta, continuó en su monólogo interior, pero si ya te has independizado y vives en pareja, ¿qué van a decirte? Ni que tuvieses dieciséis años. Además, ¿qué futuro esperabas cuando aceptaste casarte y liarte con una hipoteca? ¿No ves que estabas aceptando el *pack* Familia Feliz y que solo te falta el hijo?

El silencio mental llegó cuando Miguel la cogió de la mano y le sonrió. Sí, por esa sonrisa se había enamorado de él.

—La prueba... La pantalla ha cambiado —indicó Miguel señalando con la cabeza.

Los dos se inclinaron sobre el maldito chisme de inmediato y, sorprendentemente, se quedaron con rostros neutros. Ella tiró el test a la basura y apoyó la cabeza en el hombro de Miguel, que la envolvió con sus brazos.

—En el fondo, tú querías que fuese positivo, ¿a que sí?

Alba recordó todo su monólogo interior: la familia, la carrera, el jiji, jaja de sus amigas al saber que no era tan progre como siempre había dicho ser, el contratar un plan Familia Feliz que no podía resultar más tradicional, y tantos, tantísimos bloqueos más que se le ocurrían, pero que, sin embargo, desaparecieron en ese preciso instante, y solo supo decir:

—Sí.

Él no respondió. La besó en la frente, en la sien, en los párpados, en las mejillas; después bajó al cuello, al pecho, al vientre, y ella se dejó llevar por la magia del momento. Se tumbaron en la cama e hicieron el amor de forma plena y consciente.

—Tengamos un hijo —dijo él en medio de la pasión.

—Pero...

—¿Por qué no?

Es verdad, ¿por qué no? Se besaron y supieron que todo iba a ir bien. Se querían, y el amor les pareció una buena base sobre la que edificar. Así que pensaron menos y confiaron más en la vida.

Alba sonríe como una quinceañera al recordar esa escena y Diana la extrae súbitamente de su estado hipnótico.

—¿Y esa cara de felicidad? ¿Te estás riendo de mi desgracia o qué?

Consulta su reloj y anuncia que ya han pasado los tres minutos.

—Mira tú, porfa.

Sabedora del carácter de su hermana pequeña, Alba coge la prueba de embarazo y dedica un buen rato a cerciorarse del resultado que ve en la pantalla.

—No sé cómo decírtelo... —dice muy seria y mirándola de frente a los ojos.

—Me estás matando, *joer.*

Mira el resultado. Después acude al prospecto y vuelve a consultar la pantalla del test. Repite la operación varias veces hasta que se queda segura y, por fin, respira aliviada.

Su hermana la acaricia y coge las dos pruebas más que Diana había traído para quedarse tranquila.

—¿Y con estos qué hacemos?

—Los puedes subastar por Ebay.

—¿No quieres hacerte uno más para confirmar el negativo?

Diana la mira con el ceño fruncido, pero sabe que tiene razón, así que afirma con un gesto de cabeza.

—Pero solo uno, el otro lo puedes guardar para la próxima vez.

—Diana...

—Vale, vale, si no quiero nene, condón en pene, lo he captado. —Y levanta el pulgar.

Alba guarda una de las pruebas en el cajón del mueble del baño y abre el envoltorio del otro.

—Espero que tengas ganas de mear de nuevo...

## MIGUEL

Puta vida, es lo que piensa al dejarse caer en el sofá. No ha tenido cuerpo ni para quitarse la chaqueta. Tan pronto ha llegado a casa ha tenido que ir a descansar para reposar la comida y el mal trago.

Beatriz y él fueron a un mexicano. Les sirvieron unas margaritas en cuanto entraron al local y después disfrutaron de unos nachos compartidos. Ella pidió unas quesadillas de pollo y Miguel una chimichanga. Corrieron las risas, las anécdotas curiosas del día a día y las cervezas con un toque de tequila; en definitiva, que la comida fue de lo más agradable.

El problema vino con el postre.

—¿Tú qué crees?

Haciendo honor a su mutismo, Miguel no respondió. Bebió un trago de cerveza y entonces se animó.

—¿Cuál de las dos opciones te llama más la atención?

—Mira que pareces gallego. Odio que me respondan con una pregunta —se quejó Beatriz—. Aquí todos los días me parecen iguales, no sé. Madrid me puede.

—Londres aún es peor, y te lo digo por experiencia propia, hice el máster allí.

—Pero tiene más cultura o, al menos, se aprecia más que aquí. ¿A quién no le gusta tener la opción de ir al teatro o a una buena exposición? Quiero disfrutar del poco tiempo libre que tengo.

—Amén —finiquitó Miguel, que trató de recordar la última vez que dedicó un momento libre al ocio, y la respuesta le fue dolorosa.

Decidió aparcar su autocompadecimiento e intentó escuchar a Beatriz.

En anteriores encuentros, la chica le había mostrado su pesar ante la vida aburrida y monótona que llevaba en Madrid, donde preparaba su doctorado. Había huido de Londres al romper una relación de seis años, dejando atrás a amigos a los que sentía como familia. ¿Y qué encontró ella en la capital española? Nada más que soledad.

—Mira si la cosa va mal, que tú eres una de las personas con las que más disfruto hablando —le dijo una vez.

Y en los postres de esa comida mexicana ella había mostrado su indecisión ante un futuro que se prometía exitoso, pero le faltaba decidir dónde iba a vivir ese éxito. ¿Volvería a su amada Londres y recuperaría así a su grupo de amigos, o quizá iría a Barcelona, ciudad cosmopolita que la atraía por su carácter mediterráneo? Ella no sabía, estaba hecha un lío y buscaba que la ayudasen a deshilar la madeja.

—Aunque habría una tercera opción, quedarme en Madrid.

Clavó la mirada en él, y Miguel, lejos de rehuir el enfrentamiento visual, aguantó el tipo. Lo que se le antojó harto difícil. La mirada de Beatriz en ese momento fue asesina.

—Londres o Barcelona, ¿cuál de las dos opciones te llama más la atención? —preguntó Miguel haciendo caso omiso a la tercera vía.

Los dos desgranaron ambas opciones en pros y contras. Sí, en Barcelona tienes el sol, tienes el buen talante mediterráneo, tienes cultura...

—¿Lo ves? No se me ocurren cosas malas de Barcelona. Incluso sé algo de catalán, *de veritat et dic que sí, creu-me.* Y, además, mi hermana tiene un piso ahí y podría mudarme fácilmente.

Después pasaron a Londres: tienes aún más cultura, tienes la buena costumbre del té a media tarde, es muy moderna a la par que clásica y es vibrante; pero tiene un clima de mierda, una polución excesiva y hay demasiada gente conviviendo a la vez.

—Aunque tienes a Hugh Grant —anotó ella.

—¿No te parece ya mayor?

—Pero qué bien envejecido está... *Oh, my God.*

Rieron. Beatriz pasó a nombrar a los amigos que tendría allí esperándola, y las tradiciones que podría recuperar con ellos: la pinta de los miércoles en el *pub* de la calle donde viven Kate y Colin, el paseo del domingo por High Park, ir a comprar al mercadillo de Camden... La mirada la tenía iluminada desde hacía un buen rato cuando Miguel la detuvo.

—Creo que tienes la decisión tomada.

Ella intentó rebatirle sus palabras, pero supo que tenía razón. Aun así, encontró oxígeno para un último grito de auxilio.

—No hemos hablado de Madrid...

Él miró a la ventana. No le impactaba rayo de sol alguno, pero quiso cerrar los ojos mínimamente para tomar una pausa y así coger fuerzas para enfrentar a Beatriz. La miró de lleno y supo que tenía que hablar.

—Madrid es una ciudad tan triste y gris que ni los turistas sonríen, ¿acaso no lo ves?

Ella pareció repasar lo dicho por Miguel. Se echó para atrás en su silla y asintió levemente para sí misma.

—Voy un momento al baño, ahora vengo.

Lo dijo con el mejor de los ánimos, y se retiró al fondo del colorido restaurante mexicano. Miguel la siguió con la mirada, permitiéndose recorrer esas piernas que regalaban el vestido verde que llevaba Beatriz, ensimismado, hasta que la chica desapareció tras la puerta del baño.

Al verse solo en la mesa del restaurante, Miguel lo vio claro: se dirigió al camarero que había en la caja y le dio un billete de cien euros. Indicó que no tenía que devolverle el cambio y que estaba todo riquísimo. Echó un vistazo a la puerta cerrada del baño, no fuese el caso de que Beatriz lo pillase a media huida, y salió del restaurante. ¿Para qué verse abocado a una despedida de la que no tenía ganas? Mejor así, se dijo cuando cogió el autobús de vuelta a la sierra.

# ALBA

No puedo evitar la sala de estar, también es mi casa, se dice a sí misma al ver el sofá ocupado. Miguel está viendo una de sus series. ¿Cuándo fue la última vez que vieron algo juntos? En fin, qué más da. Se obliga a sentarse a su lado y enciende la *tablet*. Se la regalaron sus dos hermanas en Navidad, pero ella apenas la usa. Solo en momentos muy esporádicos como ese, en los que se ve sin plan.

—¿Has cenado? —pregunta él, a lo que ella solo responde con un gesto de negación con la cabeza—. ¿Te preparo algo?

—No.

La respuesta le sale con una frialdad inusitada que la coge por sorpresa incluso a ella. Encima, también ha hecho una risilla como si Miguel hubiese dicho algo realmente vergonzoso. Pero ¿acaso no es una propuesta normal entre personas que comparten techo? Él la mira durante varios segundos. Ella lo espía por el rabillo del ojo, pero simula estar interesada en la *tablet* y no le devuelve la mirada. Se limita a taparse las piernas con una manta. Miguel se cansa y vuelve a la televisión. Suelta una risilla ante lo que ve en la pantalla que a ella la pone enferma.

Los dos sentados en el sofá, uno en cada punta. Ni siquiera comparten manta, cada uno tiene la suya. No es que les distancien kilómetros, es que se encuentran simplemente en universos paralelos. Así es como lo siente ella, y está segura de que él piensa lo mismo.

La mesita de centro está poblada por dos botellines vacíos, pero Miguel parece no tener bastante, pues regresa de la cocina con una tercera cerveza. Busca por la mesa el abridor, aunque sin suerte.

—Debajo de la revista —advierte Alba.

Él lo agradece con una reverencia y sigue absorto en la televisión. Ella decide también enfocarse en algo: abre su navegador y determina ponerse al día con la bandeja de entrada de su *e-mail*.

Lleva como veinte correos leídos cuando llega a uno de Eugenia, una mujer a la que conoció en el Círculo de Ayuda y Acompañamiento en el Duelo.

> Hola *pexoxa*,
> ¿qué tal estás? ¿Cómo le va a Miguel?
> Hace años que no se os ve el pelo. Nos acordamos mucho de vosotros y siempre os tenemos presentes en nuestras plegarias. No veas cómo se ha puesto mi Juanma de hermoso, empezará la universidad el año que viene...

Alba lee en diagonal. Hace años que no ve a Eugenia y, pese a apreciarla y desearle lo mejor, le importa una mierda si su hijo estudia esto o lo otro, o si su marido ha encontrado un trabajo, y mucho menos si Crispy, el perro labrador que tantas veces se lanzó sobre ella y Miguel, murió el año pasado. Lo mismo le da cualquier cosa que le pueda escribir Eugenia. Pero le concede el beneficio de la duda al reparar en que la mujer continúa su *e-mail* copiándole el enlace de una página web.

> Mira este vídeo que te paso, por favor.
> Te prometo que no estoy en una secta ni nada (así que *don't worry*, je, je, je). Pero he creído que quizá te gustaría. No sé, igual te ayuda.

Vi esta conferencia en directo y me gustó, es de una mujer muy abierta, muy amorosa; y, convendrás conmigo, muy carismática. Lo hace todo muy ameno y no creo que eche atrás a ningún neófito. No pierdes nada por darle al *play*. Y cualquier cosa, ya sabes, dime. Están en el centro de Madrid, cerca de la Puerta del Sol, así que, si te animas, podemos ir juntas un viernes después de unos churros con chocolate, ¿qué te parece?

Besos,
Eugenia

Que no pierdo nada en darle al *play*, dice..., pues tiempo, eso es lo que siente Alba que pierde cuando se abre ante ella la conferencia subida a YouTube de una tal Aurora Arlen. Aunque ha de reconocer que el título es llamativo: «Cómo es el Más Allá».

En el vídeo, una mujer mayor de setenta años explica lo que *a priori* podría parecer una idea de locos: la doctrina espiritista, conocida normalmente como espiritismo.

Pero el espiritismo real, defiende la mujer, no el que dicen practicar esos médiums de la televisión vestidos con sotanas cutres y que te cobran por que hables con tu hijo a las cinco de la tarde en su oficina. No, ella presenta la filosofía espiritual codificada por Allan Kardec en 1857 y que utiliza el don de la mediumnidad (que según ella todo el mundo tiene), para ayudar al prójimo, tanto a los vivos como a los desencarnados. Ah, y, por supuesto, gratuitamente.

—En cualquier centro espiritista no encontraréis ni un solo médium profesional. Un buen médium no se lleva ni un solo céntimo. Para vivir tenemos otros trabajos. La mediumnidad es para ayudar, no para enriquecerse a costa de los espíritus. Lo que se recibe gratis se ha de ofrecer gratis —dice Aurora Arlen en un momento en mitad de la conferencia.

Y continúa hablando de la reencarnación y de la ley del karma.

—Nosotros somos arquitectos de nuestro futuro. Lo que haces en una vida, para bien o para mal, tiene sus consecuencias en las siguientes vidas que vayas a tener. Hay un dicho espiritista que dice: «El mal que me hacen no me daña; el mal que yo hago sí me daña». De no ser cierto y de no existir la reencarnación, ¿cómo se explica que yo haya nacido en Madrid y otra persona haya nacido en África en medio de una brutal guerra, por ejemplo?

A punto está Alba de cerrar la ventana del navegador, pero decide darle una oportunidad más a la dichosa médium, que relata lo que se supone que ocurre tras la muerte. ¿Qué pasa en ese espacio entre vidas? La mujer desgrana la situación; mira a cámara y dice:

—La muerte no existe, solo es un cambio de forma.

Una leve punzada de remordimientos ataca a Alba. Demasiado tiempo invertido en esta vendemotos del carajo. Reconoce que algunas de las cosas que ha escuchado la han hecho pensar, pero otras..., por favor..., es un evento destinado a viudas y madres que han perdido hijos. Eugenia ahí pinta de lo lindo.

Y tú también, la ataca una voz interior, tú también entras en ese grupo, y lo sabes.

No, pues menudo cliché. Estaría bueno, dice ella al apagar la *tablet*. Tiene pis desde hace un buen rato, pero es que salir de debajo de la manta para ir al baño se le antoja un suplicio difícil de asumir.

—Joder, ya le podrías haber pedido al tío de la puerta que mirase la caldera.

—Pero si era un cerrajero, mujer.

—Esa gente suele ser muy manitas, igual hubiese podido. Se lo tendrías que haber dicho.

—Y se lo comenté, por si se daba el caso. Pero me dijo que nanay, que no era lo suyo.

—¿Y la estufa?, ¿dónde está, en el baño?

—¿Tú has visto las noticias?, ¿tú sabes a cuánto está la luz? —responde Miguel casi sin mirarla, haciéndole saber que está diciendo algo de lo más obvio—: Ponte otra chaqueta si tienes frío, es tan fácil como eso.

—Tú siempre sufriendo, te encanta sufrir. Venga, suframos todos. ¿Y si prescindimos de electricidad y colocamos velas por toda la casa? Ah, y podemos cocinar con leña que nosotros mismos talemos, solo faltaría. Así seguro que ahorramos.

—Se te está yendo, en serio.

Alba decide morderse la lengua. Pero eso sí, agita la cabeza varias veces para mostrar su enfado y rechazo. Luego, mira el reloj y se asusta al ver la hora.

—¿Cuántos capítulos llevas?

—Estás sentada en mi cama. Solo estoy haciendo tiempo hasta que te vayas.

—Tranquilo, que ya me voy.

—No te estoy echando, que conste —espeta Miguel.

—Pero yo me voy muy gustosamente.

—Para, ya me voy yo.

Muy digno él, hace un amago de ponerse de pie, pero la gravedad lo vence y cae al suelo. Hay demasiado alcohol en su sangre.

Alba tiene un primer instinto de socorrerlo, pero se detiene al ver que Miguel le indica con el pulgar que está bien. Después coge su cerveza y se arrastra hacia el exterior.

En la televisión, Mulder y Scully entran en un almacén con la única ayuda de una linterna. Alba apaga la televisión y siente el silencio en el que se engulle la sala de estar, que parece estrecharse por momentos. Observa el termómetro: cinco grados. Y recuerda que la temperatura no ha bajado en toda la noche.

Se avergüenza de sí misma cuando se ve yendo a la puerta principal.

—¡Eh, vas a coger frío!

Miguel ni se gira, se queda plantado en el porche con la mirada perdida en el perfil oscuro de la sierra madrileña.

—¿Quieres hacer el favor de entrar, que te vas a resfriar? —insiste Alba.

Él se escurre por el hueco de la puerta y la mira desde la sala de estar.

—¿Te apetece que acabemos de ver el capítulo juntos? Si quieres, lo puedo poner desde el principio. No me importa.

Ella no responde y sube las escaleras. El *frío* está instalado en su habitación y así se lo hace saber el termómetro de la pared. Alba se pone el pijama gordo que tiene reservado para estas ocasiones, dos calcetines en cada pie y se obliga a sonreír. Si Aurora Arlen me viese..., es el último pensamiento que tiene antes de dormir.

# MIGUEL

Están sufriendo los últimos coletazos de febrero. Miguel aparta la nieve que la ola de frío ha descargado por la noche. La pala es vieja y apenas resiste los embistes, pero él se mantiene con brío en su trabajo.

—¿Qué haces? —pregunta Alba con un café humeante entre las manos—. ¿Vas a algún lado?

—He pensado en ir a por leña a la gasolinera de abajo.

—Eres un exagerado. En el garaje tenemos más que suficiente.

—Pero por si acaso, ya sabes. Siempre está bien tener de más. Por si la carretera se queda bloqueada y nos quedamos incomunicados. ¿Recuerdas la nevada de hace un par de años?

Ella no dice nada. Simplemente vuelve al interior y deja a su aún marido con la pala en la mano, plantado en mitad de la nieve y viéndola marchar.

Con los dos grados que está padeciendo Miguel en estos momentos, la temperatura del interior de la casa parece un oasis. Esa es la metáfora que acude a la mente al ver a Alba a través de la ventana. Viste ese jersey blanco crema que le sienta tan bien. Es tan grande que queda un hombro al descubierto, y eso a Miguel siempre le parece de lo más sensual. Recuerda que una vez bromeó con Alba sobre que el jersey era tan grande que él podría caber dentro. Ella dijo que no y él se empeñó en demostrarlo.

Acabaron haciendo el amor en la cocina.

Buenos tiempos, piensa Miguel, que se obliga a seguir apartando nieve. Sobre todo quiere liberar la parcela que hay a la derecha del único árbol que reina en la finca, lugar en el cual esparcieron en su día las cenizas de Lucía.

Miguel es consciente de lo absurdo que es cuidando de esos pocos metros cuadrados, que las cenizas ya no están allí; o se las llevó el viento o se encuentran a varios metros debajo de la tierra. Pues imagina, tantos años después..., pero es que lo que está haciendo al quitar la nieve tiene algo de ceremonia, de respeto, y sí, también de cariño.

Levanta la mirada y contempla la casa. No sabe dónde está el *frío* ahora mismo, pero presiente que lo está observando.

Nota la boca seca, y sabe que en breve el cuerpo le reclamará alcohol; y lo peor de todo es que él no dudará en dárselo. Es un secuestro, eso lo sabe muy bien. ¿Es alcohólico? No, para nada, solo que no tiene más salida que el beber, qué se le va a hacer.

Piiii, piiiiiiiiiiii. Se gira asustado y ve ese rostro angelical e infantil que lo mira agitando la mano con un saludo.

Es Paula, sentada en el lado del copiloto del viejo Renault de Berto, el hermano mayor de Miguel.

—¿Cómo te atreves a aparcar ese cacharro delante de mi casa? Podría verte cualquier vecino.

—¿Me pagas tú el Mercedes? —responde Berto. Tiene ocho años más que Miguel, pero en este momento nadie lo diría. Como buen hombre divorciado que ha sabido volver al mercado, va al gimnasio, se nutre de comida sana e intenta combinar la ropa con el mayor gusto posible.

—¿Y tú qué, Pau, no te da vergüenza tener este papá? —dice Miguel.

—No lo puedo cambiar —suelta la niña con toda la inocencia del mundo.

Acuden a resguardarse al interior de la casa. Alba los recibe con la mayor de las sonrisas. Siempre ha respetado a Berto y aprecia mucho a la niña de diez años que lo acompaña.

—¿Tienes hambre? Tengo unas galletas nuevas que te encantarán, ¿te apetecen? —propone Alba.

La niña dice que sí rebosante de ilusión y van a la cocina.

—A ver, dispara —dice Miguel al verse a solas con su hermano—. ¿Qué quieres?

—Necesito que os la quedéis.

—¿Cuándo vienes a buscarla?

—Mañana por la noche, lo prometo —suelta Berto—. Lo sé, os hago una putada, pero es que Alejandra me la ha hecho buena. ¿Te puedes creer que ha decidido cambiarme mi fin de semana sin decirme nada? Y tengo *team building* con la empresa, tío.

—¿Y no puedes cancelar el *team building* ese?

—Estoy así de conseguir que mi jefe se fije en mí, no puedo faltar —asegura Berto—. Estoy a nada de que me asciendan, lo presiento.

—Y hay una tía del trabajo que te quieres ligar.

—También —admite finalmente el hermano mayor.

Miguel sabe lo que viene ahora. Él dirá que no y Berto insistirá. Miguel volverá a decir que no y su hermano volverá a pedírselo. Y así hasta que se cansen. El problema será cuando Berto acuda más tarde a Alba. Sabe que ella venera a la niña y que no tendrá una respuesta negativa (no, al menos, una tajante que cierre toda posibilidad de diálogo). El ataque final vendrá más tarde, cuando Berto le pregunte a su hija si se quiere quedar el fin de semana con los tíos y la niña diga:

—¡¡¡Sí, porfa!!!

Ahí Alba se rendirá ante la niña y mirará a Miguel obligándolo a aceptar.

Aun así, él tiene otro pensamiento paralelo: nunca nadie se ha quedado a dormir en casa en todos estos años. ¿Vienen visitas? Muchas. Pero nunca permanecen más tiempo del necesario y ni mucho menos se quedan a pasar la noche. ¿Cómo reaccionaría el *frío* de la casa? ¿Y qué quieres que haga?, se responde a sí mismo, no pienses tonterías. Pero esta es la preocupación de Miguel, la incertidumbre de que una extraña se quede a dormir.

Aunque sabe que no tiene mucha capacidad de decisión cuando ve aparecer a Paula con Alba detrás, que posa las manos sobre los hombros de la niña.

—Diles tu idea, diles.

—¿Puedo quedarme con los titos? —dice Paula a su padre.

Lo único que hace Berto es girarse hacia Miguel, que se muerde la lengua para no explotar contra su propio hermano; después mira a la niña, que está ilusionada y a punto de ponerse a dar saltos. Con todo, es el rostro de Alba lo que lo obliga a decir que sí. Lleva años sin sonreír de esa manera. ¿Qué podría él negarle a semejante sonrisa?

# ALBA

Con la mirada fija en los azulejos de la cocina, trata de recordar la receta. Se anuda un moño y mira a su sobrina, que está junto a Miguel.

—A ver, primero coloquemos todos los ingredientes sobre el mármol.

—¿Qué necesitamos, jefa? —pregunta Paula haciéndose la mayor.

—Muy bien, joven pinche, veo que sabe de modales. Espero no haberme equivocado eligiéndola a usted entre los mil candidatos que se presentaron al puesto.

La niña asiente con seriedad y espera indicaciones.

—Quiero ver sobre la mesa —empieza Alba—: harina, huevos, yogur, pepitas de chocolate...

Y mira a Miguel, sabiendo que también él está viajando en el tiempo.

—... extracto de vainilla, azúcar moreno...

—¿En serio tienes extracto de vainilla en tu casa? —preguntó Miguel la primera vez que contempló a Alba hacerse un moño improvisado con un bolígrafo—. ¿Tu cocina es un almacén sin fondo o qué?

Estaban en la buhardilla de ella, en una cocina enana en la que apenas cabían. Miguel se había dado ya varios cabezazos contra el techo inclinado y se resentía, con la mano en la cabeza, de un golpe que justo se había dado antes de hablar. Ella lo miró arremangándose la camiseta y dijo:

—Nunca se sabe cuándo vendrán bien unas magdalenas. Además, ¿a que te apetecen?

—¿Estás de coña? Ahora mismo vendería a mi madre por unas magdalenas recién hechas.

—Tonto —dijo ella abriendo el armario para empezar a cocinar.

Necesitaba estar activa, hacer cualquier cosa con tal de no dejar gritar a la mente, y mucho menos que ese engreído de Miguel viese lo que despertaba en ella. No fuese que se le subiesen los humos a la cabeza. Vale, habían follado, pero ella tenía que dejar claro que nunca más iba a pasar nada de nada. Además, aquello había pasado en Londres, y lo que pasa en Londres se queda en Londres. Ahora estaban en Madrid, y en Madrid no pasan ese tipo de cosas. Y entonces, ¿por qué aceptó quedar con él cuando llamó diciendo que estaba por la ciudad? ¿Quieres callarte ya, mente?, se reprendió Alba a sí misma.

El caso es que de las terrazas de La Latina acabaron cenando en un indio de Lavapiés, y de ahí a la buhardilla de Alba, donde ella dijo que haría café. Y sí, hizo el café, pero la conversación se extendió. Era medianoche y la tentación ante el recuerdo de ese polvo furtivo londinense se abalanzaba sobre ellos. Así que Alba, muy suya, soltó la idea de hacer magdalenas de chocolate.

—Venga, bate dos huevos, porfa —pidió Alba.

Tantos años después ha de reconocer que esas magdalenas fueron las más divertidas de hacer. ¿Por qué? Porque Miguel se destapó como un parlanchín adorable que la hizo reír y que supo conducir la conversación de tal modo que la indujo a soltar alguna que otra confidencia.

—Sí, como lo oyes, no sé silbar.

—A ver, pon los labios así... No, así, como los míos.

Pero nada, no hubo manera. Las magdalenas prácticamente se hicieron solas y cuando se dieron cuenta ya habían devorado más de la mitad.

—Tengo una idea —dijo él—. ¿Por qué no quedamos mañana por la tarde y nos comemos el resto?

¿Una segunda cita?, pensó Alba, que sí, ya sé, esto no ha sido una cita, pero yo sé lo que me digo, ¿en serio quiere quedar una segunda vez? No, de eso nada...

—Vale, me apetece.

—Me han dicho que las puestas de sol desde el Templo de Debod están muy chulas, ¿es verdad? ¿Es realmente el mejor atardecer de Madrid?

Ella hizo una mueca: ni fu ni fa. Deseó demostrar cierta condescendencia, como cansada de haber estado ahí tantas y tantas veces con sus amigos; pero no, nunca había visto un solo atardecer desde el Templo de Debod. Tragó saliva y mantuvo el tipo.

—¿Te traes las magdalenas en un táper y nos las merendamos allí? —propuso él—. Yo llevaré un termo con café.

—Dale.

¿Eso es que piensa irse ya?, pensó Alba, ¿en serio no va a intentar que caiga entre sus brazos ni nada de nada? Así fue: Miguel agradeció muy sinceramente la velada y le dio las buenas noches ya saliendo por la puerta.

Meses después, siendo ya pareja, ella confesaría que aquella fue la mejor estrategia que él podría haber utilizado.

—Hasta que nos reencontramos en el Templo de Debod, me tuviste toda la noche y todo el día siguiente pensando en ti, cabrón.

Él se jactó de saber que no le era indiferente a ella y que, si la hubiese presionado un poco aquella noche, hubiesen acabado follando. Pero no, él estaba colado y no quería solo un polvo en el sofá, no, él quería más. Mucho más.

—El viaje a Madrid fue para eso, ¿o de verdad te creíste que estaba visitando a una tía enferma? —confesó entre risas.

Lo que continuó con un beso de Alba, que se subió encima de él.

—Aquí están las pepitas —anuncia Paula, anclándola en la realidad, tantos años después.

—Ahora a por el azúcar moreno. Vamos, que no te pienso pagar las horas extras.

—Esa broma no la he cogido, tita.

—Ya te llegará, te lo prometo.

—¿Yo me pongo a batir huevos? —pregunta Miguel.

—Mira qué bien lo sabes —dice Alba, que mira a Paula—. ¿Has visto qué bien educado lo tengo?

—Mi mamá dice que los hombres cuando están enamorados nos hacen caso hasta la sepultura. ¿Eso es verdad?

Alba se queda pálida.

—Saca el azúcar, va —dice él—. No va a colocarse él solo en la mesa.

La niña hace caso y, aprovechando que se pone de espaldas, Miguel y Alba se miran sutilmente. Aunque solo es un momento, enseguida deciden seguir obviándose. Ejercicio que llevan practicando desde hace años.

Unas notas musicales rompen el ambiente. Son unos compases conocidos que en ese instante se antojan indeseados. Es el móvil de Alba, que suena desde la mesa de la sala de estar, lugar donde lo ha dejado olvidado. Advierte a sus pinches de cocina que sigan con la preparación de la receta y sale a ver quién llama.

Cuando ve el nombre que indica la pantalla, se le tensa el cuello de golpe. ¿Por qué?, se pregunta, ¿por qué ahora, que todo iba tan bien? Deja el móvil en la mesa y se queda parada. La llamada cesa, pero ella se queda clavada, con la mirada puesta en la pantalla. Tiene una intuición. Si lo conoce un poco (y lo conoce), sabe que... ¡Ahí está de nuevo! Vuelve a sonar la canción y con ella la angustia en el estómago de Alba. Es consciente de que no puede seguir rehuyendo, y que tampoco estaría siendo justa. Se aparta sutilmente, caminando hacia el recibidor, y mira hacia atrás. Solo cuando está segura de que no la ven desde la cocina, respira hondo y responde.

—Hola... Sí, perdona, es que estaba ocupada... No, hoy me será imposible quedar... Estaré todo el fin de semana liada... ¿Nos vemos a partir del lunes?

# MIGUEL

—¿Qué te pasa? —pregunta a la niña, que tiene el rostro ceniciento desde hace un buen rato.

Ella hace un gesto de negación, pero demasiado sutil y nada convincente.

—¿Echas de menos a tu mamá? —dice Alba.

—... No, no es eso. —Sus dos titos la miran invitándola a seguir hablando—. Es solo que... antes, cuando he ido al baño. ¿Sabes que he ido al de arriba porque estabas tú en el de abajo?

Alba asiente sin imaginarse lo que vendrá a continuación.

—Quería lavarme las manos, que se me habían quedado muy sucias del chocolate de las magdalenas, así que fui al baño de arriba...

Miguel, que lo ve venir, se pone en pie y se aleja sutilmente. Se lleva la mano a la cara con temor. Qué necesario sería ahora un trago.

—Pues estaba yo ahí, tan tranquila; y pues..., total, como solo quería lavarme las manos dejé la puerta abierta..., igual ese fue el fallo, no sé... En fin, eso, que estaba lavándome las manos cuando de repente vi una sombra fugaz a mi espalda. Fue como si alguien hubiese pasado corriendo por el pasillo; una especie de ¡zas! a través del espejo. Tampoco le di mucha importancia, pensé que serías tú, tito Miguel, yendo a la habitación porque se te había olvidado algo. Así que casi que no me giré y seguí echándome jabón en las manos, mi mamá me dice que tengo que echarme mucho o se me quedan los gérmenes y los virus y puedo ponerme mala. Pero entonces...

Alba y Miguel abren sus ojos con expectación.

—Escuché mi nombre, o eso me pareció. «Paula..., eh, Paula...». Lo escuché claro, ya creo que sí. Me giré, pero no había nadie detrás; y la puerta, aunque estaba abierta, tampoco dejaba ver mucho del pasillo..., así que me moví un poco y entonces sí... me asomé y en ese momento pude ver.

—¿Y qué pasó, Pau?, ¿qué viste?

La niña dedica varios segundos a mirar a los ojos a cada uno de sus tíos.

—¿Sabéis esa cortina que se ve al fondo del pasillo?

—¿La de mi... nuestra habitación? —dice Alba.

—Esa, la cortina blanca... Pues allí había alguien detrás, como cuando juego al escondite con mis amigos del cole. Igual. Lo mismo. Al principio me dio mucho miedo, pero no sé por qué. Solo era alguien escondiéndose, ya está, tampoco es que... Pero sentí que me llamaba, que pedía que fuese, que me acercara... Y quise ir a presentarme, pero como seguía teniendo jabón en las manos y necesitaba quitármelo, volví al lavamanos y abrí el grifo. Primero se me hizo mucha, muchísima espuma, pero ya luego se fue yendo y me quedaron las manos limpísimas. ¿Y a que no adivináis? Voy yo, y entonces es cuando veo algo en la ducha. Una silueta. ¿La mampara? Pues ahí detrás os prometo que estaba el niño de la cortina, que se había metido aún no sé de qué manera. Solo lo podía sentir. ¿Cómo se pudo colar en el baño y meterse en la ducha sin que lo viese? Os prometo que, detrás de la mampara, había la sombra de alguien bajito, tampoco mucho más que yo, que estaba ahí quieto, y juraría que me miraba. Y muy fijamente, como dice mamá que mira la gente que me quiere hacer daño, la gente mala.

—¿Pudiste verla...?

—¿Verla?, ¿es que es una niña?

—¿Pudiste ver algo o no, Pau?

—Me acerqué, claro —dice su sobrina.

—¿Y qué pasó?

—Fue cuando llegaste —dice la niña mirando a Miguel—. De repente, cuando estaba a punto de correr la mampara de la ducha, apareciste por el pasillo y me preguntaste si estaba todo bien, ¿te acuerdas?

—... Sí, es verdad... Y me dijiste que sí, que todo bien —dice Miguel, aunque recuerda que la niña dudó. De hecho, al principio no le dijo nada y Miguel necesitó reformular su pregunta para obtener una respuesta.

—Claro, ¿qué iba a decir? Si te acuerdas...

Sí, piensa Miguel, es cierto: entre la primera pregunta y la reformulación, Paula miró el plato de la ducha.

—Cuando volví a mirar, ahí no había nada. Pero nada de nada. Ya no estaba la sombra curiosa que me miraba. Por eso tardé en contestar y te dije que sí, que todo bien. No estaba mintiendo.

—Y cuando tito Miguel se fue, ¿viste algo más? —pregunta Alba mordiéndose el labio.

—Miré bien en el baño, pero ahí no había nada. Y ahora ya no sé qué es lo que vi, la verdad..., es todo muy raro...

Se quedan callados. Alba acaricia la mejilla de la niña con una sonrisa tierna y le peina el cabello hacia atrás de la oreja. Paula la mira y parece realmente reconfortada.

—Hablas como una mujer mayor —asegura Alba.

—Eso me dicen en el cole, Marta y las demás, que me tienen manía. Dicen que soy muy repelente.

—No les hagas caso. Dentro de unos años no habrá quien se te resista, ya verás.

La niña sonríe y se encoge de hombros con timidez. Miguel piensa en ofrecerle un cacao con leche caliente cuando...

«Quiéreme».

Alba y Miguel miran al techo; después a las escaleras.

«Quiéreme».

Se miran entre sí. Más asustados que Paula, que los observa con incredulidad.

—¿Y eso qué es?

—Es un... —Miguel no puede terminar la frase. Un peso muerto se asienta en su garganta. El cerebro no le deja pensar en otra cosa que no sea en salir corriendo de allí.

Mira a Alba y, al verla junto a la niña, sabe que debe ser él quien atienda a la llamada. Asiente para sí mismo, acepta la misión, y da un paso al frente, dirigiéndose hacia las escaleras.

«Quiéreme».

Sube sus ojos peldaño a peldaño hasta llegar a la oscuridad prometida del piso de arriba, que parece esperarlo. Sabe que es el centro de atención de Paula y ha de fingir entereza ante ella: empieza a subir las escaleras.

«Quiéreme».

En el piso de arriba la visión es fantasmal. Solo se puede guiar por la luz que sube del recibidor y la de la luna que entra por la ventana del fondo. Solo necesitas dar dos pasos más, piensa Miguel, y sabes lo que te vas a encontrar. ¿Qué te pasa?, ¿qué haces aquí parado? Lo que no conoces son las consecuencias, eso es lo que temes. Entra como tantas veces has entrado ahí, adelante. Con ese pensamiento, coloca su mano en el pomo de la puerta y decide girarlo.

Lo primero que siente es frío, mucho frío.

«Quiéreme».

La habitación de Lucía, impoluta e inmóvil desde hace años, lo recibe con desagrado; le hace saber que, pese a haber sido convocado, no es bienvenido. A Miguel incluso le cuesta respirar, y siente que cualquier paso en falso puede ayudar a acrecentar la ofensa al *frío*. Aun así, sabe dónde mirar cuando escucha otro:

«Quiéreme».

Aquí está. Descansa sobre la silla de la derecha.

«Quiéreme».

Con sus brazos extendidos, parece que el osito amoroso le esté pidiendo un abrazo. Miguel se detiene ante él y lo observa. En sus ojos/botones se refleja la leve luz que entra por la ventana. Coge el peluche y lo estudia detenidamente: nada fuera de lo común. Sigue sonriente y con una mancha de sopa en la pierna izquierda. Presiona la barriga y rompe la noche otro «Quiéreme». Miguel se sacude el nudo del estómago y se tranquiliza llamándose tonto. Suelta una risilla y posa de nuevo el osito en la silla. Por un momento teme que el peluche vuelva a lanzar su mensaje y se queda a la espera: cinco segundos, diez segundos; de repente se pregunta cuánto rato hace que está aquí, pasmado como un imbécil.

—¿¿¿Todo bien??? —le dicen desde la sala de estar.

Pese a que la mente responde de inmediato, el cuerpo no le sigue el ritmo y se queda aquí detenido, atento al osito. Juraría que en su cabeza está escuchando risas y sollozos; alegría y tristeza cogidas de la mano. Cierra los ojos con fuerza y se lleva la mano al entrecejo. Lo que necesitas es un trago, se dice él, solo eso. Un puto trago y todo esto no parecerá tan escalofriante. Da media vuelta y sale del cuarto convencido de que cuando baje se encontrará mucho mejor.

Titi, tiriiiiiiiii, titi, tiriiiiiiiii.

Se queda parado y con miedo a lo que verá —o no verá— si se gira.

Mierda. Pero tiene que hacerlo.

Primero, mira sobre el hombro y, después, gira por completo su cuerpo. No necesita encender la luz. ¿Para qué? El móvil musical que cuelga sobre la cama se ha encendido y está dando vueltas y, con él, un sinfín de colores pasean por la pared. Recuerda el momento en que Alba y él compraron ese móvil musical, y nunca pensó que llegaría el día en el que esa dichosa musiquita le pusiera la piel de gallina. Era el sexto aniversario de Lucía (y también el último), y como le daba miedo la oscuridad pensaron que por qué no regalarle un móvil que representaba el sistema solar. Era bonito y no demasiado infantil. No desentonaría mucho en el cuarto de la niña.

Pero ahí está ahora.

Titi, tiriiiiiiiii, titi, tiriiiiiiiii.

Suspira. Encoge los hombros con tensión y se rasca el cuero cabelludo. Mira los colores de la pared, como si ellos tuviesen la respuesta sobre qué debe hacer.

Escucha unos pasos que se acercan y asoma Alba, que no necesita preguntar qué pasa. Se lleva las manos a los brazos y echa un vistazo al termómetro.

—¿Crees que es por...?

—Blanco y en botella, ¿no crees?

Alba asiente. Camina hacia el centro de la habitación y apaga el móvil musical.

Se quedan en la oscuridad, a la espera. En tensión ante cualquier posible cambio que puedan sentir o experimentar.

Pero no ocurre nada. No todavía, parece prometer el destino.

—¿Qué hacemos? —pregunta ella.

—Esta noche me quedaré a dormir aquí.

—Pero..., pero no...

—¿Qué quieres hacer si no? —dice Miguel sin esperar respuesta—. Eso la tranquilizará... O eso espero. No se me ocurre otra cosa, la verdad.

Alba sabe que tiene razón y tan solo asiente. No puede razonar ni actuar, el frío le cala los huesos y está realmente petrificada. Solo sale de su ensoñación gracias a Miguel, que se acerca y la obliga a mirarlo a los ojos.

—Ahora baja con Paula. Le dices que es un cortocircuito de un juguete y que no es nada. Luego la llevas a que duerma contigo. Yo me quedaré aquí.

A ella no le acaba de convencer la idea, pero él parece seguro y no se atreve a rebatirle. Lo único que le nace es avanzar un paso.

Miguel la observa perplejo, expectante.

Y sí, Alba apoya la mejilla en su pecho. Simplemente. No lo rodea con los brazos, no hace nada más, solo se apoya en él. Miguel, tras salir de la niebla de confusión, piensa en besar la frente que tiene tan cerca, pero a la vez tan lejos. Y acaba optando por cogerla de los hombros y buscar el contacto visual de nuevo.

—Pau te está esperando.

Alba sale del cuarto y deja a Miguel ahogándose en un mar de pensamientos, desconcertado ante la partida de su esposa. De pronto, la luz del pasillo le parece insoportable y da un paso hacia atrás, internándose de nuevo en el interior de la habitación, cerca del osito amoroso. Una vez acostumbrado a la oscuridad, qué desagradable se hace la luz; hay que joderse.

# ALBA

Al fin duerme.

Ha costado horas de conversación, y pasan de las dos de la madrugada, pero por fin descansa. Paula es un ángel en el lado izquierdo de la cama. Alba no puede evitar mirarla con adoración. ¿Adónde vamos cuando dormimos?, se pregunta en sus fueros internos.

Sabe que esta noche no podrá dormir. Si acaso una cabezada cuando esté cansada de dar vueltas, pero no logrará descansar. Teme que sea una penitencia autoimpuesta al saber que Miguel está de vigilia en la habitación de Lucía, pero no, nadie lo ha obligado, está ahí por decisión propia, ¡que se joda!

Se odia al escucharse pensar así.

Sin apartar la mirada de Paula, se va escurriendo poco a poco hasta posar la punta de los pies en el suelo. Levanta el edredón con sutileza y sale definitivamente del sobre. Lleva calcetines de invierno, por lo que no requiere de zapatillas, pero se las pone igualmente. Y es que el ambiente está congelado en esa casa. Se dirige a su taller y, una vez ahí, no necesita encender la luz para alcanzar una manta.

—¿Tienes frío? —dice después, al entrar en la habitación de Lucía.

Tal y como sospechaba, Miguel está despierto. Acurrucado en una esquina y con los ojos cerrados en un duermevela.

—Gracias —dice Miguel cuando Alba le coloca la manta encima.

—¿Seguro que quieres hacer esto?

—¿Paula está durmiendo?

—Ha costado, pero sí.

—¿Estaba muy asustada?

—No tanto —asegura Alba—. Ya sabes cómo son los críos, lo mismo están asustados como de repente se distraen y ya no se acuerdan de nada. Estaba excitada hablando.

—¿De qué se puede hablar con una niña de diez años?

—Cosas de chicas, no lo entenderías.

Aún resuenan en ella las preguntas de Paula.

—¿Echas de menos ser mamá?

Tardó en procesar lo que la niña le había dicho y rebuscó en su cabeza cuál era su sentir. Muchas palabras acudieron a su boca, pero se vio incapaz de saturar a esa pobre niña y solo dijo que sí.

Un sí que se diluyó en el silencio.

—¿Quieres que te traiga una cerveza? —propone ella a su esposo.

Él sonríe con timidez. Desea decir que sí, pero rechaza con un gesto.

—Buenas noches —dice al final.

Ella lo mira y acata. Vuelve al calor de la cama junto a Paula, y se cerciora de que la niña sigue durmiendo plácidamente. Solo hacía un rato que habían estado hablando como dos amigas.

—¿Qué pasó, tita? —A lo que la mirada de Alba demostró que necesitaba más concreción, y la niña siguió—: Con Lucía..., ¿qué pasó?

—Un accidente —dijo Alba.

—¿Pero qué accidente?

Aquí Alba no supo qué hacer. ¿Cuál es la línea entre proteger y engañar? Pero recordó una promesa que se hizo a sí misma cuando se quedó embarazada: «Yo nunca mentiré a mi hija. No seré de esas madres». Y bueno, supuso que semejante declaración de principios podía extrapolarse a su sobrina.

—A ver cómo te cuento yo esto...

Colocó dos dedos de la mano pegados, en paralelo.

—Dentro de ti, en tu cuello, tienes dos tubos, ¿vale? Uno es para los alimentos y otro para el aire. El cuerpo es tan inteligente, es una máquina tan perfecta, que cuando tú tragas un alimento, como la magdalena de esta tarde, por ejemplo, se cierra el tubo del aire. Así, la comida va al tubo destinado para los alimentos y no va a los pulmones, que es a donde conduce el segundo tubo.

—¿Y cómo se cierra el tubo del aire?, ¿se hace automáticamente, así como así?

—Creo que se llama epiglotis, o algo parecido. No sé, mañana lo *googleo.*

—¿Y la «epi» esa no le funcionó a Lucía o cómo?

—¿Alguna vez has visto a tu mamá, que mientras está bebiendo, de repente empieza a toser con los ojos rojos y dice algo como «Huy, se me ha ido al otro lado»?

—Le pasa mucho, y cuando lo hace fuera de casa me da mucho corte, jo...

—Pues el caso es que si mientras comemos estamos distraídos, riendo, jugando o haciendo algo que no sea solo comer, a todos nos puede pasar que tragamos comida sin dejar de respirar, y entonces nuestro cuerpo no llega a cerrar la abertura de la laringe, el tubo destinado al aire.

La niña se entristeció de verdad y se encogió todo lo que pudo hasta hacerse una bolita. Realmente sintió tristeza por la desgracia acontecida en esa casa años atrás.

Alba la observó con ternura. Cualquier signo de amor hacia Lucía la conmovía hasta la extenuación.

—¿Tú la recuerdas? —preguntó a la niña pasado un rato.

—El otro día estaba con mamá viendo fotos de la familia y

vi una en la que salgo con ella. Aquí en vuestra casa, una vez que vinimos de visita, unos meses antes de que mamá y papá..., eso, antes de que se divorciasen.

—Hubieseis sido buenas amigas.

—Claro, seríamos primas.

Alba se obligó a sonreír y posó su mejilla sobre la mano extendida en la almohada. Cerró los ojos para no ceder al llanto, y no sabe cuánto tiempo estuvo así, pero, al abrirlos, la niña ya estaba dormida.

—Descansa, tú que puedes —susurró ella.

Ahora, al ver a Paula dormir, Alba se deja hundir en los recuerdos. Paseos, risas mientras le daban de comer la papilla a Lucía, ir a una tienda a escoger ropa, la excitación ante cualquier señal de que la niña se estaba haciendo mayor... Y ya no sabe si esas escenas que se proyectan en su cabeza fueron realmente así o se las está inventando; quizá no eran tan felices, quizá no reían tanto, quizá la muerte de Lucía fue un alivio para ambos... No, se convence de que no: eran una familia, eso sí lo sabe.

—Criar a un hijo es Vietnam —le dijo una amiga al saber que Alba estaba embarazada—: Pase lo que pase, los primeros dos años de vida de la criatura, no lo dejéis.

—¿Tanto se deteriora una relación?

—Y más, créeme, pues lo sabré yo. Lo peor son los dos primeros años, hay que sobrevivir como sea los dos primeros años de la criatura. Después sientes que es como en las películas, que viene un helicóptero y te salva. La vida sigue siendo complicada, pero ya una está en la rueda y no es igual.

Aun así, a Alba le costó creer a su amiga. Ella y Miguel disfrutaban de una relación fuerte y saludable, ¿tanto podía echarse a perder una pareja?

Y la respuesta es que sí. Claro que sí.

Sobre todo durante el primer año con Lucía, el espacio entre Alba y Miguel fue ocupado por los nervios. Nervios por todo, por si hacer el bañito a las ocho o a las nueve, sobre si hacerle una limpieza nasal antes de dormir o no, si hace falta acudir a urgencias o se puede esperar a ir a la pediatra al día siguiente... Todo, absolutamente todo daba pie a una discusión. De hecho, tanto es así que Alba se recuerda reprochándole alguna cosa a Miguel y a la vez pensando: «Esto es absurdo. En realidad, me da igual». Y, efectivamente, minutos después volvían a estar bien. Bien hasta la siguiente disputa. Pero era la falta de sueño, de tiempo para sí mismos y las ganas de querer que la niña estuviera bien lo que hacía que la casa fuera Vietnam; eran los nervios los que hablaban a través de sus bocas cada vez que discutían. En el fondo se querían, y nunca dudaron el uno del otro.

Al recordar todo esto, Alba se da cuenta de cuánto añora tener a alguien a su lado para lo que necesite, saber que cuenta con un hombro querido, sentir el apoyo ante cualquier caída; ese abrazo consolador, esa mano que te ayuda a levantarte. Y se pregunta si alguna vez lo volverá a sentir. ¿Por qué no? Solo tiene cuarenta y un años, por Dios, se dice a sí misma, hoy en día aún eres joven. Vale, igual sería un embarazo de riesgo, pero en la actualidad no es tan raro que una mujer de su edad consiga ser madre, ¿no? Todavía puedes tener una vida... Pero sé sincera, ¿es posible con Miguel?

La respuesta se le atraganta y, entonces, se permite hacer algo que hasta esta noche no había hecho nunca y que jamás volvería a hacer después: llorar en silencio.

# MIGUEL

Hay que admitir que el día está resultando agradable, piensa al coger varios trozos de madera del garaje.

Ve cómo descansa su pequeño y utilitario Volkswagen ahí aparcado, en la esquina, y piensa que es la primera vez en mucho tiempo que no está deseando huir bien lejos de aquí.

Se dirige a la sala de estar y empieza a encender la chimenea con la ilusión de quien sabe que está construyendo algo, pero ¿qué estás construyendo tú, imbécil?, se recrimina al mirarse las manos. Alcanza la cerveza que ha dejado sobre la mesa y echa un trago largo y sentido. Es la segunda cerveza del día. La primera la tuvo temprano, al rato de salir del cuarto de Lucía con la espalda muerta y ver el amanecer desde la ventana, cuyo lado izquierdo estaba ocupado con un «Buen día».

—En serio, ¿es posible que aguantes un día sin beber? —dijo Alba al sorprenderlo con la puerta de la nevera abierta.

Empezó a preparar café y Miguel se deleitó admirándola, apoyado en el mármol de la cocina.

—Estaba pensando en preparar un buen desayuno para Pau, ¿te apetece? —preguntó él.

—Quizá no lo sabes, pero sacar un paquete de galletas no es preparar un buen desayuno.

—¿Y unos huevos revueltos con orégano y parmesano? De acompañamiento puedo tostar algo de pan.

—¿Estás seguro?

Él no respondió. Terminó la cerveza y se puso manos a la obra.

—Ahora vas a ser tú la pinche de cocina, ¿estamos?

Al levantarse, Paula encontró a sus titos colocando los platos en la mesa. ¡Menudo banquete!

Comieron en un ambiente animado. Ahora un poco de huevo, ahora un bocado de pan, por qué no una pieza de fruta, después un sorbo entre mordisco y mordisco; ¿de qué? Café, zumo, cacao con leche... ¡Parecía haber de todo en la mesa! Hubo un momento en el que Paula se giró hacia la ventana y se quedó absorta en los copos de nieve que seguían bombardeando sin tregua.

—Estáis muy lejos de todo, ¿qué hacéis cuando llueve y todo eso?

—Trabajar, ¿qué otra cosa podemos hacer los adultos? —dijo Miguel con tono cínico.

—Aquí hay tranquilidad, ¿a que no es tan fácil desconectar viviendo a cinco minutos de la Puerta del Sol? —añadió Alba—. Aquí se hacen otras cosas. Puedes ir a dar una vuelta por la naturaleza si quieres, y en casa hay mucho más espacio que en un piso del centro, por ejemplo, ¡imagina cuántas posibilidades!

La niña no pareció muy convencida, pero en fin.

—¿Tú has visto mi estudio de arriba?

—Está muy chulo.

—¿Quieres que hagamos algo esta mañana? —propuso Alba—. ¿Qué te parece un collar?, ¿te gustan los collares?

—¡Qué guay! Sí, porfa, sí —respondió Paula, que empezó a beber de su cacao con ansias de terminar cuanto antes.

De dicha escena hace ya varias horas y, para no seguir divagando, Miguel ancla su mente en el presente: está mirando el crepitar del fuego de la chimenea y se le encoge el estómago al pensar que cuando la niña se vaya se llevará las sonrisas con ella. Y por mucho fuego que encienda, no habrá manera de aplacar el frío. Se pasa la mano por la nuca con desespero y desea la tercera cerveza del día, pero se la niega al instante. Mira el termómetro. Pero nada, está solo. ¿Cuánto hacía que no encendía la chimenea?

—Así experimentas uno de los placeres de vivir en una casa como esta: estar al lado de la chimenea mientras ves nevar por la ventana —dijo a Paula durante el desayuno.

—Pero ese pincho de ahí me da miedo.

—¿De qué pincho hablas?

—Ese de ahí.

—Ah, nada, es el atizador, no te preocupes.

Aun así, la niña siguió alejada de la chimenea hasta que acompañó a su tía al taller.

Miguel se aparta de la chimenea y empieza a caminar sin rumbo aparente... ¡Mentira! Sabe bien a dónde va. No se sorprende a sí mismo cuando se acomoda en el marco de la puerta del taller y observa a Paula y a Alba haciendo un collar entre cuchicheos.

Por un momento teme distraerlas y que se rompa la magia que hay entre ellas. Retrocede un par de pasos y, al saberse invisible de nuevo, baja las escaleras. Piensa en cómo ayudar a la experiencia de Paula en el campo. ¡Piñas! Necesitamos echar piñas en la chimenea, es lo que piensa de forma obsesiva al entrar en el garaje.

Levanta la enorme manta que cubre el montón de leña que descansa a un lado y donde se coronan un grupo de piñas. Coge cuatro o cinco, y entonces la ve. ¿Pensó en ella cuando quiso suicidarse? Sí, cree que sí, y quizá si la hubiese visto tan de cerca habría tenido valor de seguir adelante. ¿Pero qué coño dices?, se rebate al instante.

Coge la cuerda y la toca. Es desagradable, eso lo ha de admitir, pero es la imaginación la que no deja de dar vueltas. Hacer el nudo en la cuerda, colocársela de collar, estrecharla alrededor del cuello, buscar el lugar idóneo en el que atar el otro extremo... Las rodillas le flaquean y entonces lo sabe; se le revela con una clarividencia pasmosa: esta cuerda cumplirá su función tarde o temprano. Debería deshacerse de ella ahora mismo, ahora que aún puede, pero ¿por qué no lo hace?, ¿qué lo retiene clavado?, ¿será que acepta el obús que el destino le tenga preparado? Lo único que sabe es que esa cuerda volverá a reclamar una víctima; cada vez con más intensidad hasta que la obtenga.

Al final, alguien tendrá que morir, y quién le asegura que no será él el afortunado.

## ALBA

—Cuidado, no te quemes. —Refuerza el mensaje con un movimiento para que Paula se eche atrás.

Acciona el soplete para terminar el cierre del collar y, al apagarlo y dejarlo sobre la mesa, ve la cara de sorprendida de la niña.

—Está chulísimo, mira. ¿En serio tu trabajo es hacer cosas tan chulas?

Alba se echa a reír. Espera un tiempo prudencial y se empeña en colocarle el collar a la niña. Después le muestra en el espejo lo bien que le queda. Con todo, el agradecimiento que demuestra a continuación es la mayor de las recompensas: Paula se echa a su cuello y le clama un millón de gracias.

—Ya verás lo mucho que me odiará Gloria.

—¿Y quién es esa Gloria?

—Una de mi clase que se morirá de los celos, ¡me encanta!

—No seas mala, ¿quieres?

—Es que tú no la conoces, pero Gloria es una petarda, te lo digo yo.

Tiene diez años y parece mucho mayor. Eso le da miedo a Alba.

Bajan a tomar limonada a la cocina y, al ver deambulando a Miguel por la sala, Paula vuelve a la carga con su curiosidad.

—Tito Miguel, ¿tú trabajas?

—Soy traductor y corrector, ¿por qué? ¿Qué pasa?

—Ah, yo creía que no tenías trabajo. Es que con esos pelos y esa barba...

Miguel ríe y mira a Alba en busca de una segunda opinión.

—Razón no le falta a la niña, todo hay que decirlo.

—Entonces, según vosotras dos, ¿qué *look* debería tener? A ver, iluminadme.

En mal momento lo ha dicho. Pocos minutos después están en el porche. Miguel sentado con una toalla alrededor de su cuello, Paula con unas tijeras en la mano y Alba riendo a carcajada limpia.

—Las orejas no me las cortes, ¿me oyes? —dice Miguel sobreactuando su miedo.

La niña abre y cierra las tijeras como tantas veces se lo ha visto hacer a los villanos de los dibujos animados.

—Que sí, no seas pesado, jo.

—Tú vigila, ¿estamos? —pide Miguel a Alba.

—Tranquilo, cuando vea sangre le digo que corte con más saña.

—Yo aquí, tantos años cultivando estas greñas aceitosas para acabar así..., de esta manera...

Paula mira todo el contenido del neceser que su tía ha dejado al lado.

—¿Y esto para qué es?

—Para que después lo afeites.

—¿También me queréis quitar la barba? Ah, no, por ahí no paso. Por ahí sí que no.

—O todo o nada.

—Ay, pero esto es donde siempre hay sangre en las películas, ¿no? —dice la niña—. Hazlo tú, tita.

—No, no, usted es la encargada de tan importante misión.

—Porfa...

Alba se ve obligada a decir que sí y procede a embadurnar con espuma de afeitar la cara de Miguel, que la observa atentamente. Están apenas a un palmo de distancia y no pueden impedir cruzar alguna que otra mirada. Primero por casualidad; y después por complicidad, por el mero gusto de perderse en los ojos del otro.

Por un momento, están solos.

Pero solo es un instante, enseguida Alba vuelve a adoptar su rictus cotidiano y se gira hacia Paula.

—¿Qué, tienes las tijeras preparadas?

—*Sip* —dice Paula con sonrisa pícara.

—Empezamos a la vez, ¿vale?

—Yo no puedo mirar. Me avisáis cuando acabe todo.

—Tres..., dos..., uno... ¡Ya!

Miguel cierra los ojos a la vez que las dos chicas se lanzan hacia él y solo se atreve a abrirlos diez minutos después, cuando se mira en el espejo.

—Bueno..., ni tan mal..., todo es acostumbrarse, anda ya.

Aunque la mirada de Alba la delata por completo. Está mucho más guapo así, dónde va a parar.

—¿Y ahora ya podemos hacer algo divertido? —propone la niña—. ¿Tenéis la peli de *Buscando a Nemo*?

—Tenemos *Coco*, ¿te gusta? —dice Miguel.

—Nunca la he visto.

—Pues nos ponemos a ello, ¿te parece?

No saben que apenas van a poder entrar en la casa y acercarse a la estantería de las películas. Al poco rato, un claxon de coche silba desde el exterior. Alba y Miguel se miran con un interrogante en los ojos, y es ella la que se dirige a la ventana.

—Tenemos visita...

# MIGUEL

Ya está, el espejismo ha dicho adiós.

La casa vuelve a estar sumida en el silencio. En este silencio agónico que se te mete en los huesos y te roba todo principio de cordura. Miguel pasea por la sala con los brazos cruzados y, de vez en cuando, se gira hacia Alba, que está sentada en el sofá navegando de nuevo con la *tablet*.

—Se lo ha pasado bien, ¿verdad? ¿Tú qué crees?

—Pues claro, es una niña. Se divierte con nada —responde ella sin levantar los ojos.

Miguel no desea molestar, seguro que el vídeo que está mirando Alba es de lo más interesante, y vuelve a su paseo meditativo.

Ha apagado la chimenea. La recreación de que esto es un hogar ya no es necesaria, pues Paula ya se ha ido. Solo le queda merodear por su propia casa como si fuera un vagabundo.

Puto Berto, y se sorprende a sí mismo diciendo eso, habiendo sido él el que más reparos tenía a que la niña se quedase. ¿Acaso no debería estar agradecido de que el *team building* se hubiese acabado antes de lo esperado?

Se insulta a sí mismo y se obliga a recordarse su papel de huraño: el vacío con Alba, el *frío* que acecha en cualquier esquina de la casa y esa sensación de estar sobreviviendo al día a día, de estar sacando la cabeza de un oleaje de mierda en continuo vaivén.

En fin, puta vida.

## ALBA

Sin que Miguel lo sepa, Alba lo mira por el rabillo del ojo. Presiente su lucha interna, debatiéndose entre volver a ser el Miguel de siempre (que parecía haberse asomado en el día de hoy) o el de los últimos tres años. Míralo, si hasta su complexión corporal ha cambiado.

Y antes de que él se gire, devuelve su atención a la *tablet.*

Otro vídeo de Aurora Arlen, ¿cuántos lleva? Qué más da, solo es una pirada que la ayuda a desconectar con las tonterías que dice. ¿Y no sería más idóneo ver un programa de *Nadie sabe nada,* de *Todopoderosos* o algo por el estilo? No halla respuesta y sigue atenta a lo que va diciendo la médium en la conferencia.

—¿Qué miras con tanto interés? —dice Miguel sentándose a su lado.

Mala suerte, piensa ella, que no le queda otra que quitarse el auricular del lado izquierdo y hablar con su marido.

—Nada, una tontería que me pasó Eugenia, la del...

—La del Círculo de Apoyo en el Duelo, ya. ¿Y qué es?

—La conferencia de una médium.

—¿Espiritismo y esas cosas?

—Y esas cosas, sí —dice Alba, que deja pasar un segundo y dos, y ya está pensando en volver a ponerse el auricular cuando...

—¿Y qué dice la médium esa?

—Que cuando nos morimos, no acaba todo, que solo es un cambio de consciencia, dice ella.

A él no le suena mal. Al contrario, lo acepta como algo tan normal. Y ella repara en que es verdad, ¿acaso ellos no saben a ciencia cierta que la muerte no existe? Mira el termómetro de mercurio rojo y sabe que es así, no hay más. Pero ninguno de los dos lo expresa. Hay cosas que es mejor guardárselas dentro y no verbalizarlas. Cuando las dices, se convierten en verdad, y esta vida que ambos sobrellevan lo mejor que pueden es un pacto no firmado. Nunca concretaron término alguno, pero lo aceptaron tal cual vino.

—Explica cómo es el proceso de reencarnar, qué pasa entre una vida y la otra...

—O sea, que cuando termina este suplicio de tener que vivir, ¿nos toca volver a empezar?

—A repetir curso, como en el cole..., o eso dice ella, al menos.

—Pues qué coñazo —responde Miguel—. Al menos será en una vida mejor, ¿no? Yo en la siguiente vida quiero ser como Hugh Jackman. ¿Eso quién lo decide?

—Aurora Arlen dice que uno mismo, que depende de lo que hayas hecho en esta vida..., supongo que habla del karma y todos esos rollos, entiendo yo... Hay una frase que dice y que se me ha quedado en la cabeza: «Somos arquitectos de nuestro futuro».

—Qué profundo todo...

Alba dibuja una sonrisa, pero enseguida se le disipa. Piensa, ¿qué se puede sacar de mi vida? ¿Acaso merezco un mañana mejor? Y de refilón contempla el rostro de Miguel y sabe que está cavilando acerca de la misma cuestión. No han hecho daño a nadie, al menos eso, pero ¿y bien? ¿Han hecho algún bien?, ¿han aportado algo a la sociedad?, ¿han contribuido en la construcción de un mundo mejor? Los dos suspiran al unísono.

Él se levanta y ella no se calla.

—¿Qué vas, a por la primera cerveza de la tarde?

Él la mira asustado, como al niño que han atrapado en plena gamberrada.

—Iba a poner la película, ¿no habíamos dicho de ver *Coco*? —dice señalando la estantería de los DVD—. ¿Por qué no hacerlo? Es una buena peli.

—Ya no hace falta. Paula no está.

La dureza en el tono la coge por sorpresa incluso a ella, y en sus adentros se arrepiente en el acto. Pero Alba nunca ha sido de pedir perdón, así que ahora qué otra cosa puede hacer; así le ha salido, en fin, es lo que hay.

Baja la mirada a la *tablet*. Pese a que nota la posición recriminatoria de Miguel, que se ha quedado pasmado en medio de la sala queriendo soltar una defensa que no consigue construir. Alba se esfuerza por no mirarlo y enfocarse en el vídeo de YouTube. No lo mires, no lo mires, no lo mires. Y respira hondo cuando aprecia que Miguel se retira a la cocina; a por su cerveza, cómo no.

Pues si quiere que beba, beberé, qué coño. Incluso un *whisky* me pimplaré a su lado, claro que sí. Abre la nevera con tal violencia que teme romper la puerta. Alcanza la primera cerveza que encuentra y la abre al instante. Levanta el codo y a punto está de amorrarse cuando de repente, y porque sí, se detiene.

Mira la boca de la cerveza, la cual desea; pero se resiste. Sin meditar ni razonar nada, deja la cerveza en el mármol y se dirige a la sala de estar. La recorre en grandes zancadas y se detiene frente a Alba.

—¿Qué coño te pasa a ti?

Ella lo mira asustada. Al principio, perpleja de verlo con sangre en el cuerpo tras tantos años, y luego, molesta por el tono utilizado. Pero Miguel, lejos de aplacarse ante esa mirada, le quita la *tablet* de las manos y se la deja en la mesa.

—¿Pero qué haces? —dice ella—. ¡Estás loco!

—Tú y yo vamos a ver una película, quieras o no. ¿No te gusta *Coco*? Pues te pongo otra. Pero te quedas aquí sentada, soportándome a tu lado y mirando a la tele. Dos horas, no pido tanto, ¿no crees?

Ella se pone de pie. La boca ligeramente abierta indica que está dispuesta a soltar todo el veneno que le venga, y la furia en los ojos dice que lo mataría aquí mismo. Pero él, pese a la presión, se obliga a no replegarse y se queda parado delante de ella.

Y Alba, ¿empieza a gritarle o a zarandearlo? No, se quedan callados. Él con temor ante la bomba que puede explotar en cualquier momento, y ella, con el pecho en ebullición ante la ansiedad que emana de su interior. Todo esto sin dejar de mirarse. Y no saben quién da el primer paso ni cómo se rompe el hielo, pero el caso es que se abalanzan el uno contra el otro y se funden en un beso.

No es solo un beso.

Son muchos.

Uno tras otro.

Sin orden aparente, pero con un mismo origen y fin: hambre.

Tienen hambre de sentir el cuerpo del otro, de redescubrirse; volver a recorrerse para saciar así su sed. Saber cómo estos tres años de distancia han hecho mella en unos mapas antes conocidos. Tan integrados que se tenían el uno al otro y ahora, míralos, como dos vírgenes. Se diría que él nunca ha abierto un sujetador y que ella jamás ha tocado siquiera la hebilla de un cinturón. Pero en ninguna ocasión dejan de mirarse, casi a modo de convencerse a sí mismos de que sí, que no es una fantasía, está pasando y lo van a disfrutar.

Se dejan caer en el sofá. Ninguno de los dos piensa ni en el pasado que tanta tristeza provoca ni en el futuro que tanta ansiedad despierta. Simplemente se besan y se dejan sentir. Solo son dos seres haciendo el amor sin que nada más importe.

# ALBA

Un sendero hacia el fondo del mar, es el pensamiento que le viene al observar estos pendientes de color azul coral.

Apenas está de cuerpo presente en su taller, pues la cabeza la tiene perdida en un naufragio de sentimientos encontrados.

Así lleva toda una retahíla de días de nadie. Trabajando como nunca, respondiendo *e-mails* y llamadas de encargos con eficacia, e incluso sacando tiempo para atender a las malditas redes sociales que tanto odia. Aunque si por ella fuese no dejaría rastro alguno en el mundo digital, sabe que las redes sociales son un valioso escaparate que la ayudan a mantener esta aventura profesional en la que se embarcó hará ya trece años. No, espera... ¿Trece años ya? Sí, es verdad, más de una década. Justo había conocido a Miguel.

—Pues yo creo que deberías intentarlo —dijo él—. La pregunta que deberías hacerte es: ¿por qué no?

—Soy mayor como para dar semejante giro...

—¡No eres mayor! No digas tonterías. Si te llama la atención hacer bisutería y joyería, y eso es lo que te gusta, deberías probar. ¿Sabes una cosa que decía Pablo Neruda?

—No, Miguel, te lo pido, apaga al literato; solo quiero hablar con mi novio, nada más.

—Pues decía algo así:

—... Ahí va...

—«Queda prohibido no sonreír a los problemas, no luchar

por lo que quieres, abandonarlo todo por miedo, no convertir en realidad tus sueños».

—Me lo pondré en una taza, muchas gracias.

Le costó, claro que le costó, pero acabó inscribiéndose en el módulo, ¡y menos mal! Hoy en día, visto desde la perspectiva que ofrece el tiempo, le parece una de las mejores decisiones que jamás ha tomado. A saber qué hubiese sido de ella si no. De lo que estudió en la carrera, no encontraba nada de nada y su autoestima estaba por los suelos.

—Imagínate cuando estemos los dos hechos unas pasas en las butacas viendo estúpidos concursos de televisión —dijo Miguel—, ¿acaso no te gustará saber que hiciste todo lo posible por seguir el camino que más te atraía cuando eras joven?

—Vale, vale, está bien. Me has convencido —acabó diciendo ella—. Y ahora bésame, haz el favor, y no pares hasta que te lo diga.

Y él, muy obediente, cumplió.

Desde entonces, ¿ha sido su carrera un camino de rosas? Para nada. Emprender es duro, eso lo sabe todo el mundo, pero tampoco puede quejarse, anda ya. Los clientes responden, siempre hay tiendas que la llaman para ver de cuánto *stock* pueden disponer y, salvo ese caso del negocio en Malasaña en el que dejó piezas en depósito y las perdió (hijos de puta, os merecéis haber quebrado), la gente siempre se ha portado bien con ella. En ocasiones su hermana Diana, que tiene buen ojo, hace fotografías a sus productos y así nutre a sus seguidores en las redes sociales. ¿Tiene muchos? La verdad es que tampoco tantos, pero a los pocos que hay toca cuidarlos o se van.

—Yo creo, muy sinceramente, y deja que contigo no me calle nada, que cuando mamá nos tuvo a ti y a mí, soltó toda la creatividad que la pobre mujer pudo tener jamás —dijo Diana en una de las sesiones.

—¿Lo dices por Eva?

—¿Quién si no? Mamá no le dio ni una pizca de arte a la pobre. Claro, al ser la primera, pues no la supo hacer bien y el experimento salió como salió.

—Calla, anda —finiquitó Alba con un empujón, e indicó que siguiese haciendo fotos a las pulseras que estaban expuestas delante de ellas.

Mira el reloj. Falta poco para el mediodía y se pregunta si merece la pena empezar a trabajar en otro par de pendientes. Para ser sinceros, se pregunta si le apetece bajar a comer o no. Es extraño. A veces siente que prefería el vacío al que se había acomodado con Miguel, ese saber que no hacía falta hablar, que total, no se soportaban y ya no podían considerarse una pareja; sin embargo, ahora no sabe si desayunar con él, si comerán juntos o si Miguel espera que por la noche charlen de cómo les ha ido el día. Con todo, él sigue durmiendo en el sofá y ella en la cama, tan tranquila, y desde aquella noche no ha vuelto a pasar nada.

Bueno, sí, al día siguiente, sí.

Los dos coincidieron en la cocina. Él entraba y ella salía, y, en un acto reflejo, se besaron sutilmente. Fue un beso corto y sencillo, de simple saludo, pero que entre ellos significó... ¿Qué significó? Quién sabe, ojalá lo supiera... ¿Es posible reconstruir sobre la Zona Cero? Como mucho un monumento en homenaje a lo que antes allí se alzaba, pero volver a levantar semejante construcción se le antoja imposible.

Sin embargo no hay nada imposible.

Calla, Alba, se dice a sí misma. Pero no ha acabado de pensarlo, que vuelven a acosarla una ráfaga de imágenes: la boca buscándolo con desespero, los brazos de él envolviéndola, sentirse atrapada en ese sofá; ya no recordaba cómo era Miguel como amante (entregado y devoto), y se le reveló cuánto lo echaba de menos. Recuerda cómo deseó sentirlo dentro. ¿Estará él pensando tanto como yo acerca de lo nuestro? Si al menos mostrase una señal, una simple señal...

Sin volver a ser ese buda contemplativo con el que ha vivido los últimos tiempos, sigue sin ser el Miguel carismático que la embaucó a los veintiséis años. Lleva unos últimos días en los que se mueve con soltura y confianza, la columna la tiene erguida y los hombros rectos; pero sigue sin hablar más de cuatro palabras. Cualquiera diría que ha hecho un voto de silencio. La mira con luz, le sonríe con ilusión, pero ¿se atreve a decirle algo? Nada, no se atreve en absoluto.

Al día siguiente del sofá, por ejemplo, Alba estaba segura de que Miguel se acercaría y le propondría algo. No sé, un poco de montañismo por la sierra o salir a hacer la compra de la semana juntos aunque fuese; pero no, siguieron conviviendo como si tal cosa.

Es que no es fácil, reconoce ella.

Y vuelta al hambre liberado, al tacto del sofá con su cuerpo desnudo, al calor que sintió al colocar sus dos manos en el pecho de él. También rememora cuando Miguel paseó los dedos por sus labios y ella sacó la lengua con ansia y los metió en su boca, enteros, y los fue relamiendo mientras él entraba en ella... Alba une ligeramente las rodillas y pega un puñetazo al escritorio.

Mierda.

# MIGUEL

Debería inventar palabras nuevas para describir lo que siente en su interior. Para él, despertar es el peor momento del día. Verse tirado ahí, en el sofá, se le hace insufrible y su primer pensamiento siempre es: quiero morirme.

Todos los días despierta mucho antes que Alba, más que nada porque en la sala de estar no hay persianas y las cortinas siempre dejan pasar los primeros rayos de sol. Así que la visión que Miguel encuentra cada mañana al abrir los ojos es una imagen de dolor: la casa vacía.

Vacía de vida y alegría, pero llena de recuerdos y melancolías. Este lugar fue la cuna de una familia que, con sus cosas, vivió en amor y hasta podría decirse que alcanzó la felicidad, de ser esto posible.

Como aquella vez, poco antes de que la desgracia asolara esta casa. Hubo una noche en la que después de cenar se fue la luz. Era una de esas noches en las que el viento gritaba ensordecedor y la luna descansaba escondida. Aguantaron un buen rato con velas y al final se convencieron de que la electricidad no iba a volver; no aquella noche.

—Se habrá caído una torre de la compañía eléctrica o algo así, vete a saber —concluyó Alba.

Y lo que en una casa así, alejada de toda vida, pudiera parecer un drama, aquel corte de luz convirtió esa noche en una de las más bonitas que se han vivido aquí.

Llevaron los colchones a la sala de estar y, con sábanas blancas, montaron un fuerte. Pasaron varias horas con la única compañía de las linternas, leyendo cuentos y contándose anécdotas. Miguel puede visualizar muy vivamente la cara de Lucía, cómo los miraba, con qué sonrisa más sincera los iluminaba; después durmieron los tres juntos dentro del fuerte y no salieron hasta la mañana siguiente, poco antes de que volviera la electricidad a la casa.

—Wiiiiiiii, qué chulo ha sido —dijo Lucía mientras desayunaban—. ¿Podemos hacerlo más veces, mamá?

—¡Claro!

No iba a ser posible. Jamás iban a volver a estar los tres juntos así de alegres. Apenas dos semanas después, la niña moriría.

Y aquella noche del corte de luz se ha grabado en la memoria colectiva de la familia como, posiblemente, uno de los recuerdos más bonitos e imprescindibles.

Pero hoy eso suena a impostado, al resultado de un sueño febril, aunque él sabe que no. Ve la mesa, y aún puede escuchar el lápiz de Lucía al hacerle un dibujo por el día del padre; observa la estantería y se diría que aprecia la voz de la niña al decirle si le puede hacer un hueco para sus cuentos del Osito Tito. Sombras. Todo son sombras en esta casa, que más que casa es un mausoleo, así lo siente él cuando cada mañana recorre el espacio en profundo silencio de abatimiento.

Cumpliendo con la tradición, se acerca a la ventana empañada y en el cristal izquierdo escribe con el dedo: «Buen día».

Por un momento se queda detenido en pleno centro de la sala. Le parece absurdo recordar escenas de antaño. Momentos en los que Alba, Lucía y él conversaban y hacían planes para el mañana.

Un mañana que jamás amaneció.

En el fondo, Miguel se pregunta qué sentido tiene seguir

así, arrastrado por el lodo y la pena. Le suena el móvil y ni siquiera piensa en quién será a esas horas, solo responde.

—¿Diga?

Resulta ser Óscar, un antiguo compañero de la carrera. Hace mil que no se ven en persona, pero sí que alguna que otra vez han cruzado más de un wasap.

Óscar enseguida pide perdón por llamar a esas horas, pero como sabe que Miguel es de madrugar tampoco hace mucho hincapié en sus disculpas. Le llama desde el manos libres del coche, y es que está de camino al curro y desea hablar con él cuanto antes.

—¿Por qué?, ¿ha pasado algo? —pregunta Miguel—. ¿Estáis bien por casa?

El objeto de la llamada: Óscar le hace una oferta de trabajo. Esa misma mañana se reunirá con sus superiores y desea poder darles el nombre de su antiguo compañero de carrera.

—¿Qué me dices? —le pregunta Óscar—. Te tocaría ser muy proactivo, como en cualquier trabajo hoy en día, pero el sueldo sería bastante obsceno, ya te lo digo. Esta gente está cagada de dinero.

Le explica en qué consistiría el trabajo y no suena mal. Miguel sabe que tras un tiempo de adaptación podría desempeñar tranquilamente el cargo en la fundación internacional para la cual trabaja Óscar desde hace años.

—Para el carro —le dice Miguel—. Entiendo que debería mudarme a Sevilla, ¿no?

—Sí, claro, pero no te preocupes, que yo os ayudaría a buscar un buen sitio en el que quedaros. Y a malas, Carmen no dirá que no a que os quedéis unas semanas en nuestra casa, ya sabes que os aprecia, y así no os metéis en cualquier sitio.

El cerebro de Miguel enseguida realiza las conexiones pertinentes: Sevilla-sol-calor. Mucho calor. Y esto lo piensa mientras se cierra la cremallera de la chaqueta hasta arriba del todo y encoge el cuello, muerto de frío.

—Va, ¿qué me dices? —pregunta Óscar—. Sería genial

volver a estar tú y yo, en el campo de batalla, codo con codo, como en los viejos tiempos.

Miguel ni siquiera sonríe, solo suspira. A quién quiero mentirle, piensa antes de rechazar la oferta. Le agradece a su amigo el que haya pensado en él, claro, pero ahora mismo no puede mudarse a Sevilla.

—Oh, venga, ¿es por Alba?

—Sí y no. También es por mí, no creas. Sevilla está genial, pero mi lugar está aquí.

Aquí, en esta casa.

Se despide de su amigo con la promesa de mantenerse en contacto con mayor asiduidad, cosa que ambos saben que no cumplirán.

A los pocos minutos ya está de nuevo rondando por la casa. El termómetro de la pared cae en picado seis grados y Miguel se ve obligado a acudir a otra chaqueta que tiene doblada sobre el brazo del sofá.

La mañana transcurre con aparente normalidad en el exterior, aunque no en el interior de Miguel, que apenas puede concentrarse en el trabajo y dedica varias horas a deambular por la casa, nervioso. O, más que nervioso, ansioso.

Y descubre el porqué cuando va a la cocina y encuentra a Alba empezando a prepararse la comida.

—¿Tú qué te vas a hacer? —le pregunta ella.

—Tengo un poco de pasta que sobró ayer —dice él—. ¿Y tú?

—Me haré una ensalada con queso de cabra, unos *cherrys*... Estará bien, tampoco es que tenga mucha hambre, la verdad.

—Tienes dátiles, por cierto. Ayer te dejé unos cuantos..., los tienes en el armario.

—Ah, gracias —dice ella al ponerse manos a la obra.

Alba empieza a moler un puñado de chía mientras él se mantiene inmóvil, sin saber cómo empezar a hablar.

—Y si..., ¿te apetece que cueza un puñado de espirales y se lo echemos a la ensalada?

Ella lo mira sin saber si entiende o no lo que Miguel está queriendo decir. Joder, ¡siempre tan críptico, ni que le cobrasen por hablar!

—¿Y si hacemos una ensalada para los dos? —se atreve a proponer él por fin—. ¿Te apetece que comamos juntos?

Alba acepta sin darle mayor importancia. Aunque él espera en sus adentros que esté haciéndose la dura, que en realidad esté tan alegre como él por el hecho de comer juntos de forma tan cotidiana. ¿Es un avance? Paso a paso, Miguel. Poco a poco y con buena letra, tal y como decía tu yaya.

—Oye... ¿Has notado a...? —suelta Alba en mitad de la comida y con cierta preocupación en su rostro—. Lleva días desaparecida.

—Sigue entre nosotros, solo que está manteniendo un perfil bajo. No me preguntes cómo, pero estoy seguro. ¿Adónde se va a ir? Su mamá y su papá están aquí. Este es su lugar, junto a su familia.

Familia... Vaya, lo ha soltado. ¡Ya era hora! Y una vez dado el primer paso, ya solo queda recorrer lo que resta del camino con la mirada bien alta.

—Nunca llegamos a ver la película *Coco*... —dice Miguel, que respira hondo y sigue hablando—: ¿Te apetece que nos la pongamos después de comer?

Mira con temor a Alba, que, lejos de salir corriendo, se limpia la boca con la servilleta y se acerca, muy solemne.

Miguel contempla sus pies detenidos frente a él y, con respeto, levanta la mirada. Para su sorpresa, se encuentra la mano extendida de Alba, que le invita a que vaya con ella.

—Después —dice con el rostro encendido—. La vemos después.

Él sonríe y la coge de la mano con todo el candor que le es posible mostrar. Se miran sonrientes y ella lo guía escaleras arriba, hacia la cama de matrimonio.

# SEGUNDA PARTE

# MIRANDA

Cuando Miranda Delgado nació, se rompió el molde y no habrá nunca nadie igual.

Sabe la fama que tiene y le gusta alimentarla. O, mejor dicho, no le importa lo que digan de ella y dar razones para que su reputación se siga extendiendo. Ella es como es, singular. Por qué si no se presentaría así a una escena del crimen, subida a un imponente Jaguar todoterreno de color negro, la joya de la corona en el *parking* de la UDEV; obviamente el vehículo más reclamado entre los policías que sirven en el complejo de Canillas. Y todo gracias a un narco al que se lo confiscaron hace siete meses. La vida policial da pocas alegrías, pero en alguna que otra ocasión se luce dejándote conducir un vehículo así.

El caso es que los dos agentes uniformados apostados en el portal de aquel edificio de una calle cualquiera de Alcorcón yerguen sus espaldas y ponen los hombros bien rectos cuando ven a aquella mujer bajar de semejante todoterreno.

—Inspectora, buenos días, ¿cómo se encuentra?

—Feliz como un perro con dos colas. ¿Dónde es?

—En el quinto derecha.

Ella se cuelga la placa del cuello y entra en el portal. Pasa del ascensor y enfila las escaleras. Su subinspector de confianza dentro del grupo IV la encuentra a medio camino.

—Jefa, si lo deseas, nosotros nos podemos hacer cargo del lío, no hace falta que...

—No digas tonterías. El comisario ha convocado al grupo IV y, dime, Ramiro, ¿quién dirige el grupo IV?

—Sí, ya, pero es que es un caso que...

La mira de frente, de tú a tú, como los dos camaradas que son.

—No te va a ser agradable, Miranda. Esto te va a remover y...

—No seas como los demás, anda, que no te pega.

Empiezan a subir los pisos restantes para llegar al quinto. El subinspector decide aprovechar para ponerla al corriente de la situación.

—La juez, o la jueza, como sea que se diga correctamente, está de camino. Ya está avisada: no hay cuerpo que levantar, pero bueno, ha de personarse y firmar acta igualmente. Y por nuestra parte, poco podemos hacer más que envolverle el caso a su señoría con papel de regalo y volver a la comisaría.

—O a otra escena como esta o peor, que en eso los malos nunca decepcionan. En Madrid una no se aburre, no.

—Qué triste todo, jefa.

—Algo me han dicho por teléfono mientras venía, pero va, cuéntame.

Se detienen ante el quinto derecha; pero no entran, se quedan en el rellano. Esto es así por dos motivos:

1. El subinspector Ramiro Casas ha de recuperar el aliento. La edad y los kilos no perdonan a nadie.
2. Miranda desea manejar la información al completo antes de entrar en el piso en el cual ha tenido lugar la desgracia.

El subinspector se pasa ligeramente la punta de la corbata por el mentón antes de hablar.

—Los vecinos nos han contado que la criatura de cinco meses llevaba toda la noche llorando. Pero llorando de verdad, sin parar ni un solo momento. Después hemos sabido que la madre no estaba en el domicilio, que llevaba toda la noche fuera.

—¿Fuera dónde?

—Cuida a una anciana del barrio de vez en cuando.

—¿Y el pequeño?

—Se había quedado a cargo del padre... Tendrías que haber visto a la madre, pobre... Ha llegado cuando ya estábamos aquí, y al ver el berenjenal se ha derrumbado. Normal...

—¿Qué está, con el psicólogo?

El subinspector asiente y Miranda le hace un gesto para que continúe con su relato.

—Cuando, después de tantas horas de berreo, el bebé dejó de llorar súbitamente, una vecina se extrañó y fue entonces cuando llamó a la policía. El problema es que cuando llegaron nuestros compañeros ya era tarde y se encontraron con un horror: resulta que el padre del niño, que es un criajo de mierda de veintitrés años, había estampado al bebé contra la pared harto de que no dejara de llorar.

»Aun así, cuando los patrulleros llegaron encontraron al niño inconsciente pero con signos vitales. Ha sido en la ambulancia, a nada para llegar al hospital, que ha muerto.

Miranda Delgado no responde, sin embargo, sus ojos hablan de manera cristalina: Puta vida, me cago en todo. Respira hondo y levanta la cinta amarilla de «NO PASAR».

A la gente le suele sonrojar reconocer sus propios dones y talentos, pero no es su caso. Ella sabe que se le da especialmente bien leer la escena de un crimen. Lo único es que ese escenario es, cuando menos, singular. Solo hay unas leves gotas de sangre en el suelo. El bebé, al golpearse contra la pared y caer, no se hizo heridas externas. No, al menos, como para dejar sangre. Esas gotas son de las heridas internas y debieron salir por las orejas, seguramente.

Se detiene ante la pared que tiene delante y pregunta a un miembro de la científica:

—¿Fue aquí?, ¿esa es la marca que ha dejado el golpe?

—Un paso atrás, inspectora. Al menos póngase las calzas y los guantes de plástico.

—Primero quiero ver al padre, ¿dónde está?

—En la habitación de invitados, la más alejada de la sala —responde un hombre vestido con buzo blanco que hace fotos del piso,

Miranda esquiva un cono que hay en el suelo y a otros tantos miembros de la científica que están recogiendo pruebas y se dirige a la habitación de invitados.

Ahí está el tío mierda, acompañado por un policía del grupo IV.

—Argumosa, déjanos a solas, por favor.

—Inspectora...

Pero ella no va a repetir una orden, bastante ha hecho diciendo «por favor», y así se lo hace saber con la mirada. Argumosa sale de la habitación y Miranda se sitúa delante del mal nacido. Se cruza de brazos y observa a ese asesino de arriba abajo. Efectivamente, no es más que un crío que ha jugado a ser padre estos últimos meses, pero que antes de andar cambiando pañales debía estar deseando permanecer en las canchas del barrio haciendo vete a saber qué. Seguro que nada bueno. Sí, Miranda tiene muchos prejuicios, y qué.

—Jonathan Soriano... Te llamas Jonathan Soriano, ¿verdad?

El pobre no habla. Le tiembla todo el cuerpo. Al levantar sus ojos no la mira a ella; mira a través de ella.

La inspectora se cerciora de que la puerta esté cerrada y bien cerrada. Luego se agacha y se queda de cuclillas a un par de metros de su presa.

—Muy bien, Jonathan..., ¿tú ves series de policías?

El chico mueve la cabeza en señal de afirmación.

—¿Y de cárceles? Habrás visto alguna película carcelaria, digo yo.

Vuelta a asentir, una vez más.

—Muy bien, eso está muy bien, así no te tengo que explicar qué va a pasar. A veces el cine exagera, es cierto, pero cuando la ecuación es «asesino de bebés» y «presos peligrosos» no varía mucho de la realidad, créeme.

—P-pero... n-n-no..., y-yo n-no...

—Tú no querías. Ha sido un error, lo sé, eso es lo que decís todos: «Yo no quería. Ha sido un segundo malo, pero ya está. Un error, un maldito error».

Se incorpora. Mete las manos en los bolsillos y se acerca a la ventana abierta. El día ha amanecido triste, empatizando con todo lo que ahí está pasando.

—Puto frío, joder.

Echa una mirada hacia abajo y repara en los cinco pisos que hay de caída libre hasta la acera. Después se apoya contra la pared que hay al lado.

—Aun así, por mucha televisión que hayas visto, no te haces ni una idea de lo que te van a hacer en Alcalá Meco, que es donde dormirás ya esta noche. Ahí los presos tienen libertad de movimiento en el pabellón y te tocará vivir con asesinos, pero, ojo, con asesinos de verdad, de los que han puesto saña y han disfrutado con sus crímenes. Un drama, vaya... Además, mírate al espejo; prepárate para que te conviertan en la putita del cacique de turno o incluso de varios a la vez que te irán compartiendo como una muñeca de trapo. ¿Tú sabes lo que es un *giro tutti*?

El joven, desamparado, solo alcanza a decir que no.

—Tranquilo, que ya lo vas a saber —dice la inspectora.

Suspira y se encoge de hombros. Echa otro vistazo a la ventana abierta. Acto seguido sale de la habitación y cierra la puerta tras de sí.

—¿Qué quiere que haga ahora, inspectora? —pregunta Argumosa.

Ella levanta la mano.

—Dale unos minutos, ¿quieres? Que le dé un poco al coco.

—¿Seguro que es bueno dejarlo solo?

—Mal no le vendrá.

Entonces se coloca un buzo blanco y dirige la escena del crimen con el brío y la garra que siempre la han caracterizado. No es hasta después de ocho o diez minutos, cuando ya se ha anunciado la inminente llegada de la juez, que gana protagonismo un estrépito seguido de un griterío que viene de abajo.

Los policías se miran entre sí, y el más cercano al balcón se lleva las manos a la cabeza.

—Oh, madre...

Todos los presentes se asoman a la calle para ver el espectáculo. Todos menos la inspectora al mando, que se queda cabizbaja en una de las esquinas del piso. Lugar que se convierte en un agujero negro. Se lleva la mano derecha a la cara para acallar un grito gutural y es entonces cuando percibe el ligero temblor de su cuerpo. No son nervios, eso lo sabe bien.

Cruzar la línea tiene un precio.

Forzosamente ha de tenerlo, o todo el mundo lo haría.

Horas después, ese mismo día, el comisario Méndez citará a Miranda Delgado en su despacho y le pondrá sobre la mesa dos opciones:

—Expediente o excedencia, tú eliges, pero necesitas un descanso sí o sí, me da igual lo que digas.

—P-pero...

—Pero nada, debí obligarte hace unos meses cuando pasó todo lo de Ramón. Ahora es tarde y me arrepiento. En su momento me fie de ti, me dijiste que necesitabas trabajar y no estar encerrada en casa y yo te hice caso. Pero no va a volver a pasar. No soy de tropezar dos veces con la misma piedra.

Ella no podrá levantar los ojos y el comisario se compadecerá. Sabe del drama que arrastra su inspectora y todo el vía crucis que está atravesando.

—Tu futuro está aquí, con nosotros, solo has de alejarte una temporada —dirá el comisario obligándose a utilizar el mejor tono posible—. Pero vaya, que la decisión es tuya: expediente o excedencia.

Y ante semejante encrucijada, Miranda escogerá la excedencia, claro. El expediente podría llevarla al cese de sus funciones, y eso no lo quiere; ella solo sabe ser policía. No se imagina qué otra cosa podría hacer si no. Lo suyo es impartir justicia, en mayúsculas y en minúsculas.

# ALBA

Pues sí, estuvo bien la película de *Coco.* Un peliculón, recuerda con cariño semanas después.

Es abril. La primavera está saludando con días de lluvias constantes y temperaturas moderadas. El sol se aventura a despuntar en ciertos momentos, quién sabe si bendiciendo el nuevo clima que se vive en la casa. Sin embargo, en este preciso instante, ella siente frío. Es normal. Está a unos seis grados por debajo de lo que hace en cualquier otro rincón de la casa. Pero ¿se siente a disgusto? Al contrario.

Se pasea alrededor de la mesa de la sala de estar. Canturrea una canción mientras coloca la mejor cubertería que tienen, la que les regaló su hermana Eva por la boda. Así no se queja, piensa ella, que siendo como es..., seguro que cree que nunca la utilizan y que se gastó el dinero para nada. Como si no la conociese yo. Pero se obliga a no perder la sonrisa. Al fin y al cabo, es su familia, y una comida en la que estén todos juntos siempre viene bien.

De repente, la detiene un vacío en el pecho. Empieza a escuchar un chirrido en los oídos y su vista se convierte en un túnel nublado en el que la sala de estar comienza a moverse a su alrededor. Por suerte, el mareo la sorprende cerca de una silla y ahí es donde se deja caer.

Respira hondo durante varios minutos, momentos en los que se obliga a concentrarse en la respiración.

Al rato siente que el túnel se hace cada vez más ancho,

deja pasar más luz, y del zumbido en los oídos queda ya poco. Se lleva la mano a la frente y se seca el sudor frío. La primavera es lo que tiene, se fuerza a pensar, que no sabes si abrigarte o no, y claro, una se abriga y, cuando se da cuenta, las temperaturas ya no son las de invierno; te coge un ataque de calor y te mareas. Eso es lo que se dice a sí misma, pero se coloca una mano en el pecho, rumiante.

Desearía no estar sola en este momento. No es miedo, es solo que agradecería una caricia de Miguel. Volverá pronto, se dice para animarse.

Miguel ha cogido el coche para bajar a Cercedilla a comprar un postre.

—Tengo que mimar a la cuñada, ¡que menuda es!

—Pero si a Diana la tienes ganada y lo sabes —respondió Alba.

—No es Diana la que me preocupa... —dijo en referencia a Eva—. Así que compraré el mejor postre que encuentre. O mejor, compraré dos. Dos postres que sean bien distintos, y así, si no le gusta uno, le gustará el otro.

Se puso la cazadora y la miró antes de meterse en el Volkswagen.

—¿Seguro que estás bien?

—Que sí, no seas pesado y vete.

Y es que había empezado el día vomitando.

Estaba recién despierta, remoloneando en la cama como se ha de hacer un domingo, cuando le atacó una arcada que la obligó a dar un salto hacia el baño.

—Eh, Alba, ¿quieres que vayamos al médico? —dijo Miguel al ver cómo se limpiaba la boca con agua.

—No hace falta. Habrá sido la cena de anoche, no sé...

Debía de ser cierto, pues en toda la mañana no había vuelto a sentir arcada alguna. Ni rastro de malestar. No hasta este momento, hasta que se ve sentada en la silla y aún recuperándose del mareo.

Mueve los dedos de sus pies y se siente fortalecida de nuevo. Se pone de pie sin soltar la silla, por si acaso; pero no la necesita. Sí, está recuperada. Camina hasta la cocina y coge un pequeño calendario que hay sobre el microondas. Trata de hacer memoria y lleva su dedo a un día concreto de finales de febrero: el veinte, que cayó en sábado. Se muerde el labio y pasa página hasta llegar a abril, día cinco: hoy.

No puede ser.

Lo que pasa es que tengo una memoria de mierda, eso pasa, porque no puede ser. Tiene que haber un error, obviamente. Vuelve a posar su dedo en febrero y luego mira a abril. Le falta el aliento cuando deja el calendario sobre el microondas. No se atreve ni a moverse lo más mínimo. Solo piensa y rebusca en su cabeza. Aunque, sin poderlo evitar, siente cómo se le eriza la piel. ¿Acaso es...?

Efectivamente, mira el termómetro de la pared y el mercurio está bajando: el *frío* la ha seguido hasta la cocina. Ahora está a unos seis grados y bajando... Como motor que la obliga a seguir pensando, se echa las manos a la cabellera y se rehace la coleta improvisada que según Miguel le queda tan tan bien. Son gestos automatizados que realiza sin apartar la mirada del calendario. Teme la verdad, y es que, por más que siga mirando el calendario, los días no van a cambiar. Y con esas camina arrastrando los pies hacia la sala de estar.

Por supuesto, se lleva al *frío* con ella.

Mira la mesa a medio poner y no recuerda si los tenedores van a la izquierda y el cuchillo a la derecha o al revés; o si el tenedor del primero se coloca hacia el plato y el tenedor del segundo hacia fuera, o es a la inversa. ¿Cómo coño es? Y las copas, aún tiene que colocar las copas (tanto de vino como de agua), y las cucharillas del postre han de ir entre el plato y las dichosas copas. Sin embargo, aún están en el cajón del mueble. Con todo, le parece un sinsentido cualquiera de estas preocupaciones, una soberana e-s-t-u-p-i-d-e-z.

¿Qué puede hacer?

Recuerda la prueba de embarazo que su hermana dejó en el cajón del baño de arriba.

Sale al recibidor, que se halla en unos agradables diez grados, pero tan pronto coloca un pie frente a la escalera, el mercurio del termómetro que tiene al lado empieza a bajar.

Alba se convence entonces de que no tiene ninguna opción de quedarse sola. No ahora, al menos, no aún. Hay ocasiones en las que el *frío* no se despega de ella de ninguna de las maneras. Y una verdad se le revela incómoda: ¿no podría enfadarse si intuye que quizá esté...? Tan pronto acude este pensamiento a su cabeza, lo aleja bien lejos. Una cosa es ser controladora y, otra, una loca maníaca. Pero se da cuenta de que algo ha de hacer, no puede quedarse todo el día plantada en el recibidor.

Mira el reloj y sabe que tiene tiempo antes de que regrese Miguel o lleguen sus hermanas. Desea arrancarse esta angustia cuanto antes. Necesita una respuesta. Y entonces, Alba, ¿qué vas a hacer?

Sube las escaleras. Sin saber de dónde le nace semejante temor, tiene miedo de que el *frío* la empuje hacia abajo y le rompa el cuello. Calla, piensa para sí misma. Llega a la habitación de Lucía y enciende el móvil que trae consigo su música, ¿tranquilizadora? En absoluto, pero es una música que ayudaba a Lucía a dormir muchas noches.

Alba se queda a la espera. Pendiente de su alrededor, atenta a cualquier cambio que se produzca por muy nimio que parezca. Consulta el termómetro y ve que el mercurio baja lentamente y se queda estable en los cuatro grados.

Mientras, el móvil sigue dando vueltas, aportando su música y sus colores en las paredes. Ella espera que sea distracción suficiente. Pero no sabe, nunca deseó librarse del *frío* hasta este instante. Centra su atención en el móvil y, sin dejar de mirarlo, empieza a retroceder poco a poco hacia fuera de la habitación. Paso a paso, tratando de no romper el momento.

Planta los dos pies en el pasillo y, sin querer girar su cuerpo abruptamente, consulta el termómetro. El mercurio es lento, pero diría que el *frío* no la ha seguido, que se ha quedado en el cuarto.

Pero.

No puede cantar victoria. No aún. Mira de reojo el termómetro, detenido sobre los once grados. No se mueve, apenas respira. Observa el cuarto de Lucía y sabe, por el vaho de las ventanas, la temperatura tan baja que hace ahí dentro. Sin embargo, mira (otra vez de reojo) el termómetro del pasillo, que no se mueve de los once grados. ¿Puede respirar por fin? No todavía, se dice cuando empieza a recular hacia el baño, sin querer dar la espalda a la habitación de Lucía.

Solo cuando está a unos cuatro metros, tiene un arranque de valentía que le permite dar media vuelta y encerrarse en el baño. Pasa incluso el pestillo de la puerta. Gesto que la hace sentir absurda, pero así se cree más segura. Abre el cajón del lavamanos y coge la caja de la prueba de embarazo. Se sienta en el váter y, tal y como sospechaba, no le sale ni una sola gota de pis. ¿Qué quieres bajo tanto estrés?, piensa ella, que se obliga a respirar profundamente, una vez tras otra, para relajar cada músculo de su cuerpo. Y finalmente, por fin, consigue mear.

Ahora viene lo difícil: la espera. La maldita espera.

Tan pronto coloca el test sobre un montón de papel higiénico al lado del lavamanos, sufre un susto que la paraliza por completo.

PUM.

Alba gira inmediatamente sobre sus pies y ve que el pomo de la puerta empieza a escurrirse, como si alguien quisiera entrar.

Lo coge con una mano y cree tener controlada la situación. Pobre de ella.

PUM, PUM.

La puerta trata de precipitarse hacia delante y Alba se ve obligada a coger el tirador con sus dos manos, con firmeza. Coloca su cuerpo como contrapeso, nota cómo afuera, en el pasillo, está haciendo mucho, muchísimo frío, y eso hace que entre en pánico; ¿qué puede ser?, ¿por qué ahora se enfada de esta manera? Solo he venido al baño, nada más; repito: ¡solo he venido al baño! Sí, pero ¿acaso no sabes que el *frío* es capaz de presentir que ocurre algo extraño?

Súbitamente, la presión se reduce y Alba mira desesperada a su alrededor, ¿con qué podría ayudarse ante una nueva embestida? Pero nada, no tiene nada. ¿Cuánto tiempo necesitas resistir? Tres minutos. Pues venga, piensa al insuflarse ánimos.

Pero el pomo vuelve a girar. Ahora con tanta fuerza que Alba está a punto de ceder. Observa sus manos, cómo se marcan sus músculos en tensión. La vena hinchada en el cuello y en la sien. También los dientes apretados. Tan apretados que teme romperse la mandíbula.

PUM, PUM, PUM.

Llaman a la puerta y ella sigue sin abrir. ¿Cuánto lleva aquí dentro?, ¿cuánto faltará para saber el dichoso resultado? Trata de pensar y controlar sus pensamientos. Sí, quizá ya es la hora. Y como si la hubiese escuchado, el *frío* cesa su insistencia. Alba se queda a la espera, con las manos engarrotadas, atenta a cualquier sacudida.

Un segundo, dos segundos, tres segundos; y la puerta sigue intacta.

Decide mirar de reojo la prueba de embarazo y ve que algo en la pantalla ha cambiado. Pero ¿qué es? No alcanza a verlo.

Coge aire. Sí, ha de hacerlo. No deja de repetirse que tiene que hacerlo, que tiene que hacerlo y que tiene que hacerlo. Cuenta uno, dos, tres y suelta el pomo.

Pierde incluso la capacidad de respirar a la espera de ver si la puta puerta trata de abrirse o no.

Aunque no, se mantiene inerte. ¿Seguro? Ella se queda inmóvil, con las dos manos preparadas por si acaso.

Pero de verdad que no, no se mueve.

Ella vuelve a contar uno, dos, tres y se abalanza hacia el lavamanos. Coge el test y lo sujeta entre los dedos. Con los ojos fijos en la pantalla, que le muestra el resultado final.

Las manos le tiemblan ligeramente.

PUM, PUM, PUM, PUM, PUM, PUM, PUM.

La puerta se vuelve loca.

Alba dirige sus ojos al espejo: se contempla con la prueba de embarazo en la mano, la coleta desquiciada y las mejillas encendidas. Se obliga a levantar los hombros y mantenerse erguida, pero le es imposible; solo encuentra fuerzas para observarse a sí misma en el espejo. Y, a decir verdad, ni eso. Ni siquiera tiene la mirada enfocada en ella, solo la mantiene fija en un punto indeterminado mientras la mente la somete a una tempestad.

PUM, PUM, PUM, PUM, PUM, PUM, PUM, PUM, PUM, PUM, PUM.

La puerta podría venirse abajo en cualquier momento. Alba respira varias veces. Guarda el test y la caja en el bolsillo de la chaqueta y corre el pestillo.

No necesita girar el pomo, que ya él se gira solo y la puerta se abre ante ella. Todo lo que ha de hacer Alba es dar un paso al frente y quedarse a la espera de recibir las consecuencias de su desafío. Siente cómo el *frío* la envuelve en un abrazo nada agradable y solo el silencio es testigo de la penuria de Alba, que no sabe si llorar o salir corriendo para no volver jamás.

En este preciso instante suena el timbre de la puerta principal, que anuncia la llegada de la primera invitada a la comida familiar, ¡qué bueno no estar sola, por fin! Incluso si es Eva, su hermana mayor, se alegrará de verla y abrazarla.

Ya te digo que sí, piensa al bajar las escaleras y gritar:

—¡Ya voy!

# DIANA

Diana está entusiasmada.

Lo ve a su lado y aún no se lo cree. Ha llegado el día y Víctor no se ha retirado, no ha buscado una excusa o surgido un imprevisto. Al contrario, está aquí sonriente y predispuesto a la jornada que tienen por delante. Hay que reconocer que, a veces, la vida sí sabe acariciar y no solo abofetear. ¿Está Diana contenta? Sí. ¿Está nerviosa? Mucho. Y es que no es para menos: una comida familiar. Una comida familiar en la que presentará a Vi a sus hermanas, ¡guau!

Sí, están los dos en el coche en dirección a la sierra de Madrid. Ya nada puede pasar. Bueno, sí, aún pueden tener un accidente o encontrarse con un rebaño de ñus que les impidan el paso, pero Diana trata de despejar de su cabeza ese tipo de pensamientos y tranquilizarse de una vez por todas.

Le gusta ver conducir a Víctor. Gafas de sol, mano izquierda en el volante y mano derecha en el cambio de marchas todo el rato. Diana lo acaricia y él le sonríe con ternura apartando la vista de la carretera solo un segundo. Con él se siente segura; es un buen conductor, solo hay que ver cómo coge las curvas cerradas y cómo se ha movido a la salida de Madrid, esquivando el tráfico sin titubeos ni miramientos a la hora de pegar un buen acelerón. Y es que ya sabes lo que dicen: un hombre folla como conduce. Algo que se adecúa a Víctor; las verdades han de decirse.

«Como daba besos lentos, duraban más sus amores», y nunca unas palabras definieron tan bien a una persona. Eso es lo que piensa Diana de sí misma, y es que ella siempre fue de novios, nunca de rollos. Y así le ha ido, las cosas como son. A sus años conoce el calor de los cuerpos y el sudor de la noche, sí, pero ella es propensa a entregarse e intentar atarse (normalmente de los tipos menos indicados). Con todo y pese a todo, y con la tira de novios que tiene a sus espaldas, aún no sabe lo que es decir «Te quiero», mira por dónde. Nunca ha visto el momento, quizá por tener las expectativas demasiado altas. Sabe que enamorarse está pasado de moda y que ya no se estila entre las mujeres de su generación. Ella debería estar predicando sobre el amor libre y viviendo en una comunidad donde *todes* se amen con *todes*. Pero qué le vamos a hacer, no hay manera. Llámala víctima de las películas Disney que la adoctrinaron de pequeña o del heteropatriarcado que le ha lavado la mente durante toda su vida, pero el caso es que ella desea querer y que la quieran.

Y eso solo lo ha encontrado con Víctor.

Es curioso, piensa ahora viendo los vehículos que dejan atrás por la ventanilla. A veces una se prepara para darle la bienvenida al amor, como extendiendo el mantel para hacer un pícnic. Te cuelas ese vestido que sabes que te realza, escuchas la *playlist* que te pone de buen humor, el lugar más idóneo e *instagrameable* de Madrid y, además, el chico con el que te has citado es encantador. Y, sin embargo, nada, aquello no rula ni empujándolo. No se da.

En cambio, otros días vas con el pelo sucio que te huele y te lo anudas en una coleta con vergüenza, encima llevas las bragas de la regla y lo único que deseas es devorar un helado *cheesecake* y, por si fuera poco, vistes el ridículo chaleco verde que te han dado los de la ONG para la que trabajas; y ese día va, y la vida te pone por delante a una persona que te encandila como nunca habías podido imaginarte. Hay que joderse.

Fue así como Diana conoció a Víctor, el día en el que no debía haber ocurrido nada y en el que lo más emocionante iba a ser ponerle kétchup al puré de patatas en la comida.

Pero no.

Aquella tarde Diana se encontraba en Preciados, captando socios o donaciones esporádicas para una ONG que la tenía esclavizada con un sueldo irrisorio, cuando, de repente y porque sí, paró por la calle a un hombre cuya mirada indicaba que, más que una persona, aquel ser era un animal. Bastante más de metro ochenta, espalda ancha, músculos marcados; aunque lo más llamativo era que, pese a la gestualidad típica de macho alfa, tenía la mirada limpia. Muy limpia. Y eso hizo que cuando él le dijo lo típico de: «Tengo prisa, no me puedo parar ahora», ella insistiera un poco más, pues creyó identificar a una buena persona que acabaría picando. Recorrieron todo el tramo de Sol hasta Callao y no se detuvieron hasta que llegaron a la puerta de El Corte Inglés.

—A ver, ¿qué es eso que te corre tanta prisa que no puedes pararte a escuchar lo que está pasando en África?

Y esa frase desmontó a aquel extraño que hasta entonces estaba haciéndose el sordo. Se notó el cambio, el segundo en el que algo hizo clic en la cabeza. La escrutó durante unos segundos y bajó su escudo.

—Es que esta noche mi hermana celebra su cumpleaños y..., en fin, he de comprarle algo urgentemente —dijo el pobre, cortado y sintiéndose acorralado, casi no se atrevía ni a mirarla a los ojos—. Pero ahora que pienso, si me quieres acompañar...

—Oh, claro, ¡venga ya! ¿En serio quieres que sea el cliché de tía que te acompañe a comprar lencería para alguna amiguita tuya?

—Mira, mi hermana está en Madrid durante unos días y hoy celebra su cumpleaños. Eso es así. Y no, la lencería ya se la comprará ella, yo había pensado en algo más normal: un disco de Chayanne, una cafetera o un cacharro que hace pizzas o algo así.

—¿Un disco?, ¿Chayanne? ¿Tú estás en los noventa o qué te pasa?

—... Era un poco broma, pero ya veo que no me ha salido bien.

Ella se lo quedó mirando, sin saber si fiarse o no.

Se quedaron plantados en medio de Callao como dos tontos, contemplándose el uno al otro mientras el fervor consumista campaba a sus anchas a su alrededor.

—¿Me quieres acompañar o no?

—Si dejas que mientras te cuente la necesidad de hacer pozos en África, sí.

—Pues ya tenemos tema de conversación.

Dicho y hecho.

Inconscientemente, Diana sonríe al recordar esa escena. Para ella entrañable y digna de la mejor comedia romántica. Le gusta rememorar experiencias de este tipo, momentos bonitos que ha vivido.

—¿Qué te pasa con esa sonrisa? —pregunta él.

—Cosas mías.

Lleva su mano al reproductor de música y cambia de canción. No pasan ni dos segundos, que Víctor regresa a la canción anterior.

—Cuando tú conduzcas, tú escoges la música.

Diana levanta las manos. Su novio no tiene remedio. Mejor regresar a su ensoñación. Al momento en el que salieron por la puerta de El Corte Inglés cargando con un *Pizza Maker*, él le propuso que lo acompañara aquella noche; así le podrían dar el regalo a su hermana juntos.

—A fin de cuentas, me has ayudado tú. Ah, y tranquila, que no es una cena familiar ni nada por el estilo, es solo la pandilla de amigos de Inés, mi hermana, ya está. Será muy informal, unas cervezas y *pa'* casa.

—¿En serio quieres que vaya?

—Así, cuando me pegue la bronca por comprarle algo tan pesado, puedo compartir la culpa con alguien y con suerte la chapa es menos grave.

—¿Y eso?

—Vive en Chicago y tendrá que enviárselo por mensajería. No creo que quiera ponerse el cacharro este en la maleta.

—¡Tendrías que habérmelo dicho!

A ella, al principio, le pareció raro que un tío al que acababa de conocer la invitara al cumpleaños de su hermana, y a punto estuvo de salir corriendo, pero después recordó que sus amigas siempre le afean lo cerrada que es y que rara vez dice que sí a los planes que le proponen, así que, qué coño, dejó el chaleco de la ONG a un lado de la calle Preciados y se fue con ese hombre. A veces, para vivir, hay que quitarse el cinturón de seguridad y soltarse el pelo.

Y menos mal que lo hizo. La velada fue agradable y Víctor no se apartó de ella en ningún momento. De hecho, a Diana le sorprendió gratamente (y le gustó) el buen hacer del policía: la manera que tuvo de presentarle a su hermana y al resto del grupo sin imposturas, cómo la introdujo en las conversaciones en todo momento..., ella en ningún instante se sintió apartada ni ajena. Quien los viese desde fuera habría dicho que era una más de la cuadrilla. Y eso le encantó. Tanto que sintió cómo algo estaba naciendo entre ella y Víctor. No le cupo la menor duda.

Ese fue el inicio de una aventura que dura hasta el día de hoy. Momento en el cual están de camino a casa de Alba. ¡Por fin! Parecía que no iba a llegar nunca el día, pero aquí están: ha llegado la hora en la que va a presentar a Vi a su familia.

Y es que ella está segura de la relación, y a él también lo nota a gusto.

A ver, es cierto que en alguna que otra ocasión ha tenido un reconcome, algo hurgándole en las tripas, una punzada en la sien advirtiéndole que debía andarse con cuidado, que Víctor escondía algo.

¡Ay, quién sabe!

También el instinto femenino se puede equivocar, ¿a que sí?

## MIGUEL

Hacía muchos meses que no la veía, pero ahora, al contemplarla aquí sentada en el sofá, se da cuenta de que es tal y como la recordaba. No es que la memoria la convirtiese durante estos meses en un ser al borde de la monstruosidad; no, es que la pobre mujer es realmente así. Y no es que sea fea en el sentido objetivo del término, es solo que su pose de mala hostia y su halo oscuro no dejan entrever belleza alguna. Tampoco ayuda esa seriedad crónica, ni ese talante salvavidas, ni ese tono en el habla y que parece que le tengas que dar las gracias por dirigirte la palabra. Aun así, Miguel reconoce que a él no lo trató mal en ningún momento y no le puede guardar rencor por nada en absoluto.

—¿Tú lo conoces? —pregunta Eva.

—No, ni siquiera me lo imagino.

—Bueno, para eso estamos aquí, ¿no es cierto? —Y deja reposar sus manos entrelazadas sobre los muslos.

Es la hermana mayor, roza los cincuenta años y su pose es, sin lugar a dudas, de matriarca de la familia. Incluso en este momento está colocada en el centro mismo de la sala de estar.

—¿Qué tal todo por el hospital? —pregunta Miguel.

—Bueno, ya sabes, lo de siempre.

Miguel no sabe qué tema sacar y, por suerte para él, Alba acude en su auxilio cuando sale de la cocina para dejar sobre la mesa una bandeja de pan.

—¿Tú tampoco lo conoces? —pregunta Eva—. ¿Lo dices en serio?

—Solo me pidió que organizase la comida para que así el chico solo tuviese que pasar por el mal trago una sola vez.

—Joder, y mira que Diana viviendo conmigo..., con lo fácil que hubiese sido que el chiquillo subiera algún día a casa o algo. Pero nada, ella siempre tan suya...

—Con Jaime nos hizo igual. De repente, de sopetón, se plantó en casa con él.

—Calla, ¡qué imbécil el Jaime ese, de verdad! —finiquita Eva—. Por cierto, os gusta la nata, ¿no?

—No hacía falta que trajeses nada, si ya salió Miguel a comprar el postre, mujer.

—Bueno, si preferís lo que habéis comprado vosotros, pues nada, dejad los profiteroles con nata para cenar, no sé qué más puedo decir —dice la matriarca sin querer ocultar su disgusto.

—Yo digo de hacer un bufé de postres, ¿qué os parece? Los ponemos todos en el centro y vamos cogiendo —sugiere Miguel.

Gran error, advierte en la mirada que le lanza Alba. Y sabe que es cierto. Sin lugar a dudas, Eva comparará de qué postre se ha comido más y finalizará su análisis con un comentario ácido hacia los comensales.

—Y cuéntame tú, Miguel, ¿cómo va el trabajo?, ¿en qué estás ahora?

Un manual de agricultura sostenible, esa es la verdad, pero Miguel no piensa soltar semejante información. No es lo más glamuroso. No es lo mismo que decir que está traduciendo el nuevo *best seller* de Dan Brown o de Ken Follet.

—Un libro de naturaleza... Está bien, me gusta —dice finalmente.

—Por cierto, estuve a punto de llamarte hace unos meses.

Agárrate que vienen curvas, piensa Miguel. También Alba

se queda a la espera, temiendo con qué apunte seguirá su hermana.

—Me enteré de la polémica que hubo con la novela inglesa y el *hashtag* ese de los cojones, el de...

—... Sí, el de #StopMiguel.

—Ese, ese mismo. Pues me pareció una soberana mierda, en serio. La culpa no es de tu traducción, es de la novela, que es pura basura. Sabes que mi inglés no es tan bueno como el tuyo, pero oye, tú, que me defiendo. El caso es que, para seguir cultivándome en el idioma de Shakespeare, siempre que puedo, me leo una novela en dicho idioma. Y este fue el caso. Y lo que te digo, la novela en sí es una mierda, así que tu traducción solo le hizo honor al texto original.

Miguel la mira entre la sorpresa y el agradecimiento sincero. Hay que joderse, no esperaba que semejante apoyo le fuese a llegar de Eva. La gente no deja de sorprenderte, en serio. Piensa en comentarle los intríngulis del oficio de traductor, pero Alba reclama la atención.

De repente, coloca las dos manos sobre la mesa para no caerse, empapada en sudor frío.

—¡Alba! —dice Miguel poniéndose de pie—. ¿Estás bien?

Esta disimula con una sonrisa forzada y asegura que no es nada, que solo ha perdido el equilibrio un momento al cambiar la postura.

—Anda, ¿por qué no enciendes la chimenea? Diana y el policía deben estar a punto de llegar.

—¿Seguro? —dice Miguel, que presiente que hay una conversación pendiente entre ellos.

—Por favor.

Y como la sonrisa de Alba parece sincera, él asiente y va al garaje a por leña. Más por contentarla que por habérsela creído.

## ALBA

En cuanto ve que Miguel desaparece en dirección al garaje, siente la mirada clavada de su hermana mayor.

—Tú no estás bien —asegura Eva—. Ten en cuenta que yo sé de estas cosas.

—¿Pero qué dices? Que sí, que sí, de verdad.

—Alba, que soy jefa de enfermería y he escuchado de todo, créeme. ¿Por qué no me cuentas qué te pasa? Vamos.

Mantiene la mirada sobre ella y Alba vuelve a ser de nuevo esa niña que se quedó huérfana en plena adolescencia. Quiere hablar, de verdad que lo desea, es solo que no encuentra las palabras. Se lleva la mano a la boca y después se echa el flequillo para atrás. Trata de sonreír, pero el labio le tiembla. Inconscientemente se lleva las manos al vientre.

Eva se pone de pie con esfuerzo y, haciendo crujir la silla, se acerca a ella. La mira, analizándola a través de los poros de la piel, y finalmente la abraza.

—Miguel no lo sabe. Es eso, ¿a que sí?

Alba asiente y estrecha fuertemente a su hermana. ¿Cuánto hace que no sentía esta conexión con ella? Quizá desde aquella fatídica tarde de otoño en la que Eva le dijo:

—No te preocupes. No nos hemos quedado solas, seguiremos estando juntas. Para eso soy la mayor, ¿no? Ya verás que todo irá bien. Costará, claro, pero saldremos adelante.

Contra todo pronóstico, Alba no llora. Al contrario, da gracias por tener a su hermana al lado y poder sentir este abrazo.

Eva, sabiendo lo que su hermana pequeña necesita, tampoco rompe el silencio y simplemente mantiene este cálido y maternal abrazo.

Así se quedan las dos mujeres hasta que suena el timbre de la puerta.

—¿Prefieres que vaya yo a abrir? —propone Eva al ver a su hermana petrificada.

—Sí, por favor, yo seguiré poniendo la mesa. Quería sacar un poco de queso para picar y, con todo el jaleo, se me ha pasado por completo. Aún lo tengo que cortar.

—No te preocupes. Ve a por el queso, anda, que tengo hambre. —Eva la suelta y empieza a dirigirse a la puerta—. Ya voy yo a recibir al señor policía...

Al estar de espaldas, Alba no necesita disimular su malestar con una sonrisa y se retira a la cocina. Coloca la cuña de queso Idiazabal frente a ella y coge el cuchillo.

Pero entonces escucha la voz..., esa voz.

—He traído una tarta de café, espero que os guste —dice el policía desde el recibidor después de ser introducido por Diana y haberle dado dos besos a Eva.

¡La maldita voz! ¿Puede ser posible? La mano de Alba se abre en un espasmo y el cuchillo cae al suelo.

—Pues mira qué original al traer un postre... —dice Eva. Se la escucha desde el recibidor—. Con tanto postre acumulado, casi que sería mejor que Alba no se hubiese matado a cocinar toda la mañana...

Alba vuelve en sí. Coge el cuchillo y se centra en seguir cortando queso. Es en este mismo instante cuando escucha a Miguel, que vuelve del garaje cargado de leña.

—¡Hombre! Bienvenido.

Se imagina a Miguel haciendo malabarismos para seguir sosteniendo la leña y poder dar la mano al recién llegado.

—¿Y Alba? —dice Diana—. ¿Alba, dónde estás?

A esta le cuesta reaccionar, pero finalmente dice:

—¡Aquí! Estoy en la cocina.

No se detiene y sigue ocupada cortando el queso. Resopla para tratar de tranquilizarse, pero su mayor miedo se cumple cuando escucha unos pasos que se acercan a la cocina.

Aun así, ella no se gira cuando Diana y su policía entran.

—¡Ah del barco, hermana! —clama Diana.

Alba, muy suya y sin dejar de cortar queso, pone la mejilla para que Alba la bese; y entonces sabe que ha llegado el momento, el más temido: mirar a los ojos a su acompañante.

... Sí, es él.

Su mano cede ante otro reflejo involuntario y al bajar el cuchillo encuentra su propio dedo.

—Alba, por Dios, ¿te has hecho daño? —pregunta Diana al coger de inmediato papel de cocina para secar la sangre derramada.

Alba se dirige al grifo de la cocina y mantiene el dedo bajo el agua.

—Pues menuda forma de conocernos —dice el policía con una sonrisa.

Alba lo fusila con la mirada. Pero no tiene más remedio que seguirle el juego.

—La hermana, encantada.

—Víctor, el nuevo en la familia.

—Bueno, bueno, no corramos, ¿vale? —bromea Diana, aunque sin ocultar en su mirada que está perdidamente enamorada de este policía.

Alba coge el papel de cocina ofrecido por su hermana y se enrolla el dedo herido. Presiona fuerte y mira a la pareja feliz.

—¿Por qué no vais fuera, a la sala? Estaréis más calientes con el fuego que está encendiendo Miguel.

—¿Y tú?

—Aún le queda un rato al redondo de ternera —dice Alba

señalando el horno—. Me quedo vigilando, no sea que se pase de tiempo... Que ya se sabe, la carne, o la comes en el momento exacto, o ya no vale la pena.

—¿Lo ves? Tal y como te la había descrito —bromea Diana—. Anda, vamos.

Pero Víctor se queda rezagado.

—¿Necesitas ayuda?

Sin la obligación de disimular por su hermana, Alba no encuentra fuerzas ni para hablar. Simplemente rechaza el ofrecimiento con la más severa de las miradas.

Gesto que el policía encaja lo mejor que puede y da media vuelta para dirigirse a la sala.

Sintiendo que le falta el aire y sabiéndose por fin sola, empieza a luchar por una bocanada de oxígeno que le permita aplacar la ansiedad. Joder, joder, joder. ¿Qué va a hacer ahora?, ¿por qué? ¿POR QUÉ? Se palpa la chaqueta y nota que aún lleva encima la prueba de embarazo. Se apoya en el mármol de la cocina, al lado del horno, y hace esfuerzos por no caer en la tentación de salir corriendo hacia la sierra. Aún hace frío allí arriba y seguro que en uno o dos días de vida ermitaña podría morir de neumonía, congelación o algo parecido.

Muerta, se dice, estaría mucho más tranquila.

## MIGUEL

—¿Qué tal el dedo? —pregunta a Alba, que lleva toda la comida absorta y metida en sus propias cavilaciones.

—Bien, gracias.

Aun así, Miguel la mira con preocupación. Lleva extraña todo el día, ¿sería por haberlo empezado vomitando?

Por su parte, Miguel no tiene miedo alguno, está seguro de que lo causó la cena de ayer. Que es verdad, reconoce, tenía un sabor un poco raro. Pero, en fin, sabiendo cómo es su esposa..., se preocupa por cualquier cosa, seguro que incluso cree que es un embarazo. Pues menuda puntería de ser así, ¿no? Apenas llevan un mes juntos de nuevo. Nada, tú no te preocupes, Miguel, y sigue atento a la conversación.

Diana está contando una escapada romántica que están planeando a Alicante en cuanto haga un poco más de calor.

—En Alicante siempre hace mucho calor..., y con esa humedad..., sales de la ducha y en cuanto te mueves un poco necesitas volver a lavarte..., quita, quita —apunta Eva—. A mí que no me esperen en la playa en verano. A la mínima que me puedo escapar, yo a la montaña que voy.

Miguel solo tiene ojos para Víctor, el flamante subinspector de policía. ¿Se siente intimidado por el otro gallo del corral? No es eso, pero, oye, que igual algo hay, quién sabe. El problema es que el policía y él no han empezado con buen pie. Solo eso. ¿El motivo? Que antes de comer y mientras él intentaba encender el fuego de la chimenea, Diana ha dicho lo obvio.

—Puto frío, aquí siempre estáis congelados. Cualquier día os quedáis pajarito, ya veréis.

Eva ha preguntado por la caldera, que si aún estaba rota, y Víctor (tremendo capullo) ha dado un paso al frente.

—¿Queréis que le eche un vistazo?

—¿Tú sabes de calderas?

—Por intentarlo...

A Miguel no le ha quedado otra que acompañarlo al cuartito de abajo y soportar que el policía *mazao* inspeccionara durante un cuarto de hora la caldera que lleva rota desde hace casi un año.

—¿Y qué es lo que dices que no funciona?

—La presión de la caldera sube con la calefacción —ha contestado Miguel sin muchas ganas.

—Entiendo..., pues eso va a ser el vaso de expansión, que pierde aire; o la membrana, que está picada —ha dicho Víctor con la linterna del móvil encendida—. Un día de estos os traigo las piezas y probamos.

Y claro, a Miguel le ha tocado darle las gracias mientras el resto miraban con adulación al policía.

Pero solo son prejuicios, se dice Miguel a sí mismo, que decide hacer borrón y cuenta nueva y regresar al presente.

—Eh, Víctor, ¿te pongo más vino? —dice sosteniendo la botella.

—Ah, sí, gracias. —El policía repara en que su anfitrión está bebiendo agua—. ¿Me quieres emborrachar y no me acompañas o qué?

—Hoy no tengo cuerpo de vino —dice Miguel, que decide llevar la conversación por otros derroteros—. ¿Dónde trabajas, en Madrid ciudad?

—Ahora mismo estoy destinado en la comisaría del Distrito Centro.

—Ah, sí —dice Miguel—. Allí cerca tenía Alba una buhardilla cuando estudiaba, ¿te acuerdas?

Pero Alba apenas asiente.

—Una vez leí que es la comisaría que registra más denuncias por robos de toda Europa, ¿es así?

—No lo sé, pero sí que puedo decir que, por desgracia, atendemos muchos robos, eso es verdad —asegura el subinspector—. Claro, imaginaos la de carteristas que hay por el centro..., es un no parar.

—Me hago una idea —dice Miguel echando un trago de agua, pero él solo tiene ojos para Alba: ¿qué le pasa?, ¿por qué lleva toda la comida tan seria?

Incluso Diana se lo nota.

—Eh, Alba, ¿te pasa algo?

—Nada, es solo que creo que la carne se ha quedado un poco seca...

—Qué dices, para nada, ¿a que estaba rica? —pregunta Diana a Víctor, pese a no esperar respuesta—. Este gorila de aquí es un *gourmet* de la carne, te lo digo yo, y mira su plato, no ha dejado nada de nada, así que imagina.

—Por cierto, Víctor —dice Eva—. Perdona que te interrogue así de sopetón, pero...

Ahí va, piensa Miguel con cierta risilla de «lo sabía. Al final, Eva es como es y no tiene solución».

—¿Puedo preguntarte qué edad tienes?

—¡Eva, por favor! —suelta Diana tras fusilarla con la mirada.

—No pasa nada, Diana. Es algo que no se puede ocultar, ¿verdad? —dice el subinspector buscando la complicidad del resto y centrándose finalmente en Eva—. Tengo cuarenta años recién cumplidos.

Eva agradece la respuesta con un gesto y tranquiliza con una mirada a Diana, que intenta serenarse.

Esta acaricia el brazo de su policía y da inicio a un silencio molesto en la sala. Un silencio en el que Alba y Miguel se miran: sí, es un buen momento. Los dos se levantan al unísono.

—Vamos a por los postres, va —anima Alba.

—Eso, que como decía mi abuela: siempre queda un *bujero* que tapar.

Ríen de forma forzosa en pos de la armonía familiar y para disipar cualquier mal ambiente que se pueda haber instalado sobre la mesa. Alba y Miguel van a la cocina y lo primero que hacen al llegar es mirarse con los ojos en blanco: a punto ha estado de estallar la guerra.

# ALBA

Todos los postres se encuentran sobre la mesa y está pasando exactamente lo que Alba temía: los profiteroles de nata y cubiertos con chocolate que ha traído Eva es el dulce que menos se está comiendo. Por contra, la trenza de trufa de Miguel está arrasando y apenas quedan un par de migajas. Y ocupando el segundo puesto se encuentra la tarta de café de Víctor, de la cual ya solo resta la mitad.

Alba siente el cuello agarrotado. Se lleva la mano derecha a la nuca y mueve el cuello en círculos un par de veces. Nota la mirada atenta de los demás y se detiene para no despertar las alarmas. Aun así, sabe que cuando todos se vayan Miguel se acercará a ella y le preguntará.

—Dime la verdad, no te encuentras bien, ¿qué te pasa? Has estado muy seria todo el día, cuéntame.

Ella no sabrá por dónde empezar. Y lo peor de todo será que no podrá contarle ninguno de sus quebraderos de cabeza. Absolutamente ninguno. Ahora que por fin vuelven a estar bien, Miguel no puede saber n-a-d-a.

—Nunca entenderé por qué siempre hace tanto frío en esta casa —se queja Diana—. Grrrrrrr, estoy congelada.

Cierto, piensa Alba al mirar el termómetro y ver cómo está bajando el mercurio. Ha estado tan inmersa en sus pensamientos que apenas ha notado la caída brusca de la temperatura.

Víctor se levanta y acerca sus palmas abiertas a la chimenea.

—Menos mal que tenéis esto encendido, que si no...

Pobre de él, que tan pronto termina de decirlo, el fuego se esfuma. De golpe no es más que humo y toda la base de la chimenea aparece húmeda. Víctor retrocede visiblemente contrariado con la sorpresa, y los demás se miran desorientados. De todos ellos, solo Alba y Miguel saben qué ha pasado, pero a ver quién tiene el valor de decirlo.

—¿Qué coño ha pasado? —dice Diana—. ¿Qué ha sido eso?

Inmediatamente Miguel acerca una estufa eléctrica que está guardada tras el sofá.

—¿Por qué no nos olvidamos del fuego? Total, después nos deja la ropa apestando a humo y es un coñazo.

Enciende la estufa y vuelve a la mesa.

—Lástima de la tarta que he traído, creo que no está muy allá —lamenta Víctor.

—¿Qué dices, tonto? Nada de eso.

Los dos tortolitos se dan un beso. Miguel los mira con una sonrisa. Sin embargo, Alba aparta la mirada.

—Pero qué...

Todos se giran al unísono. Una gran humareda nace en la estufa y se expande por la sala.

—¡Rápido, las ventanas!

Todos auxilian a Miguel, que salta de inmediato a apagar la estufa y a abrir las ventanas. Todos mueven sus manos en aleteos rápidos para ayudar a que el humo salga al exterior, y mientras se preguntan qué puede haber pasado.

La respuesta la hallan al encontrar una pieza pequeña y de color rojo metida en el interior más profundo de la estufa.

—Pero ¿cómo ha llegado ahí?

—Se habrá caído, ¿qué es? —pregunta Diana.

Alba inspecciona la pieza, la pasea entre los dedos, está caliente y algo deformada, pero sabe lo que es.

—Es una..., es la pieza de un juguete.

—¿Un juguete?, ¿tenéis niños? —pregunta Víctor.

Todos callan y se miran entre sí.

Miguel se acerca a Alba y le coge la pieza roja para observarla. Sí, es una pieza de la casa desmontable. Mira a su esposa, pero es absurdo buscar su complicidad, se halla en plena vorágine de sentimientos.

Una repentina subida de temperatura hace que todos miren el termómetro. Especialmente Miguel y Alba, que ven con temor cómo el mercurio se detiene unos seis grados por encima. Van a hablar, pero un estruendo del exterior los detiene.

—Ese ruido es...

## MIGUEL

—Mi coche... ¡Mi coche!

Víctor se pega a su BMW, que está empotrado en el pequeño muro de piedra que delimita la finca. Se lleva las manos a la cara, con la piel azul del disgusto. La ventanilla del conductor está rota, y tiene la mirada fija en los trozos de vidrio desperdigados por los alrededores.

Se aleja un par de pasos, pálido; sigue sin respirar lo más mínimo.

—¿P-pero cómo...?

Todos los demás están detrás de él, alarmados al ver el coche estampado contra el muro, sí, pero sobre todo por la reacción de Víctor, a quien se le están hinchando todas las venas del cuerpo.

Diana se atreve a dar un paso al frente y levanta su mano, aunque en el último momento se detiene y no toca a su novio.

—El terreno hace bajada. El error es mío por no prevenirte, por no recordarte que echaras el freno de mano...

—¡No, el freno de mano estaba puesto!

Víctor mira a Diana a los ojos y después al resto de su familia.

—¡Joder, os juro que eché el freno de mano! ¿Cómo no lo voy a echar?, ¿estamos locos o qué?

Entonces señala los trozos que la ventanilla rota ha esparcido en torno al coche.

—Mirad, la han roto desde dentro, ¿cómo coño...? Me cago en todo, en serio. ¿Sabéis que en mi barrio no puedo aparcar en la calle por esto? Porque soy poli. La gente lo sabe, y es el modo que tienen algunos de quedarse tranquilos, como si mi coche particular fuese el Estado, hay que joderse... Tuve que alquilar una plaza lejos, a varias manzanas de casa, y macho, que eso pase en mi barrio, donde hay mucho rencoroso, tiene un pase, pero que esto me persiga hasta aquí...

Todo esto lo ha dicho sin detenerse, caminando en círculos, con la mirada encendida y los músculos en tensión.

—Pero por aquí pasa poca gente, ya ves, ¿cómo iba a saber nadie que es el coche de un poli? —dice Miguel tratando de serenar la situación.

—¡Y yo qué sé! ¿Alguien que me ha visto por la ventana, me han seguido desde Madrid? Yo qué carajo sé. Solo sé que, qué casualidad, ¿cuántos coches hay aquí aparcados? No han tocado los dos vuestros, tampoco el tuyo, Eva. Van y revientan el mío, ¿en serio me estás diciendo que es de chiripa?

—Quizá es lo que ha dicho Diana, te pudiste olvidar el freno de mano. A todos nos ha pasado alguna vez.

—A mí no, y te digo que lo dejé echado.

—Está bien, ¿puede ser que una avería haya hecho que cediese? —dice Miguel siendo el único que se atreve a dirigirse a semejante gorila cabreado.

—Pero si pasé la ITV hace dos meses, ¡que no, hombre, que no! Que te digo que esto es un rencoroso de mierda.

No dice nada más. Se lleva la mano a la parte trasera del pantalón y saca una HK USP Compact.

El resto, espantados, echan un paso atrás y observan la locura de Víctor.

—¡Eh, graciosillo! ¿Dónde coño estás? —vocifera con el arma en la mano—. ¡Sal, que te vea, ratita!

Respira agitado y sin dejar de apuntar con el arma a la vegetación que se abre ante él. Con el brazo en tensión y dejando ver unos músculos trabajados a base de gimnasio y más gimnasio.

—¡Ya no eres tan valiente, ¿verdad?!

Nadie sale de entre la maleza. Así que, ni corto ni perezoso y sin bajar el arma, cruza el terreno de la casa y se interna en la senda que sube a la sierra.

Todos los demás se quedan clavados bajo la protección que parece ofrecer la entrada de la casa. La única que se atreve a respirar es Diana, que parece excesivamente preocupada. Aunque no se sabe si por Víctor o por el pobre diablo que él podría encontrarse en plena naturaleza.

—¿Siempre va con la pistola encima? —pregunta Miguel.

—No es tan raro, al fin y al cabo un policía lo es las veinticuatro horas del día —dice Diana, y Miguel prefiere no seguir con la conversación.

Se quedan a la espera y contienen los nervios hasta que ven aparecer de nuevo a Víctor, que refunfuña maldiciones y se guarda el arma.

—¡Se me ha escapado, el maldito!

—¿Eso es que has visto a alguien? —pregunta Diana.

—Nada de nada, ha jugado con ventaja.

Se queda absorto en la ventanilla rota. También revisa la parte frontal del coche. Los faros no están rotos, aunque sí dañados, y habrá que pagar unos nuevos igualmente, y el capó se encuentra un poco levantado, dejando ver parte del motor. Tampoco es la gran avería, pero el próximo paso por el taller significará fácilmente más de dos mil eurazos. Un dolor de muelas, vaya.

—Putos cabrones, en serio... ¿Tenéis muchos vecinos?

—Los más cercanos son un matrimonio de australianos —dice Miguel.

—¿Con hijos?

—Son dos ancianos, y sus dos hijos ya son mayores y apenas vienen a verlos... Yo no los contaría como sospechosos.

—Bueno, aquí soy yo el que sabe de esto. ¿Dónde está su casa?

—Son buena gente, en serio.

—Tú limítate a responder, que no me interesa tu opinión —responde Víctor.

—¡Eh! —salta Miguel con un valor inesperado—. Estás en mi casa, así que un respeto.

—Qué respeto ni qué ocho cuartos, ¿acaso a ti te acosan por tu profesión?

—Oye, esas no son formas.

—¡Víctor, haz el favor! —dice Diana acudiendo a su lado.

Los dos se miran, y él está a punto de estallar; mantiene el rictus un par de segundos, hasta que se acuerda de respirar de nuevo y eso destensa todo su cuerpo.

—Será mejor que nos vayamos.

—Sí, mejor —culmina Diana.

—Aún me da tiempo de llegar al taller antes de que el Alberto lo chape.

El policía gira sobre sus pies y se sienta en su bien amado vehículo, asegurándose antes de que no quede ningún trozo de ventanilla en el asiento. Por su parte, Diana los mira a todos avergonzada.

—Muchas gracias por la comida, estaba todo riquísimo.

Se mete en el coche sin esperar respuesta y a los dos segundos ya está el BMW alejándose hacia Madrid.

Miguel, aún exaltado, mira a Alba esperando un comentario en señal de apoyo, pero no, no lo encuentra. Así que regresa al interior de la casa y deja solas a las dos hermanas.

# VÍCTOR

El subinspector Víctor Blanco siempre se ha regido por un principio básico: «Que todo lo que hagas pueda ser ley».

Esto es algo que su padre le repetía hasta la saciedad, con cualquier excusa, da igual el dónde y el cuándo; su padre siempre tenía en la boca esa maldita frase lapidaria para su primogénito.

En alguna ocasión, el pequeño Víctor preguntó qué significaba eso de que todo lo que se hiciese pudiese ser ley, pero su padre nunca le respondió claro, siempre decía algo así como: «Ya te llegará, lo importante es que lo asimiles desde niño». Víctor no entendió la maldita frase hasta bien entrada la juventud, pero eso no quitó que la odiase desde pequeño. Quizá de ahí que ahora se aleje de manera natural de la vida recta y seria que su padre deseaba para él.

Aunque no en horario laboral. Nunca con el uniforme.

Víctor Blanco no es un policía vocacional, y eso él lo sabe. No necesita que nadie se lo diga. Es consciente de que es un hombre que en su momento se dejó llevar por la corriente, y que ha acabado vestido de azul, con pistola en la cintura y pateándose las calles de arriba abajo casi por casualidad, porque no se le ocurre qué otra cosa podría hacer. Pero al igual que sabe que para él el hecho de tener placa no define quién es, sino qué hace, también conoce sus luces y sombras. Ha aprendido a identificar los desfiladeros que le atraen y también los caminos que ha de evitar.

Cuando uno es policía, la tentación vive contigo en el día a día; siempre está ahí, esperándote a la vuelta de la esquina, saludándote cada vez que puede.

Como el marrón en el que se vio metido el pasado jueves.

—Tío, que son cuatrocientos pavos, ¿sabes? Nos lo dividimos a pachas, y aquí paz y después gloria —le dijo Biel Oliver.

Biel era su compañero de ruta esa mañana, y Víctor sabía de su difícil situación: tres hijos, una esposa empeñada en llevarlos a un colegio elitista de la capital, una hipoteca, las letras del coche y una residencia que pagar para su madre. Es decir, Biel necesitaba un sobresueldo como agua de mayo. De ahí su alegría cuando el jueves por la mañana, patrullando por las callejuelas de Malasaña, encontraron una cartera con dinero en metálico.

La cartera debían llevarla a comisaría sí o sí. Era parte de su trabajo. Lo único es que quizá la cartera podía llegar sin el dinero dentro..., en fin, alguien podría haber pasado por ahí minutos antes que ellos y haber cogido el dinero, ¿no? Sin embargo, Víctor tendrá muchos defectos, pero intenta ser un buen policía. Sin el uniforme puede llegar a ser un desastre, un auténtico calavera, pero vestido de azul es un puto supermán; o así se siente él, al menos.

Por eso decidió alejar la tentación de su compañero. Le recordó que el camino al otro lado se empieza con un primer paso, cogió la cartera y se la levó al coche patrulla.

—Va, sube, que vamos a comisaría.

—Los tíos como tú sois los peores —le dijo su compañero al sentarse en el lado del acompañante.

—¿Los tíos como yo?

—Sí, como tú. Seguro que cuando no estás de servicio, torturas cachorritos o violas a viejas.

—Mira que eres bruto —dijo él atento a la carretera—. Gilipollas...

«Que todo lo que hagas pueda ser ley», es lo que piensa ahora que debió responder a Biel.

El caso es que Víctor, no sabe por qué, recuerda el lema que le inculcaron desde niño cada vez que entra en comisaría.

Y eso no le gusta; no le hace bien. Odia pensar en su padre.

El recién jubilado Carlos Blanco no merece ni un segundo de su tiempo.

Tampoco es que fuese un mal padre del todo, se rebate Víctor a sí mismo con asiduidad, pero ni con esas; simplemente no le nace el pensar en él con aprecio. Nunca surge de Víctor ni un atisbo de cariño hacia su progenitor. Pero eso sí, todos estos pensamientos nunca los expresa, ni lo más mínimo; de cara a la galería en su familia siempre ha gobernado la concordia y la unidad. Los Blanco, qué modélicos. Es por eso por lo que sus compañeros nunca tienen problemas en preguntarle si es verdad que su padre es el mítico comisario Carlos Blanco, y sus superiores le suelen hacer el comentario de que España necesita más policías como lo fue él; policías con cojones y no productos de gimnasio.

Y violentos y grises, le gusta añadir a Víctor mentalmente en ese tipo de ocasiones.

—Eh, Vi, ¿qué pasa, tío? —le pregunta el agente de la puerta de la comisaría—. ¿Cómo es que has venido andando?, ¿y el coche?

—Pues que lo tengo en el taller y hasta esta tarde no voy a buscarlo. Me ha tocado usar el metro, ¿tú te crees?

—Mala cosa..., que te sea leve.

Víctor hace un gesto de despedida con la cabeza y se adentra en la comisaría. Se trata de un edificio cutre, muy cutre. Indigno para albergar las dependencias de un Cuerpo de Seguridad del Estado. No, al menos, en un país que se supone que pertenece al primer mundo.

—De primero nada. Esto es el segundo mundo, chaval, ¿es

que no te habían avisado o qué? —le dijo un compañero la primera vez que pisó una comisaría después de la Academia de Ávila.

No todas las comisarías están así de destartaladas, por suerte, pero por desgracia no es la excepción. Y ese pensar da otro motivo más a Víctor para estar enfadado. El enfado es su estado natural, qué se le va a hacer.

Además lleva varios días con cierto zumbido en la cabeza, con una nebulosa azul que no se le va. El numerito delante de la familia de Diana se la pela. Él sabe que dejó el freno de mano echado y que todo se trata de la jugarreta de algún despreciable que lo reconoció en el lugar, vete tú a saber cómo. Lo que le raya es el haberse quitado la máscara delante de Alba. Es decir, que esta haya averiguado su verdadera identidad. Ahora ya nunca más volverá a ser el follamigo; ahora no le queda otra que representar el papel de cuñado.

Y eso le jode, para qué mentir.

Le gusta Diana. Le gusta mucho. Pero también reconoce que el morbo de Alba le atrae. No el mero hecho de tirarse a la hermana mayor de su novia, sino el *savoir faire* que Alba desprende en cada una de las cosas que hace.

Por ejemplo, hay algo que al principio no le hacía ni fu ni fa, pero que después le ha acabado enganchando: los selfis que Alba le envía de tanto en tanto.

¡Ojo! No son de carácter sexual, y eso los hace aún más excitantes. Es decir, Alba no envía una foto en sujetador o con las tetas al aire. No, ese no es su estilo. Alba envía selfis cuando está tranquilamente paseando por la naturaleza, se ha comprado algo que le gusta o se encuentra en el baño, justo después de peinarse.

Víctor siempre recordará que cuando le llegó la primera fotografía pensó: ¿para qué mierdas me manda esto?

Se trataba de un selfi de Alba en su taller, sentada en la mesa donde trabaja. Sin más. Víctor pensó que se había equivocado. En fin, habían follado, pero no se habían hecho amigos, entonces por qué enviarle fotos inocentes, ¿no?

Pero el goteo de selfis de Alba se hizo algo cotidiano. Y siendo imágenes castas como eran, Víctor sabía que no eran nada inocentes. Él veía en cada una de las fotos un mensaje implícito: «Fóllame, va». Por eso, aunque Víctor se repetía constantemente que ya no podía quedar con ella, que debía guardarle respeto a Diana (quien le gusta en realidad, de verdad que sí), siempre acababa cayendo en la tentación y le escribía un mensaje a Alba.

Una mierda, vaya.

Y lo peor de todo es que no halla cura para esta enfermedad. A menudo se descubre a sí mismo echando mano al móvil para ver si Alba le ha escrito, o fantasea con ella; con hacerlo en los baños del cine Renoir o en el teleférico de Casa de Campo.

Joder con Alba, mira que no dar señales de vida desde la comida familiar...

—Buenos días, *crack* —saluda un compañero con el que se cruza—. Oye, ¿vas a venir a la *mani* del domingo?

—Qué va —dice Víctor—. Para un día que puedo estar tranquilamente con la parienta a mí no me busques en otro lado.

—Pero que es para que no deroguen la ley mordaza. Es por nuestro bien.

—Tú porque aún vives con tu madre, pero ya me entenderás algún día.

—Va a ser tu madre la que me lo explique.

—Vete de paseo, mamón.

Son colegas, no están cabreados. Es parte de un ritual. Los dos siguen su camino sin mirarse ni una sola vez más.

Víctor vuelve a su fijación con Alba y siente ese picor..., ese picor que se produce antes de una erección... Los epilépticos dicen que en los segundos antes de una crisis perciben «algo» que los advierte de lo que viene; de que van a sufrir un ataque inminentemente. Pues bien, lo mismo pasa con la calentura.

Aunque, si ha de ser sincero, cualquier posible erección se le va en el mismo instante en el que ve acercarse a Rodrigo, el secretario del comisario, que lo mira fijamente.

—Disculpe, subinspector, el comisario le reclama en su despacho.

Mala cosa, piensa Víctor. Rara vez un jefe pide verte para algo bueno. Y entonces repara en que las malas noticias también se perciben antes de que lleguen.

# ALBA

Marca el día veintisiete de abril en el calendario y escribe al lado: once horas.

Ya falta poco, piensa al suspirar.

En el fondo, tiene miedo. Miedo ante la intervención, por supuesto, pero también hacia las futuras consecuencias: ¿puede quedarse estéril? Las posibilidades son mínimas, pero existen; y lo más importante, ¿llegará Miguel a enterarse en alguna ocasión?

Lleva toda la mañana encerrada en su taller y sabe que es puro paripé, que en todo el día no se pondrá a hacer pieza alguna.

No tiene la cabeza para eso.

Sabe que, por normativa de Sanidad, ha de ir acompañada a la intervención del día veintisiete. ¿Y quién la va a acompañar si Miguel no puede saberlo? Piensa que Eva es la única opción viable. Amigas ya no tiene, y Diana montaría mucho alboroto (además está el tema de Víctor..., pero tú ahora no pienses en eso, que bastante tienes). Sabe que la única opción factible es su hermana mayor. Conociéndola, lo más seguro es que le recrimine la interrupción del embarazo y que tendrá que soportar alguna que otra mirada fustigadora, pero, al final, ahí estará, apoyándola y dándole la mano en ese momento tan difícil; de eso no tiene dudas.

Aún recuerda cuando se despidieron tras la fallida comida familiar que terminó con Víctor pistola en mano.

Alba acompañó a Eva hasta su coche y le dijo:

—Esto..., ¿podrías hacerme un favor?

La matriarca de la familia asintió, casi ofendida de que necesitase preguntárselo; ella estaba ahí, solícita.

Alba se llevó la mano al bolsillo, sacó el test de embarazo y la caja del mismo y se lo dio a Eva.

—Si pudieses tirarlo tú, tengo miedo de que Miguel lo vea y...

La matriarca se lo guardó de inmediato en su bolso y contempló a su hermana. La cogió por los hombros con una sonrisa de orgullo.

—Aún no quieres que se entere, es eso, ¿verdad?

Ni ahora ni nunca, pensó Alba, aunque en ese momento no lo tenía tan claro y tardaría varios días en tomar la decisión de abortar.

Ahora coge el teléfono móvil para llamar a Eva, pero no, lo suelta de inmediato; postergando así algo que sabe que ha de hacer, pero que le despierta toda la pereza del mundo. En otro momento ya... A quien sí debería llamar es a Diana. Lo sabe, es consciente de ello. En un impulso agarra el teléfono y le da al botón verde sin pensar (mejor así).

—Alba, menos mal que has llamado, que a mí me daba palo, qué corte el otro día.

—La reunión familiar hubiese sido muy aburrida si no, mujer.

—Muy graciosa.

—¿Te pillo bien? —pregunta Alba apoyada en su mesa de trabajo.

—Sí, nada, estoy aquí con unos de clase, pero ya. ¿Ha sido Eva quien te ha dicho que me llamaras?

—¿Eva, por qué?

—Pues por qué va a ser, porque se ha puesto pesada con que deje a Víctor y llevamos un par de días enfadadas. Vale que yo tuve quizá, y digo solo quizá, una mala respuesta, pero es que ya sabes cómo es Eva, que cuando pilla un cabreo no se le va en diez años.

—Tú también eres muy tuya, maja, que aquí nos conocemos todas.

Alba empieza a dar vueltas por el espacio, nerviosa como si fuera una adolescente que llama al teléfono fijo del chico que le gusta y le responde la madre.

—Entonces, ¿tú con Víctor, qué?

—¿Tú también, Alba?, ¿en serio?

—Entiende que nos preocupe un poco. Y no, no he hablado con Eva, por si las moscas. Solo soy tu hermana, la del medio, queriendo saber si estás segura de ir con el tío ese.

—El tío ese se llama Víctor y es mi novio. No-vio, ¿me oyes?

—Igual ahora la diferencia de edad tiene su aquel, no te digo yo que no, pero piensa que cuando tú tengas ganas de ir de aquí para allá a él le apetecerá más quedarse en casa. Y después está el otro tema...

—¿Cuál es el otro tema si puede saberse? Venga, va, no te lo guardes para ti, ya que has llamado...

—¿No es un poco machito para ti?

Silencio al otro lado de la línea. Alba junta sus labios, temerosa de haber sido demasiado brusca, de no haberse planteado una estrategia más razonada.

—Alba, tú y yo vamos a hacer una cosa, ¿sí? Yo ahora colgaré y haremos como que no me acabas de llamar.

—Diana, yo...

—Incluso borraré la llamada del historial, en serio. *Bye!*

Alba baja el teléfono y se queda mirando sus propios pies, compadeciéndose de sí misma por ser tan tonta, tan estúpidamente tonta. Suelta un chasquido de rabia y mira a la pared, esa pared azul cielo que pintó con tanto cariño cuando se mudó a la casa con Miguel.

—Sé que está un poco destrozada, pero bueno, con el tiempo la vamos puliendo y le vamos haciendo nuestros arreglos —dijo él.

—Y la hipoteca no es muy elevada —convino ella—. Todo irá bien.

—Pues claro que irá bien. Estamos juntos en esto, ¿no?

Lo que entonces no imaginaban es que a la hipoteca solo la podrían hacer frente juntos, no separados. Y de ahí que hubiesen aguantado casados todos esos años tras la muerte de Lucía. De haber puesto punto y final a su relación cuando ambos lo deseaban, la casa hubiese sido devuelta al banco, y quién sabe qué hubiese pasado con el *frío*... No, mejor no arriesgarse.

—¿Tú eres la amiga de Marina, la que venía de Madrid? —preguntó Miguel.

—Supongo que sí, yo y estas cuatro locas más —respondió ella señalando a las amigas con las que había realizado ese viaje relámpago a Londres.

—¿Y qué tal?

—Bueno, no sé..., bien, en fin, aquí...

Se quedaron callados. Los dos mirando el excelente ambiente que reinaba en el *pub*. No se oían más que risas, vasos haciendo *cheers* y también, muy levemente, el hilo musical de fondo. Si la memoria no le falla, diría que estaba sonando Sam Smith en ese preciso instante, pero vete a saber.

—Y tú ¿qué haces aquí? —preguntó Alba sintiéndose obligada a decirle algo al chico ese que se mantenía a su lado, junto a la barra del *pub*.

—Soy uno de los compañeros de piso de Marina, nos invitó a venir aquí a conocer a sus amigas... Bueno, no en plan para escoger una con la que ligar, solo para conocer y compartir una pinta, *you know*.

Qué odioso, pensó ella, es el típico al que se le pegan las coletillas de otro idioma pasado un tiempo. No hay nada más horrible en una persona, en serio.

—No, me refería aquí en Londres, ¿a qué viniste? Eres español, por lo que veo.

—Ah, ya..., vine a estudiar un máster de traducción. Llevo todo el año aquí, amargado por el pésimo tiempo inglés. Parecerá una tontería, pero a las dos o tres semanas de estar en Londres echas de menos el sol, créeme.

—Pero lo que he visto es chulo. Parece una buena ciudad donde vivir, no te vayas a quejar.

Marina y sus compañeros vivían en el moderno barrio de Camden, y eso a ella no le parecía nada malo; teniendo en cuenta que, por aquel entonces, Alba vivía en una buhardilla de no más de cuarenta metros cuadrados y sin calefacción.

—No, tampoco es que me queje..., pero bueno, quejarse es gratis, ¿no? Y es el deporte nacional de los españoles, así que...

—El otro día escuché un reto: no quejarse en veintiún días.

—¿Tantos días? —preguntó Miguel.

—Y si te quejas, vuelta a empezar.

—Vaya, pues qué cosas..., ¿alguien lo ha conseguido?

—No creo, no.

Volvieron a quedarse en silencio. Ella encontró una excusa para volver con su grupo de amigas y él se quedó rezagado, pidiendo otra pinta al camarero.

—Veo que ya conoces a uno de mis *roomies* —le dijo Marina a Alba cuando se sentó a su lado.

—Ah, ya..., sí, bueno...

—¿Qué pasa con esa cara?, ¿no te gusta? Mujer, quizá no sea Thor, pero feo no es y tonto tampoco, que tiene su cabecita bien puesta.

—Creo que no me apetece conocerlo tanto. Verlo desde la barrera ya está bien.

Y tantos años después, Alba piensa que era verdad en ese momento. ¿Fue amor a primera vista? En absoluto, nada de nada. Ni harta de vino, recuerda que dijo a su amiga. Incluso hubo un instante en el que Miguel «el Buitre» Callejo se posó a su lado para darle conversación de nuevo y ella lo rehuyó como si de un monstruo con gripe aviar se tratase.

—Tú dame palique, que no vuelva a acercarse —pidió a una de sus amigas en cierto momento de la noche.

¿Qué habrá sido de ellas? Diría que al menos a tres las tiene en Instagram, pero a las otras dos, en absoluto. De hecho, ¿cómo se llamaba la cuarta con la que se fueron de viaje? Sí, esa que se apuntó en el último momento, prácticamente el día antes de coger el vuelo. Y nota algo... extraño. ¿Es frío? Echa un vistazo al termómetro y no, la temperatura no ha bajado en toda la mañana. ¿Entonces? Es abajo, es en... ¿la entrepierna? Baja la mirada y, más que la mancha de los pantalones, le asusta el sentir cómo se desprende de ella toda energía vital.

Piensa en bajar las escaleras en busca de Miguel o de gritar su nombre para que sea él quien se acerque, pero es tarde para toda reacción y cae al suelo como un peso muerto.

Todo se hace negro.

# VÍCTOR

¿Sabes esa tortura de la Inquisición en la que se ataba al condenado y se tiraba de todas sus extremidades? Pues así se siente Víctor, y eso no le deja ni respirar ni dormir. Primero está Diana, que sigue cabreada por su comportamiento durante la comida familiar. Sí, siguen viéndose y haciendo los típicos planes de pareja, pero hay una sombra en ella que no se va.

—Ya se me pasará —le dice siempre—. Pero ya sabes, se suma todo el jaleo de mi hermana y..., pobrecita..., no me la quito de la cabeza.

Y es que Alba está ingresada desde ayer en el hospital. Aún no se sabe por qué. Víctor ha expresado su preocupación, claro, pero no puede mostrarse excesivamente inquieto y le toca esperar pacientemente. Eso sí, se ve que no es nada grave, según le dijo el Miguel de los cojones a Diana en un mensaje de móvil.

Después, estirándolo de otra extremidad, está su propia familia. El otro día le llamó su hermana, la que está viviendo la *wonderful life* en Chicago; que está preocupada (o que sigue preocupada, mejor dicho, porque lleva meses dale que dale con la misma matraca), que el otro día habló con mamá y continúa disgustadísima porque cada vez está más y más convencida de que papá puede tener algo malo. Ha cogido la manía de salir solo, sin compañía y sin decir a dónde va. Ella sabe que no es nada que tenga que ver con ninguna posible amiguita, no, pues su padre no está para eso, y la única razón posible es que esté yendo al médico y no la quiera preocupar. Quién sabe: diálisis, quimios..., a su madre se le ocurren todo tipo de motivos (y todos malos, claro).

—Coño, pues mira que llevas tiempo erre que erre con el temita, pero a mí mamá nunca me ha dicho nada.

—Porque tú también eres como eres, Vi. Eres clavadito a papá.

—Yo también te quiero.

Obviamente, le tocó ir de visita un domingo a casa de sus padres y trató de sonsacarles algo; lo que fuese. Pero nada que hacer. No tuvo de dónde rascar. Su madre solo le preguntó por sus amoríos y su padre sobre el trabajo: que cómo va, que qué se cuece en la comisaría.

A su madre le respondió que seguía sin suerte, que no había manera de conocer a una buena chica hoy en día. Sí, mentir a una madre es feo, pero es que sabe cómo se va a poner de pesada cuando le cuente que tiene novia y que se llama Diana. Y eso le da más pereza que una colonoscopia. Y a su padre..., pues bueno, pues eso, le contestó con rigor militar, como si no fuese su padre, sino un comisario al mando.

Y eso le recuerda su malestar laboral, los nubarrones que se acercan por el horizonte.

—Eh, menuda cara llevas.

Es Javi Cañete, uno de sus más allegados dentro del cuerpo, que se ha plantado delante de su escritorio. Entonces Víctor se da cuenta de que lleva un rato largo sentado delante de su ordenador con la mirada vacía, sin redactar el informe que ha de entregar antes de que termine la jornada. Tiene los dedos engarrotados de la tensión, así como el resto de sus músculos. Lo nota en los hombros, no hay manera de que bajen.

—Vamos a hacer un café, va, que necesitas que te dé el aire.

Víctor no dice que no y se limita a seguir a su amigo hasta el bar de enfrente.

—¿Qué estás así, por lo del otro día del comisario? —le pregunta Javi en cuanto tienen dos cafés con leche en la mesa.

—Ni me lo nombres.

Y es que sí, ese es el principal de sus males.

Lo primero que lo enfadó es que le tocó esperar a que su Santísima Santidad, el comisario Alfonso Vázquez, se dignase a recibirle. Lo había convocado en su despacho a las once de la mañana, pero ya pasaban de y media y la puerta seguía cerrada.

—Debe estar con alguna llamada importante. Ya sabes, su agenda es un no parar.

El secretario no hacía otra cosa que excusar a su superior cada diez minutos. Sin embargo, Víctor sospechaba que no, que el hacer esperar a un súbdito era una estrátegia de desmoralización.

Al fin, después de casi una hora de retraso, la puerta se abrió y el comisario Vázquez dejó que un mísero subinspector entrase en sus dependencias.

—A ver, Blanco, dime, ¿contigo tengo algo de qué preocuparme? —preguntó en cuanto lo vio sentado delante de él.

—¿Disculpe, comisario?

—Que si me vas a salir rana, que si hay algo que yo deba saber de ti. Esto, ahora mismo, es un confesionario, así que desembucha.

Víctor se encogió de hombros y simplemente hizo un gesto de negación.

—Entonces a ver si tú me cuentas de qué va esto. Resulta que ayer a última hora recibí una llamada del comisario Méndez, de la Unidad Central de Delincuencia Especializada y Violenta.

—¿La UDEV?

—La mismísima UDEV, sí.

En cuanto lo escuchó, Víctor supo qué hacía ahí. Solo conocía a una persona de la Policía Judicial.

—Imagina mi sorpresa cuando mi compañero, el comisario Méndez, me pidió ayer un encuentro oficial entre una de sus inspectoras y uno de mis hombres. Se ve que la mujer en cuestión...

Se detuvo para coger un comunicado oficial que tenía sobre su escritorio, donde figuraba el nombre de la inspectora de la UDEV.

—Miranda Delgado, así es como se llama. Al parecer, lleva meses intentando hablar contigo, pero le es imposible. Alega que tú no solo no te dignas a decirle ni mu, sino que encima bloqueas cualquier vía de comunicación. Vaya, que al final la inspectora ha tirado de canales oficiales. Y no sé quién es esa mujer, pero sospecho que alguien le debe un favor bien gordo para que se haya accedido a todo este pifostio del encuentro contigo.

—Pues si hasta me esperó una vez en mi portal, jefe. Los vecinos acabaron llamando al 091 y acudió un coche patrulla y todo. Imagine el papelón.

—No me digas que la agrediste. Por ahí no paso, Blanco, que lo sepas.

—¡Pero si fui yo quien besó el suelo!

—¿Qué mides, metro noventa?, ¿cómo va a ser eso posible?

—Los «zetas» del coche patrulla aún se están descojonando.

Eso hizo gracia al comisario, que se echó para atrás y se estuvo riendo durante varios segundos.

También a él le hizo gracia la ironía de la vida. ¿Le va la violencia física? No. Podría decirse que lo justo para hacerse respetar en las calles, cuando le toca intervenir en una pelea o en un sarao con gente que no tiene reparos en empezar a repartir estopa a diestro y siniestro, pero ya está.

Víctor solo ha utilizado las manos una vez, y no fue estando de servicio.

Había ido con su hermana al cine, a ver una de esas películas con subtítulos que tanto le gustan a ella, e iban en busca de algún lugar donde cenar una hamburguesa o un kebab cuando un indeseable pasó por su lado.

—Eh, oye, que..., que me ha tocado el culo —dijo confundida—. Que ese me ha tocado el culo.

Su hermana no necesita quien la defienda, pero el problema vino cuando el hombre, al ver que esa mujer a la cual había tocado le gritaba, empezó a hacerse el gallito y levantó la mano. Y por ahí no, por ahí sí que no. Víctor se revolvió, lo cogió de la camisa y lo estampó contra la pared. El pobre desgraciado debió haber parado ahí, aunque ni con esas, el tipo erre que erre, y pasó lo que tenía que pasar, que se llevó un par de hostias bien dadas.

Pero no, Víctor no se considera alguien violento. Tiene muchas otras taras, pero esa no. Eso es lo que pensó cuando vio al comisario delante de él, estudiándolo con la mirada.

—¿Me puedo negar a ese encuentro? —preguntó Víctor.

—Me temo que no. Incluso asistirá un mediador que ha puesto la Comisaría General, imagina.

Víctor apretó sus dientes, callándose cien mil improperios.

—¿Me vas a contar ya de qué va todo esto o no?, ¿quién es la dichosa Miranda Delgado?

Pero Víctor estaba demasiado ofuscado para responder.

—¿Qué es, un lío de faldas?

—En absoluto, le aseguro que Miranda Delgado es la última mujer con la que nadie quisiera estar, ¡pues menuda es!

—¿Entonces qué quiere de ti?

—Es..., es la viuda, o exmujer, lo que sea, de Ramón Santiago.

El rostro del comisario cambió de golpe. Incluso le tembló la papada ligeramente. Víctor se había atrevido a nombrar a aquel que no debía ser nombrado, al monstruo del saco.

—¿Tú qué tienes que ver con todo eso? —se interesó una vez superado el disgusto inicial.

—Ramón fue mi mejor amigo hace muchos años. Fuimos de la misma promoción en la Academia.

—Pues, Blanco, ya lo siento, pero te toca pasar por el aro y personarte en el encuentro. Aquí tienes el comunicado oficial, será la semana que viene.

Todo esto no se lo cuenta a Javi Cañete. Sabe que es su colega, pero, las cosas como son, no confía en su discreción. Es tan buena persona que se pasa de transparente. Es cristalino, el tío. Así que le dice que últimamente tiene cara de pocos amigos por culpa de su novia, que no le deja dormir porque no quiere más que follar. Los dos ríen y pagan los cafés.

Una vez de vuelta a su escritorio, piensa de nuevo en Alba.

## MIGUEL

Las gotas en la ventana delatan que ha llovido la noche anterior y filtran los primeros rayos de sol. Alba duerme con el cabello derramado por la almohada y Miguel la mira desde los pies de la cama. A punto está de acariciarle las piernas que se dibujan en el edredón, pero teme molestar su sueño y se limita a contemplarla.

Interrumpieron la angustiosa espera de la casa, es lo que sintió Miguel al abrir la puerta y observar ese espacio vacío desde hacía dos días, los mismos que habían estado en el hospital. Ayudó a Alba a subir las escaleras y a que se acostase cómodamente en la cama.

—¿Tienes hambre?, ¿te preparo algo?

—Más tarde, ahora necesito dormir.

El termómetro indicó la caída brusca de la temperatura en el cuarto. El *frío* se estaba aposentando en el lugar, de eso no quedaba duda, y de ahí no se movería, se quedaría velando a su madre.

—Pásame la manta gruesa, la roja, la de la balda de arriba del armario, por favor.

—Sí, te la tiendo encima del edredón.

Y Alba se acurrucó abrazada por el frío.

De eso hace casi doce horas. Recién ha amanecido. Miguel ha subido con el desayuno en la bandeja, pero al ver el sueño tan plácido de Alba, ha decidido postergar el momento de despertarla y se ha limitado a sentarse en los pies de la cama.

Y aquí lleva anclado desde hace una hora.

Aún escucha el sonido en su cabeza; ese sonido seco y portador de malas noticias que le hizo detener la reunión.

—¿Qué ha sido eso? Lo he escuchado desde aquí, imagina —dijo la directora de la editorial deteniendo la videollamada.

—Pues no sé, imagino que habrá caído algo del taller.

Se acomodó frente al portátil e invitó a su jefa a que prosiguiera con su discurso motivacional. ¿Pero Miguel atendió? En absoluto. Su voz interior le indicó que ese ruido tan grave proveniente de arriba no había sido una caja que cae de la estantería, un bote de pintura desparramado por el suelo o una silla rota, no..., y entonces, ¿qué? Trató de enfocar su atención al techo con la esperanza de escuchar a Alba recogiendo cacharros. Pero nada, no pudo apreciar ni rastro de vida en el taller y, al final, el silencio se volvió tan agudo que no le quedó otra que pasar a la acción.

—Perdona, ahora vuelvo.

No dio tiempo a que su jefa respondiese y salió escopeteado escaleras arriba. Abrió la puerta y fue entonces cuando encontró a Alba.

Todavía siente el miedo que experimentó al darle la vuelta en el suelo y ver que apenas reaccionaba. Solo tuvo un pensamiento obsesivo durante todo ese instante que se hizo eterno: No puede ser. No, por favor, otra vez no.

—¡Alba! ¡¡¡Alba, responde!!!

Pero nada, Alba nunca respondió. No, al menos, hasta varias horas después, cuando fue puesta en observación en el hospital más cercano.

Miguel intenta desprenderse del estado de terror en el que vive desde hace dos días. Embarazada, ¿quién se lo hubiese podido imaginar? Embarazada... Dios mío... ¿Cómo afrontar la conversación que han de tener?

Durante los dos días en el hospital apenas han hablado.

Mediante un acuerdo tácito, los dos convinieron que ese tema era mejor tratarlo en la intimidad de casa y no bajo los feos halógenos de la habitación en la que Alba estaba ingresada. Y ahora... ella aún está débil..., ¿acaso es este el mejor momento para hablarlo?

—Reposo absoluto —indicó el doctor—. El niño está bien, pero necesita descansar. Al menos durante unas tres semanas como mínimo, ¿estamos?

Acto seguido miró a Miguel en plan «mímela y no le dé disgustos». Lo que él prometió y selló con un gesto afirmativo.

Y no mentía, eso piensa ahora cuando la mira y aprecia el semblante tierno que tiene su esposa al dormir. Cuánta paz y cuánta armonía, ¡qué pena que tenga que despertar!

Miguel sonríe para sí mismo y sabe que sí, que qué no haría él por esta mujer.

Entonces ella abre los ojos lentamente, quizá por saberse observada, y empieza a desperezarse con debilidad.

—¿Qué tal te encuentras? —pregunta Miguel acariciándola.

Alba lo mira en medio de un bostezo. Se lleva las manos a los ojos y los frota apaciblemente. Todo ello sin salir de debajo del edredón. Hace frío y además le gusta la forma que tiene Miguel de recorrer su silueta con cariño.

Repara en la bandeja que descansa sobre la mesita.

—Te he traído tostadas, y como en tu estado no puedes tomar café, te he calentado una taza de leche con miel... Aunque, bueno, se habrá quedado fría... Ahora bajo un momento y te la preparo de nuevo, que no me cuesta nada. Ah, y aquí tienes también el ácido fólico y los comprimidos de hierro y vitamina D.

Ella sonríe agradecida, casi abrumada, sin saber qué decir.

Miguel la mira y sabe que ha llegado el momento de mantener la conversación postergada durante los dos largos días de hospital.

—¿Cuándo me lo ibas a decir?

Ella se encoge de hombros y opta por no responder.

Miguel le concede tiempo de sobra, pero de fondo escucha el aullar del viento a través de los árboles de la sierra y se convence de que no será su esposa quien rompa el silencio; ha de ser él.

—¿Tú quieres tenerlo?

Vuelve a dejar la pelota en el tejado de Alba, y esta, pese a que parece rumiar la respuesta, sigue sin hablar. Miguel se recoloca en la cama y se asegura de que ella le esté mirando a los ojos cuando le dice:

—Yo quiero.

La sorpresa de Alba es mayúscula y no se molesta siquiera en disimular. ¿Pero habla? Aún no.

—Estamos bien, ¿verdad? —sigue Miguel—. Estaba yo pensando..., estas últimas semanas han sido muy buenas, ¿por qué no formar una familia de nuevo? ¿Y si lo intentamos otra vez?

Ella vive todo un arco de sentimientos aquí mismo. Primero parece negarse, pero empieza a pensar y a pensar, y finalmente abraza a Miguel.

—¿Qué me dices? —pregunta él.

—Que las Navidades de este año van a ser moviditas —responde con una sonrisa.

Claro, noviembre. De ir bien el embarazo y llegar a buen término, será en noviembre cuando nazca el bebé.

—Tenemos que ir pensando en nombres, entonces.

—Mientras no sea el de tu padre, todo bien —indica Alba.

—¿Por qué?, ¿qué le pasa a Macedonio?

Los dos ríen.

Sí, van a ser mamá y papá de nuevo.

La alegría no podría ser mayor y los nervios no podrían estar más exacerbados, aunque un miedo planea sobre ellos casi al mismo tiempo. Los dos se miran espantados.

—Y a *ella*..., ¿crees que a *ella* le importará?

—Será su hermano, ¿qué puede salir mal?

Pues también es verdad, parece pensar Alba con su gesto.

Aunque Miguel ha de reconocer que no las tiene todas consigo. Si ya se mostró celosa de su prima por una simple noche que se quedó a dormir, ¿qué no será capaz de hacer ante la llegada de un bebé que reclamará toda la atención de su mamá y de su papá?

Es un miedo que nace en los dos, pero que ninguno se atreve a verbalizar.

# VÍCTOR

Mañana será un día de mierda.

Faltan menos de veinticuatro horas para su fusilamiento público y aún no sabe qué estrategia seguir ni qué actitud adoptar. Víctor se siente preso en el corredor de la muerte, como si en cualquier momento fuese a visitarle un párroco para preguntarle qué desea cenar en su última noche.

Y él sabe lo que quiere comer, sabe muy bien lo que le apetece.

Pero es como tener sed en el desierto. Está encerrado en casa, en este diminuto piso cerca del parque del río que su sueldo le permite alquilar. Da vueltas como un poseso, de aquí para allá, sin saber qué hacer. No le apetece ver una serie ni guarrear en el ordenador, y al gimnasio ya ha ido hace un rato.

Necesita desfogarse. No se quita la noticia que Diana le dio hace unos días:

—¿Sabes? Pues resulta que mi hermana está embarazada, ¡otra vez! Ay, Vi, cómo me alegro por ellos, de verdad te lo digo, ¡por fin algo bueno! Ya les tocaba, créeme.

Víctor puede jurar que hubo un segundo en el que incluso se alegró, contagiado por la dicha de su novia. Fue después cuando vio en ese embarazo inesperado la confirmación de que nunca más iba a estar con Alba en su rol de amante, y eso lo hirió en lo más hondo.

Sabe que ha de centrarse en Diana, a quien venera, pero la

cabra tira al monte, y en los últimos días nota algo que no le gusta: se está obsesionando; ya no solo con Alba, sino también con Miguel; con la pareja en sí.

Ha empezado a imaginar futuros encuentros, con decirle a Diana: «Eh, ¿por qué no vamos a ver a tu hermana?, ¿y si les hacemos un regalo para el futuro peque y aprovechamos para merendar con ellos? Va, que así ves a tu *sister*, que sé que la echas de menos». Le gusta pensar en cómo sería una situación así. El malestar que provocaría en Alba y en la falsedad con la que trataría a Miguel. Mientras las dos hermanas estuviesen hablando de sus cosas, aprovecharía para intentar entablar una conversación con él, de lo que fuese, fútbol o algo parecido. El caso es que mientras estuviese hablando con él, a Víctor le gusta la idea de andar pensando: «Si tú supieras..., no sé ni cómo te atreves a mirar a tu esposa después de las guarradas que le he hecho». Entre que se sabe superior a Miguel y que le pone pensar en lo mal que se lo haría pasar a Alba, a veces se entretiene fantaseando con más de una escena similar. Al fin y al cabo, ahora que son familia, seguro que les tocará vivir juntos más de un cumpleaños o una Navidad.

Se avecina mucha diversión.

Pero aún no, piensa al recordar el compromiso de mañana. Volver a mirar a los ojos a esa tipeja hace que se le revuelva el estómago. Sabe de su fama y es consciente de que en un *ring* (o despacho, llámalo como quieras) con ella no durará ni cinco segundos. Mañana, en la sala de reuniones número tres, lugar en el que ha sido convocado el encuentro, la inspectora Miranda Delgado lo pondrá contra las cuerdas, y aunque le reviente reconocerlo, eso lo acojona. Le tiene miedo a esa mujer.

Con lo que tú has sido, se dice a sí mismo con una sonrisa. Ojalá pudiese pasar este mal trago con Diana. Pero no, tiene un trabajo de «nosequé» de la uni, y como es en grupo, hoy era la única tarde en la que todos podían.

Es lo que tiene estar con una universitaria.

De vez en cuando le toca aguantar alguna que otra bromilla de sus compañeros de comisaría. «Oye, Víctor, es que tengo una duda con mis hijos, ¿tú cómo le preparas el bocadillo a tu novia para que se lo lleve a clase?», «Para la cena del viernes, dime, ¿qué toma tu novia, Nesquik o ColaCao?», «¿Qué planes tienes para San Valentín, llevar a tu novia a los hinchables para que salte y se divierta?». Normalmente desaprueba este tipo de comentarios, pero ha de reconocer que este último sí le hizo gracia.

Se odia cuando repara en lo que está haciendo. Sentado en el sofá, coge el móvil e inicia la rueda de las redes sociales: un rato en Twitter (o X, como se llame ahora), otro ratito en Facebook y después a TikTok, eso sí, pasando antes por Instagram. Después, cuando termina con TikTok, vuelta a empezar la rueda con Twitter, y así sin parar.

No es hasta veinte minutos después cuando empieza a sumergirse en su obsesión. No le gusta, pero no lo puede remediar: desde un perfil falso (como todos los que tiene) inspecciona las redes sociales de Alba y Miguel. No son muy activos. Si acaso, Alba desde su cuenta profesional un poco más, pero tampoco es de publicar cada día, y Miguel en Internet es poco más que un monje digital.

Aun así, ay, bendita providencia... Víctor sonríe al ver que el *pringao* de Miguel ha publicado hace tan solo unos minutos. El tío es tan tonto que ha contado el plan que tiene para esta noche.

«Planazo», lee en la publicación de Miguel, y Víctor sonríe. De repente, la cosa promete.

## ALBA

Todo ha empezado mal. Está convencida de ello mientras acondiciona la parte izquierda del garaje, que será su nuevo taller.

Salvo nevada aguda, dejarán durmiendo los coches en el exterior en pro de que Alba no pierda espacio y siga teniendo un hueco en el que realizar su trabajo.

—No es un capricho, realmente lo necesito —dijo Alba al proponer la solución.

Llevan dos días moviditos en casa.

Primero intentaron hacer lo obvio y la que, *a priori*, aún hoy, sigue pareciendo la mejor opción, aunque inviable en este contexto: destinar la habitación de Lucía al bebé que llegará en noviembre. Pero ¿qué pasó?

Les fue realmente imposible. En cuanto entraron en el cuarto para empezar los cambios, se encontraron con el bloqueo por parte de Lucía. Así que, ante ese impedimento, no tuvieron más remedio que acceder a montar la habitación del bebé donde Alba tenía su taller.

Y ahora, al verse privada de luz y añorar la ventana que siempre disfrutó en el piso de arriba, sube la puerta del garaje y comprueba con pena lo poco a gusto que se sentirá aquí, en su nuevo espacio de trabajo.

Suspira con desagrado, pero decide centrarse en el motivo de semejante cambio. Lleva sus manos a la tripa y cierra los ojos.

Ha ganado peso y, tras las semanas de reposo, su obstetra asegura que todo va viento en popa y que el niño se encuentra bien de salud.

—Eso es lo importante —dijo Miguel antes de empezar a desmontar el taller del piso de arriba—, lo demás se irá solucionando, ya verás.

La besó y ella soltó las riendas y aceptó confiar en la vida.

Aunque, con todo y con eso, no logra zafarse del terror que se ha instalado en su pecho tras esa tarde de primavera en la que ella y Miguel entraron en la habitación de Lucía. Los dos llenos de ilusión y portando botes de pintura.

—¿Para qué es la blanca? Mira que a mí no me gustan las paredes blancas —dijo Miguel.

—Tú tranquilo, que quedarán verdes. Es solo que antes hay que pintarlas de blanco.

—¿Me estás diciendo que hay que pintar dos veces?

—¿Qué te creías? —dijo Alba—. ¿No te acuerdas de la otra vez?

—He intentado borrar de mi mente todo el coñazo que supuso la mudanza.

Pero nunca pudieron empezar a pintar, ni a realizar el más mínimo cambio al cuarto. Ni un juguete pudieron tocar sin sentir un inminente ataque de frío. Primero cayó un cuadro del pasillo y, después, otro salió disparado escaleras abajo, provocando un estallido de cristales. Y eso no fue todo, que ojalá hubiese parado ahí; súbitamente los alcanzó un chirrido, como el tono que se aplicaba antiguamente a las cartas de ajuste de la televisión.

Miguel y Alba se miraron con desconcierto y fueron al taller, de donde provenía el tono. Aunque antes de que alcanzaran el altavoz para desconectarlo, empezó a sonar una canción. Alba ya no recuerda cuál era, pero sí que tiene presente el vuelco que le provocó en el corazón.

Estaba claro el mensaje de Lucía.

—Solo se me ocurre montar la habitación aquí, en el taller —dijo Miguel con pesar y con temor a las represalias que pudiese acarrear la sugerencia.

Aunque Alba tuvo que admitir que sí, que aquella era la única salida viable.

Es lo que hay, piensa al bajar la puerta del garaje y escuchar el atronador sonido mecánico del motor. No le será fácil, pero seguro que se acostumbra..., o eso quiere creer, al menos.

En cambio, lo que le provoca más desvelos es Víctor.

Es raro, muy MUY raro que Víctor no la esté llamando ni enviándole algún que otro wasap. Sobre todo ahora, que se lo imagina divertido con sus amigotes: «Buah, me he tirado a dos hermanas, ¡soy el puto amo!».

En qué mal momento... Es tarde para arrepentimientos, ahora eso ya no toca, pero es que..., joder..., de todas las cagadas que Alba ha hecho en su vida, sin lugar a dudas, enrollarse con Víctor ha entrado directamente al *top ten*.

Alba nota un sudor frío que se cuela por su espalda, y sabe que es así.

«Hoy haz conmigo lo que quieras y mañana tan amigos» es una frase que resume a la perfección lo que había entre ellos. Lo conoció en una discoteca, una noche en la que quedó con otras artesanas de Madrid. A ella no le suelen gustar ese tipo de saraos, pero acudió a ese encuentro empujada por las ganas de conocer a compañeras del oficio con las que compartir experiencias, quién sabe si echarse alguna amiga (que falta le hacía), y también por la necesidad imperiosa de salir de casa, de esa maldita casa cuyas paredes a veces se encogen y le quitan todo atisbo de oxígeno.

La jornada del encuentro fue agradable, tanto que se alargó y se alargó hasta que una de las pocas asistentes que quedaban dijo:

—Pues oye, podríamos ir a tomar un copazo por ahí.

Y no fue un copazo, fueron varios, uno tras otro; momento en el que se le acercó un hombre alto y musculado (cosa que agradeció a la vista, claro, pero que en el fondo le dio igual), con una actitud confiada, como quien sabe lo que ha de decir y cómo decirlo. Ese fue el rasgo que definitivamente la llevó a prestarle atención. También es verdad que ayudó que en aquel preciso instante empezara a sonar *Virgencita* de Afrodita y claro, ella no le dejó abrir la boca después del saludo. Soltó un grito de entusiasmo exacerbado (hemos dicho que llevaba una cantidad considerable de copazos encima) y lo arrastró a la pista:

—¡Es mi canción! —gritaba como una posesa—. ¡Es mi canción!

Ella nunca fue de bailar, pero oye, un buen perreo de vez en cuando no se le niega a nadie. Además, ha de reconocer que Víctor supo cómo tratarla. ¿Se le acercó? Pues sí, pero tampoco mucho, solo lo justo que exigía el ritmo, ya está. Y eso a ella le gustó, agradeció que no aprovechara la situación para restregar cebolleta, para dejarle claras sus intenciones; no, él se limitó a bailar y ya está. Después se fueron a la barra y ella dijo con una sonrisa de oreja a oreja, como hacía años que no sonreía:

—¿Te fías de mí? Tú solo confía.

—Dale, ¿qué puede salir mal?

Tomaron una copa de Chartreuse verde (o amarillo, ahora no se acuerda de cuál pidieron) y volvieron a la pista de baile. Fue a la quinta o sexta canción que Alba no lo dudó y le comió la boca a ese extraño. Era la primera vez que actuaba así y, pese a todo, dejarse llevar por lo que el cuerpo le pedía le gustó. Luego no se fueron a los baños de la discoteca, tampoco a casa de él; acabaron en su coche. Ahí, en la parte trasera, haciéndolo de cualquier manera. No hubo placer, solo desahogo. Pero a ella le entraron ganas de llorar nada más acabar y eso la avergonzó; motivo de más por el que acabó huyendo despavorida hacia casa.

No fue hasta una semana después que se volvieron a encontrar. Vale, no se encontraron (eso suena a algo casual), ella lo buscó a él, pensando que quizá era un habitual de aquella discoteca, y sí, acertó. Hablaron mínimamente y, como dando por hecho el ritual que se avecinaba, tomaron una copa y se fueron sin mediar palabra. Aquella noche sí acudieron al piso de él, cerca del parque del río.

Ahora Alba se ve como tonta, debió haber sido más observadora o quizá podría haber hecho preguntas clave; el caso es que debió dedicarse a conocer mejor al tipo con el que le era infiel a Miguel. Pero es que era eso precisamente lo mejor de todo, lo que no hacía real la situación: no saber nada de aquel extraño más que lo necesario. Ni su profesión, ni su situación sentimental... Solo su nombre, ya está, y claro, su dirección, pero nada más.

Y es fácil desde la lejanía y a toro pasado analizar los hechos desde una posición alzada, desde una atalaya, con certidumbre y superioridad moral, pero hay que estar ahí, en el fango, cuando las cosas pasan para saber que la vida no es tan sencilla.

Alba no se planteó en ningún momento acudir regularmente al piso de Víctor, y lo hizo veces contadas; siempre al salir se prometía borrar el número de ese tío y hacer borrón y cuenta nueva, pero cada dos o tres meses sufría una recaída.

Ella y Víctor casi no hablaban más que de temas superficiales (series, actualidad y poco más), de vez en cuando compartían una caja de *sushi* y siempre follaban. Follaban mucho. Pero lo que Alba no sabe es si bien. Follando se conoce la naturaleza de las personas, y siempre tuvo claro que aquel tío no era trigo limpio. Nunca se sobrepasó y nunca tuvo una mala palabra, pero dejaba claro su trasfondo cada vez que la cogía fuerte por la cintura, le daba la vuelta y la acercaba a la pared; cosas así.

Diría que solo vio al Víctor de verdad, al de carne y hueso, una vez. Y tuvo lugar hace poco, en una de las últimas ocasiones que se vieron.

Seguían los dos desnudos y aún enredados en el suelo del comedor cuando salió el tema de que él estaba algo preocupado.

—Estás lejos de aquí, se nota —apuntó Alba.

—Nada, es un jaleo con mis viejos, no quiero rayarte ahora con eso.

Ella sintió vértigo. Era la primera vez que la vida personal de aquel hombre asomaba por la esquina, pero percibió en sus ojos la necesidad de hablar de ello.

—Cuéntame, mal no hará. Así te sirve para hacer tiempo para el siguiente.

—No es nada, en realidad, es solo que mi madre y mi hermana están que no paran con que a mi padre le pasa algo. Y dan tanto el coñazo que mira por dónde al final me han empezado a preocupar a mí también. Mi padre siempre ha sido..., bueno, el prototipo de padre antiguo, ¿sabes lo que quiero decir?

—¿A lo John Wayne?

—Sí, diría que sí —dijo Víctor—. Y claro, no sé, empezar ahora a verlo así, tan mayor y ya jubilado, el pobre..., no sé, es raro. ¿Tú cómo llevas ver a tus padres que se van consumiendo poco a poco?

Ella decidió no ir tan lejos en esa senda de confidencias y se limitó a sonreír. Víctor captó la indirecta y, por suerte, decidió hablar él.

—¿Sabes que mi padre estuvo amenazado por la ETA?

—¿En serio?

—Ya te digo, ¿tú sabes lo que es ir con tu padre a ver un partido de fútbol y ser consciente de que lleva un revólver en el tobillo?

—Bueno, imagino que en esas circunstancias..., ¿no?

—No creas, aún lleva el arma y está jubilado. En fin. ¿Sabes cuál es el primer recuerdo que tengo de él? Un día que salimos a comer fuera la familia entera, ahora no sé si por un cumpleaños o porque era un festivo importante, de eso no me acuerdo, pero el caso es que fuimos a un restaurante al que solíamos ir de vez en cuando y, nada más sentarnos en la mesa, el dueño del local se acerca a mi padre y dice algo así como: «Disculpe, señor Blanco, sé que está con la familia y me da mucho apuro pedirle esto, pero es que...». «Tonterías, Fermín, dime, anda, ¿qué pasa?», le respondió mi padre. Resulta que dos hombres se habían emborrachado en demasía y no solo no querían pagar lo que habían consumido, sino que además tampoco estaban dispuestos a abandonar la mesa para dejar que la ocuparan otros clientes. «¿Dónde están esos *desgraciaos*?», preguntó mi padre, y el camarero le señaló una mesa. Y lo que pasó a continuación lo recuerdo bien. Mi padre se levantó, se dirigió a la mesa del fondo y empezó a arrearles hostias a esos dos borrachos. ¡Mi padre contra dos hombres! Imagina lo que eso impacta en la cabeza de un niño. Yo debía tener, no sé, cinco años, tal vez, o quizá ocho. Y créeme, ver a tu padre que saca a dos hombres de un restaurante después de pegarles es algo que no se te olvida jamás. Jamás, de verdad.

Alba no comentó la escena. Callaron y observaron sus siluetas reflejadas en la pared gracias a la luz que entraba por la ventana. Acabaron volviendo al sexo desenfrenado y sin complicaciones.

Hoy Alba se ruboriza espantada de sí misma, pero quizá es precisamente por eso por lo que nunca tuvo reparos en acercarse a ese piso al lado del parque del río. Porque allí encontraba lo opuesto a lo que siempre había conocido y tenido. Nunca corrió el peligro de enamorarse de ese ser, aquel hombre solo era un pasaje a un rato de olvido, unas horas en las cuales ella podía ser la mujer que deseara ser.

Y sí, mal que le pese, eso le gustaba.

Pero al final las consecuencias llaman a tu puerta, y así le va ahora mismo. Lleva noches sin dormir bien y sabe que su caos mental no cambiará.

—Qué tonta eres, Alba —se susurra a sí misma.

Da un respingo al escuchar que algo choca contra la puerta del garaje.

Se mantiene atenta y presta la máxima atención al exterior.

Hasta se olvida de respirar. El viento, habrá sido el viento. Y justo cuando está a punto de apagar la luz del garaje, algo vuelve a chocar contra la puerta.

No es algo. Es alguien.

Alguien que está llamando desde el otro lado con su puño.

Alba mira la hora y piensa que es tarde para visitas. Pero como vuelven a llamar, ella abre.

Gran error.

Acciona el botón y la puerta empieza a deslizarse hacia arriba, dejando ver unos zapatos. Grandes, negros, al menos son de un pie del cuarenta y seis. Miguel no lleva ese número ni por asomo, entonces, ¿quién? La respuesta le sacude la cabeza y la paraliza aquí donde está.

No puede hacer más que esperar.

Esperar a que la puerta siga elevándose para ver un cuerpo estilizado y cultivado tras amplias jornadas de gimnasio.

Ya sabe quién es y, ante esa sonrisa, no siente más que deseos de salir corriendo.

Su segundo error de la noche es no hacerlo.

## MIGUEL

El silencio lo pone en alerta nada más abrir la puerta. Piensa en gritar, pero sabe que no servirá de nada.

Tiene un mal presentimiento.

Hace una panorámica por la planta baja y solo encuentra una cosa fuera de lo común. Es una taza de café sobre la mesita. Y eso ya le da mala espina. Alba nunca tomaría café a medianoche. Es más, no toma café desde que empezó el embarazo. ¿Entonces? Sube las escaleras y mira al fondo, a la puerta de la habitación de matrimonio, que está cerrada. Y tras ella, el silencio. Silencio que está extendido por toda la casa, pero cuyo epicentro siente que es la habitación de matrimonio.

El estómago de Miguel se encoge en un puño y no puede ni imaginarse lo que se encontrará. Solo el zumbido en su cabeza lo alerta. Los pies se vuelven pesados y le dificultan cada uno de los pasos que da. Pero su decisión es firme y recorre el pasillo. Solo piensa en el puto momento en el que le dijo a su hermano que sí, que lo acompañaba a ver el partido.

—Si ya sabes que no me gusta el fútbol —alegó al principio ante Alba.

—Así pasas un rato con tu hermano, ¿no ves que lo que él busca es eso? Solo quiere pasar un rato contigo, le da igual si el Atleti gana o pierde, ¡y tú sabes que es así!

—Pero me da cosa dejarte aquí, sola.

—Estoy embarazada, no inválida.

—¿Y si me necesitas?

—Ni que te fueras el desierto. Anda, ve y pásatelo bien.

Por lo que Miguel acabó aceptando la invitación de Berto.

Mala decisión, le dice su instinto. De no haber ido al partido, esta noche hubiese estado en casa. Alba no hubiese estado sola cuando...

Llega ante la puerta cerrada. Posa su mano sobre el pomo y no necesita girarlo para que empiece a descubrirse ante él la peor de las escenas.

## ALBA

—¿Tendrías un poco más de azúcar? —pregunta Víctor.

Alba sabe que no puede negarse. Acude a la cocina y, tras respirar hondo un par de veces, regresa ofreciendo a su inesperado visitante un cuenco con terrones de azúcar moreno. Víctor coge dos y los disuelve lentamente en su taza humeante, ayudándose con la cucharilla. Mientras, observa distraído la sala de estar para acabar centrándose en la tripa de Alba.

Esta, incómoda, se sienta un poco más lejos.

—Miguel volverá en cualquier momento...

—El partido terminará tarde, tenemos tiempo. —Ante la mirada de Alba, el policía decide justificarse—. He visto lo que ha publicado en Instagram.

Alba lo asimila y finge no importarle el hecho de estar sola con este animal. Pero, sin saber por qué, mira de reojo a la chimenea, donde está el atizador. Calcula que en tres pasos podría llegar y cogerlo en caso de que necesitase defenderse.

Él, casi adivinando sus pensamientos, sonríe y se pasa el dedo por los labios, sobreactuando en la forma de empezar la conversación. Alba se siente todavía más estudiada, pero se empeña en no mostrar ninguna debilidad.

—Dime una cosa, cuando me conociste, ¿ya estabas con Diana?

Él asiente.

—De hecho, la primera vez que te vi, me acerqué a saludarte y nada más. Te había visto miles de veces en fotografías y Diana me había hablado tanto de ti que ya sentía que te conocía; así que, cuando te encontré en El Tropicana aquella noche, no me lo pensé dos veces y me acerqué.

—La culpa fue mía por no dejarte hablar, ¿es eso?

Víctor se encoge de hombros y Alba concluye que de donde no hay no se puede sacar nada. Vuelve a mirar el atizador de la chimenea.

—Podrías habérmelo dicho, mira que tuviste ocasiones.

—Los días fueron pasando y cada día me parecía más raro. Al fin y al cabo, solo me llamabas cuando te apetecía desahogarte. Tampoco es que buscaras a alguien que te acompañara al teatro.

—Tampoco es que fuese eso.

—Tú sabes que sí. Solo me utilizabas, y por mí estaba bien. ¿O me quejé alguna vez?

—¿Cómo un tío se va a quejar de eso? No seas tonto. Si quieres podemos estar mareando la perdiz media hora más, pero para qué seguir perdiendo el tiempo. Dime, ¿a qué has venido?

—Directa como siempre. Por eso me gustas tanto.

—Víctor, por favor.

—Okey, okey... —Abre los brazos con una sonrisa aceptando su culpa—. ¿A qué te crees que vengo? Ahora también podemos vernos en tu casa. Más cómodo para ti, ¿no? Menos jaleo de coche, no te quejarás.

—Estás de coña, ¿no?

Y señala su tripa con los ojos abiertos de par en par.

—Nada, no te preocupes. Los kilos de más te sientan muy bien.

Alba se acerca a la puerta principal y la abre.

—Tengo que trabajar. —Se queda al lado de la puerta abierta—. Y ahora, por favor...

—¿A qué viene esto? ¿Qué ha cambiado entre tú y yo?

—¿Te hago un esquema?

—Eh, que sigo siendo yo —dice Víctor casi ofendido—. ¿Acaso no nos lo hemos pasado bien siempre?

—Muy bien, sí. Y ahora, por favor...

Y le señala la puerta.

—No quiero que nada cambie entre nosotros. No te entiendo.

—Oh, por lo que más quieras, vete ya.

Víctor se queda dolido por el tono utilizado por Alba. Bebe el café de un sorbo y se acerca a la puerta; pero, lejos de salir a la calle, la mira fijamente. Posa su mano en la puerta y la cierra.

—Tengo mil cosas que hacer. Por favor, entiéndelo —dice Alba, que vuelve a abrir la puerta y se queda mirando al frente, evitando los ojos perturbados del policía.

—Y a Diana, ¿qué le parecería lo nuestro? ¿Tú crees que aceptaría hacer un trío? A ti no te lo pregunto, que sé que eres una cachonda, pero ella..., no sé, igual si se lo decimos los dos...

—Víctor, por favor.

—¿Qué?

No hay entereza para disimular la culpa que consume a Alba desde hace días. El pulso de sus manos la traiciona, y la tensión es tal que incluso el labio inferior le vibra con cada latido del corazón. Aun así, se niega a mirar a Víctor y se mantiene atenta a la pared de enfrente.

Y, confirmando sus peores temores, el policía vuelve a posar su gran mano sobre la puerta y la cierra. Es un golpe seco que no augura nada bueno.

## MIGUEL

Desde pequeño le gustan las películas de terror, no así la sangre.

La puerta de la habitación de matrimonio se abre por sí sola y lo primero que recibe es una bofetada de olor fétido que lo echa para atrás.

Pero detente, Miguel, no puedes irte; aquí ha pasado algo.

Se obliga a abrir los ojos y es entonces cuando ve la primera gota de sangre.

Aquí, mancillando el parqué.

Primero le parece una anomalía esa gota rojo carmesí entre tanto color marrón; pero no. A la mínima que desplaza un poco los ojos por el suelo (aún no se atreve a levantar la mirada), ve más y más gotas. Todas dejando un surco que llevan inevitablemente a la cama.

—¿Tú qué crees que pasa cuando morimos? —dijo Alba la noche que se perdieron en Londres. Bueno, la que estaba perdida era ella. Él solo se hizo el perdido para disfrutar más tiempo de la velada.

—Qué profunda y trascendental te has puesto, ¿no? —anotó él.

—Supongo que soy rara... En fin, el martes ya vuelvo a España y no me volverás a ver, suerte que tienes. A mí me toca seguir aguantándome, imagina qué drama.

Él sonrió y recibió un codazo de ella.

—¿Por qué piensas ahora en eso? —preguntó entonces, más serio.

—Soy huérfana, ¿te lo ha contado Marina?

—No, no sabía nada —mintió él. Fue lo primero que Marina le contó respecto a su amiga llamada Alba—. Lo siento mucho.

—Murieron hace años, así que estoy bien, no sufras. No te voy a venir ahora con un monólogo intenso ni me voy a echar a llorar sobre tu hombro.

—Oh, vaya...

—Tonto.

Se mantuvieron en sus posiciones. Las mismas que habían adoptado hacía poco más de una hora, al llegar a ese trozo de césped en el que se tumbaron a contemplar las estrellas.

—Sabes que así vamos a parecer dos españoles *crazies*, ¿verdad?

—No estamos haciendo nada ilegal y así descansamos.

El cielo londinense era todavía peor que el de Madrid. No había estrella alguna saludándolos y no tuvieron más remedio que imaginarse una noche encendida sobre sus cabezas.

—Me gusta creer que hay algo más, pero vete a saber —dijo Alba.

—Ya lo descubriremos cuando nos toque, para qué preocuparnos antes.

—De vieja y rodeada de veinte gatos, así es como creo que moriré.

—De cirrosis, seguramente.

Los dos rieron.

Años después, en plena relación feliz, ambos convinieron que lo ideal era que muriesen juntos y a la vez.

—Aceptémoslo, eso es muy improbable. ¿Entonces?

—Entonces prefiero ser yo el primero en morir. De ser así, no llores. No hay ningún problema.

—¿Y me dejas a mí sola?

—Eres una mujer moderna del siglo XXI. No eres como mi yaya..., la pobre, cuando se murió mi abuelo, no sabía casi ni encender la tele. Y que no se te ocurriese decirle que hiciese uso de la minicadena de música. Esa batalla estaba perdida de antemano, nunca más volvió a escuchar sus discos de vinilo.

A lo que se echó a reír maliciosamente.

—¿Qué, qué es lo que pasa? —preguntó Alba extrañada.

—Eran discos de Conchita Piquer..., igual tampoco se perdió tanto...

Y se echaron a reír. Después él la rodeó con sus brazos y la besó en la mejilla y en el cuello.

—Pero eso sí, no se te ocurra morirte antes a ti, ¿estamos?

Ella no respondió.

No sabe por qué está recordando toda esa mierda de escenas. Miguel lo único que quiere es que sea una pesadilla y suene el despertador. Pero no, sabe que el miedo que siente es real, que aún tiene la bufanda del Atleti alrededor del cuello y que las piernas le tiemblan y amenazan con derrumbar su casi metro ochenta por el suelo ensangrentado.

Sus ojos llegan a los pies de la cama y empieza a sentir un zumbido en su cabeza. Las axilas sudadas y los párpados que le vibran. En este momento nada le podría hacer apartar la vista de todo ese mar de sangre que hay esparcido por el cuarto.

No solo el suelo está echado a perder, también las paredes.

Y la cama es de donde nace todo ese escupitajo macabro.

Ha llegado el momento de subir la mirada y Miguel lo sabe.

No tiene más remedio que entregarse al destino y rendirse ante los hechos. ¿Cómo coño hemos llegado hasta aquí?, piensa al ver el cadáver que hay sobre la cama.

# ALBA

Rumbo al paredón, eso es lo que siente. Cada peldaño que sube es un paso más que da hacia la muerte.

El pasillo, con la habitación de matrimonio al fondo, se le hace todavía más estrecho y lúgubre. Ahora sabe lo que sienten los animales en el matadero. ¿Aún hay alguien que piense que el pobre cerdo no sabe el destino que le espera y que no sufre por ello? Pero tú no vas a morir, se dice, solo te vas a entregar por una buena causa. ¿Qué causa? Tu familia, te parecerá poco. Entrega tu cuerpo, total..., ¿qué pueden ser, diez minutos a lo sumo? Después te ducharás y podrás esperar a que Miguel vuelva del partido. Seguro que contará mil anécdotas divertidas de la velada compartida con su hermano y eso te animará. Pero hay una fiebre que le hace temer lo peor. Los chantajes nunca terminan con un solo pago. No cuando tu enemigo es un animal sin escrúpulos. Joder, Alba, ¿en qué lío te has metido? No se gira, sigue caminando pese a notar el aliento de Víctor tras ella. De pronto esa boca no le podría parecer menos apetecible. Tantas noches que ha bebido de ella, y ahora le repugna el simple hecho de estar a menos de un metro.

Llegan a la habitación y no tiene más remedio que mirarlo a los ojos. La pelota está en el tejado del policía, y él lo sabe (que es lo peor de todo). A Alba no le queda otra que aceptarlo.

Con todo, decide seguir el teatrillo.

—Una última vez, y después ya está.

—¿Por qué? Pero si siempre hemos tenido buena sintonía tú y yo.

—Víctor...

Él pone los ojos en blanco y se encoge de hombros.

—Amén, querida cuñada. Solo nos veremos en Navidad y citas por el estilo.

—Tienes que prometerme que Diana nunca sabrá nada de lo nuestro.

Harto de todo, Víctor deja sus manos sobre la cintura de Alba y le da la vuelta. Le aparta la coleta y empieza a recorrerle el cuello.

Ella se mantiene absorta en las vistas que ofrece la ventana: la libertad que ahora se hace tan ansiada. Y claro que los carnívoros sabemos que el pobre animal sufre, pero ¿acaso nos importa? Ni de lejos. Lo único que pensamos es en lo rico que está después de pasar por el horno. Eso es todo. Y pese a conocer el drama, nos da igual el cerdo. Que sufra, mira tú qué bueno está y cómo lo estoy disfrutando. De repente, una verdad se le revela angustiosa: cada vez que ha comprado una bandeja en el súper ha sido cómplice silenciosa de todo un sistema cuya piedra angular es la muerte y el sufrimiento de un animal inocente. Le parece angustioso ese pensamiento y en su cuerpo se hace evidente. Tanto que Víctor se aleja sutilmente.

—¿Te pasa algo?

El cerdo, el pobre, que grita y grita para despertar conciencias. Pero estas no es solo que deseen seguir dormidas, sino que prefieren mirar a otro lado con tal de mantener el *statu quo*. ¿Pero Alba manifiesta su temor? En absoluto, simplemente se queda temblando.

Y eso a Víctor le parece muy poco *sexy*.

—¿Quieres hacer el favor de tranquilizarte? ¿Qué coño te pasa hoy?

Le responde una fotografía que hay sobre la cómoda. Es de una escapada que hicieron a la Ribeira Sacra al poco de casarse.

Se trata de un selfi con un lago al fondo. Miguel tiene los ojos casi cerrados, pero la instantánea es tan divertida que los convenció la idea de tenerla como recuerdo en la habitación.

Víctor echa su mano al pantalón y saca su HK USP Compact. Hace que Alba la vea en todo su esplendor. No nos engañemos, ver un arma a menos de dos palmos de ti, y empuñada por un loco con la mirada encendida, da miedo; así que es normal la reacción de Alba: se acojona. Y lo que es aún peor, Víctor se da cuenta y lo disfruta.

La puerta se cierra tras ellos.

Se dan la vuelta asustados por el impacto y Víctor parece atribuirlo a una corriente de aire; Alba, por su parte, sabe lo que es.

Y lo confirma cuando ve bajar el mercurio del termómetro.

El policía lleva a Alba hasta la punta de la cama y la sienta. Después se coloca frente a ella, con la HK USP Compact reposando sobre su muslo.

—No quiero tener que hacerlo por la fuerza, Alba, ¿lo entiendes? Solo quiero lo que siempre ha habido entre tú y yo, ¿por qué es tanto pedir?

Ella agita la cabeza, esperando que sirva como afirmación. Él asiente para sí mismo y levanta el arma. La lleva a su sien y aprieta el gatillo. Nada. No se dispara y, como enfadado, apunta a Alba y aprieta el gatillo otra vez.

Alba se encoge. Muerta, estoy muerta. Aunque no puede ser tan malo si me trae este alivio, piensa ella, que no se siente levitar y repara en que sigue sentada en la cama. Se atreve a mirar arriba y ve el despiporre de Víctor, que no puede parar de reír.

—Tonta, pero si tiene el seguro puesto, ¿no lo ves? —dice señalando una pequeña pieza de la pistola—. ¿Cómo voy yo a hacerte daño?

Sigue riendo y se lleva la mano a la barriga para calmar su risa.

Entre la iluminación tenue del cuarto y la noche del exterior, Alba solo ve una fila de dientes blancos y no consigue zafarse del miedo. Sigue hecha un ovillo sobre la cama. Mira de reojo el termómetro; hace frío, mucho frío, y la temperatura no deja de bajar.

—Joder, me voy a quedar congelado —dice Víctor—. Puto frío, así no hay quien empalme.

Pero, al poco, está centrándose de nuevo en Alba.

El corazón se le encoge ante la mirada de este bruto y no puede más que girar la cabeza. ¿Será eso una señal?, se pregunta al ver sobre la mesilla de noche unas tijeras. Pero suspira al saberse débil para tal hazaña.

—¿Qué te pasa, ratona? Cuéntame, ¿o no te acuerdas de nuestras largas charlas?

—Víctor, tú y yo no hablábamos.

Él ríe y le concede con un gesto la razón.

—Pero sabes que soy tu amigo, cuéntale a Víctor.

¿Por dónde empezar? Su hija ahí «presente», la esperanza de volver a ser una familia, el amor hacia Miguel que ha vuelto más arrollador que nunca, ¿cómo le va a apetecer siquiera estar en la misma habitación que este tío mierda?

—Por favor, Víctor, por lo que más quieras, vete. No le diré nada a Diana.

Al principio, la primera reacción del policía es mostrar una sonrisa juguetona, pero al ver que las palabras de Alba van en serio, tuerce el gesto y se rasca el mentón con la boca de la pistola.

Alba, siendo consciente del peligro que supone Víctor, se alarga hacia la mesilla y alcanza las tijeras. A la mierda. El policía se abalanza y ella no teme incrustarle las tijeras en el hígado. Ojalá, piensa al comprobar con frustración que Víctor le roba el arma blanca en tan solo dos movimientos.

—Para qué querías esto, ¿eh? No seas ridícula.

El monstruo se quita la máscara y deja ver toda su maldad.

Con las tijeras en la mano derecha, empieza a recorrerla entera. La boca se dedica al cuello de la chica y con la mano izquierda va acariciando los muslos y los pechos.

Ella siente repulsión ante cualquier contacto con Víctor, pero, por más que intenta zafarse, no logra liberarse lo más mínimo.

Víctor sigue trabajándola, haciendo lo que mejor se le da: imponerse a los demás. Y, por un segundo, Alba decide que sí, que es mejor dejarlo hacer, no sea el caso que se enfade y la fiesta termine con sangre... Mira al techo y, pese a todo, susurra un «no puedo, no, por favor, para, para, para». No desea mostrarse débil, pero en este momento no hay máscaras, y no intenta evitar que una lágrima le recorra el rostro. ¿Será eso lo que Víctor necesite para parar?

Es lo que parece cuando aprecia que se detiene y la contempla con sorpresa. Le recorre con la mirada toda la trayectoria de la lágrima y, por un momento, Alba piensa que aquí ha acabado todo, que Víctor se detendrá y se irá a casa.

Ay, Alba, mira que eres ingenua...

Víctor sonríe y vuelve a ponerse sobre ella con movimientos abruptos que buscan su entrepierna.

Ya está, hasta aquí, se dice Alba al cerrar los ojos.

La decisión está tomada: se dejará hacer en pos de su salud. No quiere que Víctor se ponga todavía más nervioso y que el bebé pueda pagar las consecuencias. A fin de cuentas, este animal está sobre la misma tripa. El desgraciado... Alba solo quiere que acabe pronto y ya nota a Víctor cómo está haciéndole un hueco en el pantalón en busca de un fácil acceso. Y lo dicho, ella se queda inmóvil. No tiene fuerzas ni para mirar el techo. Solo se mantiene con los ojos cerrados.

Pero.

Un sonido rasga la escena y se produce un segundo de silencio.

Un silencio atronador y punzante.

¿Qué pasa?, piensa ella, pero decide no abrir los ojos. Estará tocándose para ponerse duro o algo por el estilo. Tú, Alba, concéntrate en otras cosas. Desapégate de este cuerpo y quédate como una mera observadora externa. Sí, eso, tú no pienses. Pero algo húmedo le cae en la mejilla. ¿Qué...?

Abre los ojos y aprecia que está empapada en sangre. Hasta se lleva la mano a la cara para apartarse la viscosidad asquerosa del párpado.

Víctor tiene las tijeras clavadas en el lado derecho del cuello. Los ojos en blanco y la boca abierta que busca soltar algún gemido de dolor.

Alba, asustada, se aparta inmediatamente de él y contempla el sufrimiento de Víctor, que seguro preferiría estar ya muerto. Pero, al contrario, presencia cómo pierde sangre y más sangre a través del cuello. La mira en busca de auxilio, pero ella apenas tiene tiempo de reacción, pues el ataque continúa: Víctor arranca las tijeras de su propio cuello y, lejos de lanzarlas más allá, las clava en su estómago.

La cara no muestra dolor, sino sorpresa. No entiende por qué su propio cuerpo lo agrede con esta brutalidad. Pero ¿se detiene entonces? Qué va. El cuerpo de Víctor vuelve a empuñar las tijeras y se rebana el estómago. Las tripas asoman entre toda la sangre y, finalmente, el propio Víctor ve sus intestinos cayendo a sus pies.

La última mirada de vida la aprovecha para pedir amparo a Alba. Cae de rodillas en el suelo y posa la parte superior del cuerpo sobre la cama, y es entonces, y solo entonces, cuando exhala su último segundo de vida.

A continuación, el tiempo se congela para Alba, que contempla atónita el cadáver del que un día fue su amante. Pese a la incomodidad de estar empapada en sangre ajena, no puede apartar la mirada de él.

La ropa, el pelo, las manos, la cara... Ella en sí misma está inundada en la sangre de Víctor y, con todo, no puede moverse lo más mínimo y se interna todavía más en su estado de *shock.*

## MIGUEL

Todo va rápido pero lento a la vez, él no sabe cómo decirlo. Primero identificar a su esposa bajo la sangre, después reconocer a Víctor muerto sobre la cama. Acercarse a Alba, limpiarle sutilmente la sangre con la bufanda del Atleti y preguntarle qué ha pasado. Pero ella apenas lo mira. No hasta que la coge de las manos y consigue tranquilizarla. Aun así, no abre la boca. Miguel observa cómo su ropa se ha manchado de sangre y, al mirar la situación, se pregunta qué hacer, cómo proceder. Echa mano del móvil, pero es aquí cuando Alba lo detiene.

—No..., mis huellas están en las tijeras.

Y él que lo entiende todo.

—Pero ha sido *ella*, tienes que creerme.

—P-pero Lucía no..., nunca...

Un zumbido en su cabeza lo alerta de que Alba dice la verdad; lo siente en su mirada. Se pasa la mano por la cara, obligándose a pensar.

La ventana se abre por sí sola y repara en los árboles del bosque de enfrente, que se mecen con el vaivén del viento. Al instante sabe lo que significa. Sobre todo cuando aprecia cómo aumenta la temperatura del cuarto y el mercurio empieza a subir. *Ella* ha salido y le pide que lo siga.

Él asiente y decide tomar las riendas de la situación. Se arrodilla frente a Alba y, aunque le cuesta varios segundos, consigue que ella deje de contemplar el cadáver de Víctor y lo mire a él.

—Préstame atención, ¿okey? Llevaré el cuerpo de Víctor al bosque. Lo encontrarán, claro que sí, pero dentro de unos días, y no tendrá nada que ver con nosotros. ¿Nos interrogarán? Por supuesto. Pero a la mierda, nosotros vimos cómo se internó en el bosque vivo, y ya está. —La mira a los ojos y le concede una tregua para que lo procese—. Mientras lo llevo, tú dúchate y encárgate de limpiar este destrozo. ¿Podrás hacerlo? Eh, Alba, mírame, ¿podrás hacerlo, sí o no?

Ella tarda, todavía lenta de reflejos mentales, pero acaba afirmando con la cabeza.

—Muy bien... A ver... —dice Miguel para sí mismo.

Se dirige a la cómoda que tiene al lado y se coloca dos guantes y un gorro de invierno en el que intenta hacer caber tanto cabello como le es posible. Después sale de la habitación y en un par de zancadas se planta en el garaje, donde coge una lona impermeable que hay en la estantería. Está cuidadosamente doblada, pero intenta calcular el tamaño y se dice que sí, que tendrá suficiente. Vuelve arriba y enrolla el cadáver en la lona. Después la asegura atando dos cuerdas y se pregunta el peso de Víctor. Era un tipo alto, de metro noventa, y encima se trabajaba con dedicación en el gimnasio. ¿Cien kilos? Va a por más cuerda. La ata a los nudos ya existentes y se coloca el otro extremo sobre el hombro. Solo ha de empujar.

Al principio teme dejar un rastro de sangre por toda la casa. Pero tras pararse a comprobar el parqué en distintas ocasiones se convence de que no, que lo complicado vendrá cuando deba transportar el cadáver entre la maleza del bosque y a oscuras. Aunque hoy es luna llena, al menos eso.

Procura que estén las luces apagadas del terreno cuando abre la puerta de la casa. Están apartados de toda civilización, pero no es extraño que de vez en cuando pase un ciclista o un coche perdido que se dirige a una de las casas que se hallan diseminadas por la sierra. Miguel consulta la hora y, al ver que pasa de medianoche, se desea buena suerte. Coge aire y empieza a tirar del peso muerto de más de cien kilos.

El terreno alrededor de la casa se le hace fácil, pero al llegar a la carretera que separa su propiedad del bosque mira con precaución a su alrededor. No sabe cuánto tardará en cruzar la carretera, pero cualquier encuentro sería fatal. Decide callar a su saboteador mental y seguir hacia delante. La noche parece dormir y solo él se halla fuera en la intemperie salvaje a estas horas. Mejor, se consuela. Tiene mil preguntas por hacer y todavía no entiende cómo se ve así, si hace nada estaba animando a su equipo y cantando gol; pero no es el momento. Ahora lo que toca es actuar, y con esta orden mental se interna en el bosque.

# TERCERA PARTE

# MIRANDA

«Hay que empezar echando la puerta abajo», ese es el mantra que Miranda Delgado tiene grabado a fuego para el día de hoy. Sabe que en su intervención de esta mañana ha de exponer una serie de hechos engorrosos y una cantidad ingente de datos, así que, para que a todo el mundo le quede claro y no se pierda nadie, ha de lograr captar la atención de su audiencia. Y para eso, qué mejor que empezar echando la puerta abajo.

Lleva días preparándose para este momento; qué palabras precisas ha de utilizar, las pausas dramáticas a las que acudir y algún que otro chascarrillo de emergencia, por si hiciese falta distender el ambiente. Aunque para qué mentir, Miranda se conoce y sabe que no hará uso de ninguno de los chascarrillos. No es su forma de ser, no está en su ADN, y la aceptación es el primer paso en el camino del autoconocimiento.

Muchos dirían que se trata de una persona calculadora. Pero no sabrían de qué están hablando. Miranda Delgado es más bien una bomba de relojería. Ella no avisa, está callada y tranquila hasta que explota y deja muertos a su paso.

Tantas horas preparándose su intervención y para qué. Para nada. Ese es su miedo al ver que el subinspector Víctor Blanco no está ante ella, en el otro extremo de la mesa de esta fría sala de reuniones.

Se nota excesivamente rígida en la silla y eso le disgusta. Pero es que se ha de controlar, sobre todo después del numerito que montó la noche que fue a ver a Víctor a su barrio. De ahí los preparativos para el día de hoy, sabe que esta vez ha de doblegar a su contrincante con palabras. Y también porque sabe que a veces los impulsos la dominan y que tener a ese bruto delante le supondrá un chute de sensaciones.

Él es el último rastro, la última esperanza que tiene de encontrar a Eloy. Si su hijo está en la ecuación, Miranda es capaz de doblegar la X, de hacerla trizas y después escupirla. Puede convertirse en el mismísimo Hulk si hace falta.

Para evitar el efecto bola de nieve en su mente, recurre al reloj que hay en la pared, tal y como ha hecho los últimos veinte minutos, que es el tiempo que lleva esperando sentada. Observa el segundero un momento para después desviar la mirada y pasar a imaginarse en su cabeza el movimiento; el pasar de los segundos. Al rato, levanta los ojos hacia el reloj y comprueba si el segundero está donde debería según sus cálculos. ¿Es una competición tonta y absurda contra sí misma? Pues sí, y qué. Mejor eso que contemplar al mediador enjuto y pálido que ha enviado la Comisaría General.

Media hora después de la citación oficial, Miranda se pone de pie y se coloca la chaqueta con la mirada fija en un punto indefinido de la pared, tratando de contener la respiración; no quiere que el corazón se le dispare a mil pulsaciones por segundo.

No ahora, no delante de un desconocido.

Agradece al mediador su presencia (inútil y absurda, pero hay que reconocer que el pobre hombre también ha perdido la mañana) y se va, con los hombros erguidos y el mentón alto, con toda la dignidad del mundo.

No es hasta saberse sola en el baño que baja el escudo. No llora, pero sí suelta un alarido de rabia y deja que su cuerpo libere toda la tensión acumulada. La garganta se le cierra y el vómito que le sube por el estómago amenaza con matarla en el acto, ahí mismo, en la comisaría más cutre de todo Madrid.

Contempla la imagen que le devuelve el espejo. Se recuerda quién es y qué está haciendo aquí, y eso la revitaliza un poco. Hay gente que parece más alta de lo que es; ese es su caso, que es todo actitud. También comprueba que le gusta el cabello corto que lleva luciendo desde el martes, día en el que se dejó convencer por su padre. Debido a la mala nutrición de este último año, el pelo se le caía y se amontonaba en el suelo, y pasarse la mano por la cabeza era un suplicio, ¿a quién le gusta dejarse media cabellera entre los dedos? Este nuevo *look* parece haberle devuelto su chispa; o, al menos, la ayuda a disimular su ausencia delante de otras personas. Decide volver a mirar al frente, pese a todo; para seguir andando una vez más.

El juego sigue, no queda otra que continuar con la partida.

Sube al segundo piso y entre el caos habitual de agentes moviéndose de aquí para allá y teléfonos sonando, le llama la atención una chica que está sentada en la esquina. No es policía, eso es fácil de averiguar. Tiene un café entre las manos que le hará polvo el estómago y los ojos rojos e hinchados. Es joven, poco más de veinte, y eso le fastidia a Miranda Delgado: esta chica debería estar en una terraza por la zona de Moncloa tomando cervezas con los amigos y no aquí, dejándose engullir por una pena inmensa que la está arrastrando a lo más hondo.

Miranda Delgado ha estado ahí, y sabe cómo es. No se lo desea a nadie. Ni a la chica ni a su peor enemigo. Eso es, ni siquiera a Víctor Blanco.

Aunque a Víctor... Cierra la mano derecha en un puño y teme hacerse sangre, pero recuerda que no tiene uñas de tanto comérselas y se queda tranquila. Se dirige pisando fuerte al fondo del pasillo, donde ve al mediador hablando con el comisario Alfonso Vázquez, a quien Miranda saludó de pasada al llegar por la mañana.

—Comisario, quiero presentar una queja formal...

—¡Hombre, Delgado! Justo le estaba preguntando a Ramírez por usted.

Señala con el dedo a un agente uniformado que está echado a un lado y le indica que se acerque.

—Cañete, ponla al día, anda. Dile lo que me has comentado a mí.

El joven se adelanta un par de pasos y carraspea antes de hablar. De no estar tan sumamente alterada, Miranda incluso encontraría adorable la timidez tan entrañable que demuestra el agente.

—Es que..., bueno, es posible que al subinspector Víctor Blanco le haya pasado algo.

—Los hechos, Cañete, los hechos —espeta el comisario—. Deja las hipótesis para los investigadores.

—Empezaba turno a las ocho y no se ha presentado. Esto ya es raro, porque él no es de faltar. No, al menos, sin justificación. Pero es que además, hace un rato, se ha plantado aquí la novia para saber de él. Lleva desde ayer por la tarde fuera de casa y con el móvil apagado.

—¿Es la joven de ahí? —pregunta Miranda.

El agente uniformado asiente, y Miranda echa otro vistazo a la chica. Cuánto sufrimiento por culpa de los hombres, cuánto dolor injustificable e injustificado.

—¿Puede ser que tuviesen problemas y que el subinspector haya perdido el oremus con alguna amiguita?

—No lo creo, señora.

«Señora», míralo al imbécil este de los cojones, piensa Miranda, que lo fusila con los ojos pero se contiene de tomar represalias con una respuesta mordaz. Vale, tiene cuarenta años, pero no es una señora como lo era su madre con cuarenta años, ¿se entiende o no se entiende? Que hay que explicarlo todo.

Da un paso hacia la novia, pero se detiene mínimamente.

—¿Cómo se llama?

—Diana Villar.

Miranda camina hacia la chica y se sienta a su lado.

—¿Quieres otro café, cielo?

—¿Qué? Ah, no..., ya estoy bien. Bueno, en esto, ya sabe.

No es solo esta imagen de chica desgastada, de juventud perdida, lo que llama la atención a la inspectora. Es otra cosa que empieza a revolverle las entrañas. Pero no sabe aún qué es. Ya vendrá, se dice a sí misma.

Hablan un poco. Miranda hace uso de las clases de psicología que recibió en la Academia (aunque ha de confesar que tiene algo oxidado el tema), pero es que al final se basa en actuar como un ser humano, en ponerse en los zapatos de esa pobre chica, que no tiene noticias de su novio desde ayer. Ella sabe lo que es eso, sabe los pensamientos que se tienen en esos momentos y lo difícil que es. Se recuerda a sí misma, sentada junto a su padre, con ganas de convulsionar, de darse golpes en la cabeza, de quedarse KO si hacía falta con tal de dejar descansar a la mente, de no caer en la desesperación. Pero y a quién quería engañar, ya estaba desesperada. Lo único que ansiaba es que alguien le diese una noticia, un ungüento sanador. Pero nada. Si al menos hubiesen estado en la misma ciudad..., habría salido a patearse Madrid de cabo a rabo, no habría dejado ni un hueco sin mirar, pero a más de seiscientos kilómetros le era imposible. No le habrían dejado ni acercarse a un coche. Y en realidad, hoy, desde la lejanía y con la sangre fría, ha de reconocer que menos mal. Con lo nerviosa que estaba, se hubiese estampado en la misma salida de la capital.

Aunque, a decir verdad, quizá esa hubiese sido la mejor solución. Qué ganas tiene de morirse y cómo anhela ponerle fin a todo. Pero antes de eso ha de despejar la X, ha de ver qué hay detrás de la cortina; y para eso necesita a Víctor Blanco, le guste o no.

Hay que fastidiarse. Es la primera que no quiere que desaparezca ese impresentable.

Alarga la cháchara un rato más con la novia, y cuando se asegura de que está bien, que no necesita nada más, se dirige de nuevo al comisario y al agente uniformado (parece que el mediador se ha ido sin despedirse. Oh, qué pena).

—¿Qué van a hacer entonces?

—Pues no podemos aceptar la denuncia por desaparición hasta mañana. Así que nada, de momento; rezar para que nuestro chico esté bien y dé señales pronto.

—Rezar siempre ha dado buenos resultados en este tipo de casos —dice Miranda, y el comisario arruga la frente, ¿acaso esta extraña se está riendo de él?

—Si no estoy mal informado, usted es de Homicidios, y además está de excedencia, ¿qué otra cosa puede hacer? Vuelva a la UDEV, que allí tienen calefacción de la buena, y cuando Víctor aparezca podemos agendar otra reunión.

—¿No van a hacer nada, en serio? Es de los suyos.

—Ni nosotros ni usted, ¿ha quedado claro?

Pobrecito, no conoce a la inspectora Miranda Delgado.

Esta se despide con elegancia, con un sutil movimiento de cabeza, y da media vuelta.

—Vamos, cielo, aquí no van a hacer nada por ti.

A la novia del desaparecido, al ver que la inspectora no la espera y que se está alejando con grandes zancadas, una tras otra y sin mirar atrás, no le queda otra que seguirla. Cualquiera le lleva la contraria a esa mujer.

# ALBA

De tener que definir este día de alguna manera, Alba piensa que el adjetivo que más se adecuaría es el de agónico.

Sí, está siendo un día agónico.

Ni ella ni Miguel han dormido en toda la noche, así que se han puesto en marcha a primera hora. Él ha partido temprano a deshacerse de las tijeras y de la lona con la que arrastró el cuerpo, la cual ha troceado en cachitos muy pequeños.

—Ahora cogeré el coche y lo iré esparciendo todo por ahí, poco a poco. No más de una cosa en cada uno de los puntos. Incluso he desmontado las tijeras todo lo que he podido. Todo irá a parar a sitios que estén de camino a lugares donde después pueda justificar mi presencia. El súper del pueblo, el Aldi de la carretera, la editorial en Madrid, una gasolinera de camino al cementerio para poner flores a mis padres...

—Déjate el móvil en casa, ¿no?

—¿Por qué? —preguntó Miguel.

—No sé, en las series siempre lo hacen.

—Pero es que quiero que después se pueda ver dónde he estado, voy a tener explicación para cada una de mis visitas. Es decir, no hay nada raro en ir a comprar al pueblo, parar un momento en el Aldi porque ahí es donde tienen la leche de avena que nos gusta, después acercarme a mi puesto de trabajo un momento... Si me dejo el móvil..., ¿quién se deja el móvil en casa hoy en día?

—Sí, vale. —Alba se encogió de hombros—. Sí, puede ser, sí...

Y ahora, pese a que simulan que trabajan, no pueden concentrarse más que en la carretera que hay al lado de casa, pendientes de cualquier coche de policía que pueda acercarse. Les da miedo que suene el timbre de la puerta, pero, a la vez, Alba desea que suene para dar fin a este silencio sistemático en el que se hallan instalados.

Cuando Miguel volvió del bosque, solo abrió la boca para preguntar si creía que la habitación (la escena del crimen) estaba lo suficientemente limpia. A lo que ella respondió que sí, que así lo atestiguaban los dos botes de lejía utilizados.

—Aunque no servirá de nada si nos pasan la linterna esa ultravioleta —comentó Alba—. Siempre sale en la tele.

—Pues nada, ¿qué hacemos? ¿Quieres llamar tú misma a la policía y les cuentas?

Después dobló el juego de cama ensangrentado y le pidió que se desnudara. Lo que en primer término no hizo más que aturdirla cobró sentido cuando vio que también Miguel se desnudaba y lo echaba todo a un pequeño contenedor de jardín en el que prendió fuego.

Coincidió con la hora mágica, esos minutos antes de que el sol asome por el horizonte y en la que el cielo está clareado. Alba lo observó todo desde la ventana de la habitación, todavía desnuda y sin ánimo de sacar ropa limpia del cajón.

Ahora, sentada en el porche de la casa y absorta en la carretera, piensa que siempre recordará esa imagen de Miguel desnudo y con la mirada fija en el contenedor, en las llamas que engullían cualquier prueba del crimen cometido hacía tan solo unas horas. Hacía frío. Mucho frío, pero a él ni siquiera eso lo despistaba en ese momento. Ni temblaba ni tenía la piel de gallina. Nada. Solo se dejaba aturdir por el fuego abrasador, por las llamas que se reflejaban en sus pupilas vidriosas.

Y Alba solo supo quedarse junto a la ventana, admirando la silueta que el contenedor encendido dibujaba de su marido.

Después, cuando Miguel subió al cuarto, temió que estallase una discusión entre ellos. Pero no, él presentó una mudez triste; con los ojos apagados y movimientos de robot. Parecía obcecado en no quedarse quieto y empezó a moverse de aquí para allá por toda la casa para así no sucumbir al ruido mental que lo acechaba.

Aun así, ella sí consiguió hablar:

—Ha dejado el coche lejos..., mejor..., así quizá no lo relacionan con nosotros, ¿no crees?

La única respuesta que encontró fue su mirada clavada junto con una mueca que dijo: «Sí, claro, nunca caerán en que sus cuñados viven cerca de donde dejó el coche antes de entrar en el bosque». Y ella sintió vergüenza. Bueno, a decir verdad, no sintió nada.

—Vístete o cogerás frío —dijo finalmente Miguel, y se fue.

Ella abrió el cajón y, al colocarse el pantalón del pijama, reparó en que entre su ropa estaba guardada la HK USP Compact de Víctor. Es verdad, se dijo aún en *shock*, la puse yo misma al empezar a limpiar, ya no me acordaba. La tapó con tantas camisetas como pudo y terminó de vestirse.

Aunque saber que la pistola está arriba en su cuarto la asusta y la estremece. Su mente no da abasto desde que sintió la sangre de Víctor sobre ella.

Ni siquiera han comido en casi veinticuatro horas. Por un instante, ella se descubrió a sí misma alcanzando una mandarina del frutero, pero en el mismo momento en el que le quitó la piel, se le revolvió el estómago y la acabó dejando.

Hubiese preferido que la policía hiciese acto de presencia esa misma mañana; pero no hubo manera. También hubiese querido que Miguel la confrontase y la llamase puta; pero tampoco tuvo éxito en ese campo. ¿Y Diana? No puede ni imaginarse por lo que debe estar pasando. La visualiza llamando a su novio y escribiéndole al móvil: «Oye, tú, ¿qué pasa con tu culo?, ¿dónde te metes?». Con el mal cuerpo que a una se le queda al no poder contactar con alguien...

—Pobre... —dice Alba metiendo la cabeza entre las rodillas.

Al estar cerca la noche, la temperatura azota y la obliga a cruzarse de brazos y a frotarse el pecho, pero ella se niega a entrar en casa por querer ver cómo se acerca el coche de policía. Que no sabe cuándo vendrá, pero vendrá, de eso no hay duda. Aunque sabe que no es más que una excusa, que en realidad no quiere compartir silencio con Miguel y que en su inconsciente desea coger una pulmonía y morirse esta misma noche. Pero, Alba, se dice, ¿y la criatura? Y sabe que es verdad, que tiene que cuidar del bebé. Es entonces cuando recapacita y entra en casa.

La policía no llama a la puerta hasta el día siguiente.

## MIRANDA

La excitación de la caza no podría ser más adictiva. El poder en las manos, el hambre dominando el cuerpo. Miranda ha de reconocer que se siente completa cuando está inmersa en un caso. Sobre todo en estos momentos, que su ausencia de vida personal le permite volcarse al doscientos por cien en una investigación. Como ahora. Quizá la desaparición de Víctor se resuelve dentro de cinco minutos cuando se descubra que estaba en un hotel con alguna belleza exótica o quizá no, quién sabe qué le puede haber pasado a ese animal; pero a lo que vamos: ella va a dar todo de sí para llegar a la resolución. Vaya que sí.

—Miranda, a mí esto no me convence nada. Has pasado de querer matar a ese tipo con tus propias manos a querer encabezar su búsqueda, ¿tú te estás escuchando? —dijo el comisario Méndez cuando se presentó en la UDEV esa misma mañana.

—Piénselo bien, es el caso perfecto para volver. Seguramente se resuelva con facilidad y no necesitará de mucha implicación —mintió ella.

—Esto, en realidad, deberían llevarlo los de Desaparecidos. ¿Qué saben en Leganitos de este tipo de jaleos? Es muy inusual.

—Usted sabe cómo funciona esta empresa, lo que pasa cuando tocan a uno de los nuestros. Es normal que lo quieran resolver los compañeros de Víctor Blanco. Y, además, estaré yo.

El comisario menea la cabeza, muy insatisfecho.

—Te quedan dos o tres semanas de excedencia, ¡por Dios! ¿Tan difícil es quedarte tranquila en casa viendo capítulos repetidos de *Aquí no hay quien viva*?

—Antes de saltar al campo, un jugador de fútbol calienta en la banda, ¿verdad?

—Ni siquiera hay un homicidio en este caso, Miranda, ¿qué pintas tú en ese sarao?

—Precisamente por eso, es la investigación ideal.

El comisario, con toda la elegancia del mundo, la escrutó con la mirada. Tenía las manos entrelazadas debajo del mentón y el ceño fruncido.

—Estás muy implicada, no me gusta.

—Usted sabe que en las desapariciones son importantísimas las primeras horas. Víctor Blanco desapareció anteayer. El día de ayer, su novia se acercó a la comisaría, aún no le dejaron denunciar la desaparición, pero yo la acompañé hasta el piso de su novio. Y, efectivamente, es el hogar de un desaparecido. De alguien que salió de casa pensando que iba a volver a las pocas horas. ¿Sabe lo que encontramos? Había sacado una pechuga de pollo para descongelar. Al día siguiente tenía que comer en la comisaría y pensaba hacerse el táper por la noche.

—¿En serio te riges por el táper para pensar que le puede haber pasado algo?

—Hoy sí le aceptan la denuncia a la novia. Solo le pido que haga una llamada y me deje llevar la investigación a mí.

La idea no le gustó nada al comisario, pero finalmente levantó las manos en señal de rendición. Abrió un cajón y le dejó la placa sobre el escritorio.

—Allá tú.

Diez minutos después, Miranda Delgado estaba firmando en la armería del subterráneo, donde le hicieron entrega de su USP Compact de Heckler & Koch. ¡Cuánto tiempo, vieja amiga! Aun así, aparte de los campos de tiro que tienen para practicar, ella apenas ha disparado más de dos o tres veces, la verdad sea dicha, y es que su HK conlleva una responsabilidad enorme que no todo el mundo puede asumir. Al coger una pistola has de estar dispuesto a pagar el precio, y casi nadie acepta semejante carga.

Cuando salió del complejo policial de Canillas se disipó en ella todo rastro de duda y se encontró extrañamente decidida. ¿Cuánto hacía que no sentía esta chispa? Volver al trajín le sentaba bien, muy bien. En ese instante entendió lo importante que era ser coherente con la naturaleza de cada uno. Ella era así, y punto; así iba a morir. Con las botas puestas, como se suele decir.

Es por eso que aceptó con buena cara la única condición que le puso Alfonso Vázquez, el responsable de la comisaría más cutre de todo Madrid: tener como compañero al joven agente Javier Cañete, a quien puso a trabajar de inmediato.

—Aquí está la denuncia junto a la fotografía de Víctor que nos ha pasado la novia, necesito que introduzcas el documento en Personas y se lo mandes a Desaparecidos. Aunque nos hagamos cargo nosotros, no está de más conservar las formas. Después me avisas para enviárselo yo al juez. ¿Lo has entendido?

El joven se dirigió inmediatamente a su ordenador, como un buen niño. Seguro que en el colegio siempre se sentó en la primera fila, pensó Miranda.

Ahora lo ve a su lado, sentado en el asiento del copiloto del coche, y piensa que, en fin, que podría ser peor, que al menos se le ve buen chico. Eso sí, le avisó en cuanto se saludaron aquella mañana que no la llamase señora y que ni se le ocurriese dirigirse a ella de usted. Durante unos días serán compañeros, así que qué menos que un mínimo de camaradería.

—Bueno, Javier, que el trayecto se está haciendo largo y no me he traído el pincho con la música, háblame de ti.

—¿Qué quiere que le cuente?

—¿Qué hemos dicho de la tercera persona?

—¿Qué quieres saber?

—No sé, ¿cuánto llevas en el cuerpo, por ejemplo?

—Nada, poco más de cuatro años. Estoy recién salido de la Academia, ya ves.

Entonces pasa a contarle que es el tercer agente de una larga saga familiar entregada al Cuerpo Nacional de Policía.

—Poco más y en casa ponemos el escudo del Cuerpo encima de la tele.

—¿Pero a ti te gusta o es solo por tener contentos a tus padres?

—Me gusta, me gusta..., hombre..., miro a mi alrededor, en mi grupo de amigos, y qué quieres que te diga, soy el único con un trabajo fijo y un sueldo que supera los mil euros.

—Visto así...

—Cuando estaba estudiando las oposiciones siempre tenía que soportar el típico discursito de que si en este país no se enseña a emprender, sino solo a ser opositor..., que si papá Estado, y esas cosas... Vale, igual hay mucho de cierto, no digo yo que no; pero a nivel de calle, para el ciudadano común, ¿qué trabajos ves hoy en día que den estabilidad si no es el funcionariado?

—El comisario te debería enviar a los institutos a dar charlas de orientación profesional, de verdad te lo digo.

Están de camino a la sierra de Madrid, pasado Cercedilla. ¿El motivo? Una pareja de la Guardia Civil ha encontrado un vehículo aparcado en el arcén de una pequeña carretera. Al principio, cuando pasaron por primera vez con el Land Rover, pensaron que era de algún excursionista y no le dieron importancia; pero, casi al acabar la jornada, se extrañaron al comprobar que el coche seguía en el mismo sitio, y con el número de la matrícula pidieron información del dueño. En cuanto supieron que era un policía, decidieron llamar.

A Miranda no le importan los más de cincuenta minutos

de trayecto. Le gusta conducir. Solo se ha de seguir la ruta. Ojalá fuese todo tan fácil en la vida, piensa. Qué no daría por seguir un camino vital preestablecido que solo requiriese de algún que otro viraje de vez en cuando. Además, para qué engañarnos, a donde se dirigen es una zona bonita. La sierra de Madrid quizá no sea muy conocida a nivel nacional, pero hay que ver qué paisajes tiene.

—Bueno, al menos el coche está intacto —dice Miranda nada más llegar y echar un vistazo al vehículo de Víctor Blanco.

Está estacionado a un lado, entre matorrales, alejado de cualquiera de las casas que se divisan por la zona. Miranda y Javier dan vueltas alrededor del vehículo ante la atenta supervisión de una pareja de la Guardia Civil.

—Aquí no suele haber mucha delincuencia —defiende el cabo de la Benemérita—. Quizá si hubiese estado una noche más, pues sí, le hubiesen quitado la radio y esas cosas, pero esta zona es muy tranquila.

—Bueno..., tranquila..., o discreta, ya me entienden —dice el otro miembro de la Guardia Civil, que sonríe con picardía a su compañero—. Aquí nadie quiere que pase nada, no sea que a alguien se le ocurra poner luces de más a esta zona...

La pareja de la Guardia Civil que les ha estado esperando junto al coche de Víctor no podría ser más variopinta. Uno es joven e imberbe, y el otro es un carcamal con más kilos que bondades.

Miranda se queda observando al que ha hecho el último comentario, dejando claro que necesita una aclaración al supuesto secretismo que impera en la zona.

—Es que, mire usted, un poco más allá, si se mete por el camino ese que ve ahí, pues se llega a una zona de... No sé el nombre políticamente correcto. Ayúdame, Tomás.

—De *cruising*, mi sargento. —E implica también a los demás en la aclaración—. Hay una zona de *cruising*.

La inspectora levanta las cejas. Eso sí que no se lo esperaba. Se gira hacia Cañete y le pregunta qué le parece.

—No sé, la verdad es que no veo a Víctor aquí... No tenía necesidad alguna de venir a una de estas zonas.

—Todos tenemos secretillos, ¿no?

Cañete concede el beneficio de la duda. Sí, quién sabe. Aun así, eso no convence a Miranda, no como para formular una teoría solo con esta información. Mira a su alrededor, a la zona impoluta en la que nadie ve nada y nunca pasa nada. Qué lujo, ¿no? Y eso le hace sospechar. Siempre hay que sospechar, piensa ella. Necesita más, rascar y rascar, nunca falla.

Saca el teléfono y llama.

—Hola, Diana, perdona que te moleste. Sí, estamos aquí, con el coche... Tal y como te dije, sí... Oye, tengo prisa y no puedo hablar mucho, pero cuéntame, ¿sabes si Víctor tenía alguna amistad en la sierra?, ¿hay algún motivo que lo pudiese traer a casi una hora en coche de su casa?

Pocos minutos después está llamando a la puerta de los cuñados de la víctima.

## MIGUEL

—Inspectora Miranda Delgado —dice la mujer al enseñar su placa. Tras ella hay un coche aparcado con un joven agente en su interior—. Desearía hacerles unas preguntas. Prometo no quitarles mucho tiempo, ¿podría pasar, por favor?

Tanto Alba como Miguel evitan mirarse por miedo a verse delatados. Solo alcanzan a franquear el paso a la mujer. Está sobre los cuarenta y tiene un físico sorprendente. No por su belleza, que está presente pero difuminada, sino por los hombros y la espalda, ¡qué portento! Da la impresión de que es capaz de matarte antes de que te des cuenta, quizá incluso con solo una mirada le baste.

—¿En qué podemos ayudarla, inspectora? —dice Miguel una vez que toman asiento en la sala de estar.

—¿Querría un café? —pregunta Alba.

—No, gracias, solo será un momento. ¿Conocen ustedes a Víctor Blanco?

Miguel toma la iniciativa, pues sabe que Alba no reacciona muy bien bajo presión.

—Es el novio de su hermana, ¿por qué?

—¿Cuándo fue la última vez que lo vieron?

—Hace un par de semanas estuvimos comiendo todos juntos. De hecho, fue el día que Diana nos lo presentó.

—Ajá... ¿Y en estos últimos días han estado en contacto?

—¿Con Víctor? No..., y eso que comentó que nos acercaría

unas piezas para la caldera, pero nada. En realidad, ni siquiera llegamos a intercambiarnos los números. Vaya, al menos yo.

Acto seguido, Miguel se gira hacia Alba con un gesto interrogativo de cabeza.

—No, la verdad es que yo tampoco —dice ella después de tragar saliva—. Ni siquiera lo pensé. No surgió.

La inspectora parece no creérsela o quizá es solo sugestión, pero el caso es que lanza una nueva pregunta.

—En la comida que mantuvieron todos juntos, ¿pasó algo fuera de lo común?

—Era una comida familiar, defina fuera de lo común —dice Miguel sobreactuando su chispa cómica, pese a la seriedad que recibe de la policía.

—¿Algo a destacar que me quieran contar?

—Ahora mismo no sabría, no.

—Tengo entendido que el vehículo de Víctor sufrió un ataque vandálico.

Lo sabe, la muy perra lo sabe, piensa Alba, y ha venido a cazarnos, a ver en qué nos equivocamos.

Le explican a la inspectora la escena con el mayor lujo de detalles posible, incluyendo el momento en el que Víctor desenfundó su arma reglamentaria y se internó entre la maleza. Acto que incomoda a la policía, que no puede evitar un gesto de desaprobación.

—¿Alguna otra cosa que crean que deba saber?

Qué maldita, piensa Miguel, qué manera de sostener el silencio y aguantar la mirada.

Miguel se obliga a soportar la tensión y aúna fuerzas para hacer un gesto de negación. Después, como si se tratase de una ceremonia, la inspectora se gira hacia Alba y la somete a su influjo.

A Alba le cuesta, pero tras varios segundos sin aliento y sin haber dejado siquiera a su corazón latir, también dice que no con un movimiento de cabeza.

—Muy bien. Cualquier detalle nuevo que recuerden, no duden en llamarme. Sea la hora que sea —dice al darles su tarjeta.

Se despide sin una sonrisa de cortesía ni nada de nada. Tan solo se sube al coche.

Alba y Miguel se quedan plantados en el porche, manteniendo el tipo ante la última mirada de la inspectora, que parece estudiar cada gesto que realizan, por minúsculo que sea; así que ellos no respiran hasta que ven desaparecer el vehículo.

Entran en casa y entonces Miguel, como si hubiese estado todo el día pensando en cómo disparar la pregunta, consigue mirar a su esposa y hablar.

—Solo te lo preguntaré una vez, ¿soy el verdadero padre de la criatura?

Ella no responde, bastante tiene con quedarse plantada, mirándolo sin salir corriendo.

—Lo diré de otra manera —continúa Miguel—, ¿hay alguna posibilidad de que Víctor sea el padre del bebé?

## MIRANDA

Qué bien estar viva, sentirse así, con este ímpetu, piensa al salir de la comisaría de Leganitos. Es tarde, pero el día se resiste a marcharse del todo y el cielo presenta un color morado de lo más poético. La jornada se ha alargado más de lo deseable, pero es que había que dejar preparada la batida que se está organizando para buscar algún rastro de Víctor Blanco por la sierra. A Miranda le ha costado, pero al final ha conseguido un número aceptable de perros. Ella quería ocho, pero desde arriba le han dicho que nanay, que se contentara con tres o cinco como mucho. ¿El motivo? La batida coincidirá con un partido del Real Madrid contra el Manchester City, y además el presidente de Brasil estará de visita por la capital, con recepción de la Casa Real y todo.

Miranda está contenta con el operativo organizado y espera que la batida dé sus frutos. Camina con una inesperada sensación de euforia. Hacía mucho que no se sentía así, y eso le provoca un poco de culpa. Pero decide alejar cualquier pensamiento limitante de su mente y acallar la voz boicoteadora que la ataca más a menudo de lo que jamás admitiría.

Pero.

A la altura de la plaza de Callao hay un dardo inusitado que se le clava en el estómago.

—Miranda, ¡cuánto tiempo! Qué guapa estás.

Viste un traje de chaqueta elegante y oscuro, ideal para

moverse por los despachos de un rascacielos, unos *airpods* que seguramente solo se quita para dormir (con suerte) y, pese a las horas laborales que debe llevar acumuladas, se muestra divina, sonriente y con el maquillaje intachable. Miranda la mira y siente un poco de vergüenza, no quiere ni imaginar las pintas que lleva después de estar toda la jornada encerrada en la comisaría más cutre que existe. Pero lo peor no es eso, lo peor de todo es que Miranda no recuerda su nombre. ¿Se llamaba María? No, espera, diría que Paloma..., no, no, no, empezaba por M seguro...

—¿Qué tal estás? —pregunta finalmente de forma aséptica.

La mujer sonríe y responde muy galantemente. Eso sí, no devuelve la pregunta, es obvio que a Miranda no se le puede preguntar que cómo se encuentra. Eso es lo peor, sentir que los demás la rehúyen. No por malestar, sino por incomodidad. ¿Cómo se trata a una mujer que ha pasado por la pesadilla que ha vivido ella (y que aún está experimentando)?

—¡¡¡Mamá, estoy aquí!!!

Un niño de seis años, pelirrojo y con unas gafas que a punto están de caer, se acerca con una bolsa de El Corte Inglés que es más grande que él. Coge la mano de su mamá con una sonrisa que borra en el acto en cuanto ve a Miranda.

—Hola, Nicolás, ¿qué tal estás? —pregunta Miranda esperando haber acertado con el nombre del niño.

El pelirrojo no responde. Mira a su madre, a punto de entrar en colapso mental, y finalmente se gira hacia los escaparates que hay al lado.

—Es que mañana es su cumple, y hemos venido a comprar unos detallitos para que los lleve al cole y los reparta entre sus compañeros.

Esa mención a la escuela hiere todavía más a Miranda, que necesita tomarse un segundo para coger aire y lograr esbozar una sonrisa. Se esfuerza por felicitar al niño y desearle un feliz cumpleaños, alarga la cháchara medio minuto más con la madre (Marga, ahora recuerda que se llama Marga) y se va, alegando que ha quedado con su padre para cenar.

—Por cierto, Miranda..., pensamos mucho en Eloy. Nosotros..., si podemos hacer cualquier cosa...

—Nada, tranquila —alcanza a decir sin detenerse—. Me voy, que mi padre estará nervioso.

Acelera el paso y en cuanto tuerce la calle se detiene. No se echa a un lado ni se sienta en el escalón de un portal. Se queda parada tal cual en medio del gentío, que a esa hora no es más que un río de personas heridas deseando llegar a sus casas.

Miranda siente que le falta el oxígeno. Por más que busca con desespero una bocanada de aire que le devuelva la euforia que sentía hace tan solo unos minutos, no logra respirar. Está convencida de que va a caer al suelo. No porque le estén temblando las rodillas; es más bien un vacío que le nace en el estómago y que le pide que pare ya, que deje de intentar seguir viviendo, que se detenga y se deje morir. Aquí, en este preciso instante.

Eso es lo que quisiera hacer Miranda, tumbarse en el suelo y morir.

Y como tantas otras cosas que desea, no se lo concede. Qué mierda, a veces estar viva no basta. En algunas ocasiones no se puede dar ni un paso al frente.

Víctor, piensa, Víctor Blanco es la clave. La llave que abrirá la puerta, mejor dicho. Decide centrarse en él, en el caso que tiene entre manos y cuyo inicio será la batida.

Sí, eso, tú enfócate en la batida, se dice al enfilar el camino a casa.

Bueno, a casa no, ella ya no tiene de eso.

## ALBA

Muy rara vez podemos averiguar el sentido de los vaivenes de la vida. Hay gente que ve un para qué, un mensaje, en todo aquello que le pasa, incluso en las cosas más graves. Y eso Alba lo odia, ¿qué enseñanza tiene un cáncer, el fallecimiento de un ser querido o un sufrimiento como el que ellos están pasando? Después de todo lo de Lucía con su correspondiente carga de culpa, cuando por fin conseguían estar bien..., y ahora esto...

Ve el pánico reflejado en el rostro de Miguel, y tiene ganas de morirse.

Acaban de llegar a casa, se han quedado solos por fin y ahora es cuando pueden dar rienda suelta a sus miedos y nervios. No pueden ni verbalizar sus temores. La congoja los domina por completo.

Han estado varias horas acompañando a sus hermanas y a los policías en una batida por el bosque. Ah, y a los perros, incluso hay perros oliendo cualquier posible rastro del desaparecido. Pero eso no es lo peor. Lo peor es que esto lo llevan haciendo desde ayer, ¡dos días buscando a Víctor! La zona es extensa, el terreno complicado y la moral del equipo se encuentra cada vez más menguada. Hoy se ha escuchado algún que otro comentario que insinuaba la escasez de medios, que quizá Víctor dejó el coche allí pero para subirse a otro vehículo...

—O tal vez entró en una de las casas de la zona, y ya no salió —dijo la maldita inspectora estrella, la sabionda.

Aquí Diana miró sutilmente a Alba, pero la teoría principal es que se internó en busca de los vándalos que estamparon su coche contra el muro. Sinceramente, a Alba eso le suena absurdo, pero en fin, casi mejor que esa sea la hipótesis con la que trabaja la policía.

Pues eso, que llevan varias jornadas de batida. Alba no sabe dónde se halla el cadáver de Víctor, pero Miguel sí conoce su paradero. Recuerda perfectamente el acantilado por el que tiró a Víctor, y aunque han echado un vistazo a la zona, en el último momento han bordeado el precipicio y no se han asomado.

El comportamiento de Miguel todos esos días ha sido..., bueno..., el que ha sido. Es normal, piensa Alba, excusándolo.

—Es tuyo —dijo ella cuando le preguntó por la paternidad del bebé que está desarrollándose en su vientre—. De eso no tengas dudas.

Pero Miguel ¿la creyó? Quién sabe, la verdad. A su lado se sigue mostrando desconfiado y serio. Aunque Alba teme que exista otra sombra en su interior..., algo que sí que no se atreve a preguntarle.

Está convencida de que Miguel cree que ella mató a Víctor. Que no fue Lucía, sino ella, y que está utilizando a su hija de excusa.

En realidad, Alba lo entiende, quizá ella misma tendría esa sospecha de no ser la que presenció la brutal muerte de Víctor. Aun así, dice mucho de Miguel que se prestase a ayudarla si realmente desconfía de ella. Presiente en su mirada, las dos o tres veces que ha aguantado a su lado, el debate, el no saber cómo actuar ni qué hacer con su maldita vida.

Y respecto a Diana, ¿qué? Bufffff, por dónde empezar. Es la sombra de Diana la que está haciendo la batida por el bosque. Se diría que no tiene la esperanza de que Víctor esté bien, de que en cualquier momento lo pueden encontrar con una pierna rota o con una buena excusa, como por ejemplo un secuestro exprés de los mismos delincuentes que le destrozaron el coche. Y Alba se odia cuando se ve a sí misma tratando de animar a su hermana pequeña. Se siente una falsa y piensa que merece todo lo malo que le está pasando. No se sienten reales sus palabras, y eso la está destrozando.

Por eso, más de una vez se ha quedado rezagada del grupo. Sola en medio del bosque. En todas y cada una de las ocasiones, siempre surgía algún alma cándida que se ofrecía a quedarse con ella (Miguel nunca, las cosas como son), pero Alba siempre aseguraba que no era nada, que necesitaba descansar un segundo, pero que enseguida alcanzaba al grupo principal. La más insistente ha sido sobre todo Eva, pero solo para quedar bien, pues en el fondo sabía que le tocaba estar al lado de Diana durante estos días y no soltarla jamás de la mano.

—¿Se encuentra bien? —le dijo la inspectora Miranda Delgado ayer, en una de esas veces. Alba se había quedado sentada bajo la sombra de un árbol y estaba respirando hondo.

—Sí, nada, es que estoy embarazada y me canso.

—Ah, pues aún no se le nota, ¿es reciente?

—Sí, aún estoy en el primer trimestre.

—Ajá... Váyase a casa, entonces, aquí no pinta nada.

—Es mi hermana —aseguró Alba como la mejor actriz de Hollywood—. Debo estar con ella. Mejor dicho, quiero estar con ella.

La policía la miró de arriba abajo y asintió.

—Pero vaya a su ritmo, haga el favor. También ha de pensar en su bebé.

—Sí, gracias.

Pese a tratarse de un punto y aparte en la conversación, Alba vio que no era un punto y final; la mujer se quedó a su lado con la excusa de querer acompañarla un poco más, asegurarse de que estaba bien.

Alba la miró y pensó si hablar o no. Pero ya estaban ahí, qué otra cosa podía hacer.

—Disculpe..., ayer vi que también usted se quedó atrás un momento...

La primera reacción de la inspectora fue de vergüenza. Después miró a la tierra húmeda que pisaban sus botas y buscó las palabras. Cuando levantó los ojos hacia Alba, volvió a ser la mujer dura y confiada que ha sido siempre.

—Nada, que con tanto estrés no estoy comiendo mucho y me vino un ligero mareo, pero ya está.

Las dos sabían que no era verdad. Cuando vio que Miranda Delgado se alejaba del grupo, Alba habría jurado que estaba descompuesta, con el rostro excesivamente pálido y los ojos humedecidos. Su respiración, con los brazos en jarra, indicaba que estaba haciendo esfuerzos por no llorar.

—Hace poco más de un año realicé otra batida —arrancó finalmente la inspectora—. Parecida a esta y...

—Todo esto le ha removido muchas cosas, ¿no? —dijo Alba empujándola.

La inspectora asintió con la mirada fija en el horizonte.

Sonrió ligeramente a Alba y señaló al grupo, que cada vez estaba más lejos, en señal de que se dirigía hacia allí a seguir trabajando. Alba asintió y se quedó sola, contemplando a la mujer alejarse.

Quizá, de estos dos días que han pasado por el bosque, este momento ha sido el más señalado. El otro, obviamente mucho más importante por sus repercusiones, ha tenido lugar hoy mismo, cuando el joven agente que siempre sigue a la inspectora como un perrito faldero ha dicho:

—¡Mirad!

Con el dedo señalaba la copa de un árbol.

—¡Ahí, ahí arriba! ¿Lo veis?

En ese instante, Alba y Miguel se miraron y supieron que aquello era el fin, que estaban acabados.

En la parte superior del árbol había una cámara de vídeo. Sí, ¡una maldita cámara de vídeo!

Estaba encerrada en una cajita de protección para aislarla de las inclemencias del tiempo, de pájaros y otros posibles animales. Y, pese a estar tan arriba, era obvio que los enfocaba a ellos.

Alba se giró hacia Miguel, y entonces lo supo: él pasó por aquí con el cadáver de Víctor. Ergo, debió quedar registrado en la grabación de esa cámara.

M-I-E-R-D-A.

## MIRANDA

Huele la sangre, y eso le gusta. Visualiza a su presa acorralada y sin posibilidad de seguir huyendo; lastimada y dejando un reguero de sangre a su paso. Le encanta saber que se está acercando a su víctima poco a poco; agazapada entre la maleza mientras contempla su agonía, saboreando el momento. Piensa que no hay nada mejor en el mundo que esta sensación.

El descubrimiento de una nueva pista siempre es excitante. Eso sí que es un chute. Saber que se está aproximando a algo; que el caso, con toda probabilidad, dará un giro de ciento ochenta grados.

Miranda, no te embales, se recuerda a sí misma. Por ahora, solo es una desaparición; solo estás investigando la volatilización de un pobre desgraciado. Sí, cierto, pero algo le dice que no es solo eso..., advierte la presencia de la muerte cerca..., demasiado cerca. Prácticamente podría jurar que la Parca está ahí, en ese bosque, observándolos desde algún escondite.

Decide regresar al presente y observar la cámara hallada en el árbol: se encuentra conectada a varias baterías portátiles y está encerrada en una urna transparente.

—Hay una pegatina en la caja de protección, ¿alguien la lee? —pregunta la inspectora.

—Es el logo del observatorio que hay aquí cerca, en Villalba.

Miranda Delgado hace una señal a Javi, su leal compañero, y este saca el móvil para realizar una llamada.

La inspectora no da tregua y se acerca a un agente.

—¿Ves posible abrir esa caja?

—Tiene candado... Necesitaríamos una cizalla. Pero ahora no contamos con eso aquí.

—Pues no te quedes ahí como un pasmarote. Ve a una ferretería de Cercedilla aunque sea. Ah, y coge el *ticket.*

—Inspectora, no hará falta —dice Javi mientras cuelga la llamada y guarda el móvil en el bolsillo—. Vendrán a abrirnos la caja. Se ve que es una cámara para el estudio de la fauna de la zona, de esas que solo se activan con el movimiento, y vienen una vez a la semana a volcar la grabación y a cambiar las baterías.

—Genial, ¿cuándo vienen?

—Nos han pedido un par de horas, eso sí. Justamente hoy están todos los trabajadores del observatorio liados porque toca soltar a una cría de no sé qué animal en la sierra y es delicado, pero que cuando terminen, sobre las ocho de la tarde, se acerca alguien a abrirnos. Nos han pedido que esperemos, que no rompamos el candado, porque entonces la caja queda inutilizada y los fondos no dan para más.

—Con los recortes hemos topado —dice Miranda asqueada.

El ladrido de los perros es punzante y se le mete en la cabeza.

—¡Que alguien calme a los perros, necesito pensar!

Los agentes encargados de los animales se agachan al unísono y acarician y atienden a los chuchos.

La inspectora mira su reloj y suelta un chasquido.

—Si van a venir sobre las ocho, son más que un par de horas, ¿eh, Javi?

El pobrecito baja la mirada y aguanta como puede.

El otro agente se muestra indeciso.

—¿Entonces, inspectora, cómo procedemos?, ¿voy a Cercedilla a por una cizalla o no?

Ella se lo piensa unos segundos y se da por vencida.

—En fin, tampoco nos viene de unas horas, ¿no? Y así no jodemos al prójimo, déjalo. Eso sí, tú y Rodríguez quedaos aquí custodiando y esperando a que lleguen los del observatorio. El resto seguimos con la batida.

Dejan que los perros beban y siguen con paso firme.

## ALBA

En el falso confort que ofrece la casa en estos momentos y teniendo delante la cara de pánico de Miguel, recuerda minutos después del descubrimiento de la cámara, cuando la policía empezó a andar, reanudando así la batida por el bosque.

Diana se echó a llorar, quién sabe si esperanzada de que la cámara aportase un dato relevante o por cansancio, por acordarse de que estaban buscando a su novio. Ya llevaba días desaparecido y, aunque nadie lo decía, era obvio que cada vez se hacía más difícil poder encontrarlo vivo.

—Ay..., gracias, chicas —musitó Diana a sus hermanas—. Gracias, de verdad. Menos mal que estáis aquí.

Miró a Alba y esta le apretó el brazo en señal de apoyo.

—¿Dónde íbamos a estar, si no?

Aun así, Alba vio el terror en los ojos de Miguel, que de vez en cuando se atrevía a mirar la cámara del árbol. Se concedieron media hora más de andar caminando por el bosque y después se detuvieron. Alba se excusó con estar cansada y tener los pies hinchados por el embarazo (cosa que, además, era cierta). Todos lo entendieron y se despidieron de ellos. Miranda Delgado incluso hizo que uno de sus hombres los llevase de regreso con el cuatro por cuatro de la policía.

Y es ahora, una vez en casa y habiendo cerrado la puerta, cuando Miguel se lleva las manos a la cara, a la boca, y se rasca con ansia el cuero cabelludo. No sabe cómo remediar el horror que siente.

—Joder, joder, joder...

No puede dejar de repetir otra cosa:

—Joder, joder, joder...

Alba solo alcanza a dejarse caer en el sofá, apesadumbrada y derrotada, sabiendo que no hay manera ni de consolar a su marido ni de salir de esta. Quizá sea lo mejor, piensa en sus adentros. Al final hay que pagar. Los culpables nunca pueden irse de rositas. Vale, no mataron a Víctor, pero sí que encubrieron el crimen. Los cómplices también han de cumplir condena.

El *frío* llega hasta ellos. A Alba se le pone la piel de gallina (se siente culpable porque sea así, pero es así), sin embargo, Miguel percibe una especie de caricia que lo envalentona y que le da un aliento de esperanza. Decide dar un paso al frente.

—No..., no, me niego —dice Miguel de repente.

Respira agitado y mueve sus ojos por el espacio, aunque sin mirar nada, solo pensando a mil revoluciones por segundo.

—Hay que actuar.

—¿Qué quieres hacer? En tres horas van a venir los del observatorio y facilitarán la grabación a la policía.

—De perdidos al río, tengo que intentarlo.

Se dirige al mueble del recibidor y empieza a rebuscar. Coge una cizalla y comprueba que esté en perfecto estado.

Al verlo, Alba tiene miedo de lo que viene, de lo que sabe que va a escuchar a continuación.

—Voy a robar esa cámara —dice Miguel.

# MIGUEL

Toda gran hazaña necesita dos cosas: suerte y épica.

Y esto pone aún más nervioso a Miguel, pues nunca ha contado con estos dos factores en su vida. No, al menos, de una manera rotunda y clara. Pero no le queda más solución; lo empuja la necesidad, no el coraje, que de eso sí que no ha tenido nunca.

Para que no lo dominen los nervios, intenta ver la situación desde fuera, como si fuese un juego. Conoce el tablero, un bosque por el que ha paseado tantas y tantas veces; y sabe la disposición de los elementos:

1. El árbol con la cámara.
2. Dos agentes custodios.
3. El todoterreno de los dos agentes, que está estacionado en un pequeño claro entre los árboles, a bastante distancia de los policías.

¿Su plan? No podría ser más sencillo (que no simple, quiere creer él). Hacer que salte la alarma del todoterreno para que los agentes se tengan que acercar al vehículo, y aprovechar esos momentos de distracción y su conocimiento del terreno para hacer el camino del vehículo al árbol sin que lo vean, trepar hasta la caja de protección, romper el candado con la cizalla y llevarse la cámara antes de que regresen los policías.

Sí, ya..., ahora al repasarlo se da cuenta de la locura, de lo fácil que es que algo salga mal. De ahí que necesite esos dos elementos: suerte y épica.

Se acerca agazapado a la zona cuando se apoya detrás de un árbol y escucha a los dos agentes:

—Oye, ¿tú crees que lloverá?

—Pues vete tú a saber, con los días tontos que está haciendo...

Y he aquí la primera nota discordante. El primero de los agentes sugiere acercarse al todoterreno a por dos chubasqueros y un termo de café que tiene en la guantera.

—Va, dale, sí.

Dicho y hecho, se va, dejando solo a su compañero.

Miguel lo mira desde su escondite, a poco más de dos metros detrás de su espalda. Lo tiene solo; igual estaría bien improvisar. Quizá podría noquear al agente con un golpe de cizalla en la cabeza y que cuando el otro policía regrese se encuentre a su compañero tirado en el suelo y la caja de protección sin cámara...

En las películas lo harían así, piensa Miguel con convicción. Coge la cizalla en su mano y da un paso al frente. ¡Mierda! Suenan las hojas al ser pisadas, pero el policía no se gira y Miguel da un paso más. Y otro, y otro más. Está a menos de un metro del agente...

Siente el frío de la cizalla en su mano, el peso que irá contra la cabeza del pobre chaval..., y repara en lo evidente: que esto no es una película, que un golpe en la cabeza siempre es peligroso y que ese chico no ha hecho nada malo, solo está haciendo su trabajo, y seguramente incluso es una buena persona. ¿Qué derecho tiene él a enviarlo, como mínimo, al hospital? Es más, Miguel sabe que él no es Bruce Willis, igual en la vida real las personas no caen tan fácilmente al más mínimo golpe. ¿Y si el chico se gira, desorientado, con un hilito de sangre recorriéndole la frente?, ¿entonces, qué?

Empieza a temblarle la mano y de repente lo sabe: es débil.

O, como tantas veces le dijeron en la escuela, no llega ni a medio hombre.

El otro policía regresa con los dos chubasqueros y el termo prometido, y la alegría no podría ser mayor en el agente. Rápidamente coge el vasito que le ofrece su compañero y engulle el café reconfortante. ¿Alguno de estos dos se da cuenta de la presencia de Miguel? En absoluto, está escondido detrás de un árbol, como los cobardes.

Miguel respira hondo y trata de serenarse. Sabe que el reloj sigue marcando los segundos y que el técnico del observatorio que ha de abrir la caja de protección está cada vez más cerca.

Tiene que hacer algo.

Y entonces piensa que a veces, para lograr un objetivo, se han de hacer sacrificios.

—¿Qué hace usted aquí?

—Quería seguir ayudando —dice Miguel señalando a Diana y a Eva, que se encuentran integradas en la batida, como unas más, entre tanto y tanto policía que recorre el bosque.

—¿Y ha dejado a su esposa sola? —dice la inspectora extrañada, incluso tiene la ceja levantada.

—De hecho, ha sido ella misma la que ha insistido. Se ha puesto el capítulo de una serie y me ha pedido que volviese, que ella estaba bien, pero que sus hermanas me podían necesitar.

Miranda Delgado se encoge de hombros y piensa que, en fin, cada pareja es un mundo. No responde, simplemente da media vuelta y sigue con la batida.

Comprueba, eso sí, que Miguel se acerca a sus dos cuñadas, a quienes saluda muy afablemente, y se une a ellas en su caminar, inspeccionando cada palmo del bosque.

—Eh, Javi, ven aquí.

—Dime, jefa.

—La lección del día es esta: siempre hay que observar detenidamente a los civiles que colaboran en una batida. ¿Sabes por qué? Y no, no respondas, que era retórica. Porque muchas veces los culpables están en el entorno inmediato de la víctima. Olvida a asesinos en serie o gente que mata aleatoriamente, eso está muy bien en las películas de los viernes, pero aquí, en la vida real, eso no pasa. O no mucho, para nuestra suerte.

—¿Estás pensando en la novia?

—Si Víctor aparece con el pene cortado, sin duda, pero no, tú ándate con ojo con el cuñado, ¿quieres?

—Pero si parece un mindundi, ¿no?

—Esos son los peores —dice la inspectora—. Tú no le pierdas de vista, haz lo que te digo.

Siente una vibración en el bolsillo y sabe lo que es: una llamada entrante. ¿De quién? Pues de quién va a ser. De un enamorado seguro que no, que ella no tiene de eso, y de una amiga tampoco, pues ni en ese campo tiene suerte. Seguro que es el comisario Alfonso Vázquez, que lleva toda la tarde llamando. Miranda no le coge las llamadas, ya más tarde se excusará con no haber escuchado el móvil, pero es que sabe el motivo de la insistencia del comisario: esto se termina. Esta es la segunda jornada de batida, y los medios son escasos hoy en día. Dirá que necesita a sus hombres para alguna otra tarea: una manifestación en Sol o un dispositivo en Gran Vía, lo que sea, y la batida se dejará en suspensión. Si acaso, si al comisario le caía bien Víctor Blanco, quizá deja que se continúe un tercer día con cuatro o cinco hombres; ni un cuarto de los muchos que son hoy.

Así que todo pinta mal para el desaparecido, muy mal.

Otro al que no va a encontrar, y eso le repatea en lo más profundo, en serio; cómo odia esta frustración que nunca logra arrancarse.

Pasa un rato así. No sabe cuánto, puede ser media hora como una hora entera, pero de repente hay algo que la saca de su ofuscamiento. Es el *walkie*, que resuena en el auricular de su oreja derecha, y sabe que todos sus compañeros también están reaccionando al mensaje de uno de los agentes:

—¡Venid todos! Hemos encontrado un cadáver.

## MIGUEL

Tiene miedo, para qué mentir. Le aterra lo que va a hacer. Espera que salga bien y merezca la pena, pero, sobre todo, le acojona la inspectora al mando. Lo aprecia en cada uno de sus gestos: esa mujer es una bestia parda y su desconfianza es su estado natural. ¡Cómo le ha mirado al preguntarle por qué había vuelto y cómo le ha reprochado silenciosamente el que hubiese dejado sola a su esposa embarazada! Eso es que algo se huele, seguro que sí..., mierda, pero tiene que actuar y tiene que hacerlo ya.

Están cerca del acantilado donde tiró el cadáver de Víctor. Es una zona de difícil acceso, pero recuerda que desde donde se deshizo del cuerpo se puede ver la caída. Ese será un buen sitio en el que hacerse el encontradizo.

—¿Y seguro que Alba está bien? —pregunta Eva.

—Sí, sí, sí, está bien, no te preocupes. Creo que está más tranquila sin mí —responde Miguel con una sonrisa que no tiene ganas de emitir.

—No sé, a mí me sabe mal que se haya quedado solita..., pobre...

Diana, sin embargo, lleva todo el rato callada, en trance. Camina a buen ritmo, mira detrás de cada matorral, por muy improbable que sea que allí escondido pueda haber un cuerpo humano, y escucha los comentarios de los policías con interés. Pero ya. No alcanza a estar más expeditiva a la hora de comunicarse que a denegar o asentir cuando se le hace una pregunta.

Qué te hemos hecho, Diana, piensa Miguel con pena. La ve aquí, a su lado, tan desgraciada y con un halo de tristeza tan negra que hace que se le salten las lágrimas.

Pero no ha de dar espacio a esto en su cerebro.

Poco a poco y de manera orgánica va conduciendo a sus cuñadas y a un reducido grupo de policías hacia el acantilado, su punto de interés. Va haciendo comentarios de «Pues por ahí podríamos mirar, a ver», «¿Qué es aquello que se ve allí?», «Yo creo que la zona de allá la pasamos muy por encima ayer, ¿y si echamos otro vistazo?».

—Para el acantilado han de venir unos escaladores de la Comunidad, pero no sabemos cuándo..., quizá dentro de dos días, con suerte —dice un policía.

—Ah, pero... Yo es que vivo aquí al lado, en una de las casas, y claro, imagina, he paseado mucho por la zona y juraría que hay un punto en el que la piedra sale un poco y se ve bien la caída.

El policía lo mira como si Miguel fuese el tipo más tonto del universo entero, de verdad que sí, pero está tan hecho polvo de los últimos dos días pateándose el bosque que le da igual mirar en un lado que en el otro; solo quiere que la jefa dé por terminada la jornada. Pero no, a la jefa le encantan las jornadas largas, cágate lorito.

Así que, sea por el motivo que sea, acaban acercándose a la zona deseada por Miguel.

—Mirad, ¿veis? Desde aquí se ve bien —dice Miguel situándose en el punto exacto desde el que tiró a Víctor.

Siente un estremecimiento y se tambalea un poco.

—Miguel, por Dios, ten cuidado —le regaña Eva.

—Sí, perdona, es que las alturas me dan un poco de yuyu —confiesa Miguel volviendo al lado de sus cuñadas.

El policía se sube a la roca y se asoma. Primero solo un

poco, pero después se confía más. Se apoya en un árbol, para sentirse más seguro, y vuelve a asomarse al vacío.

Ahora viene, piensa Miguel.

Y efectivamente: el policía se vuelca más y más, con el ceño fruncido, tratando de fijar la mirada en algo que ha visto a lo lejos. De repente, se yergue, piensa en lo que ha visto allí abajo.

—¿Se encuentra bien?, ¿pasa algo? —pregunta Miguel, que aprovecha la situación para ponerse al lado del policía, en la roca, y asomarse.

Ahí está, se aprecia una figura humana entre las rocas. Está cubierta de barro, pero sí, podría ser un cadáver.

Esta es mi oportunidad, piensa Miguel al activar el plan.

—¡Ahí abajo hay algo, rápido, llame a todos sus compañeros, que vengan!

Y se lleva la mano a la boca, simulando ganas de vomitar. Camina a pasos cortos y desorientados, como lo haría alguien en estado de *shock*. Eva hace un intento por socorrerlo, pero él la detiene con un gesto y le indica que solo necesita aire.

—No, por favor, quédate con Diana.

Con esas, se aleja un poco, hasta situarse detrás de un árbol, como si fuese a vomitar en cualquier momento. Cuando escucha que el policía dice por *walkie*: «¡Venid todos! Hemos encontrado un cadáver», sabe que su plan va viento en popa.

## MIRANDA

El hallazgo de un cadáver siempre es un acontecimiento, aunque sea lo que has venido a hacer.

Efectivamente, eso es un cadáver, piensa Miranda al asomarse por la roca. Y siente las burbujas en el estómago, la excitación ante una investigación por homicidio, cómo su cuerpo ha empezado a administrarle adrenalina a todo trapo. Ahora mismo es una locomotora echando humo. Qué coño, no es una locomotora, es un tren bala.

Saca el móvil y llama al comisario. Pero no al bruto de Alfonso Vázquez, sino al suyo, a su superior, a su Papa.

—Dime, Miranda, ¿qué se te ha roto ahora? —dice el comisario Méndez cuando le responde.

—¿Se acuerda de que le dije que sería una investigación sencilla? Pues olvídelo. Ahora es nuestra: tenemos un cadáver.

—Espera, no te embales y cuéntame.

Ella así lo hace, y entonces prosiguen con la conversación.

—¿Y no puede ser que se cayese por el barranco?

—Cuando bajemos le podré dar una respuesta segura, pero yo diría que no. Aquí huele a crimen.

—Aun así, esa zona es de la Guardia Civil, y ya sabes cómo van estas cosas, Miranda...

—Ah, no, llevo media semana buscando a Víctor Blanco y, ahora que lo he encontrado, la investigación es mía.

—Por desgracia, eso no es algo que decidas tú.

—Jefe...

Se escucha al comisario soltar un bufido y descansar tres segundos. Tres segundos que a Miranda se le hacen eternos. Se imagina a su superior llevándose los dedos al entrecejo, preguntándose qué ha hecho él para merecer a una inspectora así, ¿acaso no podría haberle tocado una más dócil?

—Bueno, tu ve poniendo en marcha el dispositivo y yo hago un par de llamadas. Eso sí, será el juez que lleve el caso el que decida quién lo investiga, ¿estamos? Yo más no puedo hacer.

—Sabía que podía confiar en usted.

—No me hagas la pelota, va, que no te pega.

Cuelgan sin más. No se despiden, no hace falta.

Miranda se dirige a los suyos, que están como pollos sin cabeza, de aquí para allá sin saber qué hacer. ¡Menudo guirigay!

—Escuchadme todos. ¡¡¡Eh, que me escuchéis!!!

Al acto, todos le prestan atención (como para no hacerlo).

—En breve empezaremos a recibir visita, ya sabéis a qué me refiero: compañeros de la Guardia Civil, forenses, un equipo de la científica y un juez que firmará el acta de levantamiento del cadáver. ¿Quién conoce la zona?

Le cuesta, por timidez, pero hay un agente que levanta la mano.

—Yo es que soy de Navacerrada y solía venir por aquí con mi padre.

—¿Sabes de alguna ruta que nos pueda llevar ahí abajo?

—Tardaremos una hora o algo menos, pero sí, hay un camino.

—Estupendo. Pues tú, Cañete, Ferrándiz y Suárez, venid conmigo. Nos vamos ahí abajo. El resto quedaos aquí. En cuanto sepa el enlace del equipo de la científica, os pondré en contacto con él, así les ayudáis a que lleguen sin problemas, que este sitio está un poco perdido. ¿Entendido?

Y todos afirman de distintas maneras.

—Ah, y hará falta un equipo electrógeno para iluminar

todo esto. Sarrias, contacta con la comandancia de Cercedilla. Ya que vendrán a molestar, que ayuden; que traigan algo.

—Sí, inspectora. —Pero el agente se mantiene plantado, dubitativo—. Esto...

—Dime, Sarrias.

—Desde que hemos encontrado el cadáver hay cierto runrún entre los chicos...

—¿Qué pasa? Dispara, va, que no tenemos tiempo que perder.

—Se está haciendo tarde y aquí se pueden hacer las mil, ¿cómo van a funcionar las horas extras?

—¿Las horas extras dices?

—Sí, es que...

—¿Qué hacemos entonces, según tú? Dejamos el cuerpo aquí hasta mañana a las nueve de la mañana. ¿Eso es lo que quieres que hagamos? Bien mirado, así podremos cenar calentitos, eso es verdad.

—Inspectora, yo...

—Llama a la comandancia, anda, que nos estamos quedando a oscuras.

Javier Cañete se acerca a ella y le pregunta qué pueden hacer con la novia de la posible víctima (aunque eso de «posible» a estas alturas suena absurdo).

Miranda Delgado suelta un chasquido y observa a Diana, que está con la mirada cabizbaja y perdida mientras su hermana mayor la abraza por detrás y le suelta consignas cariñosas al oído.

—Yo misma le pagaría un hotel en Cercedilla para que descansase, pero créeme, Javi, cualquiera la mueve de aquí. Déjala, total... Ya cuando ella lo pida, la llevamos a Madrid o a casa de su hermana, que está más cerca; lo que ella quiera. Díselo a los demás, que esa chica tiene carta blanca. Como si le apetece, de repente, cenar una pizza de Roma; que un agente coja un avión y vuelva, ¿me oyes?

—Sí, inspectora.

Miranda observa mínimamente a los suyos y se lleva un disgusto.

—¿Pero qué coño hacéis vosotros dos aquí si puede saberse?

Se lo dice a los dos policías que deberían estar custodiando la cámara.

—Inspectora..., es que..., en fin..., como por el *walkie*, Luis ha dicho «Venid todos» y parecía algo gordo, pues...

—Ah, espera, ¿es que Luis está ahora al mando de la investigación?

Ninguno de los dos agentes responde. Bastante tienen con quedarse con cara de memos.

—Volved inmediatamente. No quiero volver a veros hasta que tengáis la cámara en vuestras manos, ¿me habéis escuchado?

—S-sí, señora.

—¡Que no me llames señora!

Los dos policías se van escopeteados y Miranda se acuerda de sus madres durante los siguientes cinco minutos.

Se dirige al guía de la expedición y le pregunta sobre la calidad del terreno y la dificultad del paso. El agente la tranquiliza, no es excesivamente difícil, es más que nada el tiempo que requerirá. Miranda asiente y congrega al pequeño grupo que los acompañará ahí abajo. Empieza a darles indicaciones y entonces siente que le vibra el móvil en el bolsillo.

El comisario, piensa, he de responder inmediatamente.

Pero no, es un número extraño. Muy raro...

—¿Diga?

—Inspectora, soy José María, el policía de la cámara, junto a Juan...

—Sí, ya sé, ¡pero si acabamos de hablar, José María!

—Es que..., bueno... Nos dio su número por si era necesario durante la batida...

—¿Por qué no utilizan el *walkie*?, ¿qué es tan importante?

—Jefa, es que..., no se lo va a creer..., pero cuando hemos llegado nos hemos encontrado la caja de protección reventada...

La inspectora se queda sin respirar siquiera.

—Que resulta que alguien se ha llevado la cámara —dice el agente al otro lado.

Miranda cuelga el teléfono para no empezar a insultar a esos dos mequetrefes.

—Tú, Fuentes, ve corriendo al árbol de la cámara y dime que no es verdad, que lo que me han dicho esos dos inútiles es una broma de mal gusto.

Fuentes da media vuelta y se aleja con paso ligero.

La inspectora no puede prestar atención a nada más. Mira a los suyos, al alboroto que hay montado a su alrededor. También a Diana y a su hermana, que siguen abrazadas y con los ojos rojos, y se percata de que su cuñado, Miguel, sale de detrás de un árbol y se acerca a ellas.

Lo curioso es que Miranda juraría que en el segundo inmediatamente después de salir del árbol estaba sonriendo con satisfacción; que ha sido más adelante, al acercarse a sus cuñadas, cuando ha puesto el rictus serio. Pero no puede ser, ese tal Miguel no es más que un hombrecillo ridículo. Es lo que hay..., hay gente que le da por reír en los funerales, qué se le va a hacer.

Pero.

Maldito instinto... En dos zancadas se planta delante de Miguel, a quien se le nubla el rostro de inmediato.

—Usted, ¿de dónde viene?

—Yo..., eh..., estaba ahí atrás, recuperándome, que antes me han entrado ganas de vomitar.

—Si voy allí, encontraré un vómito, ¿entonces?

—Esto..., no, al final he logrado no...

—Se ha impresionado al ver el panorama allí abajo, inspectora —dice Eva saliendo en defensa de su cuñado—. Es normal, imagine..., yo misma estoy pálida, y eso que trabajo en un hospital y he visto de todo.

Miranda contempla los ojos de Miguel, que evitan a toda costa coincidir con los suyos.

—Yo solo sé que usted no estaba aquí. ¡Javi! —dice sin girarse—. Javi, acércate.

—Dígame, inspectora.

—Haz el favor de cachear a este caballero.

Miguel se alarma cuando ve al joven agente acercarse a él y señalarle que se ponga de espaldas, apoyado en el árbol más cercano. Varios policías se detienen a contemplar la escena con estupefacción.

—P-pero ¿y esto p-por qué? ¿A qué viene todo este numerito? —pregunta Miguel.

—No se ponga nervioso. Javi, ¿cómo vamos?

—Nada relevante, inspectora: el móvil..., las llaves..., y el papel arrugado de un caramelo de menta, ya está.

Javier se esmera en repasar con ahínco cada centímetro de Miguel, que soporta el bochorno con toda la entereza que consigue simular. Aunque eso sí, el sudor le baña el rostro encendido y le está entrando en los ojos. Le escuece, le está escociendo mucho, pero hace todo lo posible por no desmoronarse.

—Limpio, inspectora —dice Javier.

—Muy bien..., gracias.

Se queda mirando a Miguel durante varios segundos y finalmente pega un chasquido.

—Ya te pillaré luego —murmura para sí misma.

Decide limpiar su mente y enfocarse en el operativo. Se va hacia los suyos sin pedir disculpas a Miguel, solo faltaría.

—¿Estáis ya preparados?, ¿habéis cogido provisión de agua y barritas energéticas?

Cada uno de los miembros de la pequeña expedición afirma, y Miranda se pone en cabeza.

—Pues venga, vayamos a echar un vistazo ahí abajo.

# MIGUEL

Otra llamada de Diana. Una más. Es al móvil de Alba, por lo que él no pude escucharla, pero al estar cerca le llega un fondo sonoro plagado de congoja y sufrimiento. Diana (ya de por sí dada a hablar mucho) está exaltada y apenas deja que Alba diga nada más que «sí..., ya..., sí...». Miguel se aparta de la tediosa situación y se sienta frente a su portátil. Ya hace días que no consigue trabajar, y sabe que en cualquier momento lo pueden llamar de la editorial, pero es que la simple idea de imaginarse tecleando en el ordenador frívolamente se le hace cuesta arriba.

Ha habido novedades en el caso.

Hace tres días del descubrimiento del cuerpo del subinspector Víctor Blanco. Ahora su cara está en toda la prensa y es poco menos que un héroe nacional.

La principal teoría (o al menos es la que cuentan en las noticias) es que se internó en el bosque para encontrar a los vándalos que atacaron su coche días antes y que, allí, esos mismos delincuentes le dieron muerte. ¿Quiénes eran?, ¿cuántos eran? Nada se sabe. Una revista sensacionalista incluso especuló con la posibilidad de que hubiese un asesino en serie en la sierra madrileña y que este crimen no fuese más que el inicio. Mientras, un canal de televisión insinuó que en esa parte de la sierra hay una zona de *cruising* y que el noble subinspector de policía quizá estaba por allí, no para cazar a unos malhechores, sino para otro tipo de menesteres. Ya ustedes pueden imaginarse, dijo la presentadora.

A Miguel nunca le cayó bien Víctor Blanco (sobre todo después de conocer el *affaire* con su esposa), pero le repugna semejante circo mediático alrededor de una muerte violenta como esa. Con todo, por suerte para él, en los días que el cuerpo estuvo abandonado en el bosque, las fuertes lluvias y las condiciones del terreno se llevaron consigo cualquier tipo de huella y rastro que pudiese delatar quién dejó el cadáver allí.

Después está el tema de la cámara del árbol, ¡qué cerca estuvo!

Miguel aún no es capaz de creer que le saliese bien el plan, y mira que la cosa estuvo a punto de complicarse. Qué poco tiempo tuvo entre el caos que se formó al encontrar el cadáver y cuando ya la policía se empezó a organizar. Al ver que los dos policías que custodiaban la cámara se habían acercado a sus compañeros, le tocó correr hasta el árbol y regresar después junto al pelotón. Aún se pregunta cómo es que nadie vio que llegaba sudado y buscando bocanadas de aire, extasiado del enorme ejercicio físico. En realidad, le da rabia no ser creyente para así poder dar gracias a alguien. Qué suerte tuvo, y qué bien hizo de no llevar después la cámara encima. Estuvo avispado cuando decidió dejarla escondida a los pies de un fresno para pasar a buscarla más tarde, cuando la noche empezó a caer y se retiró a acompañar a su esposa, que lo estaba esperando en casa. De no haber sido así..., en fin, ahora seguramente estaría en el calabozo.

Al llegar a casa encontró a Alba hecha un manojo de nervios.

—Dime, ¿qué?, ¿qué ha pasado? ¿Y la cámara?

—La he destrozado. —Miguel se sacó de la chaqueta los trocitos—. Mañana, que me toca ir a comprar al Carrefour, iré tirando cada trocito en un sitio distinto. Como hice con las tijeras y la lona...

—¡Lo has conseguido! —dijo sorprendida, con las manos en las mejillas y permitiéndose una leve sonrisa—. Qué huevos los tuyos, Miguel. Para que después digan de los traductores.

—Aún no sé cómo he podido, la verdad, ¡qué cerca ha estado!

Acto seguido subió al baño para desinfectarse una pequeña herida que se había hecho en el brazo al rozarse con una rama del árbol. No era muy profunda y el sangrado solo había manchado la camisa, no la chaqueta. Menos mal. Por un momento se imaginó con un reguero de sangre mano abajo mientras la inspectora mandó que lo cachearan y... joder.

Suerte y épica, justo lo que necesitaba.

En algunas contadas ocasiones se permite cerrar los ojos y rememorar aquella fatídica noche, cuando el *frío* salió al exterior (era la primera vez que eso ocurría) y lo guio por el bosque con la única ayuda de la luz de la luna llena. Cuánto le costó y cuántas veces se vio obligado a hacer un alto en el camino para recobrar el aliento. Se recuerda echado hacia delante con las manos sobre las rodillas, apoyándose en un árbol para no desfallecer y hasta levantando la mirada al cielo; en sus oídos solo escuchaba su propia respiración, el estremecimiento de sus pulmones en busca de una nueva bocanada de aire. Cómo necesitaba una carga nueva de energía o un brote de esperanza; algo, cualquier estímulo que lo impulsara a seguir. La adrenalina de estar arrastrando un cadáver hacía lo suyo, pero no era suficiente para tanto desgaste físico. Lo que sí que le ataca sin necesidad de cerrar los ojos es la imagen del cadáver de Víctor cayendo por el acantilado. Hay veces que Miguel se dice que no, que realmente no pudo pasar así y que él no pudo tener semejante sangre fría como para transportar un cadáver por todo el bosque. Pero después lo asalta la revelación de que sí, de que cualquier buen hombre es capaz de todo bajo presión. Y eso le da miedo. Mucho miedo.

Todavía resuenan en él las palabras de Alba tras la visita de la policía, hace ya varios días.

—Es tuyo —aseguró ella ofendida y con las manos en su tripa—. De eso no tengas dudas.

Muy digna, se dio la vuelta y subió las escaleras, haciéndolo sentir un miserable por haber tenido el más mínimo resquicio de duda. ¿En serio alguien podría culparlo? Él pensó en refugiarse en un Havana Club que lo esperaba en el mueble, pero no, se contuvo y simplemente se sentó en el sofá a ver la noche pasar. El mismo sofá en el que se encuentra ahora, mientras escucha a lo lejos la conversación telefónica de Alba con su hermana, la gran víctima de todo esto.

A Miguel siempre le cayó bien Diana y le sabe realmente mal el vía crucis que debe estar pasando. Se pregunta si es verdad que todo pasa por algo en la vida, que todo tiene un sentido, y, como respuesta, suena su teléfono móvil.

—¿Señor Callejo? —preguntan al otro lado de la línea.

—Sí, ¿quién es?

—Soy la inspectora Miranda Delgado, llamo para citarles mañana a las diez de la mañana en la comisaría de Leganitos, ¿la conoce?

—...

—¿Sigue ahí?

—¿P-podría saber el motivo?

—No se preocupen, es solo para que mantengamos una conversación. Tranquilos, no se trata de un interrogatorio. De ser así haría falta que viniesen con un abogado, pero no es el caso. Por cierto, he estado llamando a su esposa, pero no...

—Está hablando con su hermana, ya le doy yo su mensaje.

—No, descuide, la llamaré más tarde.

Al colgar, el órgano más amargo suena en la cabeza de Miguel. Teme sucumbir a la locura y empieza a dar vueltas en círculos por todo el salón.

Solo se detiene cuando escucha que Alba baja las escaleras.

—Veo que me ha llamado un número superlargo...

—Es la policía. Mañana nos toca presentarnos para que nos interroguen.

La cara de Alba lo dice todo. Se queda bloqueada, con la mirada carente de vida.

Miguel se acerca y la agarra de los hombros.

—¿Qué? —pregunta con ansias—. ¿Qué quería tu hermana?

Hay un gesto de Alba que a Miguel nunca le ha gustado, y es que a veces le cuesta hablar. Con lo lanzada que es normalmente para algunas cosas, en ocasiones se le pregunta algo y ella tarda lo suyo en arrancar: primero abre la boca y la cierra sin decir nada. La vuelve a abrir, pero la vuelve a cerrar, como convencida de callarse definitivamente, y es necesario reformular la pregunta para obtener una respuesta. Miguel odia cuando Alba lo hace, y esta es una de esas ocasiones.

—Bueno, ¿qué quería?, ¿me lo vas a decir o no?

—Nada, me ha comentado que sospechaba que Víctor se estaba viendo con alguien..., cree que una amiguita del gimnasio con la que él quedaba antes de estar con ella, así que bien...

—Ah, entonces todo estupendo, claro que sí.

—Ya me entiendes —aclara Alba.

—¿Crees que sospecha de ti?

—No —dice convencida, para más tarde retractarse con un simple gesto que evidencia temor y duda—. No sé, quién sabe.

Él sabe que es así y, ante la imposibilidad de una respuesta que aporte algo nuevo, se calla y sube las escaleras.

## MIRANDA

Algo le dice que ha hecho bien, pese a la mirada recriminatoria de su compañero.

—¿Qué, Javi? Desembucha, ¿quieres?

—¿Por qué citarlos en comisaría?, ¿qué sentido tiene molestarlos? Ella está embarazada, podríamos acercarnos nosotros a la sierra.

—Ay, joven grumete, ¿te cuento un truco que no se aprende en la Academia? Mañana, cuando esos dos se presenten aquí, pediré a los de mantenimiento que suban cinco grados la temperatura de las salas de interrogatorio. Confía en mí, si tienes algo que esconder a la policía y encima hace calor..., empiezas a cantar ópera de lo lindo.

—¿Eso es legal?

—¿Qué pasa, acaso no puedo tener frío y pedir que suban la calefacción o qué?

Están sentados delante del escritorio que se ha habilitado para Miranda Delgado en la comisaría de Leganitos. El ambiente no es tan sofisticado como en la UDEV, es cierto, pero tampoco está tan mal. Al menos tiene buena luz natural y una conexión a Internet lo suficientemente rápida. Eso sí, no goza de tranquilidad alguna. Han ido a ponerle el escritorio junto al de todos los demás agentes que redactan informes sin descanso y realizan llamadas, una tras otra. Cuando desea tratar con Javier algún que otro dato sensible sobre la investigación, ha de pedirle que la siga hasta el pasillo o hasta la calle, como si fuesen fumadores.

—¿Qué se sabe del arma del crimen? —pregunta Miranda.

—Hice lo que me pediste. Todos los «zetas» están avisados y se mantendrán atentos ante cualquier hallazgo o pista, también hay un par de agentes rastreando todo el bosque con la colaboración de la Guardia Civil, pero de momento nada.

—A saber..., tengamos fe.

—Por cierto, ¿qué me han dicho, que conociste al padre? —comenta Javier.

La mirada de la inspectora demuestra que necesita más información.

—El padre de Víctor, el mítico comisario Carlos Blanco.

Quién no ha visto innumerables veces la siguiente escena en las muchas ficciones televisivas que hay sobre policías: el familiar doliente situándose al lado de una camilla metálica en la que hay dispuesto un bulto tapado por una sábana blanca. A su lado, un intrépido inspector que descubre levemente el cadáver y entonces el familiar asiente con enorme dolor y desamparo.

Bien, pues eso no es habitual. En realidad, para el reconocimiento de un fallecido siempre se recurren a métodos irrefutables como la dactiloscopia. Se considera que la identificación visual tiene poco valor. Primero: porque a menudo el cadáver tiene tantas deformaciones que no se parece en nada a cómo era en vida; y segundo, por el estado psicológico del ser querido que se acerca en esos momentos. Algo que es totalmente comprensible. Por lo tanto, la identificación visual se considera una práctica trasnochada. Aunque no hay ninguna ley que la prohíba, claro, y alguien con los contactos de un comisario recién jubilado consiguió que se le abriesen con gran facilidad las puertas del Instituto de Medicina Legal.

Miranda recuerda el porte y el saber estar del padre de Víctor al contemplar el cuerpo sin vida de su retoño. Tenía las manos en los bolsillos de la chaqueta, los dientes ligeramente apretados, de vez en cuando soltaba algún que otro bufido y su pose cínica captaba irremediablemente todas las miradas.

Con el fin de darle toda la intimidad del mundo, tanto el forense como la inspectora se retiraron hasta situarse junto a la pared del fondo.

A los diez minutos, el excomisario hizo un gesto y el forense se llevó el cadáver del subinspector asesinado. Fue entonces, y solo entonces, cuando Carlos Blanco la miró a los ojos.

Miranda temió recorrer los lugares comunes que se producen en este tipo de casos: un padre haciendo prometer a la policía que encontrarán al culpable, que si cómo va la investigación, que cómo hará la familia para seguir adelante... También estas situaciones se han visto incontables veces en las series. Pero no, el excomisario clavó su mirada en la inspectora y dijo:

—Nunca me ha gustado soñar cuando duermo. Odio los sueños. ¿Sabe por qué? Pues porque me encanta el mundo real, donde soy fuerte y poderoso. Cuando estoy durmiendo quizá ordeno algo a alguien y este se niega, pero no tiene cojones de hacérmelo en la vida real, ¿lo entiende?

Claro, ella asintió, qué otra cosa podía hacer.

—Sin embargo, ahora, en estos momentos... Creo que será la primera vez que agradeceré soñar. Qué pena y qué asco terminar así mis días.

El excomisario pareció querer soltar una última parte de su discurso, pero simplemente engulló unas palabras y se dio media vuelta. Solo se detuvo cuando alcanzó la puerta y tuvo el pomo en la mano.

—Usted se llama Miranda Delgado, ¿verdad?

—¿Nos conocemos? —preguntó ella con extrañeza.

—Yo a usted sí. Pero, para su suerte, usted a mí no.

Entonces se fue, con las manos en los bolsillos y la falda de la chaqueta moviéndose a su paso.

Pero Miranda no le cuenta toda esta escena a Javier, se limita a decir que sí, que conoció al mítico comisario, y poco más. Al rato suena su teléfono móvil y ha de responder. Es uno de los informáticos que están escudriñando los dispositivos de Víctor Blanco.

—Eh, Júper, ¿cómo va eso que te pedí?

—Aún nada, pero tú tranquila, que le estoy pasando el algodón y si hay algo, saldrá, ¡vaya que si saldrá! Pero ahora llamo por otra cosa que hemos encontrado en cuanto nos hemos metido en el ordenador del subinspector Víctor Blanco. No lo tenía ni codificado ni nada, solo lo protegía con una mísera contraseña que además ha resultado ser insultantemente fácil. Adivina. Su clave era: *CristianoRonaldo07*, ¿te lo puedes creer?, ¿quién se pone una contraseña así?

—Júper, me vas a poner la cabeza como un bombo, dime ya qué habéis encontrado.

—No te lo vas a creer.

Ella escucha atentamente, y al colgar se gira con una sonrisa hacia su compañero.

—Javi, voy a decirte una cosa: menos mal que hemos citado mañana a esos dos..., menos mal...

## MIGUEL

Entra en el antiguo taller y proyecto de habitación de bebé, y reemprende las labores. Solo desea enfocar su energía en algo que no sea imaginar a Alba practicando todas las posturas del Kamasutra junto a Víctor. Eso es lo difícil. No tanto entender de forma racional una infidelidad, sino detener la mente para que no vuelva a atacarte la imagen de tu pareja practicándole sexo oral a su amante.

Si al menos tuviese la manera de expulsar la furia que siente dentro...

Con la mente en ebullición al imaginar a su esposa gimiendo sobre su amante y este estrujándole los pechos con sus manos, Miguel prepara la mezcla para seguir pintando la pared del fondo. Aunque antes de dar el primer golpe con la brocha, Alba lo interrumpe:

—¿Hasta cuándo vas a estar así conmigo? Creía que volvíamos a ser una pareja.

Miguel no sabe qué responder. Se queda callado y con la brocha en alto.

—Joder, que fue cuando estábamos mal, casi separados —dice Alba—. En cuanto volvimos a estar bien, incluso dejé de responder a sus llamadas, te lo prometo. Créeme, Miguel, ¡te lo pido! Estoy mal, ¿es que no lo ves? Te necesito a mi lado. Y no solo yo, también él, ¿o tengo que recordártelo?

No es necesario. La tripa de Alba empieza a redondearse y

se hace evidente que en unos meses volverán a escucharse lloros en esta casa. Miguel, sabiendo que es cierto que no puede estar enfadado con ella por los tiempos de los tiempos, se obliga a abrazarla. Le cuesta la vida, eso es cierto, pero la estrecha bien fuerte entre sus brazos, como si realmente le apeteciese.

—Te prometo que mi estupidez con Víctor terminó antes de que tú y yo volviésemos, es imposible que sea el padre, te lo aseguro.

—¿Cuándo terminó exactamente?

—Lo suficiente, de verdad.

—¿Cuánto de suficiente?

—Dos meses antes de que retomáramos lo nuestro —miente Alba—. Yo te quiero, joder. Pero cuando pasó aquello estábamos tan mal..., y... no creía que fuese posible que nos reconciliáramos, te prometo que es así.

Ella se acurruca en el abrazo y se quedan así varios minutos.

—No te lo quiero preguntar, que me matan los celos, pero... A la vez me puede la curiosidad, y eso es casi peor —dice Alba—. En todos estos años de distancia, ¿tú has estado con alguien?

Ante su mirada, Miguel sabe a qué están jugando. De no haber gozado de aventura alguna durante los años que simplemente compartieron techo y no se consideraron una pareja, ella se sentirá mal y la atacará la culpa. En caso contrario, sentirá celos, claro que sí, pero dispondrá de un mínimo alivio al saber que su traición no fue tan grave como ahora mismo cree.

Eso es lo que está haciendo Alba. Como cuando se va a un restaurante y se le pregunta al otro si desea compartir el postre; en realidad, lo que desea es compartir la culpa. Hacer la condena más liviana. La carga se sobrelleva mejor sobre cuatro hombros, dónde va a parar, no hay comparación.

—Ahora eso no importa.

—Sí que importa. A mí me importa. Dime, Miguel, ¿estuviste con alguien, sí o no?

—Sí —dice él.

Alba asimila durante un largo rato la información y cuando termina su proceso de entendimiento se abraza de nuevo a él.

—¿Y ahora qué? ¿Qué crees que tenemos que hacer? —pregunta Alba desorientada.

—Esperar a que pasen los días, no tenemos más opción, y cuando nos demos cuenta habrán pasado años.

—¿Y mañana en el interrogatorio? Si nos cogen...

—No lo harán. No me preguntes cómo lo sé, pero lo sé. Cuando Lucía me guio por el bosque, estoy seguro de que sabía lo que se hacía. ¿Has visto las noticias? Parece que la tierra donde tiré el cadáver, que fue donde ella me marcó, está dificultando el trabajo de la policía científica. Esperemos que lo suficiente...

—En caso contrario, no sé cómo podríamos demostrar nuestra inocencia...

—Es lo bueno de nuestro sistema judicial. No tenemos que demostrar nuestra inocencia, es la policía la que tiene que demostrar nuestra culpabilidad. Y es lo que te decía antes, me fío de nuestra hija. Ella controla la situación. No sé cómo, y no estoy seguro de querer saberlo, pero así es.

La besa en la frente y se mantienen abrazados, tal vez para disimular el terror que ambos sienten.

# ALBA

Declaración de Alba Villar [IO.I3 h, sala 2 de la comisaría n.° I35-2 de la Policía Nacional en la Comunidad de Madrid, interrogatorio a cargo de la inspectora Miranda Delgado]

INSPECTORA: Tenga, aquí tiene el té. Sale muy caliente de la máquina, dele unos minutos.

ALBA: Gracias.

INSPECTORA: Muy bien, señora Villar...

ALBA: Alba, por favor. No sé, se me hace raro lo de señora.

INSPECTORA: Muy bien, voy a mostrarle unas fotos que tengo aquí, en la carpeta, ¿de acuerdo?

ALBA: P-pero...

INSPECTORA: Para que conste en la grabación y en la posterior transcripción, he expuesto sobre la mesa unas fotografías conseguidas del disco duro del señor Víctor Blanco. En ellas, se aprecian imágenes explícitas de diferentes prácticas sexuales realizadas por la víctima y la interrogada.

ALBA: Yo no...

INSPECTORA: ¿Se reconoce en las fotografías?

ALBA: ...

INSPECTORA: ¿Es usted? Necesito que hable claro, es para la grabación.

ALBA: S-sí..., soy yo, sí...

INSPECTORA: Así que mantenía una relación con su cuñado.

ALBA: N-no sé ni por dónde empezar... Uf, qué mal..., a ver... Qué cliché, ¿no le parece, inspectora? Pero yo no le llamaría relación, era más bien una tontería. Todo empezó, no hace ni un año, una noche que salí de fiesta con varias amigas del módulo de bisutería. En fin, ya ha visto fotos de Víctor, era guapo, eso hay que reconocerlo, y supongo que me embaucó. Pero yo nunca supe que estaba saliendo con mi hermana, créame. Me enteré en la misma comida familiar en la que nos lo presentó.

INSPECTORA: No estoy aquí para juzgarla, seño..., Alba. ¿Siguieron la aventura hasta la muerte del señor Blanco?

ALBA: ¡No, claro que no! La última vez que lo vi fue en la comida familiar, pero...

INSPECTORA: En la comida familiar en la que su hermana les presentó a su pareja, ¿seguro que esa fue la última vez que vio a la víctima?

ALBA: ¿Por qué?

INSPECTORA: Ya me disculpará, aquí soy yo la que hago las preguntas.

ALBA: Sí, fue la última vez que vi a Víctor, el domingo ese en el que le rompieron el puñetero coche. Pues lo que le iba a decir: la última vez que estuve con Víctor, en el plan que se ve en las fotos, fue unas tres semanas antes.

INSPECTORA: Ajá... Si por aquel entonces aún no conocía la relación de su hermana con la víctima, ¿por qué dejó de citarse con él?

ALBA: Volví a estar bien con mi marido. De repente..., ya no pensaba que pudiese recuperarlo, que pudiésemos volver a estar bien, ¿sabe? Pero sí, hemos vuelto a tener la conexión de siempre.

INSPECTORA: Muy bien...

ALBA: Lo digo de verdad. Sé que suena ñoña, pero pasó así.

INSPECTORA: Ahora le contaré qué vamos a hacer. Tengo a su marido en la sala de al lado. Iré a hablar con él. Mientras, usted espéreme aquí. Puedo hacer que le traigan otro té, si quiere.

ALBA: ¿Le enseñará las fotografías a Miguel?

INSPECTORA: No hará falta. Pero necesito que haga una cosa en estos minutos que le daré de tregua. Piense si es conveniente volver a mentirme.

ALBA: ¿Qué? Yo no...

INSPECTORA: Cuando vuelva a sentarme delante de usted, dentro de unos minutos, empezaré con una pregunta: ¿vio usted a la víctima, al señor Víctor Blanco, la noche que lo mataron? No, no responda ahora. Piénselo.

# MIGUEL

Declaración de Miguel Callejo [I0.36 h, sala 4 de la comisaría n.º I35-2 de la Policía Nacional en la Comunidad de Madrid, interrogatorio a cargo de la inspectora Miranda Delgado]

INSPECTORA: ¡Qué calor hace aquí, qué barbaridad! ¿Quiere que pida que bajen la calefacción?

MIGUEL: No se moleste, estoy bien.

INSPECTORA: ¿No quiere nada de beber, un refresco?

MIGUEL: Por las mañanas no suelo tomar nada hasta la hora de comer.

INSPECTORA: Muy bien, pues iré al grano. No quiero hacerle perder el tiempo, ni a ustedes ni a mí. Reláteme qué hizo el martes, día ocho.

MIGUEL: Bien..., eh... Mi hermano se empeñó en invitarme a un partido de Champions que jugaba el Atleti. A mí, la verdad, ni me va ni me viene el fútbol, pero mi hermano es muy colchonero y a veces se pone muy pesado. Ese fue uno de esos días. Creo recordar que el partido empezó a las 2I.I5 h, pero entre el trayecto en coche y que a mi hermano le gusta que nos veamos con antelación, pues creo que debí salir de casa sobre las I9 h, más o menos.

INSPECTORA: Después, por la noche, ¿a qué hora llegó a su domicilio?

MIGUEL: A ver..., el partido terminó sobre las 23 h, pero

entre que salimos del campo y conseguí arrancarme a mi hermano y volver a la sierra..., pues fácilmente podrían ser las dos de la madrugada. Pero no miré la hora, no me haga mucho caso.

INSPECTORA: Y cuando llegó a casa...

MIGUEL: ¿Cuál es la pregunta?

INSPECTORA: Cuando llegó a casa, ¿qué hizo?

MIGUEL: Pues nada especial, creo que me di una ducha...

INSPECTORA: ¿Solo lo cree?

MIGUEL: Me di una ducha y después estuve durante un rato viendo la tele, más por tener ruido de fondo que porque le prestase atención, ya sabe; hasta que me cogió el punto y entonces ya me puse a dormir, que al día siguiente tocaba madrugar. Es lo malo de los partidos de Champions, que son en días laborables.

INSPECTORA: ¿No vio nada inusual?

MIGUEL: Absolutamente nada, ¿por qué?

INSPECTORA: Y si yo le dijese que Víctor Blanco estuvo en su casa aquella noche mientras usted estaba en el fútbol, ¿qué?

MIGUEL: ¿Por qué dice eso?, ¿cómo lo sabe?

INSPECTORA: Por la geolocalización del móvil, tan fácil como eso. En cuanto la compañía telefónica recibió la orden del juez, le faltó tiempo para abrirnos los secretos del móvil de Víctor Blanco. El dispositivo aún no ha sido encontrado, pero hoy en día todo va a una nube, ya no se requiere de ningún formato físico, y puedo asegurarle que sí, que estuvo en su casa.

[SILENCIO]

INSPECTORA: Señor Callejo, ¿conocía usted la aventura de su esposa con su cuñado?

MIGUEL: Sí, me lo contó después de la comida familiar. Después de lo de nuestra hija, estuvimos un tiempo mal, casi a punto de separarnos, pero ya no es así y no hay secretos entre nosotros.

INSPECTORA: ¿Entonces le dijo que vendría Víctor Blanco a casa en su ausencia cuando salió a ver el fútbol?

MIGUEL: No, eso no.

INSPECTORA: Al llegar a casa, ¿vio algo fuera de lo común?, ¿algún indicio de lo que su esposa había estado haciendo en ese rato?

MIGUEL: No, le estoy diciendo la verdad, nada de nada.

INSPECTORA: Está bien..., de momento, me lo creeré. Ah, una cosita... Va, es más bien una duda. El domingo en el que tuvieron la comida familiar, todos hablan del coche que le destrozaron a la víctima, a Víctor Blanco. Ergo, usted sabía cómo era su coche. Cuando llegó a casa, tuvo que pasar por la carretera en la que el vehículo estaba estacionado, ¿no lo vio?

MIGUEL: No, era de noche y esa carretera no está muy bien iluminada.

INSPECTORA: Bueno, eso también es verdad.

# ALBA

Declaración de Alba Villar [II.04 h, sala 2 de la comisaría n.º I35-2 de la Policía Nacional en la Comunidad de Madrid, interrogatorio a cargo de la inspectora Miranda Delgado]

ALBA: Está bien, sí. Víctor vino a casa esa noche.

INSPECTORA: ¿Por qué no me contó la verdad desde un principio?

ALBA: ¿Acaso me hubiese creído?

INSPECTORA: ¿En serio creía que con los avances tecnológicos y científicos que hay hoy en día en las investigaciones criminales no acabaríamos descubriendo la verdad?

ALBA: Me bloqueé, yo qué sé. Estar metida en un asunto tan feo no es algo que le suceda a una a menudo.

INSPECTORA: ¿Fue por su marido?

ALBA: Conoce lo de mi tontería con Víctor, pero no sabe que vino esa noche. No quiero que tenga la más mínima sospecha de que nuestra aventura continuaba por aquel entonces, ¿puede entenderme? Era el novio de mi hermana, por Dios..., por cierto, ¿a ella se lo han dicho? ¿Ha visto estas fotos?

INSPECTORA: Aún no. Pero me temo que lo sabrá cuando se levante el secreto de sumario en caso de que le dé por husmear. Ahí no puedo ayudarla.

ALBA: Bueno, pero nadie lee los sumarios, ¿no?

INSPECTORA: Si hubiesen matado a mi novio de quien estaba

profundamente enamorada, yo creo que sí. Pero quién sabe, yo soy un poco rara. Alba, necesito que me cuente con todo lujo de detalles su encuentro con Víctor Blanco esa noche.

ALBA: Pues a ver, por dónde empiezo... Sí, Víctor se presentó en casa aprovechando que Miguel estaba en el fútbol, y sí, intentó que volviésemos a acostarnos. Pero le aseguro que no cedí, que me mantuve firme. Tanto que creo que debí herir su ego masculino, ya sabe a lo que me refiero. Víctor no encajó muy bien el que yo no estuviese nada sumisa y salió dando gritos. Entonces le dije algo así como: «Tranquilízate, no te pongas bruto como el otro día, cuando atacaron tu coche». A lo que él respondió que: «Ataque, mis cojones». Ya sé que no tiene mucho sentido, pero son cosas que en el calor de una discusión se dicen, qué quiere que le diga.

INSPECTORA: Continúe, por favor.

ALBA: En ese momento, Víctor no parecía él. Siempre tuvo un puntito loco, pero en ese momento... daba incluso miedo, la verdad. Empezó otra vez con la cantinela de que le habían atacado el coche a propósito y todo eso, y entre grito y grito se metió en el bosque. Dijo algo así como: «Te encontraré, hijoputa, ya verás, ya, cuando dé contigo». Estaba hecho una furia. Parecía uno de esos instantes en los que no se responde a la razón y donde lo más absurdo tiene sentido.

INSPECTORA: ¿Usted no intentó detenerlo? Era de noche y podía ser peligroso.

ALBA: Solo quería que se fuese de mi casa. Tenía miedo de que Miguel regresara y nos encontrase. Igual sí que fui una imprudente, pero ¿qué podía hacer?, ¿ofrecerle una linterna?

INSPECTORA: Hábleme de su marido, ¿cuándo regresó del fútbol?

ALBA: ¿Mi marido?, ¿y qué interés puede tener eso?

INSPECTORA: Por favor, responda.

ALBA: Pues volvió tarde. Ya sabe cómo se ponen las salidas de un estadio después de un partido importante. Y a Miguel le da igual el fútbol, pero su hermano es un verdadero hincha; a ver quién es el listo que le pide irse antes de un partido con tal de poder salir con mayor facilidad y rapidez... Además, como el Atleti había ganado, creo que después se fueron a tomar algo.

INSPECTORA: ¿Sobre qué hora diría que volvió?

ALBA: ¿La una de la madrugada? Por ahí, más o menos, ¿por?

INSPECTORA: Limítese a responder.

ALBA: Muy bien..., pues sí, diría que sobre la una de la mañana, más o menos. Pero tampoco miré el reloj, la verdad.

[PAUSA]

ALBA: ¿Qué es lo que está escribiendo?

INSPECTORA: Nada, tranquila, apuntes míos.

## MIRANDA

Los tiburones, si se detienen, mueren. Así es el día a día de Miranda Delgado, siempre al acecho, siempre en movimiento.

Se ha levantado a las cinco de la mañana y ahora está aquí, remando en el lago de Casa de Campo mientras amanece. ¿Cuántas vueltas al lago lleva? Pues muchas, porque ella rema con saña, sin concederse un solo segundo de descanso. Aunque muy de vez en cuando, como es ahora el caso en el día de hoy, se detiene en medio del lago, recoge los remos y se queda ahí, sintiendo el vaivén del agua mientras observa el cielo, que poco a poco va subiendo su luz. Es una sensación que agradece, quizá su única manera de sentir paz.

Hace poco tiempo que ha vuelto a remar, afición que ha tenido aparcada los últimos años, y eso que de pequeña le encantaba y que en la universidad incluso formó parte del equipo de piragüismo. La vida, con sus triquiñuelas, la apartó del agua durante su matrimonio para después, en la actualidad, volver a atraparla. Bueno, aunque no ha sido la vida la culpable de su regreso, sino su padre.

—Hija, igual te ayuda a liberar la cabeza, ¿no crees? Y el lago está cerca, igual podrías darle una oportunidad. Es que se me encoge el alma de verte así todo el día por casa, con esta pena que arrastras.

Sí, ha vuelto a vivir con su padre. No su padre con ella, no. Es ella la que se ha instalado en casa de papá. A su edad, qué vergüenza, pero qué otra cosa podía hacer, ¿consumirse poco a poco, sola, en el piso en el que vivía con Ramón y Eloy al lado del Retiro?

—¿Dónde vas a estar mejor que en casa? No, mujer, no, tú vente.

Así que, desde hace un par de meses, se encuentra de nuevo en el piso de Chamberí que acogió sus primeros años de vida hasta que se fue a estudiar la carrera. La vida te da sorpresas, sorpresas te da la vida, en serio. Verse de nuevo en su cuarto de adolescente. Con lo activa y decidida que es Miranda para algunas cosas, qué dejada es para otras. No se ha molestado en quitar los pósteres de Take That ni de Ricky Martin, duerme tal cual estaba el cuarto cuando tenía quince o dieciséis años. En definitiva, que menos mal que nadie del Cuerpo Nacional de Policía la ve en su intimidad.

Ahora, con la barca detenida en medio del lago y el neopreno puesto, cuando están los primeros rayos del sol golpeándola en la cara, se permite cerrar los ojos.

Cosa que no puede hacer.

Enseguida la asaltan imágenes desagradables. El cadáver de Víctor expuesto sobre el mármol de acero del Instituto de Medicina Legal, ¡madre de Dios, qué destrozo! Encontrarlo en el barranco ya fue espantoso, pero en aquel momento aún había la excusa de que el cuerpo estaba entre barro y moho, pero días más tarde, cuando lo observó después de que el forense retirase la sábana blanca que lo tapaba... Fue repulsivo, y eso que no era, ni de lejos, el primer muerto que veía.

—La víctima presenta dos heridas mortales —dijo el forense, impasible y ya acostumbrado a imágenes horrorosas—. La primera: una herida punzante con una profundidad de dos centímetros con una dirección horizontal por detrás del músculo esternocleidomastoideo en la zona laterocervical derecha.

Le iba señalando cada una de las partes y Miranda iba asintiendo como la más aplicada de las alumnas.

—El derramamiento en ese momento tuvo que ser en sábana, y se hizo con algún tipo de arma blanca de filo estrecho y corto. Ah, y queda mal decirlo, pero aún tuvo suerte, pues de haber sido la herida delante del músculo del cuello, hubiese muerto casi en el acto.

—Sabiendo lo que vino después, no sé yo si hubiese sido preferible morir ya con la primera herida, cuanto antes.

—Ciertamente, así es —dijo el hombre—. La segunda herida es la que acabó definitivamente con su vida: se trata de una herida incisa de hipocondrio izquierdo a hipocondrio derecho.

En ese momento el forense se quitó las gafas, muy teatralmente.

—El quid de la cuestión es que, por la entrada de ambas heridas, es fácil suponer que fueron realizadas por él mismo..., por la propia víctima.

—Doctor, Víctor Blanco es la última persona que se suicidaría, créame.

—En ese caso le sugeriría que buscase a un sospechoso de su misma altura. La dirección de las heridas no sugiere que el atacante fuese ni más bajito ni más alto.

—Pues mide casi metro noventa.

—Metro ochenta y cinco, en realidad —dijo el forense revisando el informe—. Ya tiene una pista con la que buscar al asesino.

—O asesina.

—Por supuesto. Yo siempre lo digo, la igualdad también ha de llegar al mundo del crimen.

La inspectora salió del Instituto de Medicina Legal con un dolor de cabeza: las dos personas que, de momento, tienen más papeletas de ser los culpables no cumplen las condiciones físicas descritas por el médico forense. Todo un problema.

Aún días después, siguen sin un sospechoso claro. Aunque

hay un dato que no ha saltado a la prensa (pero vete a saber cuándo puede haber una filtración): tanto en la piedra desde donde presumiblemente se tiró el cadáver como en la ropa de la víctima hay rastros de una sangre que no coincide con la de Víctor Blanco.

Por desgracia, esto no es *CSI*, aquí las pruebas de ADN no se tienen al instante. Ni siquiera en una semana o dos. Y, para colmo, el juez de instrucción ya advirtió a Miranda desde el inicio: el laboratorio de la científica está saturado.

¿Y cuándo no está saturado?, pensó ella. Se obliga a anclarse en el instante presente, y con esas sale del agua, se cambia en el mismo club de remo y se dirige a la comisaría. No ha traído el coche, pues calcula que es un trayecto de veinte minutos, y sabe que le vendrá bien caminar. Pero como ella no descansa nunca, aprovecha el camino para realizar la llamada de rigor al juez Mario Rey.

—Muchas gracias por mantenerme al día —dice su señoría una vez que Miranda le ha contado los últimos progresos.

—Aun así, mi compañero Javier Cañete enviará el informe pertinente a su ayudante a lo largo de esta mañana.

—¿Se mantiene en sus trece de que no entre en juego el grupo IV de la UDEV, inspectora?

—Sé que está haciendo una excepción y que de esto debería ocuparse mi gente de siempre, pero ya empezamos así y esto tiene pinta de resolverse en breve. El grupo IV sigue encabezado por la persona que me sustituye y creo que es mejor no remover más el tema, de momento.

—Solo lo consiento porque sé lo ajetreado que está el grupo IV en estos momentos, y, pese a que no es lo usual, me fío de usted y su criterio. Por cierto, ¿se sabe algo sobre el arma del crimen?

—Aún nada. Seguimos buscando.

—Tengamos paciencia y confianza, pues —dice el juez—. Recuerde, cualquier cosa que necesite...

—¡Un segundo! Quería aprovechar para darle las gracias por haber aceptado que se realizase el funeral de Víctor Blanco. Muchos de sus compañeros hubiesen optado por no hacerlo hasta que la investigación se cerrase.

—Vaya, pues se lo agradezco, pero qué menos, ¿no cree? Cualquier prueba forense que se le pudiese realizar a la víctima ya estaba hecha. No pinta nada metido en un triste cajón del Instituto de Medicina Legal. Además, después está la parte humana. Usted sabe lo que es perder un hijo, conoce de sobra el tormento que está viviendo esa familia en estos momentos...

La inspectora hace rechinar su dentadura con tanta fuerza que teme romperse los dientes y hacerlos añicos de la rabia.

—Disculpe, señor, mi hijo no está muerto.

—Pero yo...

—Le deseo una feliz mañana. Llamaré si necesito cualquier orden firmada, muchas gracias.

Y cuelga sin dar la posibilidad a Mario Rey de despedirse. Sabe que no es forma de tratar a un juez. Sobre todo cuando instruye un caso que llevas y deberá firmarte órdenes y hacerte algún que otro favor, pero bueno, ahora ya está hecho, a la mierda.

Llega a la comisaría, que alberga a más de seiscientos policías (parece mentira, con lo cutre que es pese a su renovación de hace un par de años). Al cruzar la puerta y saludar al agente piensa que hay que fastidiarse; se está acostumbrando a este ambiente sin pretensiones, tan próximo al ciudadano, pues reconoce que en el edificio de la Policía Judicial se experimenta cierto elitismo, como si hubiese una leve pátina entre los policías y las personas civiles. Sin embargo aquí no, aquí se vive todo más cerca, más a pie de calle; y eso reconoce que le gusta.

Se sienta en el escritorio que han habilitado para ella y ve que, entre toda la vorágine de comunicaciones por leer, hay un *e-mail* que le interesa.

Hola, Miranda:

Soy yo, Júper, de la sección de delitos informáticos, desde mi cuenta personal.

Te escribo por aquello que me comentaste por teléfono después de que llegasen las pertenencias de Víctor Blanco aquí, a la sede. Te recuerdo el equipo: un Macbook Air del 2018 y tres discos duros.

Mi superiora, la inspectora Berlín, te enviará los resultados en los próximos días y te adjuntará una lista pormenorizada de los archivos encontrados (aunque ya te aviso, no esperes gran cosa. Lo más relevante son las fotos con su cuñada que ya hallamos en un primer momento).

Pero a lo que voy, que me lío.

Que de aquello que hablamos, sobre Ramón Santiago, nada de nada. Ni una triste foto de los años que compartieron en Ávila. Muchas búsquedas en Internet y cotillear sus redes sociales (ah, también las tuyas), pero hasta ahí. No he encontrado ningún rastro digital que dé pie a pensar que la víctima eliminó archivos ni nada por el estilo.

Lo siento mucho, Miranda. Tampoco he encontrado ninguna pista sobre Eloy.

Sobra decir que este *e-mail* nunca ha existido. Verás que se eliminará de tu bandeja de entrada (y de la papelera) en cuanto lo hayas leído. Confío en que después de esto ya estemos en paz.

Espero que haya suerte pronto.

Un saludo,

Júper

Pues nada, piensa Miranda al echarse para atrás en la silla, a seguir picando piedra, a darse de bruces contra el muro de la realidad un día más.

# DIANA

Desde pequeña, Diana tiene una pesadilla recurrente. Pueden variar algunos elementos, como la historia, pero, al final, el poso que se le queda cuando se despierta es el mismo: es una inútil.

Por ejemplo, a veces se ve como una Sailor Moon; y está ahí, con sus compañeras, preparándose para hacer frente a una amenaza, pero nada. No hay forma de poder hacer uso de ninguno de sus poderes, y se queda plantada, viendo a las demás luchando. O quizá, de vez en cuando, es un personaje de *Dragon Ball* (son sus referencias de cuando era pequeña, qué quieres), y lo mismo: está a punto de enfrentarse contra Freezer o Célula y quiere volar y no puede, o quiere lanzar un ataque Kame Hame Ha y no le sale; en definitiva, una soberana mierda sentirse mal incluso en sueños. Cuando tiene este tipo de pesadillas siempre se despierta derrotada y con una quemazón de saberse una inútil que no se le va en todo el día.

Así es como se siente ahora, y eso que no acaba de despertar. Aunque cree estar viviendo una pesadilla: el funeral de Vi, su novio.

Con todo, y volviendo a sus miedos, Diana sabe que disimula muy bien, por eso siempre se muestra tan risueña y parlanchina, para que los demás no averigüen la verdad: que no es más que una niña asustada que teme a la vida.

Claro, normalmente se dedicaría a disimular, a hacer que

nadie se diese cuenta llevando a cabo la escenificación de la imagen que ha creado de ella misma, como si fuese un personaje inventado, un alter ego con más carisma que la real. Pero ¿cómo simular entereza y felicidad estando en el funeral de tu novio al que han matado?

Nada, no se puede.

Está con la congoja perenne desde antes de salir de casa (aunque sospecha que lleva varios días instalada en esta oscuridad), y ahora, al ver a los suyos a su lado y a todos los amigos y conocidos de Víctor abarrotando la iglesia, qué ganas tiene de vomitar y cantar su lamento a pleno pulmón.

—Eh, Diana, ¿quieres un Solano para ver si se te sube el azúcar un poco? —pregunta Eva, que la tiene cogida por el brazo.

—No, no, gracias.

—¿Has podido dormir? —pregunta Alba.

Ella simplemente asiente. Ve a su hermana embarazada aquí a su lado y se le revuelve el estómago. Piensa que ya podrían haber puesto una excusa ella y Miguel, y no haberse acercado. Haber tenido la decencia de no venir al funeral de Vi.

Y es que hay algo que no ha contado a nadie. Absolutamente a nadie.

Siguió a Víctor la noche que lo mataron.

Sospechaba..., tenía la intuición..., había una voz que le decía que Vi se estaba viendo con alguien. Realmente no sabía por qué, porque, la verdad sea dicha, Vi siempre se desvivió por ella y la veneró en todos los sentidos, pero había algo en el ambiente...

Diana recuerda con vergüenza sus triquiñuelas para saber si Vi se había visto con alguien o no: según el tiempo que tardaba en correrse.

Vale, eso no son matemáticas, pero Diana empezó a notar que, sin motivo aparente, había días en los que Vi tardaba muuuuuucho en correrse y días en los que no, y, encima, esos días le salía a borbotones imposibles de controlar.

Al principio no le dio mucha importancia, y hasta le gustaba ver a su novio como una especie de yoyó.

Pero una noche, en una cena de clase, hubo un compañero que hizo un comentario de muy mal gusto que a ella se le quedó clavado en la sien: «Buah, pues yo antes de quedar con mi novia me masturbo y así después duro más con ella». Claro, todos rieron, pero Diana pensó, ¿y si en lugar de una paja es un polvo...? Y una verdad le sobrevino y la despeinó del vendaval que levantó en su cabeza: era eso, por eso en algunas ocasiones duraba más que en otras; Vi podía estar viéndose con alguien.

Después de mucho tiempo pensándolo y haciendo sus «mediciones de tiempo», a Diana le quedó claro que debía salir de la duda. Que no saber era peor que saber. Y la noche que lo mataron fue la primera vez que le tendió una trampa. Vi tenía la tarde y la noche libres, si ella se inventaba una excusa y no quedaba con él, eso lo dejaba solo y sin plan, ¿qué haría su novio? Diana se plantó con su pequeño Nissan en la calle del piso de Vi (sí, como en las pelis cutres de policías), y cuál fue su disgusto al ver que salía de casa y cogía su BMW. Al principio, Diana se consoló pensando que debía ir a comprar a un centro comercial o quizá al cine, pero a medida que Madrid iba quedando atrás, en el retrovisor, su sangre iba calentándose poco a poco hasta entrar en ebullición.

Cincuenta minutos después, cuando vio que Vi detenía su coche cerca de la casa de su hermana..., en fin... Y, aun así, mira tú si soy tonta, piensa, que yo seguía inventándome excusas. Ay, cómo es mi novio, que ha venido a pedir disculpas a mi familia por su comportamiento en la comida, ¡qué mono es, ay!

Cuando vio a Vi entrar en casa de su hermana, Diana salió de su coche y se acercó también, con una sonrisa, convencida de que encontraría una estampa familiar hogareña. Será eso, que ha venido a pedir perdón, y seguro que le perdonan y todos podemos llevarnos bien a partir de ahora. Pero vio que faltaba el coche de Miguel, ergo solo estaba Alba en casa, y hubo algo que la obligó a detenerse y no recorrer los últimos pasos hacia la puerta. Se quedó plantada allí como una gilipollas, solo hubiese faltado que lloviese para hacerla sentir más ridícula, y con una amarga sensación de derrota y vergüenza, empezó a recular hacia su pequeño Nissan.

Se quedó sentada, con las dos manos en el volante, mirando la casa con los ojos llenos de lágrimas.

Con su hermana.

Con su propia hermana.

Esperó no sabe cuánto, mucho, muchísimo, y Víctor siguió sin salir de casa.

Cuando ya no se sintió tonta, sino un montón de cosas más, arrancó el coche y se fue de vuelta a Madrid.

—Perdón, un momento —dice ahora Diana a sus hermanas, en pleno funeral.

Escapa del abrigo familiar y, dejándose vencer por la ansiedad, ve que está rodeada de caras extrañas, de caras que sí saben quién es ella. Mira, la que se ha quedado sin novio, qué pena, ay, pobrecita. Se topa con la inspectora Miranda Delgado, que la coge por los brazos.

—Diana, ¿te encuentras bien?

—De puta madre.

Sale corriendo de la iglesia. No puede más.

Solo se detiene cuando se refugia en un bar que hay en la calle de al lado. No sabe ni el nombre ni qué sirven, es solo un bar cañí más.

—¿Qué te pongo, guapa? —dice el camarero.

Diana no sabe, ella solo quiere esconderse, pero no puede pensar ni mirar los carteles que el camarero tiene detrás.

—Vermut.

—¿De grifo o Yzaguirre?

—Yzaguirre.

El camarero se lo sirve y Diana lo bebe de un sorbo.

—Otro.

Y esta vez sí, se lo toma mediante pequeños sorbos. Nota que vuelve a respirar y recuerda el sitio del que ha huido. Sabe las habladurías que levantará y que quizá sus hermanas la estén buscando, pero es lo que hay.

Su hermana... Estando Alba embarazada, sabe que nunca se atreverá a delatarla a la policía. Vale, no está segura de si fue ella la que mató a Vi, pero está convencida de que sabe algo. Algo más de lo que haya podido decir hasta ahora.

—Tú eres Diana, ¿a que sí?

Es un hombre mayor, casi en los setenta, que se sienta a su lado con la mirada hecha polvo, sin alegría por el encuentro. Viste un traje marrón que le aprieta por todos los costados, pero que él lleva con toda la dignidad del mundo. Le queda poco cabello, pero lo poco que le queda lo lleva engominado hacia atrás.

Diana lo mira y no sabe quién es, pero se lo huele.

—Soy el padre de Víctor. Tú eres su novia, ¿no?

Ella asiente y él le estrecha la mano.

—Carlos Blanco, imagino que el cafre de mi hijo te habrá hablado de mí.

Y nada bueno, piensa Diana, menudo demonio de hombre.

—Mira que no haberte traído ningún domingo a casa... En realidad, no te engañaré, nunca nos dijo que tuviese novia, pero a mí no se me miente. Me puedo hacer el tonto, pero yo soy como Dios, lo sé todo.

—Encantada.

Diana no tiene ganas de hablar, y menos con la persona que amargó la infancia de Vi, ¡la de historias que le llegó a contar sobre la dureza de su padre a la hora de educarlos a él y a su hermana!

—¿Qué, huyendo del funeral? —dice Carlos—. Eh, Joaquín, ponte otra.

Levanta su cerveza vacía y el camarero se pone en marcha de inmediato.

Diana aprovecha esos momentos para estudiar a su ¿suegro? Qué cara de amargado y qué mirada más gris, además lleva un par de días sin afeitarse y varios pelos blancos despuntan por su cara, y, más que gordo, es imponente. Pese a ser mayor, está muy en forma, de eso no hay duda.

—¿Y usted qué hace aquí?

—Tutéame, ¿te parece? Se nos ha muerto Víctor, creo que podemos tener confianza.

—Ya..., ¿qué haces aquí, Carlos?

—Pues huyendo, igual que tú. No creas, me sabe mal haber dejado a Mercedes sola, pero... ¿has visto a la policía en la iglesia, a la que lleva el caso de nuestro Víctor?

—Sí, se llama Miranda Delgado, me parece.

—Pues no tenía ganas de verle la cara. Nos une un fantasma del pasado y, al verla..., pues que se me ha secado la boca, qué te voy a contar, y aquí me he venido.

—Parece buena policía, a ver si consigue dar con el..., con el culpable.

—Ah, no, yo no quiero que haga su trabajo. Yo lo que quiero es que deje al culpable en libertad. Llevo días limpiando religiosamente mi escopeta de caza. Créeme, hija, cuando se limpia una escopeta de caza es para salir a matar bestias. Y mira si soy precavido que, por si acaso no me da tiempo de ir a casa...

Mira a un lado y al otro del bar para asegurarse de que no hay ninguna mirada curiosa encima de ellos y se levanta, muy levemente, la pierna derecha del pantalón.

—¿Eso es...? —pregunta Diana.

Aunque no necesita respuesta. Sí, ese hombre lleva un pequeño revólver en el tobillo.

# CUARTA PARTE

## ALBA

Lleva varios días con el runrún en la cabeza. Desde el pasado lunes, que fue cuando le nació la idea cual bombilla que se enciende por primera vez en un sótano cerrado durante años. Primero, se llevó el pulgar derecho a los labios y se mordió la uña. Después, salió a los alrededores de la casa para respirar el aire primaveral y, finalmente, se dijo que no, que no podía ser, y decidió apartar semejante pensamiento en el más hondo de los rincones de su mente.

Pero fue el miércoles cuando se convenció de que sí, que lo mejor para la integridad de la familia, tanto física como mental, sería abandonar la casa.

De eso ya hace días, pero ¿se lo ha dicho a Miguel? En absoluto, no se atreve ni siquiera a reconocérselo a sí misma. Aunque es lo que verdaderamente desea. Irse bien lejos de esta maldita casa y empezar de nuevo. Fantasea con un ambiente cálido y con el mar tocándole la punta de los pies siempre que lo desee, con el futuro bebé dando sus primeros pasitos cogido de la mano izquierda, y Miguel sonriéndole a su derecha. Pero se conoce y sabe que no será capaz de proponérselo a su compañero de vida. Imagina su cara y sabe que vería la palabra «decepción» en sus ojos. Desde el momento en el que su hija volvió a la casa, se forjó un lazo invisible con este lugar. Esa es la verdad, y no pueden irse por más que les pese. Y les pesa, y mucho, piensa Alba con desánimo.

No es solo el carácter dominante y acaparador de Lucía, sino también el recuerdo de Víctor.

Siente repulsión ante la simple idea de estar en su propia habitación.

Mira lo que le pasó ayer.

Estaban ella y Miguel retirando la ropa tendida en las cuerdas de la parte trasera de la casa cuando dobló unas camisetas, las apiló y, en el mismo instante que echó a andar para ir hasta la habitación a guardarlas, se detuvo. Estuvo durante unos segundos KO con las camisetas en la mano y, finalmente, tuvo que pedirle a Miguel que las guardase él, que ya ella se ocuparía de dejar las toallas en el baño.

Intenta pasar el menor tiempo posible en su habitación, pues, de no haber sido ella la que frotó bien fuerte con lejía, juraría que el cuarto todavía se halla embadurnado de sangre. La ve por todas partes, en la cama, en el suelo, en las paredes, incluso cuando abre un cajón; ve toda su ropa manchada de rojo, y hasta la coge con asco e intentando aguantar la respiración para no desmayarse del mal olor.

Duerme poco y mal.

Y, por desgracia, no es la única.

Por los gritos que lanza Miguel al soñar, sabe que tampoco él encuentra la manera de descansar. En el desayuno, Alba le pregunta y le pide que le explique qué sueña, pero él nunca le da una respuesta. Tampoco la necesita, se lo puede imaginar. Teme que ambos se estén volviendo locos.

Lleva días dándole vueltas al asunto del puñetero karma. De alguna manera se siente partícipe en el asesinato de Víctor (le pese lo que le pese, eso es así y ha de aceptarlo), y tiene miedo de que la ley de causa y efecto se tome su justicia mediante su bebé. ¿Y si le pasa algo por haber ayudado en la muerte de una persona? No dejan de repetirle que el niño está a salvo, que todo parece correcto, pero hay cosas que una madre no puede explicar, pero que sabe que son así, y ella está convencida de que el mismo bebé tiene miedo. Pues, de alguna manera, también él presenció el crimen.

Con todo, siente que la tormenta que están suponiendo las últimas semanas, solo es soportable gracias a Miguel. Le gusta cuando la coge de la mano y le pide que confíe en la vida. Es ingenua, pero son los únicos momentos de paz que encuentra.

Al principio estaban muy pendientes de las noticias. Con cada nuevo dato que se revelaba de la investigación empezaban a temblar, y cuando un coche se acercaba por la carretera hasta se abrazaban por si venían a detenerlos y ya no podían volver a tocarse en años.

Pero no.

La inspectora Miranda Delgado lleva desaparecida desde que le confesó en la intimidad del interrogatorio que sí, que efectivamente había tenido una aventura con su cuñado.

—Qué cliché, ¿no le parece, inspectora?

Lejos de los estereotipos vistos tantas veces en las series de sobremesa, la policía hizo un gesto de asentimiento y le otorgó espacio. Alba sintió cercanía y pensó que el corazón de esa mujer también debía haber sufrido lo suyo.

Una amiga. Necesito una amiga, piensa Alba. Con Miguel puede hablar de todo, por supuesto, pero no es lo mismo. Solo ha visto a su familia un par de veces en los últimos meses. Diana está francamente mal. Siempre con los ojos llorosos, y se diría que incluso ha perdido unos kilos que nunca tuvo. A veces parece estar reconfortada y que escucha a Alba cuando le cuenta una anécdota, pero de repente cierra los ojos y necesita que le hagan una caricia para volver a abrirlos. Sin embargo, mira tú por dónde, es con Eva con quien siente más afinidad últimamente. Sin llegar a considerarla una amiga, su hermana mayor se ha acercado varias veces a casa. Siempre con un presente para el nuevo miembro de la familia. Unos patucos o unos chupetes de koalas muy monos; detalles de ese tipo.

—¿Recuerdas cuando te asistí en el parto de Lucía? Ay, yo

como si fuese ayer. Irás también esta vez a mi hospital a parir, ¿verdad? Ojalá me pille de turno, pero bueno, que ya se lo he dicho yo a Miguel, que, cuando te entren los «retortijones», que me avise, que voy al hospital inmediatamente y me hago un hueco en el equipo que esté en ese momento, claro que sí.

Cualquiera diría que su hermana cincuentona ha rejuvenecido con la noticia de que tendrá un nuevo sobrino. Parece que le hace realmente ilusión.

—Recuerdo el día que nació Lucía —dijo Alba a su hermana en una ocasión—. ¿Conoces el dicho de «la calma que precede a la tormenta»? Siempre tengo clavada en el pecho la sensación de que ese día fue al revés. Tengo presentes los dolores, los nervios, todo el alboroto del equipo médico a mi alrededor, el sudor, esa sensación de sentirme realmente asquerosa... Y después, de repente, silencio. El más agudo de los silencios... Hasta llegué a pensar que mi hija había nacido muerta. Recuerdo que te miré esperando a que me hicieras un gesto de lástima; tú, que fuiste la primera en cogerla..., y, al contrario. No me mirabas, estabas ensimismada con Lucía...

—Es que era muy inusual —admitió Eva—. Un bebé que no llora al nacer, ¿quién podría imaginárselo?

—Lucía siempre fue única...

Al decirlo miró detenidamente la casa, casi esperando ver de nuevo a su hija correteando con el vestido manchado de papilla. Con esa sonrisa que solo ella tenía y esos ojos abiertos, pardos y luminosos que eran capaces de animarte el día.

¿Lo ves?, se dice a sí misma. Demasiados recuerdos aquí encerrados, buenos y malos. Recuerdos que actúan como anclas y no dejan que esta familia avance hacia ningún lado. Tener al recién llegado de esta manera ¿no es condenarlo a una vida miserable y cruda?

Se ata la coleta para así ahuyentar los malos pensamientos, pero sabe que es absurdo, ese runrún la lleva persiguiendo desde hace días. Ve que la piel de su brazo se eriza y la bajada de la temperatura que sufre la empuja a ponerse una chaqueta. Eso sí, se obliga a mantener un rictus sonriente, ¿podría el *frío* adivinar que pasa algo en su interior? Le parece escuchar un saludo en su mente y ella afirma con la cabeza.

Decide que es mejor ponerse a hacer algo, cualquier cosa, y qué mejor que dedicarse a lo único que le hace ilusión en este momento: prepararle la habitación al bebé. Sabe que ahora está Miguel allí trabajando y decide subir a su antiguo taller a echarle una mano.

Craso error.

# MIGUEL

Es la falta de sueño y de cordura, se justifica él. Aparta la caja y nada, levanta el plástico que contenía las piezas, y tampoco. Mueve el manual de montaje y ahí no está. ¿Dónde coño se ha metido?, se pregunta al rascarse el mentón con saña. Vio la maldita pieza de esa cajonera al abrir el envoltorio por la mañana, está seguro, pero ahora no aparece por ningún lado de ninguna de las maneras.

—¿Qué haces? —dice Alba al entrar en la habitación.

—Esta pieza de aquí, ¿la ves?

Le enseña el manual. La página donde un dibujo muestra un croquis de la cajonera por partes. Esquema que, por cierto, no deja atisbar la dificultad real de montarlo.

—Resulta que no encuentro el maldito tirador del mueble.

—¿Y ese de ahí?

—Debería haber tres, pero ahora solo veo dos.

—Igual es un defecto de fábrica...

—No, por la mañana había tres tiradores, joder.

—Está bien, tranquilo —dice Alba con las manos en alto.

Se mueve por la habitación, pegada a las paredes y atenta a las esquinas y partes traseras de las estanterías.

—¿Abriste la caja aquí?

—No, me fui paseando por toda la casa, ¿tú qué crees?

—Oye, Miguel...

Se queda detenida súbitamente. Seria, muy seria.

—Eh, ¿estás bien? —pregunta Miguel aparcando su enfado durante un segundo.

Observa que su esposa se aleja de repente con paso ligero. Pero no va muy lejos. Entra en la habitación de enfrente, la de Lucía, y allí se queda. Él va tras ella y la encuentra junto al osito amoroso con el puñetero tirador en la mano.

—¿Es esto?

La cara de sorpresa de Miguel lo dice todo. Mira a su esposa y sabe que no ha de jurar que él no ha estado aquí en todo el día. Ella le da el tirador y decide compartir sus miedos con él.

—Tenemos que hablar.

Consultan el termómetro. Miguel la coge de la mano y la lleva al exterior, donde se encierran en el Volkswagen.

El interior del vehículo está frío de haber pasado la noche fuera del garaje y no ser utilizado en días, pero aquí tendrán la intimidad de la que no gozan en casa.

—Dispara, ¿qué pasa?

—Tenemos que mudarnos —dice Alba—, no podemos quedarnos aquí.

La sorpresa de Miguel no puede ser mayor. Mira a Alba necesitando una aclaración, pero ella deja que sea él quién le dé vueltas.

—¿Por qué?

—¿Tú crees que Lucía aguantará los celos de ver cómo su hermanito acapara todas las atenciones?

—Es lo que tiene ser la hermana mayor, ¿no crees? Seguro que a Berto le pasaba lo mismo conmigo de pequeño, pero, al final, es lo normal. No creo que pensara nunca en llegar a...

Enmudece y desea tragarse su propia lengua. Las dos manos que tiene sobre el volante empiezan a temblar.

—Miénteme y dime que no la ves capaz.

—Algo se podrá hacer. En caso de que se ponga celosa, seguro que hay una manera de hacerla entrar en razón.

—¿Acaso crees que se rige por el mismo sistema de entendimiento que tú y que yo? —pregunta Alba, y él ve absurdo responder cuando ambos conocen la respuesta.

—Pero... aquello..., lo de Víctor fue para protegerte.

—¿Y esa ha sido la única cosa que ha hecho en todo este tiempo?

Se quedan callados y contemplan la casa a través de la luna frontal del coche.

Esta imagen podría tratarse perfectamente de una postal. Aunque hay algo que una instantánea no te muestra: el movimiento...

... Miguel y Alba se encogen sutilmente en los asientos del vehículo cuando ven que la puerta principal de la casa empieza a abrirse.

—¿Funciona el termómetro del coche?

Miguel mete la llave de contacto y lo acciona. La pantalla del navegador señala dieciocho grados. Al ser un termómetro digital, saben que mostrará cualquier mínimo cambio de temperatura al instante; aunque eso no consigue tranquilizarlos en absoluto.

Levantan las miradas y observan la puerta de la casa, abierta de par en par.

Solo se atreven a consultar el termómetro de reojo, sin apartar del todo la atención de la puerta. Ni siquiera se miran entre sí. Miguel se lleva la mano a la boca y siente el rostro empapado en sudor.

—¿De verdad crees que esta casa es un sitio seguro en el que criar a un bebé? —dice Alba.

Miguel se limita a recapacitar y admitir ligeramente con un gesto.

Entonces, ¿ahora qué?, parecen decir con su silencio. Silencio que no rompen hasta pasados diez minutos, cuando se revuelven en sus asientos al comprobar cómo la puerta de la casa empieza a abrirse y a cerrarse de forma insistente. Siempre con la misma tónica: se abre lenta, lenta, lenta y se cierra de un portazo sonoro. Se mantiene dos o tres segundos así, y vuelta a empezar con la serie.

—Tenemos que volver.

Se mantienen congelados. No saben si de la sorpresa o del miedo.

Sí, eso es.

En ese preciso instante descubren que les aterra la simple idea de volver a casa.

Para hacer el lugar aún más terrorífico, las luces cobran vida; se encienden y se apagan sin orden ni armonía. Y las ventanas también se unen a la algarabía. Todas ellas se abren y se cierran sin cesar.

La casa entera ha sucumbido a la anarquía.

—Yo... yo..., vale que todo ha sido muy raro estos últimos años, pero siempre había algo de..., no sé, de que de alguna manera seguíamos siendo una familia, ¿sabes? —dice Alba—. Ahora, después de lo de Víctor, todo es..., todo es tan... —No encuentra las palabras y su angustia va a más—. Joder, me acojona la puta casa. Me da miedo mi propia hija. Soy una madre de mierda.

Se lleva las manos a la cara y hace esfuerzos por no romperse, por no echarse a llorar como una niña (aunque es lo que quisiera).

—No digas tonterías, eres una madre cojonuda, es solo que...

—Qué vida le daríamos al bebé quedándonos aquí, ¿eh? Dime.

Los dos miran al frente y ven la locura que campa a sus anchas por la casa y cómo la oscuridad más espesa ha cubierto el lugar, y lo saben. Vaya si lo saben.

—Está bien, tienes razón —accede Miguel—. ¿Qué propones?

—Empezar a buscar una nueva casa a la que mudarnos cuanto antes.

## ALBA

En la primera casa que visitaron se sintieron unos miserables traidores. A la segunda cita con la agente inmobiliaria no acudieron, y a la tercera se obligaron a ser fuertes y no desistir en su empeño. Sabían que tenía que hacerse y no quedaba otra. En la cuarta visita la sensación de que estaban conspirando en silencio empezó a hacer mella y actuaban como el infiel que se siente culpable, que se queda callado y con la mirada gacha durante el trayecto de vuelta a casa.

Ahora, al regresar de la decimoquinta visita, ha nacido en ellos un éxtasis que no esperaban. La casa que acaban de visitar les ha gustado. No, en realidad les ha encantado. La creen idónea para ellos y, para mayor alegría, está disponible para entrar a vivir cuanto antes. ¿Cuál es la mala noticia? El precio, que es un poco elevado.

—Yo creo que podemos ofrecerles cincuenta mil euros menos. Tienen prisa por vender y accederán a negociar, ya veréis —dijo la mujer de la inmobiliaria.

—Bueno, primero deberíamos pensárnoslo... —comentó Miguel mirando a Alba y sabiendo esta que se avecinaba un debate intenso en el coche.

—Va, dime, ¿qué estás pensando? —preguntó ella en cuanto pusieron rumbo a casa.

—No sé, Alba. Yo ya no sé nada, la verdad.

—Cuéntame, ¿qué es lo que te preocupa?

—Es como los gofres.

Entre la niebla de sufrimiento y dolor, Alba consiguió reír y miró a Miguel, ansiosa de su explicación.

—Desde que me conoces, sabes que cuando vamos por la calle paseando y pasamos por delante una cafetería, ¿qué suelo decir?

—«Oh, qué hambre, ahora me comería un gofre».

—Exacto. Pero, a la hora de la verdad, ¿cuántas veces me has visto comer un gofre en todos estos años?

—Un par de veces a lo sumo, y porque prácticamente te he obligado yo —dijo Alba.

—Eso es. Y, hasta ahora, el mudarnos de casa era eso. Era en plan: vale, estamos buscando, pero al final pasará algo que nos ahorrará la mudanza.

—¿Es que no quieres mudarte?

—Claro que sí. Al igual que quiero comerme un gofre cada día, ¿pero lo hago?

Se quedó callado, pero al no obtener una respuesta, insistió:

—Dime, Alba, ¿lo hago?

—No...

—Porque sé que es malo para la salud comerse un gofre cada día.

—¿Y qué tiene eso que ver con la nueva casa?

—Que quiero vivir en esa casa. Joder, pues si es genial. Es solo que..., que siento que no es lo correcto.

—¿Y qué tiene que ser lo correcto según tú? ¿Quieres que el niño se asfixie con el puto tirador de la cajonera de los cojones?

—No digas tonterías, claro que no.

—¿Entonces?

—¿Cómo sabemos que no nos seguirá? —dijo Miguel—. Y solo por pensar esto ya me siento mal, muy mal.

También Alba había pensado en esa hipótesis. Cuando Lucía guio a su padre por el bosque para que lanzara el cadáver de Víctor, dejó patente su capacidad de salir y moverse por el exterior; ergo Lucía puede vivir fuera de la casa y moverse a sus anchas. ¿Qué les asegura que no se pegará a ellos hasta la nueva casa?, ¿o quizá tiene un radio de acción y fuera de allí no puede moverse? Joder, ¿cómo conocer la respuesta correcta? Aurora Arlen sabría qué hacer, pensó, y casi al instante sonrió de su propia ocurrencia.

—¿Qué pasa? —preguntó Miguel sin querer apartar la mirada de la carretera—. ¿Qué he dicho de gracioso?

—Nada, cosas mías.

—¿Y entonces?

—Más que en gofres, estaba pensando en lentejas..., es lo que hay, no queda otra. Tenemos que intentarlo.

Sabiendo que Alba tenía razón, Miguel siguió conduciendo.

Alba aún tiene presente la conversación, y la recuerda mientras el agua resbala por su cuerpo desnudo.

Se frota con la esponja la tripa abultada de cinco meses. Intenta ser lo más delicada posible, no solo al ducharse, también al realizar cualquier otra acción, como si un movimiento brusco pudiese provocar un final abrupto del embarazo.

Su hermana, enfermera desde hace años, la ha intentado tranquilizar, asegurando que el cuerpo es más resistente de lo que parece y que el bebé no se halla en un jarrón de porcelana china.

—El movimiento es vida, mujer, así que ya lo sabes. Sal a caminar o haz yoga, pero no te quedes todo el día encerrada en casa, hazme caso. Es normal que sientas incomodidad, pero, dentro de tus posibilidades, te has de obligar a tener una vida activa. Ahora mismo es lo que el niño necesita.

Si la incomodidad fuese el único problema... Gases, acidez, circulación lenta, cansancio... Pero Alba, lejos de sentirse hinchada y fea, se ve como la mujer más especial del mundo (una auténtica diosa de la creación), y solo pierde esa armonía al entrar en el cuarto de matrimonio y observar la sangre allí impregnada. Víctor la visita en sueños y le promete que todo irá mal, pues no merece ser feliz. Ella lo intenta convencer de que no tuvo nada que ver, pero no la cree y siempre se despide con una sonrisa socarrona.

Apaga el grifo y al abrir la mampara de la ducha es cuando lo ve.

Tiene un mensaje en el espejo de enfrente:

NO TE VAYAS...

¿Qué puede saber?, ¿qué puede ella imaginarse?, ¿y esos puntos suspensivos qué significan, joder? Ella, que creía que sabían disimular, que hasta se inventaban diálogos falsos antes de visitar una casa para así justificar su ausencia prolongada, ahora ve absurdo cualquier intento de esconder sus intenciones.

—Recuerda también que paremos por una librería, quiero ver si ha llegado lo nuevo de Alicia Giménez Bartlett.

—No hay ninguna tienda de camino a casa de mi hermano, pero podemos desviarnos. No cuesta nada llegar al centro comercial. Aunque, eso sí, ten en cuenta que nos va a llevar su tiempo.

—Bueno, tampoco tenemos prisa.

Excusas así, como los quinceañeros que esconden a sus padres que han quedado con su pareja del instituto. Y ahora resulta que Lucía tiene la mosca en la nariz; pero es solo eso, sospechas.

Es imposible que sepa algo más.

Nunca lo ha de saber. No hasta el último momento.

Mira esos puntos suspensivos del mensaje, que ella capta como una amenaza, y de forma impulsiva acude al espejo y pasa la mano de lado a lado, alterada. Sin fijarse en el suelo siquiera. De hecho, a punto está de resbalar. Por un segundo se ve cayendo hacia atrás; cómo sería romperse el cuello y quedarse inmóvil en el suelo. Empezaría a llamar a Miguel con lágrimas en los ojos y él nunca acudiría. Pero no, solo observa el rastro de su mano en el espejo mientras el vaho abandona con parsimonia el baño.

Se seca mínimamente el cuerpo y se echa un albornoz encima.

Baja las escaleras y encuentra a su esposo anonadado, con el rostro desencajado y la mirada puesta en el ordenador portátil. Alba ha de moverse ligeramente a la izquierda para ver qué le llama tanto la atención de la pantalla.

Qué raro, aparentemente no hay nada fuera de lo normal. Solo el procesador de textos, como es habitual en el trabajo de Miguel. ¿Y entonces?

Al acercarse empieza a sospechar lo peor.

Entre los muchos caracteres anodinos y ordenados en armonía, hay de repente una frase en mayúsculas.

Pero la vista no le alcanza y prefiere centrarse en su esposo.

Él, deseoso de un trago de ron, se pasa la lengua por los labios y después intenta arrancarse la sequedad con la mano. Deja reposar la cabeza entre los dedos y le señala sutilmente el procesador de textos. Es entonces cuando ella, que ha intentado retrasar ese momento, no se ve con más salida que acercarse a la pantalla y afrontar la realidad.

Da un paso al frente y lo lee.

Las piernas le flaquean y se ha de agarrar al escritorio con ambas manos.

Intenta un cruce de miradas con Miguel, pero es absurdo, él aún está atónito. Alba respira hondo para no sucumbir a la locura y apoya el trasero en el mueble. Deja la boca abierta para así coger más oxígeno.

NO TE VAYAS...

—Estaba trabajando un poco y... solo me levanté un segundo para beber agua, y al volver...

Los dos clavan su mirada de nuevo en el mensaje de Lucía y se quedan anclados en un instante que dura horas.

Solo los consigue abstraer el teléfono fijo, que empieza a sonar.

El timbre es un grito ensordecedor, pero, pese a encontrarse a pocos metros, hay entre ellos y la mesita de la esquina donde se encuentra el teléfono todo un océano. A la mierda quien sea que llame, piensa Alba, que deja que suene y suene.

Pero ojalá hubiesen contestado.

# MIGUEL

El último telefonazo da paso al contestador, que envuelve la estancia desde la mesita del fondo.

—*Ahora mismo no estamos en casa, pero deja tu mensaje después de la señal y te llamaremos lo antes posible..., o no, en fin, tú deja tu mensaje y ya veremos qué pasa* —dice el contestador mediante la voz de Alba. Es un mensaje que grabaron al mudarse y que aún hoy siguen encontrando gracioso.

Aunque hoy no.

Hoy los dos se mantienen cabizbajos y sin aliento.

El pitido apenas los altera, pues, a decir verdad, son incapaces de prestar atención a su entorno. Solo consiguen salir de su ensoñación al escuchar alta y clara una voz que les es familiar. La conocen de hace poco menos de un mes, pero han compartido con ella quince visitas a diferentes inmuebles.

—*Hola, amores, mirad la buena noticia que os traigo...*

Tanto Miguel como Alba saltan de sus asientos, rápidos a la mesita.

—*... El dueño está dispuesto a rebajar el precio de la casa de esta tarde. Dice que tiene prisa por vender y que...*

No la dejan continuar. Miguel descuelga el auricular y hasta desenchufa el cable del teléfono. Alba llega a su lado y los dos miran de forma automática el termómetro: no, no está aquí.

Respiran aliviados.

Aun así, no se mueven.

Se quedan atentos al recibidor, como si esperasen ver aparecer a alguien o algo; pero nada más alejado de la realidad. Lo que de verdad los aterra es precisamente eso, que no pueden ver nada. Tan solo el vacío.

Dejan de respirar y solo sienten las pulsaciones del corazón.

Se sobresaltan al escuchar un estruendo detrás de ellos.

—¿Pero qué...?

Es de noche, pero de haber estado el sol en lo más alto del cielo, ellos apenas lo notarían: las persianas están bajándose y las ventanas cerrándose.

Cruce de miradas. Los dos se dejan llevar por la confusión que campa a sus anchas en ese momento.

Escuchan otro ruido y acuden al foco de semejante algarabía: la cocina.

Se han bajado las persianas de golpe. También más ruidos parecidos vienen del piso de arriba: más persianas que caen. No necesitan subir para saber que se están tapiando las ventanas. ¿Qué significa todo esto?, se dicen telepáticamente al cogerse de la mano.

Salen disparados al recibidor. Si la casa se está convirtiendo en una cárcel, prefieren no quedarse aquí ni un solo segundo más. Y mucho menos con este ruido que todo lo alcanza y que hace que la casa se asemeje más a un barco hundiéndose que a un hogar acogedor.

Están a pocos metros de la puerta cuando la manilla sale disparada y alcanza a Miguel en el hombro derecho.

Cae al suelo, y es solo gracias a que Alba le sujeta la mano que la caída no es todavía más aparatosa.

—Miguel, ¿estás bien?

—Creo que me he dislocado el hombro...

Alba trata de efectuarle un primer reconocimiento, pero Miguel la detiene.

—Ve a la puerta, mira a ver.

Ella mete la mano en el agujero que ha dejado la manilla y trata de abrir la puerta. Empuja y empuja, pero nada. No hay manera humana de abrirla y, pese a que no desiste en sus intentos, se convence de que no va a tener éxito.

Miguel se levanta, el hombro le arde y, sabiendo que debe aprovechar ahora, que tiene la adrenalina disparada, arremete contra la pared y logra colocarse el hombro de nuevo en su sitio. Suelta un grito y, con él, Alba se acerca a socorrerlo.

—No logro abrir la puerta —dice entre sollozos y dejándose arrastrar por el pánico.

—Estamos encerrados... No podríamos abrir la puerta ni aunque nos fuese la vida en ello, seguro. Así lo quiere Lucía.

Saben que es verdad, que no pueden salir de aquí, que esto es un secuestro y que no tienen más remedio que aceptar su nueva condición de reos.

## MIRANDA

Las cosas no pintan bien para este pobre diablo, piensa Miranda al contemplar a Gerardo Cervantes.

El hombre, de cincuenta y tres años, natural de Eibar aunque residente en la Comunidad de Madrid desde hace más de dos décadas, se encuentra en su puesto de trabajo. Es jefe de sala en un pequeño restaurante bio-bufé de comida vegana y ecológica en Cuatro Caminos.

Miranda Delgado y Javier Cañete atraviesan el local y se plantan delante de Gerardo, que está junto a la caja registradora.

—Inspectora Delgado y subinspector Cañete. ¿Podríamos hablar un momento, por favor?

Apenas enseña la placa más de dos segundos. No quiere generar curiosidad entre los comensales que pueblan las distintas mesas ni buscarle un jaleo al hombre con sus superiores. Pese a las pruebas, esto es solo una primera conversación.

Al principio, Cervantes se muestra desorientado. Después le pide a un camarero que está colocando una tarta falsa de queso (en realidad es de anacardos) que lo cubra durante unos minutos en la caja registradora.

—Aquí estaremos tranquilos. En esta parte está el restaurante *gourmet*, pero a esta hora está vacío hasta el servicio de la cena, ya veis —dice el hombre tras invitarles a bajar y sentándose en una mesa.

Miranda y Javier se acomodan delante de él, muy serios, y eso al hombre lo intriga.

—Aquí todos tenemos prisa, así que iré al punto en cuestión —empieza Miranda—. Señor Cervantes, ¿dónde estaba la noche del ocho de abril?

Inconscientemente, el hombre se horroriza. Abre ligeramente los ojos, pero trata de disimular y pone cara de póker.

—Fue un día laborable, por si le ayuda —indica Miranda.

—¿Y encima por la noche? Pues qué voy a hacer, en casa con mi familia viendo la tele un rato y después a dormir, que al día siguiente había que madrugar.

—¿No salió de su casa? Usted vive en la sierra, ¿es así?

—Pues sí que sabéis de mí, ¿no?

—Es normal, tiene antecedentes por delitos violentos.

—¡De delitos violentos nada! Solo me defendí. Manda huevos que yo haya pagado y esos mocosos del carajo se fuesen de rositas.

—Cuéntenos su versión.

A decir verdad, a Miranda le tiene sin cuidado el pasado de ese hombre, pero necesita que se relaje y, para eso, qué mejor que dejarle hablar. Así también baja la guardia.

—Pues nada, yo era segurata de un Aldi y cada dos por tres venían cuatro críos de la Universidad Católica de al lado a comprar el almuerzo en la hora del descanso. Cruasanes, cañas de chocolate y cosas así. Pero yo los tenía calados. No siempre, pero de vez en cuando se metían bajo la sudadera alguna que otra cosa que después se olvidaban de pagar... Justamente el rincón de la bollería no estaba cubierto por cámaras y cuando yo estaba por ahí al lado se contenían y no robaban nada, pero llegó el día en el que se pasaron cien mil pueblos.

»Yo venía del pasillo de la leche, y la bollería le da la espalda a ese pasillo, por lo que no me vieron y los vi hacer de todo, ¡qué sinvergüenzas! En fin, de adolescente (aunque estos ya iban a la universidad), quién no ha robado un chicle o cosas así, ¿no? Pero es que deberíais haberlos visto, se metieron de todo ahí abajo, ¡y eran cuatro, imaginad! Y como lo había visto perfectamente, que estaba como a dos metros de ellos, les llamé la atención. ¡Y ese fue mi error! Debí haber dejado que se llevasen la bollería entera, joder. Se pusieron chulitos, diciéndome que no se iban a levantar las sudaderas. Todo eso mientras se iban hacia la puerta. La situación se calentó, y cometí el fallo de coger a uno de ellos del brazo para que no se fueran. Sé que quizá no estuvo bien tocar al chaval, pero fue una situación que se calentó enseguida. Y entonces nada, los otros tres se giraron y empezaron a increparme. Pero ya ven mi físico, mido casi metro noventa, así que nunca me he achantado. Jamás. Y supongo que, bueno..., que me hice respetar de más...

—Estoy segura de que los cuatro chicos también se llevaron lo suyo, ¿no?

—A nivel legal nada. Toda la gente que estaba en el súper me apoyó a mí y hasta me aplaudió cuando pasó, pero después en el juicio se me tachó de violento y de poco permisivo con los jóvenes, ¡hay que joderse!

—Como entenderá, nosotros no podemos discutir la decisión de un juez. Siento mucho estos hechos del pasado, de verdad que sí, pero centrémonos en el presente. Aún tiene margen de acción.

—¿A qué habéis venido, si puede saberse?

—A conocer su versión. Estamos investigando un crimen, y no le mentiré, usted es uno de nuestros sospechosos. Con esta conversación le estamos dando la oportunidad de declarar en un primer término, lo que le daría ventajas en el posterior juicio.

—¿Ocho de abril ha dicho?, ¿qué es, por el poli ese muerto? Yo no tuve nada que ver.

—Cuéntenos entonces qué hizo esa noche. Y no me diga que se quedó viendo Netflix con su esposa y su hijo, por favor.

Qué rabia hay en los ojos de este hombre ahora mismo.

Javier, que lleva todo el rato sin abrir boca, recula mínimamente pese a estar sentado en una silla, y Miranda mantiene la mirada al gigante furioso.

—¡¡¡Mierda!!! Yo solo..., solo me acerqué para ver si estaba bien... Iba de regreso al coche cuando...

—¿Iba de madrugada por el bosque?

—Con la linterna del móvil, sí. Me conozco el camino, tampoco es tanto.

—¿Qué hacía en el bosque a esas horas?

El hombre los mira de manera sostenida durante cinco segundos y finalmente suelta la vida en un suspiro. Empieza a juguetear con los cubiertos que hay dispuestos sobre la mesa, cualquier cosa con tal de no mirarlos.

—A veces acudo al bosque..., es..., bueno..., hay una zona que...

—¿*Cruising*?

—Yo no sé inglés, pero sí, de eso. Pues a veces voy. Siempre solemos ser los mismos, la verdad, y a veces pasa que acabas haciendo amistad..., amistad y más... Este es mi caso con Álex... Va, en realidad no sé cómo se llama, pero él me dijo Alejandro. Solemos encontrarnos ahí, nos gusta.

—¿Incluso en esta época del año?

—Siempre apetece, inspectora, ya sabes cómo va esto.

Miranda hace un gesto de negación, como si le estuviesen hablando en chino.

—Bueno, pues él seguro que sí, después te lo cuenta —dice Cervantes señalando a Cañete, y este baja la mirada intimidado—. Los tíos somos como somos. Algunos lo aceptan y otros no.

—Siga, por favor.

—Pues nada, resulta que me puse un poco pesado con Alejandro, yo quería que nos viésemos fuera, en otro sitio, quizá en un hotel. Joder, incluso cenar juntos una buena hamburguesa. Pero me dijo que no..., yo insistí..., y al final, para que me callase, me pegó un puñetazo. Me abrió el labio y empezó a chorrear bastante, la verdad.

—¿Y nuestro compañero fallecido qué tiene que ver en todo esto?, ¿estaba él en esa zona de *cruising*?

—¡Qué va! Después he visto fotos suyas en televisión y ya os puedo asegurar que no lo vi nunca por allí. Que, ojo, eso no significa que no fuese en alguna ocasión. Yo no voy cada día ni conozco siempre a todo el mundo, pero no, a mí no me suena.

—¿Entonces? Y piense que tenemos pruebas.

—¿Como cuáles?

—Como su sangre en el lugar en el que fue hallado el cadáver y en la ropa del mismo.

—No es lo que parece. Sé que es una frase manida, pero es verdad. De camino al coche, me senté un momento a descansar. No por el cansancio en sí, sino... por la pena... Alejandro me gusta mucho y me puso triste su reacción. Y al parar a pensar, al rato, vi a un hombre tumbado entre la maleza, debajo de donde estaba. Le di un par de gritos pero no se giró.

—¿Y bajó hasta abajo? Es una caminata de una hora, por lo menos.

—No cuando sabes por dónde bajar. Hay una especie de bajada de grava a pocos metros. No es una pendiente muy pronunciada y en un par de zancadas me planté a su lado. Al girarlo vi que no había nada que hacer, que estaba pajarito, el pobre.

—¿Por qué no alertó a la policía? Las primeras horas son cruciales.

—Ya estaba muerto, y sé que con mis antecedentes soy difícil de creer para unos policías.

—Pero ahora es peor, tenemos su sangre en la ropa de un cadáver, ¿se da cuenta?

—Os juro que he dicho la verdad. Además, en realidad, tengo otro motivo para no querer que se supiese... Estoy casado, y quiero a mi mujer, es solo que... Sabe que algunas noches me escapo de casa, claro, pero ella cree que salgo a tomar una cerveza con un amigo o, yo qué sé, igual hasta sospecha que me voy de putas, pero joder, no que me voy a chupársela a unos maromos. ¿Qué diría mi hijo?

Miranda y Javier se miran. Saben que este hombre está de mierda hasta el cuello ahora mismo. El relato es convincente, pero ningún abogado sabrá defender esta historia en un juicio. No cuando las pruebas son tan claras. Que tu sangre esté junto a un muerto nunca es una buena noticia.

—¿Por qué no lo hemos detenido? —pregunta Javier una vez fuera del restaurante, de camino al coche.

—Ahora nos toca desmontar su coartada. Llamaré al juez para que me firme una orden para poder intervenir su móvil y así saber su recorrido exacto aquella noche, ¡es imposible que saliese sin teléfono de casa! Tú, mientras, organiza una visita a la zona esa de *cruising*, a ver si encontramos al tal Alejandro. Si existe y corrobora esa parte del relato, es más fácil creerle en el resto.

—¿Y si es el culpable? Ahora sabe que estamos detrás de él, ¿no tienes miedo de que haga una tontería?

—Ojalá que sí, eso nos haría la vida más fácil. Haz que Suárez y Aramburu organicen guardias de seguimiento durante las próximas cuarenta y ocho horas. Veamos si cae en algún error.

—No sé, mira que se le ve bruto, pero te diría que hasta me ha caído bien, que me lo he creído.

—El demonio tiene distintas caras —asegura Miranda.

Se suben al coche, pero la llave se limita a esperar; sin arrancar el motor del vehículo.

—Pero te lo veo, tú tampoco crees que sea el culpable —dice Javier.

—La cabeza me dice que sí, que las pruebas son sólidas y que, de hecho, incluso podríamos detenerlo ya y llevarlo ante el juez con lo que tenemos actualmente. Pero no te negaré que el corazón me dice otra cosa.

—¿Qué piensas, en el cuñado?

—Y mira que a veces me digo que no, que ese tío es incapaz incluso de cruzar un semáforo en rojo, pero es que...

—Si yo llegara a casa y descubriera a mi novia con un tío..., no sé yo.

—¿Tú tienes novia, Javi?

—¿Qué te creías, que era virgen?

—O un *castrati*, yo qué sé —dice Miranda—. A ver, por la vía oficial debemos seguir adelante con Cervantes, no nos queda otra, pero si logramos dar con una idea para acercarnos a Miguel... Ese es el sospechoso de los cien puntos, te lo digo yo.

—¿Qué hacemos, entonces?

—De momento arranca esto y crúzate un par de veces la Castellana, anda, que necesito pensar.

# ALBA

Pese a todo, lo primero que los reconfortó fue saber y comprobar que podían hacer vida normal. Solo tenían una condición que debían cumplir y que era inviolable: permanecer en casa.

Y así llevan malviviendo casi tres semanas.

Tres duras semanas en las cuales los dos han enfocado sus energías en sus respectivos trabajos para no sucumbir a la locura. Alba lleva al día el último pedido que le han hecho de una *concept store* y sabe que Miguel también llegará sin problemas al *deadline* en el que ha de entregar un manual de bricolaje traducido al español.

—No hay mal que por bien no venga —dijo él en un descanso que se tomaron.

—¿Qué crees, que es culpa mía, no?

—¿Cuándo te he dicho yo eso?

—No hace falta.

Se cruzó de brazos y se dedicó a dar pequeños puntapiés al viejo suelo de madera.

—Hay una historia..., creo que es sufista —dijo Miguel—: El rey Salomón organizó una fiesta en su palacio. Y entre los invitados estaba Israel, que era el ángel encargado de llevarse las almas de los muertos. Es decir, era la Muerte, la Parca..., llámalo como quieras.

»Pues resulta que, en medio de la fiesta, un comerciante se acercó al rey Salomón y le pidió que por favor le dejase su alfombra voladora para irse lo más lejos posible de aquel palacio. Extrañado, el rey Salomón le preguntó el porqué de su petición y el motivo de su nerviosismo al hablar. Entonces el mercader le contó que estaba aterrado, pues resulta que el ángel Israel llevaba mirándolo fijamente toda la noche y eso le daba miedo, mucho miedo. Temía que quisiera llevarse su alma.

»El rey Salomón, compadeciéndose del pobre comerciante, le dejó su alfombra voladora para que huyese a la India y la fiesta continuó con total normalidad.

»Al día siguiente, el rey Salomón llamó al ángel Israel y le recriminó que hubiese asustado a uno de sus invitados en la fiesta. Entonces Israel dijo: "Ah, no, pero si yo no quería asustar a ese pobre hombre. Es solo que me extrañó muchísimo verlo en la fiesta. Resulta que Dios me había comunicado por la mañana que a medianoche tendría que llevarme el alma de ese mercader en la India; y claro, al verlo en la fiesta, pensé que cómo podía ser que Dios se hubiese equivocado, que era imposible que el comerciante fuese a estar a medianoche en la India. Pero no, no se equivocaba. Justo acabo de llegar de allí".

—Vaya, que no podemos escapar de esta casa. Es eso, ¿no?

—¿Cómo se puede huir del destino?

Los dos volvieron a sus respectivos trabajos. Total, no tenían nada más que hacer.

Fue al día siguiente cuando descubrieron uno de los principales inconvenientes de estar presos en casa.

—Pronto se nos acabará la comida, ¿qué hacemos?

—Hay aplicaciones que te traen la compra a casa, ¿no?

—¿Aquí en la sierra? Si viviésemos en el puto centro de Madrid, pero tan apartados...

Se la jugaron.

Recurrieron a Eva, que, solícita y sin preguntar por qué, apareció con el maletero de su coche cargado de comida. Al principio temieron que la matriarca de la familia no pudiese entrar y verse implicados en un papelón injustificable; pero, por suerte, Eva pudo arrastrar al interior de la casa las numerosas bolsas del súper. Alba y Miguel se sorprendieron tanto que, al despedirse, tentaron a la suerte y probaron a salir; pero no pudieron, y la puerta solo se abrió cuando la mano que hizo girar la manilla fue la de Eva.

—A ver si arregláis pronto la manilla —dijo ella al despedirse.

Ellos, enclaustrados en su propia casa, observaron con tristeza cómo el coche se alejaba, llevándose consigo la promesa de un mundo libre.

—Y con el bebé, ¿qué hacemos? Tendré que ir al hospital a dar a luz, digo yo.

—Igual se calma la cosa en unos días, esperemos a ver.

De esta conversación ya hace semanas, ¿y la situación se ha calmado? En absoluto. Ni lo más mínimo. Es verdad que Lucía no ha tenido más berrinches, pero no es menos cierto que ellos han llevado una vida modélica y no se ha podido sentir ofendida por absolutamente ningún gesto.

Pero esto no es vida, piensa Alba al terminar un anillo y dejarlo sobre su mesa. Esta no es la vida que se imaginó aquella noche en la que se perdió con Miguel en Londres. Aunque, para ser sincera, en ese momento no podía imaginarse siquiera el que volviese a ver a aquel chico desaliñado más allá de esa ocasión.

—Mira qué sitio más tétrico —dijo Miguel.

Señaló un carrusel oculto bajo una lona. Se encontraba en una plaza que, debido a las altas horas de la noche, se hallaba abandonada de toda vida.

—Va, echemos un vistazo.

No esperó respuesta. La impulsó hacia adentro a través de un pequeño hueco de la lona.

Al ser de noche y estar la atracción apagada, no había luz alguna que los guiase y apenas apreciaban nada más que siluetas fantasmales. Alba hubiese dicho que no solo había caballos, también coches de bomberos y dromedarios.

Ahora, tantos años después, recuerda cómo la recorrió un escalofrío que la hizo sentir una adolescente virginal. ¿Qué se suponía que hacía allí? Una cosa era dar un paseo con el compañero de una amiga, pero estar a solas y sin luz con él... Además, no sabía el expediente de ese chico. No llegó nunca a preguntarle a su amiga sobre él. ¿Y si no era de fiar? O peor, ¿y si su amiga y él habían tenido algún rollo? Ella no quería traicionar una amistad por un tío. Y menos por ese, reconoció al mirarlo a su lado.

—Da miedo, ¿eh?

—Un poco...

Aunque, a decir verdad, sin llegar a guapo, era mono. Qué coño, era guapo y se sentía atraída por él... Mierda. ¿Quién empezó? Quién sabe, el caso es que se quedaron allí, acompañados de la oscuridad del carrusel. Sin saber cómo, la conversación fue subiendo de tono hasta desembocar en una proposición.

—Dime, ¿cuántas veces vas a tener la oportunidad de practicar sexo en el camión de bomberos de un tiovivo? Sé sincera contigo misma.

Lo que ella convino que era cierto, y tuvo que admitir que se trataba de una oportunidad sin igual. En ese instante, al mirarlo a los ojos, le pareció una propuesta irrechazable. Se empezaron a besar y los dos probaron el sabor del otro por primera vez.

Claro que, pese a la fantasía idílica, la realidad fue mucho más cruda. Hacía frío y apenas pudieron quitarse las chaquetas. Entre eso y que el camión de bomberos se hizo incómodo, ambos acabaron, en términos futbolísticos, pidiendo la hora al árbitro.

—Y eso que él se empeñó dale que dale, eso hay que concedérselo; pero no hubo manera, chica —reconoció Alba al día siguiente a su amiga.

En ese momento, en el avión de vuelta a Barajas, qué poco se hubiese imaginado que ese pobre chico del carrusel la llamaría meses después anunciándole su estadía en Madrid y preguntándole si le apetecía quedar.

Alba lanza un suspiro.

Divagar en el pasado está bien de vez en cuando, pero, y con el presente, ¿qué se supone que hago? Toma conciencia de que está en el taller y nota la factura de llevar tres semanas encerrada en esa casa-tumba.

—Así no podemos seguir.

Mira que han pasado penurias y pesadumbre desde que el *frío* se instaló en la casa, pero, pese a todo, siempre había en sus días una pátina de necesidad, de cariño y amor, de saber que estaban haciendo lo correcto; que cualquier cosa que soportaran en pos de su familia valía la pena.

Cualquier cosa que pudieran hacer (o sufrir) por Lucía era poco.

Su niña..., su niña..., cómo la quisieron; y al pensarlo en pasado se enfada consigo misma. ¿Qué supone eso? No, no, sigue siendo su niña, ¿verdad? Pues claro que sí, con lo mucho que la quisieron..., que la quieren.

Aunque nunca se lo ha contado a nadie, Alba tiene un anclaje mental al cual recurre de vez en cuando, las veces que desea un chute de alegría o al menos esbozar una ligera sonrisa y sentirse amparada por su familia. Sí, *su* familia.

A menudo regresa al momento en el cual supieron que Lucía estaba de camino a sus vidas, que estaba llamando a las puertas de su destino. ¡Qué sorpresa se llevaron ella y Miguel!

Él, que nunca quiso ser padre, se echó a reír como un loco cuando Alba le enseñó el positivo en el test de embarazo.

Aquel sábado se habían levantado temprano, no tenían ningún compromiso y ni siquiera se habían puesto el despertador, pero la claridad se encargó de despertarles poco después de la hora a la que usualmente se solían levantar. Estuvieron remoloneando un poco por la cama, pero al rato Miguel convenció a Alba de los beneficios de desayunar a buena hora y así disponer de una larga mañana por delante.

Como era normal en las rutinas de por aquel entonces, Miguel fue directo a la cocina y Alba al baño.

Él empezó a preparar la cafetera, a calentar leche, a escoger las rebanadas más grandes de la hogaza de pan... Ella, sin embargo, sacó del bolso un test de embarazo que había comprado la tarde anterior sin comentárselo a nadie, ni siquiera a su esposo, y se dispuso a mear.

Miguel, tan feliz en su inocencia y con el desayuno ya preparado, empezó a pensar que Alba estaba tardando demasiado en el baño. Ella era tardona, pero no tanto. Y llevado por el buen humor que da el saberse en fin de semana se colocó junto a la puerta del baño:

—Estaba pensando que, viendo la hora que es, en lugar de café puedo servir vermut, ¿qué te parece? Es que llevas tanto rato ahí dentro que..., y nada de pan caliente, no; mejor unas aceitunas, unas patatas fritas... ¿Eh, qué me dices?

Todo esto lo había dicho con una sonrisa, previendo que ella abriría la puerta simulando un enfado incipiente y diciendo algo del tipo: «Muy gracioso, anda, tira *pa'* la mesa a desayunar, que tengo hambre».

Pero no.

Sí que ella abrió la puerta, pero tenía el rostro desencajado como una caricatura, con una mano en cada mejilla, y señaló el suelo.

Miguel no necesitó bajar su mirada y ver un test sobre un montón de papel higiénico para saber que Alba estaba embarazada.

¿Y se quedó en *shock*? No, en realidad no. Tuvo un acceso de euforia que a la postre le llevó a proponerle a Alba hacerse un selfi.

—Así algún día podremos enseñarle a nuestro hijo o hija

esta foto y verá las caras de sus padres inmediatamente después de saber que estaba de camino.

Así lo hicieron. El selfi hoy no lo conservan, ni él ni ella, pero sí se hizo con la mejor de las intenciones.

—Pero entonces, ¿te parece bien? —preguntó ella en cuanto Miguel bajó el móvil después del selfi.

—Sí, claro, es genial, ¿no? A ver, estoy sorprendido, ya podrías haberme dicho que te estabas haciendo un test, cabrona, pero todo bien.

—Ya, es que, no sé, una cosa es dejar de utilizar preservativo y que sea lo que la vida quiera, y otra que efectivamente surja lo que ha surgido...

—¿Tú estás contenta?

—Sí, yo creo que sí —respondió ella tratando de inspeccionar sus sentimientos, mirando a su interior—. Diría que sí, no sé. Aunque, bueno, hay muchos abortos espontáneos y demás, estoy de pocas semanas. Esperemos a ir al médico para celebrarlo.

Y nunca lo celebraron.

Se dieron cuenta enseguida de que los nueve meses de embarazo eran nueve meses dedicados a luchar contra la muerte. Todo era un peligro y parecía que en cualquier momento podía haber un aborto natural. Primero pensaron que sería cosa de esperar a que se cumpliera el primer trimestre, pero incluso al final del proceso y cuando ya se esperaba la llegada de la peque, entonces les advirtieron que no era raro que semanas antes del parto, cuando ya parecía todo arreglado, que de repente la madre dejara de notar los movimientos del bebé.

Entonces descubrieron un tabú. El gran tabú de la muerte intrauterina, que por desgracia es más habitual de lo que se cree. Muchas mujeres pasan por eso y, sin embargo, es algo de lo que no se habla. Solo te enteras cuando estás ahí, en pleno partido.

Y después está el riesgo de que el bebé muera durante el parto...

En definitiva, que en los nueve meses de embarazo Alba y Miguel hicieron un máster de inteligencia emocional y no dejaron de tener miedo ni uno solo de los días. No se permitieron alegrarse ni sentir ilusión hasta que no tuvieron a Lucía en sus brazos.

Alba levanta la mirada y contempla su entorno. No sabe dónde está el *frío* ahora mismo, pero presiente que la está observando. Mira el termómetro de la pared y sabe que es así. Hola, hija, tiene ganas de decir. Pero se reprime, pues a la vez se siente una embustera, una maldita embustera. Ahora le toca pensar en el bienestar del peque que está por venir; mal que le pese, ha de centrarse en él.

Conduce sus dos manos a la tripa y vuelve a suspirar.

Mira la hora en el reloj de la pared. No tiene hambre, pero según el reloj ya es mediodía y sabe que Miguel la llamará en cualquier momento para anunciarle que ya ha terminado de cocinar. La ausencia de luz hace mella, y es que su cuerpo está loco sin saber qué puta hora es.

Pese a los bloqueos que lleva semanas imponiéndose, hay una idea que nace en ella en forma de pensamiento suelto: la única que sabría qué hacer, cómo proceder en esta situación, es Aurora Arlen, la médium de YouTube. No sabe por qué, pero sabe que es así. Esa mujer le da confianza. ¿Se estará volviendo loca?

## MIGUEL

La ven bajar del coche y apoyarse en él con los ojos cerrados. No saben si por cansancio o por sufrir un leve mareo, el caso es que la mujer se mantiene ahí de pie y parece que está murmurando algo. ¿Una oración?

Es tal cual como se ve en los vídeos. Sobre los setenta años. Arreglada como si fuese a misa en una fiesta de guardar. Para la ocasión, lleva un traje de chaqueta de color morado y un prominente collar de perlas. Tiene el cabello rubio recién teñido y luce un clásico corte de media melena.

Como la anciana parece estar a punto de desfallecer, Miguel y Alba desean salir en su ayuda, pero, sabiendo que les es imposible, se mantienen de pie en la entrada, con la puerta abierta.

Es de día, apenas son las cinco de la tarde y el sol cae a plomo.

—Eso de que los trabajos mediúmnicos solo pueden ser de noche es la creencia falsa más absurda que hay alrededor del espiritismo. ¿Qué pasa, que los fantasmas solo existen de noche? —dijo la médium cuando hablaron por teléfono dos días atrás—. Dejemos esas chorradas para Hollywood, ¿les parece? A mi edad, de noche solo quieres que los huesos te duelan lo menos posible y despertarte al día siguiente. Quedamos a media tarde mejor, ¿les va bien a la hora de la merienda?

Dicho y hecho, aquí la tienen.

Un joven apuesto baja del asiento del conductor y acude a cogerla del brazo. Ella le asiente asegurando que está bien y se acercan a la casa.

—¿Vosotros sois la pareja feliz? —pregunta con un entrañable carisma.

Tras los saludos protocolarios, la médium da un paso al frente y se detiene en medio del recibidor, entre las escaleras y la puerta de la sala de estar. Voltea sobre sus propios pies, atenta a la casa y con un severo rictus de responsabilidad.

Miguel y Alba cruzan sus miradas y el apuesto acompañante de la médium se acerca a ellos.

—Me llamo Pedro Linares, encantado.

—¿Usted es el ayudante de Aurora? —pregunta Alba.

Él sonríe y niega con un gesto educado.

—No saben cómo funciona un trabajo mediúmnico serio y de verdad, ¿estoy equivocado?

—No tenemos ni idea —admite Miguel.

—Es normal, no se preocupen. Yo soy el adoctrinador. Bueno, aunque ese nombre no me gusta..., prefiero llamarme el consejero o interlocutor. Queda mejor, ¿no creen?

—¿Y qué es lo que hace un... consejero?

—Conversa con el médium cuando está en trance.

Lo ha soltado como si fuese la cosa más fácil de entender y sin perder la sonrisa. Qué tipo, piensa Miguel, que se gira hacia Aurora Arlen.

—En este hogar se ha vivido mucho amor, no me cabe duda. No solo las tragedias dejan impregnación en un lugar. ¿Es aquí donde sucedió?

Al principio no saben a qué se refiere exactamente.

—La tragedia... Hace tres años, lo de su hija.

—Sí, afuera, cerca de donde han dejado el coche.

La llevan arriba y la mujer echa un vistazo lento al cuarto de la niña. Miguel mira el termómetro, pero ni rastro de Lucía. Realizan un pequeño *tour* por la casa. Minutos en los que la médium no hace más que asentir para sí misma, cogida del brazo de Pedro Linares cuando ha de subir o bajar escaleras.

Terminan en la sala de estar, donde ella pide un vaso de agua y se sienta en torno a la mesa. Indica a Pedro Linares que se coloque a su lado y después hace un gesto de invitación a la pareja.

—Siéntense, ¿quieren?

Ellos así lo hacen. Toman los dos asientos de enfrente y se quedan a la espera.

La anciana los estudia detenidamente y calcula sus palabras para emprender su explicación.

—Una vez muertos no cambiamos, seguimos siendo los mismos. En toda mi vida me he encontrado muy pocas casas «encantadas», créanme. Y en esos casos muy contados, no era porque los espíritus fuesen del bajo astral, sino que simplemente trataban de llamar la atención. Imaginen que mueren ahora mismo y despiertan habiéndose quedado anclados en este lado. Ustedes no cambiarían de carácter, seguirían teniendo su forma de pensar y de actuar, ¿lo entienden? Así que, ese *frío* al que se refirieron por teléfono sigue siendo su hija. Lo único es que murió pronto, la pobre, y no desarrolló un pensamiento crítico que ahora le permita discernir qué está bien y qué no. La pobre niña simplemente no entiende que no puede tratarlos a ustedes de esta manera, ¿lo ven?

Muy poco, es lo que desea decir Miguel, pero no consigue verbalizarlo. Sin embargo, Alba sí que habla.

—Pero tiene un poder que impresiona..., tendría que ver cómo mueve cosas. Hace que realmente la casa tiemble.

—Imagino... Es un caso extraño el de ustedes, ahí les seré sincera. Es muy inusual. Quiero creer que se debe a que se han juntado diversos factores... Por cierto, ¿cómo se llama?

—Lucía —responde Miguel.

Aurora asiente y medita durante unos largos segundos.

—Sospecho que han tenido la mala suerte de que han

coincidido diversas particularidades en un mismo caso... Su hija debe ser un espíritu viejo al que, gracias a la ley del olvido, se le borraron las memorias de sus vidas pasadas y encarnó en Lucía. Pero con tan mala suerte que, al morir, se ha quedado en este plano con la consciencia de una cría... Y ahora se encuentra con un gran poder para su uso y disfrute.

Miguel tiene un saco de preguntas, pero por dónde empezar. Se rasca con nervios y se lanza a por la primera.

—¿Ley del olvido? Y eso es...

La médium sonríe al saber que está hablando con ciudadanos de a pie que se sienten descolocados ante lo que pasa aquí.

—¿Creen ustedes en la reencarnación?

Los dos tienen miedo a ser sinceros, pero terminan diciendo claramente que no, que en absoluto.

—En verdad da igual si creen o no, la reencarnación existe y a todos nos va a tocar pasar por ahí. La gente dice que «solo se vive una vez»; habrán escuchado esa expresión miles de veces, ¿a que sí? Pues es cierta —admite con una sonrisa—. Solo tenemos una vida, pero en esta única vida gozamos de muchas existencias, ¿lo captan?

Ambos admiten que no, que nada de nada.

—Al desencarnar o lo que conocemos comúnmente como muerte, volvemos al mundo espiritual. Un espacio entre vidas donde aprendemos y nos relacionamos con otros desencarnados. Y estamos allí viviendo hasta que decidimos volver a encarnar.

—Y... —Miguel empieza a hablar sin saber qué decir exactamente —. Si eso es verdad, imagino que ese espacio entre vidas es como el paraíso o algo parecido, ¿no?

—Para entendernos, podríamos decir que sí, que así es...

—Entonces, ¿por qué volver a bajar a este mundo de mierda?

—Porque esto es como una escuela, aquí lo importante es el aprendizaje y la evolución personal —dice ella demostrando estar acostumbrada a responder dicha pregunta—. Cuando usted era niño e iba a la escuela, ¿por qué regresaba cada año, curso tras curso?

—... Para seguir aprendiendo.

—Ahí tiene la cuestión. Reencarnamos en distintas circunstancias para vivir diferentes experiencias y así hacernos mejores espíritus. Vida tras vida, encarnación tras encarnación, nos vamos convirtiendo en espíritus más evolucionados. ¿Lo ve ahora?

Miguel se encoge de hombros y cede el testigo a Alba.

—Pero entonces..., si eso es así, ¿por qué no nos acordamos?

—La ley del olvido hace que se nos borren los recuerdos al encarnar, y no los recuperamos hasta después de haber desencarnado. Es decir, solo cuando estamos en el mundo espiritual es cuando disponemos de nuestra memoria completa.

—Vale... Pero mi pregunta sigue siendo la misma, ¿por qué no acordarnos? Afronté el segundo curso de la carrera universitaria porque me acordaba del primero.

—Imagine que, en su vida anterior, a usted la atracaron y, por culpa del encuentro, acabó muriendo. De acordarse ahora, ¿no desearía venganza? O al revés, imagine que usted era una asesina en serie o un dictador (pues podemos cambiar de sexo en las distintas vidas) y que ahora se acordase perfectamente de todas las tropelías que realizó, ¿cómo se sentiría? O querría continuar haciendo carrera en el mal o estaría atormentada. ¿Cree que hubiese podido ser la buena persona que creo que es ahora? Empezar de cero en cada encarnación es lo que nos ayuda a ser mejores. Poco a poco, pasito a pasito. Con un poco más de consciencia en cada vida. Ya cuando desencarnamos es cuando hacemos una autoevaluación en la que vemos nuestras carencias y afrontamos la siguiente vida en consecuencia a esto.

Los mira con cariño de madre, sin borrar la sonrisa.

—Soy consciente de que es difícil de entender en una primera toma de contacto. Imaginen, yo llevo toda mi vida estudiando el espiritismo... ¿Qué, a que no es lo que están acostumbrados a ver en el cine de terror *palomitero*?

—Usted misma lo ha dicho —admite Miguel.

Ella y Pedro ríen. Después la anciana vuelve a enfocar su mirada jovial pero cansada en ellos y deja que pasen varios segundos, con los dedos entrelazados encima de la mesa.

—Y ahora ¿qué les parece si hablamos con Lucía?

# ALBA

Ha llegado el momento y no puede echarse atrás.

Una sensación de premura la asalta en este instante al notar la piel rugosa y seca de la médium por un lado y el sudor nervioso de su marido por el otro.

Están cogidos de la mano y con los ojos cerrados.

—Si les soy sincera, lo de las manos no haría falta —comentó Aurora Arlen minutos atrás—, pero realmente necesito que estén quietos. Pase lo que pase, no quiero que digan ni hagan nada. Ni siquiera se muevan, ¿entienden? De esta forma, el estar todos cogidos de las manos facilitará que ustedes dos no se descontrolen.

—Pero ¿por qué íbamos a...?

—No sabemos exactamente qué puede pasar y, siendo su hija, me hago cargo de que es un lazo demasiado fuerte. Confíen en mí, es lo mejor.

Extendió su mano y desde entonces se hallan los cuatro cogidos de los dedos.

Alba abre los ojos y observa a la médium con la cabeza gacha. De nuevo está recitando algo para sí misma, se diría que una oración; aunque no consigue adivinar cuál. Después observa a su marido, que parece aún más nervioso que ella. El único que parece estar tranquilo es Pedro Linares, que enfoca toda su atención en la anciana, preocupado por su bienestar.

Alba respira hondo y vuelve a cerrar los ojos.

No sabe qué está haciendo Aurora Arlen, pero sus efectos se notan de inmediato: la temperatura baja de golpe y los arrecia un viento frío que los obliga a moverse. Aunque, gracias a estar cogidos de la mano, ninguno de los cuatro emite la más mínima duda acerca de lo que están haciendo.

Pese al frío, Alba hace esfuerzos por mantener los ojos cerrados. Ese es el trato, no abrirlos hasta que empiece realmente el trabajo mediúmnico.

—¿Cómo lo sabremos? —preguntó minutos atrás.

La anciana sonrió y dejó claro que la señal sería evidente. Mucho más que evidente.

El sudor de Miguel va a más y su respiración está cada vez más agitada. También ella nota varias gotas de sudor que se cuelan por sus pestañas y le provocan escozor en los ojos.

—M-A-M-Á...

Abre los ojos ante la señal y encuentra a la anciana cabizbaja, aún con los párpados bajados. Los hombros los tiene caídos y, si no fuese porque le sigue apretando la mano, parecería que está desmayada.

—P-A-P-Á... —dice la médium con su voz.

Miguel busca la complicidad de Alba, pero ella solo tiene ojos para Aurora Arlen. Traga saliva. Ante lo que ha escuchado, no sabe si echarse a llorar o huir corriendo, y se entrega finalmente a un temblor que le nace en la garganta y que la domina por completo.

—¿Qué hacéis?, ¿por qué estáis así, tan raros? —sigue la anciana sin abrir los ojos—. ¿Quiénes son estas personas?

Ni Alba ni Miguel se ven con fuerzas para hablar, y menos mal que está el adoctrinador para cumplir con su papel.

—Solo estamos aquí para ayudar a que tus padres y tú habléis, nada más.

—¿Estáis enfadados?, ¿es que ya no me queréis?

—Lucía... —consigue verbalizar Alba.

El adoctrinador le hace una señal de que se detenga. Ahora es su turno.

Ella recuerda las indicaciones recibidas hace un rato. Es verdad, el primer paso consiste en estabilizar el contacto.

—Pedro se encargará de tranquilizar al espíritu para que no huya. Digamos que, de alguna manera, él sentará las bases del juego —indicó Aurora Arlen.

El adoctrinador se acerca al oído de la anciana.

—Tu mamá y tu papá me han hablado mucho de ti. Dime, ¿cómo te llamas?

Quedan a la espera. Miguel y Alba se miran. Pedro Linares, sin embargo, mantiene su interés en los ojos cerrados de la médium.

—... Lucía —dice finalmente la anciana.

—Encantado, Lucía, yo me llamo Pedro. ¿Cuántos años tienes?

—No... no sé...

—¿No recuerdas tu edad, Lucía?

—No.

—¿No recuerdas tu último cumpleaños?

—¿Cumpleaños?

—Seguro que tus padres te hicieron una fiesta: regalos, familiares, tarta... Estoy convencido de que te lo pasaste bien. Tú y todos los invitados, ¿a que sí? ¿Recuerdas ese día?

El silencio es la respuesta que obtiene. Alba lanza una mirada recriminatoria al adoctrinador, pero él se mantiene atento a su misión.

—¿Recuerdas algún juguete? —sigue el adoctrinador—, ¿cuál era tu favorito?

Silencio.

—Antes he visto un oso en la silla de tu cuarto, ¿cómo se llamaba?

—... No me acuerdo...

—Venga, Lucía, intenta hacer un poco de memoria. ¿Cuál era tu juguete favorito?

—No sé.

Es exasperante. Alba quisiera lanzarse sobre la mesa, coger al adoctrinador por el cuello de la camisa y zarandearlo hasta que aprendiese a ser más directo.

—¿Hay algo que quieras decirnos, Lucía?

—¡¡¡QUE NO SÉ!!!

Un viento congelado los golpea en la cara. Las cortinas se mueven y también un par de flores secas que coronan la estantería, cuyo jarrón se tambalea peligrosamente durante unos segundos.

Contrariado, Pedro Linares se acomoda en la silla y hace un gesto tanto a Alba como a Miguel para invitarlos a entrar en la dinámica.

Alba aprieta la mano de su marido y se lanza a hablar.

—¿Estás ahí?

No es fácil, piensa ella. Pese a todo lo ocurrido, una se siente tonta hablando con el vacío. Así que mira los párpados cerrados de la anciana que tiene enfrente.

—Sí —dice esta sin mirarla—. ¿Por qué estáis enfadados conmigo?

—¿Qué? No digas eso, cariño. Tu papá y yo no estamos enfadados, claro que no.

—¡Mentira! Os queréis ir y dejarme aquí, sola.

—¡No, Lucía, no! —dice Miguel.

Aunque inmediatamente se queda callado, con miles de palabras en la boca. Alba sabe lo que pasa por su cabeza. Claro que sí querían irse, la niña los pilló de pleno. ¿Cómo desmentirlo ahora?

—Es solo que... —continúa su esposo—. Ya sabes lo de tu hermanito, que viene pronto, y en esta casa apenas hay espacio para él.

—Sí que tiene sitio.

—Pero yo para mi taller no —dice Alba—. Necesito una habitación para trabajar. Tu padre se las apaña con su ordenador y ya está, pero tú sabes que yo necesito un taller. Y ya no lo tengo.

—Sí tienes, ¡no mientas!

—Cierto, pero en el garaje no hay luz...

—¿Luz? ¿Quieres luz?

Gana protagonismo un ruido fuerte y metálico que viene de la otra punta de la casa.

Miguel y Alba se giran al unísono. Saben lo que han escuchado: la puerta del garaje subiéndose sola.

Alba se echa a temblar con la piel de gallina cuando siente el apretón que Miguel le hace en la mano.

—Lucía, somos nosotros, mamá y papá, y te queremos. Te queremos muchísimo, te lo aseguro —inicia Miguel—. Es solo que... queremos que tu hermano esté bien, solo eso.

—¿Y por qué no va a estar bien?

—Por espacio, como te ha dicho tu madre. También quisiéramos estar algo más cerca de un cole... Estar todo el día dependiendo de un coche se nos hace ahora un inconveniente...

—¡No! No es verdad, me estáis mintiendo. Os queréis ir porque me tenéis miedo.

—¿Cómo? No, claro que no, Lucía, te lo aseguro.

—¿Por qué íbamos a tener miedo? —pregunta Alba—. Dinos, Lucía, ¡responde!

Prestan atención, pero no escuchan más que sus propias respiraciones agitadas ante los nervios.

—Contesta, Lucía.

—Alba... —susurra Miguel.

—No, soy su madre y va a responder, ya está bien. —Se gira seria hacia la médium—. ¿Por qué crees que tenemos miedo de ti?

—Porque es la verdad. Ahora todo será para el bebé. A él sí le vais a leer cuentos, vais a jugar con él... A mí ni me habláis.

—¿Eso te gustaría? ¿Quieres que hablemos y juguemos contigo?

—Quiero que me hagáis caso, que no os vayáis. No es justo. Me vais a dejar aquí sola.

—No digas eso, Lucía. No es verdad. Es solo que tu hermano será más pequeño y habrá que cuidarle. Es tu hermano, ¿es que no quieres lo mejor para él?

La respuesta se la ha de imaginar, pues la médium no suelta prenda. Alba, que está lanzada, decide no recular en su estrategia y continuar por esa senda. Si su hija quiere hablar de tú a tú con su mamá, eso es lo que tendrá.

—Di, Lucía. Cuéntanos a tu padre y a mí, ¿qué es lo que quieres?

De pronto, y lejos de cualquier reacción esperada, Aurora Arlen se echa a llorar. Primero se percibe un temblor excesivo en sus manos y después empiezan a brotar lágrimas y más lágrimas de sus ojos cerrados.

La imagen de la anciana sollozando como una niña es desgarradora.

Alba y Miguel tienen un impulso de acudir a consolarla, pero saben que ese cuerpo solo es un canal para el espíritu de su hija y se quedan clavados. Por su parte, Pedro Linares empieza a susurrar una oración al oído de la médium. Oración que nada parece conseguir, pues Aurora sigue llorando desconsoladamente.

—No quiero estar sola... Yo..., yo os quiero..., mamá..., papá...

Aquí sí que Alba se abalanza sobre la mesa, pero Miguel le da un estirón en la mano para que se contenga y no rompa el círculo. Y ella, al sentirse tan impotente, y viendo a su hija en lugar de la anciana, le estalla el corazón y rompe también a llorar.

—Lucía, hija... —Absorbe los mocos e intenta contener el llanto, sin éxito, en pos de poder seguir hablando—. Te queremos, te queremos mucho, muchísimo. Más que a nada en este mundo, Lucía.

Rota de dolor, no hace más que llorar, y Miguel le aprieta la mano tan fuerte como puede y la besa en la mejilla.

—Lucía, escúchame —dice Miguel—. Mamá y yo nos hemos equivocado. Te pedimos perdón, Lucía, perdónanos, por favor. Queremos seguir viviendo aquí, de verdad. No te preocupes, que nunca vas a quedarte sola.

—No..., no voy a estar sola...

—¿Y si volvemos a hacer una vida normal todos juntos? Déjanos poder levantar las persianas para que tu hermano tenga luz, y también salir de casa a comprar o a pasear... Nosotros nos quedamos aquí a vivir, de verdad, no va a haber cambio de casa, te lo prometemos. Viviremos siempre aquí.

—No voy a estar sola...

La anciana seca el llanto de golpe. Se sienta erguida en la silla y, pese a sus párpados bajados, los mira a ambos fijamente.

—Tengo la solución.

La médium cierra la boca abruptamente y aprieta la mano de Alba con tanta fuerza que ella teme que le rompa algún dedo.

—Mi hermano tendrá quien lo cuide. Uno cuidará de él y el otro de mí.

Alba frunce el ceño y mira de reojo a Miguel, que le hace un gesto de no haber entendido lo dicho por la médium. Igual lo han escuchado mal...

—El otro vendrá conmigo —dice la anciana—. Me da igual cuál de vosotros dos. Sois mi mamá y mi papá, y os quiero igual. Tenéis que decidir vosotros.

—Lucía, creo que ni papá ni yo te entendemos...

—Cuando nazca mi hermano, uno de vosotros tiene que venir aquí, conmigo.

—¿Estás diciendo que...?

—Sí.

La médium sonríe. No es una sonrisa malévola. Al contrario, es pura alegría. Realmente Lucía está radiante ante ese ultimátum propuesto a sus padres.

Y acto seguido, Aurora Arlen abre los ojos.

Suspira con alivio y abre el círculo para alcanzar un pañuelo con el que secarse los ojos aún húmedos.

Alba y Miguel, pese a verse las manos liberadas, mantienen las suyas entrelazadas. Todavía con el rictus de sorpresa de no saber siquiera qué pensar. No se atreven ni a levantar sus miradas. Aunque, para su alivio, las persianas de toda la casa se suben y la luz del atardecer impregna la sala con falso regocijo.

# MIGUEL

Están los dos clavados en el sofá. Llevan aquí con la mirada perdida y los pensamientos difusos desde que la médium y el adoctrinador se fueron.

No se dirigen la palabra. No por un malestar en la pareja, sino por no saber qué decirse. De vez en cuando, uno de los dos busca la mirada del otro, pero suspiran, se encogen de hombros y siguen rumiando.

Quisieran asegurar que han escuchado mal, que seguro que Lucía no ha sabido explicarse o que se trata de un enfado que se le pasará en los próximos días; pero saben que es inútil, que sí han escuchado bien y que Lucía ha mostrado sus ideas de forma cristalina.

—Bueno, tampoco es necesario que tomemos una decisión hoy —dice Alba con la boca seca y los labios pegados—. ¿Qué piensas?

En lo que me ha dicho Aurora Arlen hace un rato y que tú no has escuchado, quiere decir Miguel, pero se calla. Se tumba en el sofá y deja su cabeza sobre las piernas de Alba.

—Al menos estamos juntos en esto.

La acaricia en la punta de la nariz y ella lo besa en la frente para después dejarse engullir de nuevo por el silencio.

Miguel lleva su mente a hace tan solo unos minutos.

Al poder salir de casa por fin, Alba y él acompañaron a la médium hasta el coche. Ella se retiró a despedirse de Pedro

Linares y Miguel aprovechó el momento: se agachó a la ventanilla del copiloto para hablar en confidencialidad con la médium.

—Disculpe, una pregunta... ¿Siempre que alguien muere, se queda «estancado» en ese lugar?

—En absoluto, es una anomalía.

—¿Provocada por qué?

—Una necesidad, quizá... A veces, una interrupción de tu vida tan abrupta que apenas te has enterado de que has muerto, por ejemplo; y sigues ahí, anclado y sin noción del tiempo... Hay muchos motivos, por desgracia... Esto no es una ciencia, cada caso se ha de estudiar de manera independiente.

—Y mi hija ¿por qué se quedó aquí?

—Disculpe si me estoy entrometiendo, pero ¿la presencia de su hija en la casa es el motivo por el que su esposa y usted han seguido juntos todos estos años?

Miguel pensó en mentir, y a punto estuvo de hacerlo, pero no; admitió que sí, que ya habían hablado de separarse durante un tiempo cuando justamente llegó el *frío.*

La médium, tras escuchar esa respuesta, se llevó la mano al mentón y alzó la vista hacia la casa.

—Interesante..., muy interesante. Sin duda, el caso de ustedes es muy particular...

Pero, en realidad, Miguel se había acercado a la anciana por otro tema.

—Y otra pregunta... Pongamos que alguien ha tenido una muerte violenta. Ese espíritu ¿buscaría a su atacante?

—¿Acaso su hija fue asesinada?

—No, claro que no —dice Miguel—. Es solo una duda.

La médium levantó la ceja y rumió la respuesta durante varios segundos.

—No tiene por qué. Piense que los desencarnados tienen una noción del tiempo distinta a la nuestra. Pese a que el proceso de lo que llamamos muerte sea suave y natural, se requiere de un tiempo de adaptación y de conocer el mundo espiritual... A la mínima que desean volver al plano material para contactar con un ser querido, pueden haber pasado muchos años. Tantos que es posible que sus allegados ya se encuentren también en el mundo espiritual.

—Pero si en lugar de querer decirle a un hijo el mensaje de «estoy bien», a ese espíritu lo moviese el odio...

—¿Tiene algo que decirme, señor Callejo?

—Solo son preguntas de un neófito, disculpe..., curiosidad, ya sabe.

Lejos de creérselo, la médium lo miró con profunda pena y dieron la conversación por terminada cuando Pedro Linares subió al coche. Miguel les deseó un buen viaje y se alejó del vehículo hasta encontrarse con Alba.

—¿De qué habéis estado hablando?

—Nada, tranquila.

Una vez que el coche se fundió en el horizonte, Miguel y Alba miraron la puerta abierta de la finca con cierta desazón. Ciertamente podrían salir corriendo, pero una promesa es una promesa. Eso es así. Sobre todo cuando es a tu hija a quien le has dado tu palabra.

Entraron en la sala de estar y se dejaron caer en el sofá, donde se hallan ahora.

Olvidado en la mesita, suena el teléfono móvil de Alba.

—¿Sí? Sí, dígame, ¿qué desea?... Pero ¿tiene que ser mañana? Sí, de acuerdo. Aquí estaremos...

Cuelga e inmediatamente se lleva las manos a la cara.

—¿Qué pasa? —pregunta Miguel incorporándose en el sofá.

—Es la inspectora Miranda Delgado, que hay novedades en el caso de Víctor y que quiere hablar con nosotros... por separado.

Miguel se gira con disgusto y se pasa la mano por la barba. Mira a Alba, pero tranquilizarla le parece absurdo. Él mismo está temblando.

—Vendrá mañana a primera hora —anuncia Alba al dar inicio a una cuenta atrás que se les hará larga, muy larga.

# MIRANDA

Vamos con todo, piensa para infundirse ánimos. Mira el retrovisor, y cuando ve que la siguen tres coches patrulla sabe que es así.

—¿Realmente necesitamos tantos efectivos, inspectora? —pregunta Javier.

—Ay, aprendiz Padawan..., «no solo hay que serlo, también parecerlo».

Está tan animada, tan a cien, que desea colocar la baliza estroboscópica encima del coche. ¿Para qué? Pues para acojonar. Si por ella fuese, esos dos estarían en casa y de repente verían que el exterior se tiñe de luz azul parpadeante.

Pero no. De hecho, el juez ni siquiera le ha dejado llevar a la científica a que rastree cada centímetro de esa casa. Solo le ha permitido el registro, y aún ha tenido suerte, pues su señoría no estaba muy por la labor.

—A ver, Delgado, ¿para qué quiere molestar a esas dos personas llevando a gente con buzo blanco a su casa?

—Están en la lista de sospechosos, señor, y es la última localización de Víctor antes de que su móvil dejase de emitir datos.

—Todos sabemos que ha sido ese Cervantes. Si no fuese así, no dejaría que estuviese gastando tantos recursos en desmontar la coartada de ese hombre y en seguirlo las veinticuatro horas.

—Admito que es el principal sospechoso, pero no es el único en el *ranking*.

—He leído sus informes. A esos dos se les ha pasado el algodón con la geolocalización y nada, sus móviles se conectaron a los repetidores que eran de esperar. La noche del crimen, ella ni salió de casa, y él llegó del partido y lo mismo, se quedó tan tranquilo con su mujer.

—Por favor, señor, le pido que me deje llevar a la científica.

—Ay, inspectora, ¿usted sabe el coste de dinero público que suponen todas y cada una de las pruebas que la científica realiza después en el laboratorio? Con la de jaleo que tienen ahora mismo, además, no veo necesaria su acción en este momento. No en este caso, al menos. No sé por qué le tiene ojeriza a ese matrimonio.

—¡No les tengo ojeriza! Eso no sería profesional por mi parte. Dimitiría, de ser así.

No lo quiere reconocer, pero su señoría tiene algo de razón. No hay ninguna prueba que respalde la actuación contra ese matrimonio. Es más bien una intuición, un picor que siente cada vez que piensa en ellos. Así que sí, aunque nunca lo dirá, es cierto que la intervención de la científica aquí no está justificada.

Lo único que puede hacer es lo que ya está haciendo. O, mejor dicho, lo que va a hacer cuando llegue. Es una estrategia que no dará resultado inmediatamente, pero que puede surtir efecto.

Y la idea se la ha de agradecer a su padre.

Ayer estaba ella tomando una taza de café en la cocina. Negro, sin azúcar, tal y como le gusta. Eran las seis de la mañana, pero no había salido a remar a Casa de Campo. Estaba lloviendo y le daba pereza ir a un lago mientras llueve. En fin, le parecía que era rizar el rizo y decidió quedarse en casa. El caso es que, cuando su padre entró quitándose las legañas y quejándose de la espalda, le preguntó si llevaba muchas horas dándole vueltas al coco, intuyendo que estaba aturdida por el caso.

—¿Y qué otra cosa quieres que haga, papá?

—Pues ahí está el problema. Yo sé que es pronto, pero, no sé, el otro día Francisca me contó que su hija está en una aplicación de esas del móvil para ligar y, oye, que está contentísima.

—¡Papá!

—Entonces dime, un euro por tus pensamientos.

—No cuestan tanto.

Su padre se sirvió un vaso de leche y se sentó a su lado, en la pequeña mesita que gobierna la cocina desde hace años.

—Dispara, hija, dispara.

—Que no sé qué hacer, papá.

—¿Con tu vida, así en general?

—En el trabajo. Hay algo, no sé decir el qué, que me indica quiénes son los culpables. Las pruebas señalan hacia otra dirección, eso es cierto, pero...

—Tú sabes que no es ese el camino que hay que tomar, ¿verdad?

—Y no sé cómo actuar ni por qué tengo esos pensamientos. En la Academia te enseñan a hacer caso a las pruebas, no a las tripas. ¿Y si me estoy ofuscando porque son un matrimonio aparentemente feliz?

—¿Qué estás, en contra de todas las parejas?

—No, pero ya me entiendes. El mío no funcionó. Igual estoy desarrollando una patología que me hace odiar a todos los enamorados.

—Esos dos que comentas, a los que tú ves como posibles culpables, ¿se quieren? —preguntó su padre.

—Han tenido sus cosillas, pero sí, eso parece.

—Entonces ya sabes qué hacer: agita el avispero y empezarán a pasar cosas.

Miranda tuvo una idea. Un golpe bajo (pero legal) que podía realizar. Divide y vencerás, pensó.

Con este planteamiento en mente, sonríe al conectar su móvil a los altavoces del coche.

—¿Hay que hacer alguna diligencia? —pregunta Javier, ingenuo—. ¿Prefieres que llame yo?

—Mira y aprende, que esto no te lo enseñan en la Academia.

Los dos se quedan callados mientras el tono de la llamada resuena en el interior del vehículo.

—¿Inspectora? —dicen finalmente al otro lado de la línea.

—Diana, buen día, ¿qué tal estás?

—Bueno, ahí... ¿Hay alguna novedad?

—En firme, nada. Pero ya sabes lo que te prometí, después del juez tú serás la primera en conocer cualquier punto de inflexión que se pueda producir. Llamo más que nada para saber si estás bien o si necesitas algo.

—N-no..., ahora mismo no sé, no...

—¿Ya has llamado al psicólogo que te recomendé?

—Aún no, pero a ver si me animo esta mañana.

—Eso está muy bien.

—...

—Oye, Diana, ya que hablamos, dime una cosa —dice la inspectora—. El día de la comida familiar, ¿qué tal fue todo entre Víctor y Miguel?

—Salvo al final, claro, todo normal...

—Ya sabes, a veces dos gallos en el mismo corral...

—No..., ya se lo dije en su momento, todo normal..., normal, sin más. ¿Por qué?

—Por nada. Por preguntar, ya sabes, es mi trabajo.

Se despide muy gentil y corta la llamada. Percibe la mirada clavada de Cañete.

—¿A qué ha venido eso? Se supone que los allegados de la víctima nunca pueden saber la identidad de los sospechosos. Tú misma me lo dijiste cuando me pediste discreción. Solo te ha faltado ponerle una diana al cuñado.

—Ay, Javi, Javi..., necesitamos resultados. Y a veces hay que agitar el avispero para hacer que las cosas ocurran.

—¿Y qué esperas que pase, si puede saberse? —pregunta Javier—. Ilumíname, haz el favor.

—No querrás que esa familia te invite a la comida de Navidad de este año, eso seguro.

El joven Cañete se encoge de hombros y se gira hacia la ventanilla. Miranda se reafirma en su propósito y en su estrategia. Visualiza paso a paso qué espera (desea) que ocurra. Por eso, cuando detiene el vehículo delante de la casa de sus principales sospechosos, se esfuerza por colocar en su rostro una mueca confiada y acercarse con grandes zancadas a la puerta principal.

—Buen día, inspectora..., vaya, viene bien acompañada —dice Alba al ver detrás de Miranda Delgado a la docena de policías que se apean de los distintos coches patrulla. La explanada de delante de la casa nunca estuvo más llena.

Miranda le hace entrega de una orden de registro, y mientras Alba coge el papel y lo lee, se toma la licencia de entrar en la casa.

—¿Qué está pasando? —pregunta Miguel uniéndose a ellas—. ¿En serio van a revolvernos la casa de arriba abajo?

—Exacto. Mis compañeros echarán un vistazo mientras usted y yo, señor Callejo, hablamos en privado. Por favor, señora Villar, puede esperar afuera con mi compañero.

El matrimonio intercambia una mirada de sorpresa, de no saber cómo empezar a moverse.

—Muchas gracias por entenderlo y facilitarnos las cosas —dice Miranda sabiéndose con la sartén por el mango.

Conduce a Miguel hasta la sala de estar, donde podrán hablar a solas. Al menos, hasta que sus compañeros necesiten registrar también esa estancia.

Divide y vencerás, recuerda al cerrar la puerta.

# ALBA

No recuerda cuánto hace que no llora. En fin, eso ahora le da igual, se promete a sí misma no romperse delante de estos invasores (bárbaros) y mantener la cabeza bien alta. Intenta llevar lo mejor que puede la vergüenza de saberse observada por el batallón de policías que campan a sus anchas por la casa, por su hogar, sin mostrar el más mínimo respeto. ¿En serio hace falta revolverlo todo así, de esta manera, sin ningún decoro?

Hay dos agentes aplicándose a fondo con la cómoda del recibidor, al lado de donde ahora mismo está Alba. Han quitado los cajones y volcado todo su contenido en el suelo. Eso sí, en el suelo lo están ordenando todo bien, pero que muy bien. Lo estudian todo minuciosamente, como también miran el mueble sin cajones con una linterna, por si hubiese algo pegado, pero ¿qué va a haber ahí?

Alba los mira con gran disgusto y quisiera poder matarlos.

—Disculpe, señora, ¿me acompaña afuera?

Es el agente que siempre acompaña a la inspectora, que la invita a salir de su propia casa. Qué vergüenza, de verdad.

Respira aire fresco en el exterior y la imagen es aún más escandalosa. Cada ventana permite ver el trabajo esmerado de los agentes, cómo están revolviendo cada una de las estancias. Incluida la sala de estar. Tres agentes han acorralado a la inspectora y a Miguel, que están hablando en una esquina, apartados de todo. Aunque, bueno, en realidad no hablan: Miguel escucha y es la inspectora la que está acribillando con su parloteo.

Alba se asoma al garaje, que tiene la puerta subida, y se arrepiente en el acto. Dos agentes están desordenándolo todo, sin ton ni son, y uno de ellos tiene su ordenador portátil en las manos. Ella solo lo utiliza para escuchar Spotify mientras trabaja, enviar *e-mails*, hacer Excels y navegar por Internet. Poca cosa más hace, pero le fastidia la vida entera cuando ve al agente ponerlo en una bolsa de plástico con su correspondiente etiqueta.

—¿Eso es que os vais a llevar mi portátil? —dice Alba al agente jovencito que la animó a salir.

—Sí, verá que lo pone en la orden: estamos autorizados a llevarnos todo aquello que creamos necesario.

—¿Y cómo se supone que vamos a trabajar? Yo aún, pero ¿qué va a hacer mi marido?

—No se preocupe, se les devolverá todo con la mayor brevedad de tiempo posible. Somos conscientes de que, hoy en día, los dispositivos electrónicos son indispensables.

—Ya, claro...

—Disculpe el engorro.

La cara del joven agente parece sincera.

Alba se aleja con las manos en la cabeza, espantada por el revuelo que supone tener a la policía revolviendo entre sus cosas.

Intenta serenarse. Se obliga a respirar.

Piensa en la pistola de Víctor, que normalmente está entre la ropa del cajón de la habitación, pero que ahora no, ahora está con ella. Nota su peso. La ha cogido poco antes de que la inspectora llamase a la puerta. Ha visto a través de la ventana los cuatro coches policiales que se detenían en la casa y ha tenido el impulso de coger la pistola. ¡Menos mal! Quién sabe si inspirada por Lucía, que se lo ha susurrado.

Pero claro, ahora está entre una decena de agentes con

una HK USP Compact encima, y eso no le gusta. No le gusta nada. ¿Y si la cachean? Tendría sentido, admite para sí misma.

No sabe qué hacer con la pistola. Aunque pudiese distraer durante un segundo al joven que tiene pegado, ¿dónde la podría dejar? Sabe que no la quiere encima, pesa demasiado, pero y qué hacer con ella. Además, ni siquiera está segura de si la ha guardado bien, entre la goma del pantalón y las bragas, ¿y si se resbala? Qué bochorno si se cae delante de la inspectora, qué cara pondría; seguro que después iría contando la anécdota por toda la comisaría.

Piensa en pedir ir al baño, por ejemplo. Está embarazada y todo el mundo sabe lo mucho que mean las embarazadas, ¿verdad? Sí, podría funcionar. Puede pedir ir al baño una vez que la marabunta policial haya pasado por ahí, y entonces esconder el arma en algún rincón, ¿pero en cual? No tienen ninguna baldosa falsa ni ningún espejo doble ni nada parecido; no tienen nada de nada. Eso significaría dejarla en un sitio fácil, tipo la cisterna del váter, pero ahí canta *La Traviata*, no puede hacer eso, pero entonces, ¿qué? ¿Qué?

Se vuelve a fijar en la ventana de la sala de estar. Ve a Miguel frente a la inspectora, hablando con las manos cerradas sobre las rodillas. Está nervioso, ¿quién puede culparlo?

Pero.

El corazón le da un vuelco cuando lo ve levantarse.

No escucha lo que le dice la inspectora, pero Miguel se queda de pie sin vida alguna. Parece asimilar lo que ha escuchado en boca de la policía y vuelve a sentarse. Está visiblemente alterado, muy alterado.

El suspense lleva a Alba a querer atravesar la ventana misma.

—¿La ayudo en algo, señora? —pregunta el joven agente—. ¿Un poco de agua, tal vez?

—No, gracias. Está todo bien, ¿no ves?

En el mismo instante que el agente se da la vuelta, ella borra su sonrisa y vuelve a girarse hacia la ventana. No puede ni imaginarse qué le habrá dicho la inspectora a Miguel, que se ha quedado con el rostro pálido y se diría que ha envejecido diez años en cinco segundos.

Para mayor sorpresa, ve que la inspectora se levanta y sale de la casa.

—¿Cómo puede ser que haga más frío dentro que fuera? —dice frotándose ligeramente los brazos.

A medida que camina hacia Alba saca a relucir un buen humor exacerbado.

—Bueno, bueno, bueno, ¿qué tal va ese niño ahí dentro?

—Estos nervios seguro que no son buenos. ¿A qué viene todo esto, inspectora?, ¿acaso somos sospechosos o algo así?

—Su esposo y usted han de entender que esta es la última localización confirmada de Víctor Blanco..., es normal, forma parte de nuestro protocolo de actuación.

—Ya... Ayer nos dijo que deseaba hablar con nosotros por separado, como en la comisaría, ¿quiere que entremos?

—Ah, no, no... En realidad, solo quería hablar con su marido.

Mírala, qué mala zorra, piensa Alba, hasta parece contenta. No, parece que no, la inspectora está realmente en éxtasis, prácticamente camina a dos metros sobre el suelo, y qué satisfecha parece de haberse conocido a sí misma. Eso es que huele sangre y sabe que se está acercando a su presa; seguro que disfruta viendo la agonía de sus víctimas.

El joven agente se acerca un paso más.

—¿Quiere que le saque una silla? En su estado... debe estar cansada y...

—No hace falta, tranquilo.

—Tráele la silla, Javi —indica la inspectora, y el joven así lo hace.

Alba vuelve a mirar a Miguel a través de la ventana y aprecia que sigue sin variar su rictus. Más que serio, parece triste.

—¿Y ahora? —pregunta Alba—. ¿Qué va a pasar?

—Ahora esperamos usted y yo aquí, tan tranquilamente, a que mis compañeros terminen, y después los dejaremos solos. Seguro que tienen mucho de qué hablar.

Alba da media vuelta hacia la ventana y, al ver la mirada de Miguel, sabe que así es, que se avecina una gran tormenta.

## MIGUEL

Se mantiene atento a las vistas de la ventana, y es que mirar a Alba le produce un dolor inasumible. Así que le vale con saber que ella está detrás de él, junto a la mesa de la sala de estar.

Ambos están en presencia del *frío.* Esto al principio le da reparos a Miguel, pero después piensa que ni tan mal, que es lo que hay. Como lleva haciendo tantas y tantas veces a lo largo de los últimos años, no se queja; se conforma, convencido de que la vida es así, puro sufrimiento.

—¿Recuerdas ese día que fui a Valencia?

No escucha que responda nada, pero se imagina un titubeo en los labios de Alba y decide situarla mejor en el contexto.

—A los cinco meses de morir Lucía, más o menos. ¿Recuerdas que hice un viaje a Valencia de ida y vuelta en el mismo día?

—¿Por qué?, ¿a qué viene esto ahora?

—Te dije que era para visitar a un primo que me había escrito para retomar el contacto y que me apetecía ir a verlo, ¿te acuerdas?

—Sí..., algo recuerdo...

—Mentí.

Se gira hacia Alba, que lo observa con temor de las repercusiones que esta conversación pueda tener.

Para ser franco, Miguel reconoce que su primer instinto fue empezar una discusión de frente y sin cuartel; pero, por suerte, Alba había esperado varios minutos a entrar en casa después de que la policía se fuese, y ese tiempo había hecho que Miguel se serenase y decidiese enfrentar la situación con otro talante.

—Miriam López.

Nunca había dicho su nombre en alto hasta este preciso instante.

Claro, es que en su momento ni siquiera le habló a su hermano de Miriam; ni a su hermano ni a ningún otro amigo. Absolutamente nadie de su entorno conoció jamás el motivo de sus desvelos y quebrantos. Se guardó esa historia como un secreto inconfesable y solo se permitía contárselo a sí mismo, muy de tanto en tanto.

—La conocí una tarde en la sede de la editorial, en una de esas pocas ocasiones en las que soy convocado a una reunión presencial. Mi reunión coincidió con la visita de unos estudiantes de la Universidad de Valencia. No sé si de Filología Hispánica o algo por el estilo, ahora no sé. El caso es que ahí estaban, visitando la editorial.

»Al acabar mi reunión, me quedé en la puerta respondiendo algunos mensajes que me habían llegado al móvil durante las últimas horas. Recuerdo que uno era tuyo, pidiéndome que te avisara cuando estuviese de camino para saber cuándo tenías que ir encendiendo el horno, pues esa noche íbamos a cenar pizza. Qué tontería acordarse de detalles así de tontos, aunque haga años de eso, ¿no crees? El caso es que estaba ahí respondiendo el mensaje cuando me vino una chica. Era joven, aunque fácilmente la pude identificar (y así era), como profesora de los estudiantes que estaban de visita y no como una alumna. Me empezó a preguntar sobre cómo era trabajar en una editorial y ese tipo de cosas. "Yo solo traduzco". Alegué que no tenía el mismo *glamur* que ser editor o pertenecer al departamento de recepción de manuscritos, por ejemplo. Ella se rio y, con la excusa de hacerse un cigarrillo, se quedó a mi lado charlando.

»No fue un cigarrillo, fueron dos. Y después nos despedimos. Ella volvió al interior de la editorial y yo me dirigí al *parking* donde tenía el coche. Pero eso sí, antes nos dimos los números de teléfono. Ah, y se lo pedí yo. No sé por qué, supongo que como un gesto infantil, casi como un poso que se le queda a uno de la soltería. La verdad es que no sé decir el motivo. Solo sé que esa tarde se inició una especie de relación a distancia.

»Ojo, digo relación, pero no qué tipo de relación. Es posible que solo fuera amistad. El primer día que nos escribimos estuvimos como dos horas dale que te dale con el móvil. Mensajes sin parar, conversamos casi como si estuviésemos uno al lado del otro. Seguro que incluso hubiese sido más práctico hacer una llamada y dejar los mensajes de lado; pero eso lo hubiese hecho más serio, más real, ¿lo entiendes? Los mensajes tienen un aire más casual. Yo estaba frente al portátil, supuestamente trabajando, y ella en el despacho de su departamento corrigiendo exámenes.

»Hubo un momento, en esa misma conversación, en el que yo mismo vi que el tono subía un poco; se hacía cada vez más personal, y el culmen fue cuando ella me preguntó abiertamente si yo tenía algo que decirle, algo que creyera que ella debía saber de mí. Obviamente, hice la broma de que no tenía antecedentes penales y tras el *je, je* típico de los mensajes, le reconocí que estaba casado. Y no me enorgullezco, pero, en fin, te estoy vomitando todo, así que ahí va: le dije que estaba casado, pero que estábamos pasando por una mala racha. ¿Fue eso una mentira? Sí y no. Es verdad que la crisis entre tú y yo aún no había llegado del todo, pero ya se vislumbraba.

»Y me imagino que te lo estás preguntando: no, no le dije nada sobre Lucía. Al menos, no en ese instante. Creo que de alguna manera era liberador, no sé. Contigo, con mi hermano, con los compañeros de la editorial..., o se hablaba de Lucía o de pronto aquello era como el elefante que está en la habitación, ¿sabes? Miriam fue la primera persona con la que mantuve una conversación normal, simplemente normal.

»Pero bueno, volviendo al caso; sabiendo que yo estaba casado, ¿acaso se cortó la comunicación entre ella y yo? En absoluto. Ella me contó que justo estaba superando una ruptura y que, como ella no buscaba nada y yo tampoco, podíamos ser amigos. Y conociendo las reglas del juego, seguimos charlando cada día.

»Yo notaba que esa extraña relación a distancia iba a más y a más. De hecho, llegó un momento en el que incluso nos empezamos a enviar mensajes de buenos días y de buenas noches. Durante los meses que duró, para ella era mi primer y último mensaje del día. ¿Cómo es que nunca te diste cuenta? Y mira lo sistematizado que lo tenía todo. Cada noche, antes de apagar el móvil, borraba el chat con Miriam, no fuese que a ti te diese por espiarme el teléfono. Pero nada. Jamás sospechaste lo más mínimo. Aún me sorprende hoy en día. O no, si te soy sincero. Por aquel entonces, ya apenas me mirabas. Aunque, bueno, no voy a otorgarte toda la culpa. Es verdad que yo no era más que un fantasma deambulando por la casa. Yo mismo veía que apenas intentaba hacerte reír, pero que, sin embargo, a Miriam sí le escribía siempre de buen humor y con algún comentario agradable y simpático.

»El clímax de la cosa llegó un día, después de enfadarnos tú y yo; una tarde en la que me informaste de que el sábado tenías comida familiar. Así tal cual me lo dijiste: "El sábado me voy a una comida familiar en casa de mi hermana". Lo soltaste sin darme la más mínima oportunidad de apuntarme al plan, como si ya no pudiese considerarme parte de tu familia. Y yo, cabreado y frustrado como me quedé, lo vi claro: compré un billete para Valencia. Ida y vuelta el mismo día, eso sí. Tan solo tenía ganas de hablar con Miriam en persona y saber si su mirada era tan limpia y su sonrisa tan sincera como la recordaba de cuando la conocí en la editorial.

»A veces la distancia y el tiempo te pueden llevar a mitificar a una persona. Pero cuando por fin volví a verla, tanto tiempo después de aquella tarde en la editorial, tuve que admitir que sí, que cualquier recuerdo que hubiese podido tener durante todos esos meses de cómo era Miriam físicamente se acercaba dolorosamente a la realidad. Si acaso, ella era todavía más bonita en persona.

»Nos vimos en la estación de Joaquín Sorolla y, pese a que al principio la situación fue algo cortante, enseguida rompimos el hielo. "¿A qué hora sale el AVE de vuelta?". Yo le dije que sobre las siete de la tarde y ella me recriminó que me volvía demasiado pronto a Madrid. Estuvimos todo el día paseando por Valencia, de arriba abajo sin parar. Solo nos detuvimos un momento para sentarnos en una plaza y más tarde para comer, ya está. Por cierto, ¿sabes qué hicimos al mediodía? En el transcurso de la mañana, ella me había comentado que tenía una especial fascinación por las tartas de una pastelería del casco antiguo de la ciudad, ¿y sabes qué se me ocurrió a mí y acabamos haciendo? Compramos diversas porciones de varias tartas y nos fuimos al río a comérnoslas. Ese fue nuestro almuerzo, y estaban realmente ricas. Especialmente la de queso, que era la favorita de ella.

»Estuvimos todo el día de cháchara hasta el momento de despedirnos en la estación. Incluso hizo la fila hacia el control de seguridad conmigo, y deberías haber visto el abrazo que nos dimos al final de todo... Recuerdo que, como la fila iba avanzando, incluso recorrimos varios pasos juntos, sin separarnos, sin interrumpir el abrazo, y nos echamos a reír de lo lindo. Pero..., y supongo que es lo que te estás preguntando, ¿pasó algo?, ¿nos besamos siquiera?

»No.

»Ella repitió que me había cogido el billete de vuelta muy pronto y yo, tonto como soy, deseé que me propusiera que me quedase en su casa, que no volviera a Madrid, no al menos esa noche. No sabes la de veces que me imaginé esa escena... ¿Pero lo dijo? No. ¿Di yo a entender algo? Tampoco. Simplemente nos miramos como tontos durante todo el rato en el que yo pasé el control de seguridad y me dirigía al andén. De hecho, puestos a ser sinceros, ella no vio cómo bajé al andén; pues cuando me giré la vi dándose la vuelta rápidamente y salir corriendo de la estación.

»Después de aquel día mantuvimos el contacto durante unas semanas, quizá un par de meses como mucho, pero los mensajes se fueron espaciando cada vez más y más, hasta que finalmente la relación se apagó.

Sintiéndose liberado y con un regusto de tristeza en la boca, Miguel se gira.

Encuentra a Alba atónita en la silla, con las uñas destrozadas de los nervios y los ojos apagados. Los dos se miran durante un largo rato a la vez que cae el atardecer en el exterior y una serie de rayos anaranjados tiñen la sala de estar.

Una vez llegada la noche, Alba habla por fin.

—Y ahora esa chica... ¿dónde está?

—Creo que en Argentina. Al menos es lo último que sé de ella. Se fue a colaborar con el proyecto de una escuela libre de allí.

—¿Por qué me cuentas todo esto ahora? ¿Qué hace, dos años de esta historia?

—Hace unos días me preguntaste si había tenido alguna aventura en estos últimos tres años; pues bien, ahora lo sabes. Realmente no he tenido nada en todo este tiempo. Y respecto a ese día que pasé en Valencia, si cuando llegué a casa y te encontré aquí me hubieses preguntado, te hubiese dicho la verdad. Pero no, ni siquiera te interesaste por saber qué tal me había ido. Solo me dijiste, «con tu primo, ¿qué?». De pasada, sin detenerte en las escaleras, cosa que me quitó las ganas de hablarte, como entenderás.

—Sinceramente, Miguel, no acabo de entenderte.

—Con esta historia quiero decir que comprendo perfectamente el que hubieses tenido una aventura. Quizá yo también hubiese caído de haber dado Miriam el primer paso. De ahí que te perdoné cuando me contaste lo de Víctor; lo entendí, pero yo nunca te he mentido.

—¿Cuándo te he mentido yo, si se puede saber?

—La inspectora me ha dicho que mantuviste tu aventura con Víctor hasta poco antes del crimen. La policía lo ha descubierto gracias al historial de conversaciones en el móvil de tu «cuñado». Y... quizá es que me falla la memoria, pero juraría que, cuando te pregunté, me dijiste que hacía varios meses que ya no os veíais...

—¿Y?

—Que entonces ese bebé puede ser de Víctor.

Ella duda.

—¿No vas a decir nada?

Alba realmente no sabe qué decir y Miguel se enfada.

—¿Cuándo te lo follaste por última vez? —Da un paso al frente—. Por Dios, Alba, dime algo ya, por lo que más quieras.

—Poco antes de que tú y yo...

—¿Cuánto antes?

—Días... ¿Recuerdas la noche en la que te hiciste la herida en la frente? Cuando te pillé en plena fuga o abandono, llámalo como quieras...

—Yo no...

—Oh, venga, Miguel, ¿y qué hacías yéndote con una bolsa de deporte?, ¿acaso no te llevabas ropa?

—¿Esa noche estuviste con él?

Alba tiene miedo de decir la verdad, pero finalmente se rinde ante la evidencia y dice que sí, que, ateniéndose a las fechas, tanto él como Víctor pueden ser los padres de la criatura.

Miguel la mira, a punto de soltar cualquier improperio. Escupe un gruñido y se queda de cuclillas junto a la ventana, con la mirada perdida en sus pies.

Me has matado, piensa en este mismo instante, has firmado mi sentencia de muerte.

## MIRANDA

—¡¡¡Aaaaaaargg!!!

El grito se adentra en su sueño y cuando asciende al estado de vigilia teme haberse quedado atrapada en su propia pesadilla. Miranda se incorpora en el acto. ¿Qué ha sido eso? Se apremia a ponerse las zapatillas. Aún está aturdida, como en medio de una nebulosa, pero reconoce su cuarto de adolescente en casa de su padre. Eso es, ¡papá!

Ha sido su padre quien ha gritado.

—¡Papá! —dice a la oscuridad del pasillo—. Papá, ¿estás bien?

Lo escucha gemir y maldecir en su dormitorio.

Miranda corre hasta la última habitación del pasillo y encuentra a su padre con los ojos a punto de salirse de sus órbitas, empapado en sudor frío y la boca desencajada.

—¡Hija, hija!

—Ha sido una pesadilla, papá, ahora ya está.

Lo abraza y lo consuela igual que como hacía con Eloy cuando despertaba de un mal sueño preguntando si podía haber una serpiente en casa o si era posible que Godzilla rompiese la pared en cualquier momento.

—No estaba soñando, hija, ha sido de verdad. Había un hombre ahí, a los pies de mi cama. Ha sido horroroso. He despertado y no me podía mover. Te lo prometo, no me lo estoy inventando.

—¿Un hombre, dices?

—Sí, era, era...

Miranda pega un bote y se planta en el pasillo. Todo sería oscuridad si no fuese por la luz de una farola que se cuela por la ventana de la salita. Escudriña todos los rincones y controla que tanto la puerta principal como las ventanas estén cerradas. Después sospecha de cada una de las sombras que gobiernan el hogar a esas horas. Algunas parecen moverse sugerentemente y esconder más de un secreto.

—No sé, papá, no he encontrado nada —dice al volver a la habitación.

—Porque no ha salido por la puerta, ha desaparecido. Se ha ido en el mismo momento en el que he podido gritar. Él me lo ha permitido.

—¿Él, quién?, ¿pero qué estás diciendo?

—De tu compañero, del muerto que investigas. He visto su cara en las noticias, te prometo que era él.

El anciano se mantiene en la cama, tapado hasta el cuello; no puede evitar un ligero temblor en el cuerpo y lanzar miradas calculadas al crucifijo que decora la pared.

Al verlo así, sudoroso y enclenque, Miranda se pregunta en qué momento un padre deja de ser un lugar de amparo y pasa a ser una fuente de preocupaciones.

—Papá, por favor...

—Estaba mirándome fijamente y solo me ha dicho una cosa: que vas bien, que ese es el camino.

Miranda regresa a la cama con la piel de gallina.

## ALBA

Harta de buscar a todas las Miriam López de Facebook e Instagram durante horas y más horas, cierra el portátil. No le quedan uñas con las que pasar el mal trago.

Está en el garaje-taller y, pese a que la puerta mecánica está subida, la luz no la ayuda a subir el ánimo. La primera sonrisa del día (y seguramente de la semana y del mes), la esgrime al sentir una patada en el vientre. Lleva sus dos manos a la tripa y envía pensamientos positivos al bebé, al cual desea tener pronto entre sus brazos.

Por un segundo piensa en salir corriendo a la sala de estar, donde sabe que está Miguel trabajando, y pedirle que le ponga la mano en la barriga para que note al bebé; pues decir «tu hijo» le parece agresivo. De hecho, desde la discusión en la que él reveló la existencia de la tal Miriam López apenas han hablado, y las pocas veces que ha salido el bebé en la conversación, ha notado que él se refiere a la criatura con desapego, sin querer encariñarse lo más mínimo.

Mira el calendario y ve que, con el verano empezando, falta poco para el nacimiento. Siente nervios y miedo, mucho miedo.

Por las noches se permite ser sincera consigo misma y reconoce que la historia de Miguel con esa tal Miriam López le afecta en lo más hondo. Está bien, ella quizá no es la más idónea para quejarse, pero es que joder; ella echó cuatro polvos.

Miguel, sin embargo, entregó su corazón. Y sí, aunque suene cursi esa expresión en la mente de una mujer adulta, prefiere decir que Miguel entregó su corazón; porque la sola idea de pensar que Miguel llegó a enamorarse se le hace impronunciable.

Siente una náusea que amenaza con subir a su boca. Decide tranquilizarse y respirar hondo.

Sabe que los meses de las náuseas provocadas por el embarazo ya pasaron, así que esta náusea tiene un origen emocional que no puede ni expresar. Si al menos pudiese ver una fotografía de esa tal Miriam López; pero no, ninguna de las amigas de Miguel en sus redes sociales se llama así. ¿Entonces? No sabe por dónde buscar ni cómo apañárselas. Eso es lo peor, se la ha de imaginar. En su cabeza siempre es una chica risueña y de mirada asesina, con el pelo recogido de cualquier manera. Un poco *hippy*, la típica joven entregada a la vida bohemia, pero que sabe lo que quiere y va a por ello, aunque sea poco a poco. Seguro que además es culta, piensa por las noches, agarrada a su almohada. En cambio, tú, reconócelo, Alba, ¿cuál fue el último libro que leíste? Su mente no para con pensamientos ofensivos hacia sí misma. Así todo el día, y es que eso de ser su peor enemiga se le da francamente bien.

—Un verano —dice a su vientre—. Un verano y estarás con nosotros.

¿Nosotros? Otra náusea la ataca y ella grita basta. Apoya la cabeza sobre las manos y al rato se deja caer sobre el escritorio hasta quedarse detenida aquí.

Sufre una ensoñación recurrente en este último tiempo. Se trata de un momento pasado y aciago. Un *flashback* mental que no deja de revivir una y otra vez.

Hacía siete meses de la muerte de Lucía.

Ella y Miguel estaban sentados en las escaleras de la entrada. Llevaban días evitándose y las pocas palabras que se dirigían eran reproches o muecas de disgusto al escuchar la voz del otro.

Los dos sabían que tenían que cortar por lo sano y separarse.

Era la mejor opción para ambos.

Aún eran jóvenes y podían reconstruir sus vidas por separado.

Además, ya hacía tiempo que estaba claro que no sentían nada el uno por el otro. ¿Y quién fue el primero en verbalizar ese pensamiento compartido? Ni ella ni él. Alba simplemente se apoyó en el hombro de su marido, con el cual había compartido un sinfín de sueños e ilusiones durante años, y se quedaron mirando el vacío. Después Miguel la besó en la frente en un último signo de cariño y, acto seguido, cuando se miraron a los ojos, firmaron la separación.

Fue al entrar a casa y empezar a hacer las maletas cuando el *frío* llegó por primera vez.

Tantos años después, Alba teme revivir esa escena del porche. Pues al igual que aquella vez, tanto ella como Miguel llevan días sin dirigirse la palabra.

Desde la discusión no duermen juntos. La primera noche lo intentaron, pero al rato él se levantó de un salto.

—Lo siento, pero no puedo. Te prometo que lo he intentado, pero nada, me es imposible.

Bajó al sofá (como en los viejos tiempos; unos tiempos más vacíos, más oscuros) y duerme allí desde entonces. Solo hacía unos meses que habían vuelto a dormir juntos, pero ella lo extraña cada segundo que pasa en la cama.

Para su sorpresa, es justamente ahora cuando Miguel acude a ella.

—Alba, tenemos que hablar.

Nada bueno, piensa ella, que se presta a escucharlo.

—He tomado una decisión...

—No, no sigas, por favor, que te veo venir.

—No quiero que estemos así. Estamos mal, y eso no me gusta. —Extiende su mano y la deja alzada—. Ven, acompáñame.

A ella le cuesta, pues no le gusta lo que vendrá, pero le coge la mano y deja que la guíe hasta la habitación del niño.

—Pero cómo...

Está todo preparado: cuna, cómodas, una silla en la esquina, toallas pulcramente dobladas, también algunas muselinas apiladas a su lado... Solo falta un bebé que dé vida a la estancia.

—¿Te gusta? —pregunta Miguel desde la puerta.

Alba, en el centro del cuarto, se gira hacia él con una sonrisa; pero al ver su seriedad, recuerda para qué han venido aquí.

—Una vez que nazca el bebé, seré yo quien vaya con Lucía.

—No, Miguel, no...

—Lo he pensado mucho, no creas que es algo decidido en caliente. Estoy seguro de lo que digo. De verdad, estaré bien.

Con ganas de morirse aquí mismo, Alba busca la silla de la esquina.

—Si ese bebé no es mío, ¿qué pinto yo haciéndome cargo de él? Y si finalmente resulta ser mío, sé que estará mejor contigo.

—Pero..., pero eso supone...

Él asiente.

Y entonces sí, se acerca a ella y se arrodilla. La coge de las manos y la obliga a mirarlo a los ojos.

—Estaré con Lucía. Me apetece poder abrazarla otra vez.

—Pero no quiero..., tú no...

Él acaricia su tripa y la besa suavemente en las manos.

—Este bebé te necesitará, has de estar bien, ¿okey?

Clava su mirada en Alba, la acaricia con toda la ternura del mundo en la mejilla y ella lo coge de los hombros. Quiere zarandearlo y decirle que no. Obligarlo a que medite su decisión, pero lo conoce y sabe que no hay marcha atrás, que es mejor que aprovechen este último verano juntos. Podrán compartir más amor en un verano que muchas parejas en una vida. Joder, lo ama y siempre lo ha amado. Es lo que expresa su mirada en este momento y también la de él. Se obligan a sonreírse con pena y, por no caer en el llanto, se besan.

No se separan, se besan como hacía tiempo que no se besaban; con la mente en blanco y solo sintiéndose el uno con el otro.

# QUINTA PARTE

# DIANA

Un jueves más y, al igual que el resto de jueves, se dice: qué coño pinto yo aquí. No entiende qué es, qué la arrastra cada jueves a las siete de la tarde a acercarse a la biblioteca Benito Pérez Galdós.

Cada vez que se ve cruzando la enorme entrada del antiguo cuartel, se promete que ese será el último jueves. ¿Cuántos lleva? Pues muchos. Desde el funeral, imagina.

El primer encuentro fue casual. Unas dos semanas después de enterrar a Vi.

Ella había quedado con unas compañeras de clase en la plaza de Guardias de Corps para merendar. La verdad, no tenía ganas, pero sabía que debía obligarse a salir de casa si realmente deseaba salir del hoyo. Se puso mona (o al menos se puso ropa que no era el chándal con el que estaba en casa) y cogió el bus hasta el lugar. Lo único es que llegó temprano, más de lo deseable, y al ver el imponente complejo de Conde Duque delante de ella decidió recorrerlo. La entrada da paso a una plaza de lo más apañada, y a uno de los lados vio la biblioteca. ¿Por qué no?, se dijo al entrar. No le parecía un mal modo de matar el tiempo hasta la hora de la cita: pasear entre miles de libros. Suena bien, ¿no?

Estaba de espaldas, curioseando la mesa de novedades, cuando sintió que un dedo le tocaba el hombro como si fuese un timbre.

—Pero Carlos, ¿qué hace usted aquí?

—¿Qué dijimos la última vez, querida?

—¿Qué haces aquí?

—Pues una afición de jubilado como cualquier otra. Los jueves me vengo paseando hasta aquí y ojeo un poco la prensa en esos sillones, así hago ejercicio al caminar y también nutro la mente, ¿qué te parece? ¿Y a ti qué se te ha perdido aquí, vienes a por un libro?

—No, yo no leo, soy más de ver series.

Fue curioso: aunque Carlos seguía siendo el mismo hombre duro con el que compartió tragos en un bar, en ese momento tenía un gesto cordial y parecía haberse alegrado por el encuentro.

—Pues oye, dentro de mis rutinas de los jueves siempre tengo la tradición de ir a merendar después de leer la prensa, ¿te apetece unirte a mí esta tarde?

Diana no dudó en decir que sí. Sorprendentemente, se dio cuenta de que le apetecía más compartir un rato con ese hombre que con sus amigas.

—Oye, Carlos, por pura curiosidad, ¿sigues llevando...?

—¿Mi amiguito en el tobillo derecho? —Se palpa el bulto que marca el pequeño revólver en el bajo del pantalón—. Ya te digo que sí.

Con Carlos podría hablar de Vi, y eso era importante para ella. Sus amigas no conocían a su novio (¿o cómo debería empezar a considerarlo?) y no desea hacerse la pesada con ellas. Alguna que otra vez que se ha atrevido a sincerarse y ha explicado lo mucho que echa de menos a Vi, ha encontrado un muro frío y consejos vacíos que no la han ayudado en nada: que si se instale una aplicación para follar con el primero que conozca, que si lo que necesita es una buena borrachera...

De eso ya hace varios meses. Y sin haberlo pactado, la merienda de los jueves con Carlos se ha vuelto una rutina. Además, ha de añadir que se trata de un ratito agradable. Sí, hay que reconocer que el hombre tiene pinta de haber sido un padre de acero y un comisario bastardo, pero, debilitado por la edad, el duelo y la jubilación, se aprecia el modo que tiene de obligarse a ser amable, o al menos a comportarse de manera cortés.

Si Vi los viese merendando juntos, él, que ni siquiera les habló a sus padres de ella...

Ahora, en esta tarde soleada, Diana entra en la biblioteca y se alegra al saludar a Carlos.

—¿Qué, a que tú también piensas constantemente en la tarta de queso del Manolitas?

Se van charlando. ¿Sobre qué? Pues de lo que sea, de lo que han visto últimamente en televisión o las vidas de cada uno. Menos de política, de cualquier cosa. A veces, Diana teme que Carlos pueda leerle la mente y enterarse sobre Alba y Miguel, pero después se dice que anda ya, se llama tonta, y sigue acudiendo un jueves más.

Aun así, sabe que la amenaza es constante, que la promesa que hizo Carlos en el bar de que mataría al asesino de su hijo sigue vigente y más que vigente.

## MIRANDA

Qué tendrá la noche, que engancha tanto, que nos invita a ser otros y que hace promesas que a veces no puede cumplir, que parece eterna y nos hace sentir inmortales.

En sus adentros, Miranda ha de reconocer que la noche le pone, le pone mucho. Recuerda que en sus primeros años en el cuerpo siempre deseaba el turno nocturno, el más peligroso, sí, pero también el que te muestra esa cara del lugar que casi nadie ve. Le tocó sortear algún que otro peligro, pero no es menos cierto que siempre salió airosa de todas las situaciones peliagudas que se encontró. ¿Y cuánto hace que no trabaja de noche? Pues muchísimo, parece que aquello fuese en otra vida. Una vez que llegó Eloy a su vida hizo todo lo posible por ahorrarse el turno nocturno, salvo por algo puntual y obligatorio de una investigación.

Como es el caso.

Si no, ¿qué iba a hacer ella en un bosque, de noche, y con esta rasca inesperada que te congela hasta los pensamientos?

—¿Seguro que es por aquí la zona de *cruising*?

—Al menos son estas las indicaciones que nos ha dado la Guardia Civil —dice Cañete.

Miranda se gira al resto de agentes que los acompañan esta noche. Son solo cuatro, el comisario no ha tenido a bien dejarles más efectivos. Es lo que hay. Se organizan y dejan clara la misión del operativo: identificar y charlar con los hombres que estén en la zona de *cruising* esta noche. Saber si alguien recuerda haber visto a Víctor Blanco en ese sitio y si conocen al tal Alejandro, que hirió con un puñetazo a Gerardo Cervantes.

Los agentes se quejan del frío y de las horas extras que no les pagarán, hay alguno que incluso bosteza, y es que estas no son horas de andar por ahí, sueltos por el mundo. Este es el último lugar en el que quisieran estar. Y encima nos manda la mal follada esta de la UDEV, deben pensar. O, al menos, eso es lo que Miranda cree que piensan.

Se internan en el bosque, cada una de las parejas por sitios distintos con el fin de rodear la zona cero. A ella le ha tocado Cañete, ya ves tú qué suerte. Aunque, bueno, al final se le coge cariño al chaval. No tiene madera de policía, la verdad sea dicha, pero tiene un talante con el que se le hace agradable trabajar.

—Eh, Javi, ten cuidado que no tropieces, ¿vale? ¡Y apaga esa linterna! No las encenderemos hasta llegar allí.

—Perdón.

Siguen caminando entre la maleza durante varios minutos. El crujir de las ramas a su paso se hace inaguantable.

—¿Te puedo hacer una pregunta? —lanza Javier sin despistarse del camino; casi con vergüenza, animado seguramente por lo lejano que parece todo, por la intimidad que aporta este paseo nocturno.

—Puedes hacerla, y ya veré yo si la respondo. A ver, dime.

—¿Por qué tanto interés en Víctor? Es que son muchos los cotilleos que se oyen en comisaría y...

—Y te corroe la curiosidad.

—Es que es raro.

Miranda piensa en ser una borde y dejar al chico con más preguntas que respuestas, pero el pobre ha estado dando el callo en la investigación como el que más, ha cumplido con todos sus cometidos y ha hecho méritos. Se lo ha ganado, vaya.

—Sabes lo de Ramón Santiago, ¿no?

—...

—Oh, venga, Javi, sé que lo sabes. Todo el mundo lo conoce.

—Vale, sí. El poli que aprovechando que le tocaba su hijo el fin de semana, se lo llevó de viaje a los Pirineos. Lo mató y después se suicidó. Y todo por vengarse de su ex, que lo había denunciado por malos tratos.

Aquí Miranda no responde. No inmediatamente, al menos; suficiente tiene con tragar saliva.

—Resulta que Ramón, momentos antes de suicidarse... Nada, como tres minutos antes, llamó a Víctor.

—¿En serio?, ¿y por qué? —dice Cañete—. Víctor siempre nos contó que habían sido amigos durante sus primeros años de servicio, pero que llevaban como quince años sin verse y sin dirigirse la palabra.

—Y en principio así es, en eso no creo que mintiese —reconoce Miranda—. En todos mis años de relación con Ramón nunca oí mencionar el nombre de Víctor más que en anécdotas sueltas de juventud. Dime, ¿qué sentido tiene entonces que llamase a un amigo tantos años después, inmediatamente antes de suicidarse?

—... Ni idea, no se me ocurre.

Su mirada demuestra que realmente está cavilando teorías, pero ninguna con la suficiente fuerza o credibilidad para ser considerada.

—Eso es lo que quiero saber. Como Ramón se suicidó, la investigación fue mínima, y en el interrogatorio oficial Víctor declaró que hablaron de los tiempos de la Academia, como si de repente a Ramón le hubiese entrado la morriña de golpe; que a él mismo le pareció raro, muy raro, pero que realmente no hablaron de otra cosa ni dijo nada que dejase entrever lo que haría después..., o lo que había hecho...

»La llamada se produjo después de que Ramón se... "ocupase" de Eloy...

»Los investigadores, en esta ocasión de los Mossos d'Esquadra, supusieron que Ramón estaba fuera de sí, y que en este tipo de casos se han visto comportamientos aún más raros.

—Pero tú no te lo crees y quieres saber qué le dijo Ramón realmente a Víctor.

—Quiero saberlo, no por capricho, sino por mi hijo. Por si le dio la más mínima pista de dónde estaba. Un año después seguimos sin encontrar a Eloy, y eso, Javi..., eso no se lo deseo a ninguna madre, no te haces una idea del calvario que es.

»Y ya que estamos en el confesionario, ¿sabes otra cosa dolorosa? Que además yo quedé como la mala, ¡hay que joderse! Lo verás si *googleas* mi nombre, o quizá ya lo has hecho, hubo muchos artículos en los que se me culpaba a mí, que por qué yo había permitido que Ramón se llevase a su hijo de fin de semana, y ese tipo de cosas. ¿Qué iba a hacer? Me fue imposible conseguir que no viese a nuestro hijo ni en pintura. Al principio me negué a todo, claro, pero encima me tocó aguantar la amenaza de que, si no cedía, podía considerarse un secuestro y que él podría quitarme la custodia.

»Sinceramente, Ramón me había amenazado muchas veces con que haría algo para que me acordase de él por el resto de mis días..., y ese tipo de cosas, pero nunca pensé que llegaría a tanto, que realmente cumpliría con su palabra.

Es posiblemente la primera vez que Miranda explica su caso a un extraño. Hasta ahora solo había hablado con amistades y gente de la familia. Y al verse así, tan frágil ante un desconocido, se odia y se siente mal. Narrada de esta manera y con lo mal que lo ha contado todo, su vida parece una mala película de sobremesa, pero cómo exponer los momentos de miedo, de silencio; la sensación de vivir mirando al suelo. Inevitablemente se detiene y se echa a temblar de los nervios. Javier se acerca y la abraza.

Es un abrazo sentido, como se consuelan dos hermanos.

—Como me entere de que esto se lo cuentas a alguien de

comisaría, te juro que no habrá una cuarta generación de policías en tu familia.

Javier se echa a reír, y Miranda sabe que puede fiarse de su compañero.

Continúan caminando, pero se hace obvio que el joven se ha quedado con ganas de más cháchara.

—¡Por Dios, habla, Javi!

—¿Entonces es cierto lo de los malos tratos? Si me permites, eres la última mujer a la que imagino siendo golpeada.

—Ramón nunca me puso una mano encima. De ahí que al juez se la bufase. Pero hay muchos tipos de maltrato.

Levanta la mano para que su compañero se detenga *ipso facto.* Ha escuchado algo. Unos pasos hacen que se meneen unos matojos.

Es una familia de jabalíes.

Los dos policías suspiran aliviados, pero contienen la respiración hasta que los animales están ya lejos. Entonces reemprenden su andar.

—Y ya que estamos en un clima de confianza —dice Miranda—. ¿Has pensado alguna vez en hacer las pruebas para entrar en la UDEV?

—¿Es una proposición?

—Estarías un tiempo entretenido entre las pruebas y el posterior curso, pero creo que tienes madera. Podría estar bien, si te interesa.

—¿Entraría en tu equipo?

—Quién sabe. Si hay una vacante y te reclamo...

—¿Si fuese de la UDEV te tendría que tratar de usted?

—Nunca —responde Miranda—. Salvo que estemos en presencia de un superior, el comisario o la inspectora jefa, no.

—Entonces me lo pensaré.

De repente, ve dos siluetas agazapadas entre dos árboles que se mueven al ritmo de la pasión. Enciende súbitamente la linterna y enseña la placa.

—Inspectora Miranda Delgado, quédense tranquilos. Solo deseo hablar con ustedes.

Son dos hombres. Uno de mediana edad, que se ha quedado paralizado a media felación, aún con los labios pegados en el miembro erecto de su acompañante, un jovencito que apenas pasa de los dieciocho años.

—Eh, Javi, yo sigo hacia delante, habla tú con ellos.

—Oído cocina.

Y así lo hacen. Miranda sigue el recorrido hasta localizar al resto de sus compañeros. Hoy es una mala noche en la zona de *cruising*. Apenas encuentran a tres personas más. O han huido al verlos llegar o el lugar está de capa caída. Esa es la versión que argumenta uno de los interrogados, que entre el crimen acaecido meses atrás y lo de Cervantes, que ha sido señalado por la policía simplemente por estar en el bosque de noche, mucha gente ya no tiene cuerpo de acercarse y se han ido yendo a otras zonas.

Cuando llevan media hora escuchando tonterías inservibles para la investigación de los distintos hombres, Miranda repara en algo.

—¿Y Javi? Ya debería estar aquí, qué raro.

Deja a sus compañeros con los interrogados y desanda el camino por el que ha venido. Llega al lugar en el que se despidió de Javier y ahí no está.

—¿Javi?

Mueve el haz de luz por la zona. Un sinfín de sugerentes formas la acechan y el susurro del viento no podría ser más escalofriante... No, espera, no solo es el viento..., también hay gritos.

—¡Javi!

Miranda sigue el origen de los gritos y llega, tal y como temía, a la zona en la que se encontró el cadáver de Víctor Blanco, el acantilado.

—¡No, no, fuera, lejos de mí!

Javier está fuera de sí, acorralado en la roca de arriba del acantilado. Mueve los brazos con espasmos para defenderse del vacío.

—Pero qué...

Miranda está lejos, acercándose con cautela, sin entender absolutamente nada de la situación. Se ha vuelto loco, piensa, terriblemente loco.

Por desgracia, al verse acorralado, Javier tiene un movimiento desafortunado, da un traspié y cae por el acantilado.

—¡¡¡No!!!

Horrorizada, Miranda se asoma rápidamente y trata de ver a Javier.

—Mierda, mierda, mierda.

Primero pedir ayuda: «A todas las unidades, X-Alfa-9 en el acantilado, en el lugar donde encontramos el cuerpo de Víctor Blanco», dice por el *walkie*. Después busca la bajada de grava que nombró Cervantes. Está dos o tres minutos buscando dicha rampa natural y finalmente la encuentra. O eso cree. Aunque es una bajada con cierto riesgo, para qué mentir. Pero es un momento de máxima tensión y ella no lo duda. Se lanza, intentando afianzar lo máximo posible sus pies en la grava. Cerca del final se cae y se lastima las rodillas y las palmas de las manos, que empiezan a sangrar.

—Pronto llegará una ambulancia, tranquilo. Aguanta, Javi, aguanta.

Javier intenta hablar. Tiene algo que soltar y ha de decirlo ya; es vital. Los labios le tiemblan y es incapaz de fijar la mirada.

—No hables, Javi, ahorra energías.

—No está muerto..., no sé cómo, pero..., pero lo he visto delante de mí. Quería hablar conmigo, pero...

## MIGUEL

Junio está siendo agradable. Miguel y Alba han iniciado la rutina de leer bajo el sol y han descubierto que les encanta este nuevo hábito.

—Oye, ¿te das cuenta de que tenemos todo el terreno alrededor de la casa muy descuidado? —dijo Miguel un día.

—Nunca nos han ido mucho las plantas y esas cosas —alegó Alba—. ¿Qué quieres, un gnomo de jardín? Y tampoco somos de piscinas...

—Una pena. A mucha gente le encantaría disponer de tanto espacio libre.

De hecho, y para ser justos con la realidad, en todos estos años solo se han dedicado a cuidar unos pocos metros cuadrados de todo el terreno que envuelve la casa: la parcela que escogieron para esparcir las cenizas de Lucía.

Se trata de un trozo de tierra sin nada en particular. No hay ninguna placa y ni siquiera flores, pero ellos saben que es ahí, en esa zona, donde descansan las cenizas de su hija.

Y es que después de la tragedia no sabían qué hacer.

—Poner la urna sobre la chimenea al lado de la tele es un poco tétrico, ¿no?

—Entre tétrico y vulgar, yo creo, ¿las esparcimos al mar?

—Putas ganas de ir a la playa ahora.

—¿Y al aire, sin más? Subimos a una montaña y las tiramos.

—He leído sobre una compañía que pone cenizas en un globo y así se esparcen en la estratosfera.

En definitiva, que no les convenció ninguna de las opciones y la urna se quedó ahí, relegada en una esquina, esperando a que tomaran una decisión. Decisión que no tuvo lugar hasta después de la llegada del *frío.* Fue entonces cuando supieron que Lucía estaba ahí con ellos y que esas cenizas que conservaban eran solo eso, restos de un cuerpo físico. Lo más vital, la verdadera esencia de su hija, había vuelto a casa.

Una tarde de domingo esparcieron las cenizas en un trozo concreto del terreno, a la derecha del árbol, aunque optaron por no señalizar el lugar de ninguna manera: ni cruz, ni capillita, ni tabla de madera como si aquello fuera el cementerio de Sad Hill; solo deseaban tener controlado dónde descansaban las cenizas de Lucía.

Y es que eso es lo verdaderamente importante para ellos: saber que las cenizas están ahí, en esa pequeña parcelita, el lugar de reposo de su hija.

Pero el caso es que, volviendo a este verano, Alba y Miguel compraron un par de tumbonas y, desde entonces, salen siempre a media tarde a leer un poco. Y disfrutan de la lectura hasta el atardecer, momento en el que a veces se toman un *smoothie* de frutas que Miguel prepara con esmero.

—¿Te gusta? —pregunta Miguel esa tarde de San Juan.

—Me encanta. —Se acurruca entre sus brazos y cierra los ojos—. Gracias.

Él la rodea con fuerza, no sea que se le escape, y se quedan aquí juntos hasta que cae la noche. Entonces entran en casa y hacen el amor.

¿Cuánto hacía que no se amaban así, de una forma tan consciente, tan en el aquí y en el ahora?

La respuesta es obvia: desde que la desgracia se cebó con esta familia.

Es fácil invocar los seis años que compartieron con Lucía

mediante unas imágenes luminosas y armoniosas. A veces Miguel se dice que no, que en ese tiempo también hubo problemas a la hora de pagar la hipoteca, estrés en el trabajo, o discusiones dentro de la pareja debido a los nervios de tener que conciliar la vida laboral con la casa y el cuidado de la niña. Si Miguel hace un ejercicio de visualización realista, sin el filtro que a veces aporta la melancolía, sabe que es así, que, siendo los años más felices de su vida, no siempre salió el sol. Hubo instantes en los que Miguel se veía, aún treintañero, preso en un día a día que se limitaba a su esposa e hija, y se decía que por qué, que por qué le había tocado una vida tan alejada de lo que siempre quiso. Nunca tuvo grandes fantasías ni aspiró a metas altísimas, pero sí que siempre anheló sentirse libre y con la agenda en blanco. Menudo síndrome de Peter Pan, pensaba al autodiagnosticarse sus tristezas.

Recuerda un día gris, una jornada de esas peleonas, que se hacen cuesta arriba y en las que da igual lo que hagas, todo se torna un conflicto y los incendios no dejan de aparecer. Miguel se ve a sí mismo delante del ordenador, cansado, sin apenas haber dormido porque Lucía había tenido fiebre la noche anterior, estaba de morros con Alba por vete tú a saber qué tontería, había recibido un mensaje un tanto agresivo de un cliente y otro no hacía más que pedir cambios con mal tono y peor talante. ¡Qué ganas de tirar el café sobre el ordenador, por si así acababan todos los problemas! A veces, pensaba, el remedio a todos mis males sería mandarlos a todos a la mierda. Sin embargo, se obligó a tomarse un descanso y se asomó a la habitación de Lucía, que estaba tumbada en su cuna (aunque pronto habría que pasarla a la cama, pues la niña se hacía grande a pasos agigantados). A Miguel nunca se le dieron bien las niñas, y para entretener a su hija empezó a contarle lo que había hecho y con quién había hablado y tal. ¿Cuál fue la respuesta de Lucía? Una sonrisa radiante, como la que nunca más recibiría Miguel. Ella no entendía qué era tragar con las tonterías de un cliente o las responsabilidades de un hogar, a ella lo único que le importaba era que su papá estaba ahí, a su lado, contándole cosas. Y parece mentira, pero esa sonrisa fue un chute para Miguel, que regresó al ordenador con energías renovadas y ganas de lidiar con todos los quehaceres.

Cuánto añora a su niña. Desde la tarde en la que Lucía se fue, siente un peso sobre sus hombros que no le permite levantar cabeza. Él no quiere ponerle nombre, aunque sabe lo que es.

La culpa.

Qué va a ser, si no.

Fue una tarde soleada de otoño. Llevaban varios días soportando vientos fríos y alguna que otra amenaza de nieve, y ese sábado, por fin, había salido el sol. Lucía había acabado de cumplir los seis años y solo deseaba jugar y correr; correr y jugar. Lo único es que nadie podía acompañarla: su mamá debía acabar para el lunes una colección y su papá ya llevaba tres días de retraso con una traducción. Ella se empeñó en que podía jugar delante de casa, sin salir de la finca, pues sus padres la podrían vigilar desde sus respectivas ventanas. Alba y Miguel supieron que era cierto, que podían compatibilizar sus trabajos con sus funciones de vigías, y no pusieron más objeción a Lucía que el que se abrigase, que hacía frío.

Así pasaron varias horas. Lucía jugando en el exterior con sus numerosos juguetes, especialmente con un cocodrilo que mediante un cordel la seguía moviendo al unísono las distintas piezas que lo conformaban, ¡cuánto le gustaba! Y Alba y Miguel tan satisfechos al saber que estaban aprovechando la jornada.

Pero el problema vino cuando Miguel, entre reunión y reunión, quiso agasajar a su hija. No se le ocurrió otra cosa que coger una chuche y salir a la puerta.

—Eh, Lucía, ten. Pero ya sabes lo que siempre te decimos,

cuando se come no se juega. Así que para un minuto, ¿vale? Y después continúa jugando, pero ahora descansa.

—¡Sí, papá!

Lucía lo dijo de pasada, como un «cállate, pesado». A Miguel le sonó el teléfono en ese momento y regresó adentro después de dejar la chuche en un pequeño cuenco. Ya la cogerá cuando haga un descanso, pensó.

Nunca se ha arrepentido tanto de algo.

Ojalá se hubiese quedado ahí, con su hija, comprobando que efectivamente se comería la chuche quieta y relajada. Lucía no hizo más que ser una niña: siguió jugando con todo y pese a todo.

Cuando Miguel volvió al ordenador lo hizo escuchando a su hija jugar afuera. Cantos y risas que se mantuvieron durante diez o quince minutos.

Sin embargo, de repente, se hizo el peor de los silencios.

Un silencio que gritaba un desgarro.

Un silencio capaz de detener el tiempo y meterse en los poros de tu piel.

Un silencio sostenido y dominante.

No tenía matices ni murmullos, era solo silencio.

Desde entonces, Miguel se ha aficionado al ruido y no soporta la ausencia de sonido, ni para trabajar ni para nada, por eso de fondo siempre suele poner música o algún pódcast. Ahora, cada vez que la casa se queda en silencio, vuelve a sentir esa impotencia, esa parálisis que experimentó cuando, extrañado y con la frente arrugada, salió al porche, a vigilar que todo fuese bien. Inconsciente de que, en ese preciso instante, su vida cambiaría para siempre. Y todo por culpa del silencio.

Un silencio que absorbió como una esponja y del que se siente responsable.

# MIRANDA

No ver a Javi a su lado se le antoja un trago difícil de digerir. Y casi un agravio, ¿cómo no vio que estaba sometiendo a mucho estrés al chaval y que eso le haría estallar la cabeza? Era un simple agente capacitado para recibir y gestionar denuncias, ya está; pero no, ella lo cogió de compañero y lo puso a ras de suelo en la investigación de un asesinato. Qué cagada.

La versión oficial de la muerte de Javier Cañete es que, viéndose tan cerca del lugar de la muerte de su amigo, se acercó para presentarle sus respetos con tan mala suerte que tropezó y se cayó.

Miranda, sin embargo, sabe la verdad: a Javi se le fue la chola por completo, ¿a quién coño gritaba en el bosque si allí no había absolutamente nadie? Este trabajo se deshace de todo lo bueno e inocente, piensa ella, que sabe que su compañero merecía un destino mejor. Un destino como el que parecía prometerle la vida antes de que ella irrumpiera en su día a día, con sus neuras, su obsesión por el trabajo bien hecho y todo lo que eso conlleva.

En la visita al tanatorio apenas pudo mirar a la cara a la novia de Cañete, que la pobre estaba deshecha en una silla, con el único amparo de los brazos de sus suegros, que hacían lo imposible por aguantar un segundo más sin llorar, cosa en la que fallaban cada poco rato.

—Javi la admiraba mucho, ¿sabe? Siempre volvía contento

por lo mucho que aprendía de usted, parecía un niño pequeño haciendo un curso de verano —logró vocalizar la novia.

—Era muy buen policía. Para mí es un orgullo haber sido su compañera durante este tiempo —dijo Miranda—. Lo digo de verdad.

Volvió a apartar la mirada de la joven. No soportaba contemplar sus ojos. La novia la abrazó durante varios minutos y Miranda sintió cómo se le aflojaban las rodillas a esa chica; cómo buscaba una explicación que parecía negársele y cómo cada segundo que pasaba era una batalla por la supervivencia, una victoria sobre la sinrazón.

Miranda cumplió con el protocolo como superiora de Cañete, pero también como alguien que llegó a apreciar al joven, y se marchó en cuanto le fue posible. Realmente necesitaba una bocanada de aire fresco.

Por desgracia, Javier Cañete no es el primer hombre que pierde en acto de servicio, aunque eso no lo hace menos doloroso. Cada una de las pérdidas, a pesar de que el riesgo en este oficio va en el sueldo, son cicatrices que se graban en ti; directamente en tu alma, eso es inevitable.

La placa lo pudre todo, como si no lo supiese ella...

A veces, este trabajo te lleva a hacer cosas que no quieres hacer.

Como lo que hará ahora, dentro de cinco minutos.

—Le digo que ha llegado la hora, inspectora —espetó el juez en la reunión de ayer—. Todos sabemos que el culpable es el fulano ese, el señor...

—Cervantes.

—¡Ese! Tráigamelo con las pruebas de las que disponen y yo me encargo. Como ya sabe, puede disponer de él durante setenta y dos horas en la comisaría para ver si se ablanda y decide cantar ópera, así me lo entrega con lacito y todo.

—Pero, señor, creo que rascando un poco..., con un par de pesquisas más...

—Delgado, ¿sabe cuántos años llevo en este cargo? Pues si ya me jubilo dentro de dos, imagine. Créame, ha llevado el caso de manera notable. Es loable que quiera seguir investigando, pero le aseguro desde mi experiencia que ya dispone de pruebas más que suficientes. El sospechoso tiene su sangre en la escena del crimen y sobre el cadáver, ¿qué más quiere?

Le toca tragar con la orden de su señoría. Está delante del bio-bufé vegetariano, acompañada de seis agentes uniformados.

—Esperad aquí, quiero entrar sola.

—Pero, inspectora, no...

—Usted mismo lo ha dicho, mi cargo es el de inspectora, ¿y el suyo?

No recibe respuesta. Entra sola. El bio-bufé está a rebosar a esa hora. Normal, se acerca la noche y apetece un tentempié que ayude a aguantar hasta la hora de cenar. Encuentra a Gerardo Cervantes en su puesto, junto a la caja registradora táctil.

¿El problema?

Que ve en la mesa de al lado a un niño haciendo los deberes. No debe tener más de ocho o nueve años y le llama papá.

—Papá, ¿me puedo tomar otro zumo de estos? —dice apenas levantando su mirada de los deberes de la escuela.

Gerardo Cervantes sonríe y le pide a un compañero que haga el favor de servirle a su hijo otro zumo de la casa.

Miranda suspira y se queda plantada en medio del local, entre las mesas y los clientes, hasta que reordena sus pensamientos y enfoca su estrategia de otra manera. Coge una bandeja y se sitúa en la cola del *self-service*. Se sirve un trozo de tarta de zanahoria y llega a la máquina registradora.

—Oh, usted...

Gerardo Cervantes, que no la había visto hasta este mismo instante, se lleva el disgusto del año, diría que hasta huele lo que va a pasar. Mueve ligeramente la cabeza y ve que afuera, en la calle, hay apostados varios agentes con sus uniformes impolutos.

—No podré terminar mi jornada, ¿no?

—Eso me temo.

—Pero yo no he hecho nada.

—Entonces no tiene de qué preocuparse.

—Le prometo que...

—En comisaría podremos hablar más tranquilos.

Mira hacia la mesa más cercana, la del niño, que garabatea en una libreta mientras echa vistazos fugaces a un libro que reposa abierto.

—Hagamos una cosa —dice Miranda a Cervantes con un tono de voz muy tranquilo, sin que el niño la pueda escuchar—. Llame a su esposa, que venga a por el niño. Después, una vez que se vayan, entonces vendrá con nosotros.

—Mi mujer no puede conducir..., tampoco venir de forma tan repentina..., tiene una deficiencia que le hace difícil cambiar sus planes así como así, y viviendo en la sierra... Llamaré a mi cuñado, él puede llevar a Nando a casa.

—Sin problema, yo esperaré en la mesa de allí comiendo esta tarta. ¿Cuánto es?

Paga la tarta y recibe una mirada de agradecimiento de Cervantes.

—¡Papá, mira qué chulo! —dice el niño enseñándole un dibujo desde su posición.

—¡Está muy bien! Pero dale color, que así a tu profe le gustará más, ya verás.

—Vaaaaaale.

Media hora después, cuando el niño sale del bio-bufé con su tío, Cervantes se quita el delantal del trabajo y se acerca a Miranda con los ojos gachos.

—Llegó la hora.

## ALBA

Julio se hace asfixiante con su calor, pero al menos la presión del trabajo ha disminuido. Miguel ha entregado el último libro a la editorial y les ha pedido unos meses de descanso alegando motivos personales. Alba también ha terminado una colección que le reclamaron y el encargo de unas alianzas de boda, y no se avecinan nuevos pedidos hasta otoño. Aun así, de vez en cuando se sienta en el taller y hace alguna que otra pieza; más por vaciar la mente un rato que por trabajar.

Sigue sin poder entrar en su habitación sin verla toda ensangrentada de arriba abajo. Abre el cajón para guardar unas bragas recién cogidas del tendedero y ahí la ve.

La prueba del crimen, de nuevo en su escondite tras el registro de la policía.

La atacan una serie de imágenes: Víctor amenazándola con la pistola, después cómo se coloca encima de ella, y esa sensación viscosa y desagradable cuando la sangre la embadurnó por completo.

Al ver esa HK USP Compact entre su ropa interior, se apoya sutilmente en el mueble y se pregunta si ayudar a Miguel o no. Hace dos días, estaban matando el tiempo antes de ir a dormir con un poco de lectura fácil cuando él bajó su libro.

—Me gustaría conversar acerca de algo... No es muy agradable, pero creo que deberíamos hablarlo.

Ella cerró su revista de artesanía y puso cara de concentración.

—No sé cómo hacerlo —confesó Miguel.

—¿Te refieres a...?

Él afirmó con un gesto.

—Si me estás pidiendo que sea yo quien te haga daño, ni lo pienses —dijo ella de forma tajante—. No podría ayudarte ni aunque quisiera. Entiéndelo, Miguel, no puedo ni imaginarlo.

—Nunca te pediría eso. —Se acercó a ella y siguió hablando mientras le acariciaba las piernas—. Tengo que hacerlo yo, pero no sé cómo. No quiero sufrir. Supongo que soy un cobarde...

—Al contrario, ¿tú te escuchas? Es normal que no quieras sufrir, ¿quién lo quiere?

—¿Cuál te parece el método más fácil?

Debatieron levemente, pero a ella enseguida se le encogió el estómago y él finiquitó la conversación; ya habría tiempo para esa decisión.

Alba no se atreve a coger la pistola y suelta un grito para que Miguel se acerque al cuarto.

—¡Ya voy! —responde él desde la cocina.

Entra en la habitación secándose las manos en el pantalón y se queda detenido como un pasmarote cuando ve la pistola en el cajón.

—El arma reglamentaria de Víctor —aclara ella.

—¿Pero cómo se te ocurrió guardarla?

—¡Yo qué sé! Estaba asustada, en *shock*. Tampoco le busques mucha explicación. Sé que es una estupidez y cuando lo razoné ya era tarde, no sabía cómo decírtelo ni cómo deshacerme de ella, y mira..., aquí está...

Él alarga el brazo para coger el arma, pero en el último momento se detiene.

—Servirá... —dice Miguel con alivio en su rostro—. Guárdala hasta que llegue el día. Al menos será rápido.

Alba cierra el cajón y se quedan callados.

La llegada del *frío* hace que decidan volver a ponerse en movimiento.

—Bueno, venga, va —dice Miguel—. ¿Me ayudas con la ensalada o te vas a escaquear como siempre?

Ella agradece que Miguel se obligue a estar de buen humor o al menos a no demostrar su pesar (que ya es mucho), y se dirigen a la cocina. Alba le pasa el brazo por la cintura y él la coge por el hombro; así es como bajan las escaleras, agarrados como cuando eran novios.

Sin embargo, el *frío* no les sigue. El *frío* se queda en la habitación, quién sabe si custodiando el arma, no sea que se pierda y finalmente no pueda cumplir con su propósito.

Alba piensa en las cosas que le dijo a Miguel, eso de que nunca lo podría ayudar a matarse, y piensa que es cierto, que nunca deseó su muerte. Ni siquiera cuando lo de Lucía, que se atragantó con la chuche que él le dio a escondidas. Sabe que la culpa ha estado reconcomiéndolo cada segundo desde aquel fatídico día y ese es el peor de los castigos.

Con todo, hay algo que ella nunca le ha contado a él (muy mal por Alba), y es que ella también arrastra una culpa, una gran culpa.

El día en el que todo iba a cambiar, ella estaba arriba, trabajando en el taller, cuando le apeteció tomarse un descanso. Se apoyó junto a la ventana y entonces lo vio: vio a Miguel dándole una chuche a Lucía a media tarde, y eso que tenían establecido que la niña no podía comer a esas horas, y menos ese tipo de porquerías. Pero en ese momento, a Alba incluso le gustó la escena. Se le hizo entrañable que Miguel tuviese ese tipo de detalles de papá enrollado, y volvió al trabajo con una sonrisa de oreja a oreja, sintiéndose en el seno de una familia en la que reinaba el amor por encima de todo.

Lástima que unos minutos después llegase el silencio.

Ese silencio que se lo llevó todo.

Por eso, Alba piensa que es ella la que merece morir, porque ella, en ese instante en el que vio a Miguel con su hija, podría haberse asomado y haber dicho:

—Eh, ¿qué tenemos dicho? Que nada de chuches y menos a esta hora, que después no vas a cenar.

Claro, Lucía se habría quejado y Alba hubiese quedado como la dictadora que todo lo prohibía, sí, pero ahora Lucía estaría viva, y esa es una verdad que se le hace imposible de asumir. Por su inacción, por querer también ella ser enrollada, pasó lo que pasó.

Para no sucumbir, Alba decide volver al aquí y al ahora. Se ve junto a Miguel, que tiene el mando a distancia en la mano y a punto está de caérsele al suelo por la noticia que están viendo en televisión: han detenido al presunto asesino de Víctor Blanco.

Efectivamente, tal y como las premisas de la policía apuntaban: el subinspector estaba en una zona de *cruising* cuando empezó a discutir con un hombre, con un hombre que no tuvo reparos en matarlo, y es que el culpable ya tenía visos de ser una persona violenta. Era una olla exprés en movimiento, viviendo entre nosotros, dice el presentador del noticiario antes de pasar a la siguiente crónica.

Alba y Miguel se miran desorientados. Qué significa esto entonces, ¿han de alegrarse porque todo indica que saldrán indemnes o han de sentir todavía más culpa?

Y una sensación embriaga a Alba. Sabe que lo justo sería que muriese, que sería una forma de pagar toda la culpa acumulada a lo largo de su vida. Se odia por pensar así, pero sabe que es cierto. Debería morir cuanto antes.

Quién sabe si no acaba siendo así.

# DIANA

En algunas ocasiones, los equilibristas se caen y no llegan al otro lado. Muchos gurús se llenan la boca con consignas del tipo: «Para levantarte necesitas apoyarte en el suelo», «Cuantas más veces falles, menos te costará después ponerte de pie», o la favorita de Diana: «Cada caída es un aprendizaje». Pero lo que nunca se cuenta, quizá porque no es muy *happy flower*, es que hay ocasiones en las que la vida te derrota, te deja noqueado y te es imposible volver a ponerte en movimiento.

Así es como se siente ella.

Y el panorama que tiene delante no es muy alentador.

Ha venido a comer a casa de los padres de Vi. Sí, y además es domingo, la situación no podría ser más cliché.

¿Qué pinto yo aquí?, se pregunta cuando se ve sentada en el butacón de la salita de un piso del barrio de Salamanca. Es luminoso y amplio, pero tiene algo que repele a Diana. No sabe a ciencia cierta de qué se trata, quizá tenga algo que ver con la decoración: aquí el siglo XXI ni está ni se le espera.

—Muchas gracias por haber dicho que sí, nos hizo mucha ilusión cuando nos llamaste de vuelta, ¡qué ganas tenía de conocerte! —dice la mujer colocando en la mesa unas aceitunas y unas patatas de bolsa—. Al arroz le queda unos minutos, pero ya en nada comemos.

Diana tiene en la mano un vermut al que va dando tragos cortos, más por hacer algo en los silencios incómodos que porque realmente tenga sed. Es curioso. Una cosa son los paseos y las tartas de queso con Carlos los jueves, y otra esto: una comida familiar en un piso familiar. Más que nada porque es raro, todo es muy raro. Esta podría haber sido su familia, pero ya nunca lo será, piensa Diana con cierta pena. Le hubiese gustado vivir esta misma escena pero con Vi a su lado, diciendo: «Mamá, va, no te pongas pesada, ¿quieres hacer el favor de no atosigarla?». Visualiza la escena de una forma tan vívida que a punto está de sonreír. Qué tonta se siente en algunas ocasiones.

—Cosas de la vida: al final esta comida va a ser de celebración..., si hubiese algo que celebrar, claro —dice Carlos señalando la cara de Gerardo Cervantes en la portada de un periódico de tirada nacional—. He estado llamando a antiguos compañeros, a gente que conozco implicada en el caso, ¿os podéis creer que el muy cabrito sigue diciendo que no, que él no hizo nada?

—Lo que yo me sigo preguntando es qué pintaba nuestro niño ahí —apunta la madre, y echa una mirada acusadora a Diana. Claro, si ella hubiese sido más solícita en el sexo, más complaciente, su hombre no tendría que haber ido a buscar por ahí fuera...

Eso es lo que Diana ve en los ojos de esa mujer, y aunque se siente mal, en el fondo lo entiende y también ella se pregunta qué hacía su novio yendo a los brazos de Alba. Cada vez que lo piensa (y eso es casi todo el día), se le revuelve el estómago. Sin embargo, muy de tanto en tanto se rebate a sí misma: ella solo vio a Vi entrando en casa de su hermana. Nada más. No fue testigo de siluetas desnudándose en la ventana ni nada parecido, entonces, ¿por qué está tan segura? Porque en el fondo conoce (o conocía, mejor dicho) a su novio; sabe de su calentura, de lo que le motivaba a ponerse en movimiento. Ningún tío se hace casi una hora de coche sin interés alguno. Eso es así, mal que le pese. Y mira que le pesa.

Y después está la mención que la inspectora hizo sobre Miguel en aquella llamada telefónica... Dos más dos son cuatro, se dice ella cada vez que repasa (imagina) los acontecimientos. Lo visualiza con claridad, como si fuese una película vista cien mil veces. Incluso sería capaz de decir qué frases intercambiaron Alba y Miguel; podría jurar qué muecas pusieron al cometer el crimen. Lo ha imaginado todo, pero absolutamente todo, un millón de veces en la soledad de sus noches.

Pero la justicia le dice que el culpable es otro, que los causantes de su desgracia no son Miguel y Alba, y ella ha de creer en la justicia. No le queda otra.

—Desde tu experiencia, Carlos, ¿cuántos años crees que le caerán a ese malnacido?

—Se dictará sentencia después de verano, pero con la edad que tiene..., ese no se vuelve a dar un paseo por el bosque, eso te lo digo yo.

Parece que no, pero sirve de consuelo; eso es lo que dice el silencio que se produce.

—Al menos ahora podrás dejar de llevar ese cacharro siempre en el tobillo, ¿no? —dice la madre.

—Eso ya es parte de mí, así que, tú, chitón.

La mujer no disimula su disgusto y Diana decide desviar la escena hacia otros derroteros más agradables, más cotidianos.

—Y bueno, ¿qué tal está Inés por Chicago?

—Ah, es verdad, que la conoces, que fuiste a su cumpleaños. Pues bien, diría que bien. Al menos es lo que parece. Ay, pobrecita, mi niñita..., pero ahora se la ve contenta, así que mejor, que con todo lo que ha sufrido...

Lo dice como dando por descontado que Víctor le contó a Diana algún hecho en referencia a su hermana. Pero nunca fue así, y su cara es de desconcierto. A la madre se le humedecen los ojos y se seca con un pañuelo que saca de la manga, después se excusa con tener que mirar el arroz y se va llorando por el pasillo.

Diana suspira y encuentra la sonrisa amarga de Carlos, que coge aire antes de hablar:

—Lo hemos pasado muy mal, ya lo sabes, y a nuestra edad..., pues todo se vuelve aún más negro ante la falta de expectativas.

—No digas eso, Carlos, pero si aún...

Él hace un gesto de negación.

—Por eso, no te juntes mucho con nosotros, no sea que te lo peguemos.

Tiene razón, ¿qué hago yo aquí?, vuelve a preguntarse Diana, y por un momento teme estar coqueteando con la venganza. Como cuando sabes que le gustas a un chico y a ti no te interesa, pero quedas igualmente con él, para tomar un café o dar un paseo inocente. Hay cierto *gustirrinín* en saber que si quisieras podrías enrollarte con él; no lo haces, pero se respira el morbo en el ambiente..., eso es así. En este caso, el morbo es la venganza.

Incluso ha empezado a fantasear con ella.

## ALBA

Si confiesan, los condenan; si callan, se maldicen.

Este es el gran conflicto en el que se hallan inmersos estos últimos días, qué triste sentir. Primero vieron a Gerardo Cervantes como el salvador que estaban esperando, alguien que cargase con el peso de la ley, que los alejase de la inspectora y de cualquier foco. Pero si ellos solo desean estar aquí, en casa, tranquilamente. Sin embargo, lo que había sido algo tan largamente deseado, al vivirlo, se ha tornado una pesadilla.

La prensa y la sociedad al completo se están volcando en atacar y ofender de todas las formas posibles a Gerardo Cervantes. Su cara no deja de aparecer en los medios, se habla de él y de otros asesinos en los debates de la tele, se discute sobre qué puede hacer un país cuando se detienen a tipos así, y claro, ya ha surgido el típico líder de extrema derecha diciendo que esto en algunos condados de Estados Unidos no pasa, que allí no dudan en aplicar una buena inyección a aquel que se la ha ganado. En resumen, que la detención de Cervantes ha generado un sinfín de interés mediático; y eso sin contar la condena que le caerá al pobre hombre.

«Pobre hombre» para ellos, que para el resto del país...

El otro día, en un programa de investigación periodística (supuestamente no sensacionalista), hicieron un retrato de Gerardo Cervantes en su día a día: cómo era su trabajo o su entorno más inmediato; ese tipo de cosas. Lo peor de todo es que la presentadora incluso se acercó a su domicilio, donde aún viven su esposa y su hijo. Como es obvio, no pudieron pasar de la puerta, pero todo el mundo vio la imagen de una mujer asustada, despeinada y hecha polvo diciendo, a punto de llorar:

—Por favor, fuera. Déjennos, por favor, váyanse. ¡Por favor!

Y se llevó las manos a la cara, rota, antes de pasar a la publicidad.

Fue una escena de lo más lamentable que a ellos les rompió el corazón. Si Miguel y ella ya conocían la culpa, esta sobrecarga era mortal. Sí, Cervantes tiene antecedentes, pero quién no ha cometido algún error en el pasado, ¿no? No merece estar preso por un crimen que no ha perpetrado, y ellos lo saben. Pero ¿qué pueden hacer? Si hablan, no podrán contar lo de Lucía e irán a la cárcel, condenando así al bebé que viene de camino, que tendría que tener una lactancia entre rejas y después, sin abuelos vivos, ser puesto en adopción (porque de salir toda la verdad a la luz, Eva y Diana no querrían hacerse cargo del peque).

No, eso nunca, piensa Alba con las manos en la tripa. Cueste lo que cueste hay que seguir hacia delante.

Pero.

Si confiesan, los condenan; si callan, se maldicen.

El problema es que Miguel no está tan seguro con esto de hacer oídos sordos a la voz de la conciencia. Lo nota en su mirada. Y se le está yendo un poco la cabeza. Salta enseguida.

Como lo que pasó ayer.

Estaban tan tranquilamente por casa, decidiendo qué comer, si tortilla de patatas o cuscús al pesto, cuando Miguel miró por la ventana y acudió de inmediato hacia la puerta.

—No, no, no, no, no —gritó saliendo de la casa—. ¡Fuera! ¡¡¡Fuera!!!

Alba se asustó, claro, y se acercó despavorida a la puerta temiéndose lo peor: la policía, unos ladrones..., quién sabe.

Pero ¿qué encontró? Un perro que se había colado en la finca y que estaba removiendo la tierra. Justamente la parcela a la derecha del árbol, donde hace tres años esparcieron las cenizas de Lucía.

—¡Uh! ¡Ah! —gritaba Miguel intentando espantar al perro, pero este seguía removiendo la tierra sin percibir peligro alguno—. ¡Fuera de aquí, chucho!

—Miguel, ten cuidado —dijo Alba desde la puerta, pero su marido estaba ido por completo, fuera de sí, y no la escuchaba ni lo más mínimo—. ¡¡¡Miguel!!!

El perro era grande, terriblemente grande. Era casi un caballo. Alba nunca ha entendido de animales; es decir, no supo distinguir la raza de ese perro, pero era obvio que debía ser peligroso.

—Miguel, vuelve, ya se irá. ¡Que vengas *pa'* dentro!

Sin embargo, Miguel, harto de todo y cada vez más cabreado, fue al garaje y volvió con la pala de quitar nieve.

—¡¡¡Ahhhhhhh!!! —gritaba mientras corría hacia el perro—. ¡¡¡Fuera de aquí!!!

El animal, entonces sí, se volteó hacia su atacante y se plantó con sus cuatro patas en tensión. Dejó mostrar sus dientes y la saliva regó toda la tierra removida.

Gracias a Dios sonó un silbido e hizo acto de presencia el acompañante humano (que no dueño) del perro.

El hombre, un sexagenario despistado, pidió mil disculpas y les comentó la situación. Resulta que se había entretenido haciendo un número dos detrás de un árbol y Chuski había salido disparado detrás de un conejo. Llevaba media hora larga buscándolo y ya estaba preocupado (y por el sudor y su cara de circunstancias, le creyeron).

—Mil disculpas, de verdad. ¡Menos mal que al final no ha sido nada!

Miguel quiso espetarle alguna mala respuesta, pero por suerte se contuvo. Cosa que Alba agradeció, la verdad.

Eso sí, el hombre se despidió con una advertencia. El perro era un dogo canario y aconsejó a Miguel que la próxima vez que se cruzara con el ejemplar de una raza tan peligrosa no empezara a gritarle ni a tratar de ahuyentarlo.

—Que Chuski no haya saltado encima de usted ha sido un auténtico milagro. Porque está entrenado, que si no...

Y Miguel, entonces sí, no se contuvo.

—¡¡¡Váyase a la mierda!!!

El hombre abrió los ojos de par en par, echando una mirada confusa a Alba.

—Que a la mierda, que se vaya de aquí, ¡largo!

Alba contempló a Miguel y una alarma sonó en su cabeza: ¡qué tributo a la desolación! Su marido estaba de rodillas sobre la tierra removida, embadurnándose las manos. Observaba cómo los granos de arena caían de sus dedos. Pero sus ojos estaban cristalinos, tenía la mente mucho más allá.

El debate de qué hacer, cómo proceder, está muy vivo en él. Eso es más que evidente, y eso es precisamente lo que aterra a Alba en estos momentos. No quiere que haga una tontería. Lo quiere a su lado hasta el último segundo, y entonces sabe que es una egoísta. Pero sí, vale, es una egoísta, si con eso consigue que Miguel se quede a su lado; no tiene ningún problema en aceptarlo y gritarlo bien alto.

Sí, quiere que Gerardo Cervantes pague por un crimen que no ha cometido.

Y se lleva las manos a la cara. Se mete los dedos en la boca y se los muerde. Qué mal, ¡qué mal! No es una egoísta, es una miserable. Una maldita miserable.

## MIGUEL

Agosto pasa lento pero sin pausa. El hastío no es buen amigo de la mente humana, y Miguel siente cada día un poco más de ansiedad. Lo peor de todo es no poder hablarlo con Alba. Sabe cómo es, y con ella se han de evitar ese tipo de conversaciones; no le gustan, se le atragantan; así que no intenta buscar comprensión por ese lado, y solo se dedica a darle vueltas a la cabeza.

Ha empezado a elaborar una lista de cosas que hacer antes de suicidarse. ¿Despedirse de alguien? Con sus padres muertos desde hace años, aparte de Berto, no se le ocurre nadie. Piensa en volver a ver películas como *El mismo amor, la misma lluvia* o disfrutar de nuevo de toda la saga de *Star Trek.* Igual también le gustaría leer una vez más *Cien años de soledad* o la trilogía sobre la droga de Don Winslow.

¡Qué banal le parece todo! Pensar en ver una película o leer un libro mientras un pobre inocente se pudre en la cárcel y sufre el escarnio de todo un país.

Pero por poco tiempo.

No se lo ha dicho a Alba, pero tiene un plan: cuando se suicide, enviará un *e-mail* a la inspectora Miranda Delgado. Lo dejará programado para que le llegue cuando él ya esté muerto. Obviamente, no dirá nada de Lucía y tampoco de Alba, él cargará con toda la culpa. La noche de autos llegó a casa y, al encontrarse al amante de su mujer, se volvió loco, tuvo un acceso de furia y no volvió en sí hasta que vio el cadáver en el suelo. Incluso tiene pensados un par de detalles que le darán verosimilitud a la historia.

Ya tiene guasa, él, que ha estado toda la vida trabajando con libros, pero nunca se había lanzado a la escritura, y cuando por fin lo haga será para redactar semejante mamarrachada. Pero al menos su conciencia quedará en paz. De hecho, desde que tomó esta determinación, se siente más liviano, como si ya nada importase. Casi como si estuviese deseando el momento de morir. La imagen de Gerardo Cervantes lo horroriza, y le da gusto saber que con su muerte enmendará el mal hecho.

Todo esto lo piensa en sus paseos matutinos alrededor del perímetro de la casa.

Aún recuerda vivamente cómo fue la primera vez que llegó. Había ido a Cercedilla a ver a un escritor al cual tenía que traducir y a la hora de volver a casa se perdió en el sinfín de carreteras de montaña. Casualidades del destino, piensa hoy con una sonrisa.

Detuvo el coche cuando le empezó a sonar el móvil: era Alba, que estaba preocupada por su tardanza.

—Espera, que paro el coche, un segundo... Ahora, ya está, dime.

—Están mis hermanas aquí esperando. Ah, también ha llegado tu hermano..., que, por cierto, ha venido solo. No sé yo si al final va a ser verdad aquello que hablamos, que se avecina crisis, vamos...

—Alba, ¿qué dijimos de los chismes sobre la familia?

—Vale..., en definitiva, que aquí tenemos hambre, ¿dónde te has metido?

En lugar de admitir que estaba perdido, Miguel miró a su alrededor y fue entonces, al girarse, cuando vio un enorme «SE VENDE».

La casa custodiada por el cartel se encontraba entre matojos de casi un metro de altura, algunas persianas estaban caídas y la puerta solo se mantenía cerrada gracias a una cadena; vete a saber cuántos años llevaba abandonada, pero, pese al destrozo general, él solo vio un sinfín de oportunidades.

—Pues... estoy en un sitio que te gustará —dijo lleno de optimismo.

Parece que de esa tarde haga mil años, y tiene miedo de sentir que ha perdido una vida entera. Pero inmediatamente se dice que no, que en esos años han pasado muchas cosas y que la gran mayoría han sido regalos de la vida. Ha recuperado a Alba y ahora, en unos meses, estará con Lucía.

Lucía...

Después de que ella regresase a la casa en forma de frío, una mañana al despertar encontraron agrietadas todas las fotografías de la niña. Ola de ataques que tanto él como Alba interpretaron como una señal; fuese por la razón que fuese, Lucía no deseaba verse. Y del ataque solo sobrevivió una fotografía, la que se encontraba en su habitación: la del paseo por el parque del Retiro, que, como cualquier otro detalle de ese cuarto, se mantuvo inmóvil en el tiempo.

Obviamente las fotografías atacadas no se tiraron, sino que se guardaron en una caja del garaje.

Caja a la que ahora acude Miguel. La abre, estornudando por el polvo acumulado, y empieza a regodearse en todos y cada uno de los recuerdos que le despiertan todas esas instantáneas. Pareciera que le hacían una fotografía cada día. ¡Qué barbaridad! A Miguel le da igual todo. Coge prestada la silla del taller de Alba y se deja bañar por la melancolía. Lo único que lo reconforta es que en poco tiempo podrá volver a estar con esa niña de pelo castaño y hoyuelos en ambas mejillas.

A lo lejos suena un trueno, y teme que eso marque la agonía del verano al ver el otoño tan inminente.

En su cabeza empieza a escuchar un suave pero taladrante tic-tac, tic-tac...

## ALBA

Sangre.

Lleva toda la mañana aguantando a sus dos hermanas (que se han acercado a verla), pero ella solo tiene la cabeza enfocada en el disgusto que se ha llevado al despertar por la mañana, hace tan solo un par de horas.

Lo primero que hizo fue estirar el brazo y palpar el lado vacío pero caliente de la cama. Entonces, sin necesidad de abrir aún los ojos, escuchó a Miguel trastear en la cocina. Se obligó a sí misma a sentarse en la punta del colchón y, todavía con los ojos cerrados, buscó con los pies desnudos las zapatillas esparcidas de cualquier manera. Después, se arrastró hacia el baño y una vez sentada en el váter decidió que era momento de mandar la orden a su cerebro para que fuese levantando los párpados. Con esas fue cogiendo un poco de papel de váter y, al abrir los ojos, lo vio.

Primero borroso y sucio; después, debido al susto, se obligó a enfocar la imagen en sus dedos.

Tenía las yemas manchadas de rojo.

Bajó su mirada y reparó en sus bragas. Estaban empapadas de sangre. ¡Sangre!

—¿Tú qué piensas, Alba? —le pregunta Eva.

—¿Qué?

—De verdad, hoy estás *acarajotada.* ¿Se puede saber qué te pasa?

Alba no quiere contar a sus hermanas qué la despertó súbitamente esta mañana, como tampoco quiere confesar que apenas ha escuchado nada de lo que ellas hayan podido decir desde que han llegado a casa. Lleva todo el rato pendiente de su tripa, atenta a cualquier nimio movimiento que el bebé pueda hacer. Incluso se acaricia los alrededores del ombligo, pero ni así consigue despertar al niño, que lleva toda la mañana inmóvil.

Salió del baño asustada, buscando a su marido para contarle acerca de la sangre, pero cuál fue su sorpresa cuando lo encontró acompañado de sus dos hermanas.

—Va, cámbiate y ponte mona, que hemos traído porras para desayunar —dijo Diana enseñándole el cucurucho de papel aceitoso.

Mira que son familia y las quiere; podría haberles contado también a ellas el tema de la sangre; pero en ese segundo, al mirar a Diana, enmudeció y cumplió dócilmente con lo que le habían dicho. Se puso ropa cómoda y comió una porra acompañada de una taza de leche caliente. Diría que sus hermanas la han intentado convencer para que organizase una *baby shower*, pero ahora, tras dos horas de sobremesa y sin el apoyo de Miguel (que se ha retirado a leer a la tumbona), se muestra tartamuda y con la cabeza puesta solo en la tripa.

Un movimiento, por favor, aunque sea leve, por favor, por lo que más quieras, muévete, por favor, te lo pide tu mamá, muévete, por favor, te quiero, por favor, espero que estés bien, por favor, m-u-é-v-e-t-e.

Hace caso omiso a cualquier pregunta directa o indirecta de sus hermanas y se mantiene atenta solo a su tripa.

Ha habido un momento en el que Eva se ha preocupado por la incipiente depresión de Diana y esta se ha defendido con que está mejor, que solo espera que pase el tiempo y ver si es verdad que este lo cura todo, que ojalá al asesino de Víctor le caigan muchos años y así ella pueda pasar página con más facilidad.

—No estoy tan mal, de verdad. Y si estáis cada día preguntándome, entonces sí que todo se me hace cuesta arriba. Tratadme normal, como siempre, ¿de acuerdo? Solo os pido eso.

Ni siquiera las escucha.

Alba tiene todo el cuerpo secuestrado por los nervios, con las dos manos en su barriga, y la mirada fija y desenfocada en la pared para no distraerse en nada más que no sea su hijo.

Y por fin, cuando ella cree que le va a dar un ataque al corazón, el bebé da una patada. Intensa: aquí estoy yo, parece decir. Y su madre mira a sus hermanas y anuncia que no se encuentra bien, que hagan el favor de llamar a Miguel.

Eva, acostumbrada a ver de todo en el hospital, acude a ella con temple y seguridad. Sin embargo, Diana, siendo la loca de la familia, lucha por no dejarse llevar por la tensión y sale corriendo hacia el exterior.

—¡Miguel, corre, ven! —grita con el rostro desencajado y agitando los brazos—. ¡¡¡Rápido!!!

## MIGUEL

—Muchas gracias, doctor —dice Eva al despedir a su compañero, que ha aceptado hacer una visita a domicilio en fin de semana.

Miguel espera un tiempo prudencial y acude a su cuñada.

—Entonces, en cristiano, ¿qué es lo que ha dicho?

—¿Recuerdas lo de hace unos meses, que le tocó hacer reposo en cama? Pues debería haber estado el doble de tiempo, o todo el embarazo, yo qué sé. El caso es que el bebé está a salvo, pero ella lo ha de mimar moviéndose lo menos posible. Le toca hacer reposo sí o sí, si desea que el embarazo llegue a buen término.

—Ya conoces a tu hermana, no sabe estarse quieta.

—Es septiembre, por Dios. Solo necesita estar dos meses más en cama, tampoco es que se le pida tanto, ¿no crees?

Eva, con un último aspaviento, da media vuelta con la intención clara de regresar al interior del domicilio, pero Miguel la detiene.

—Oye, Eva, diría que has dicho que «el bebé está a salvo».

—Sí, así es, ¿y?

—Alba también lo está, ¿verdad?

—¿Qué quieres que te diga, Miguel? Mira dónde estamos —dice Eva abriendo sus brazos por completo—. ¿Acaso esto es un hospital? Joder, no sé qué os pasa, ¿es que queréis volver a la Edad Media o qué? Y no es lo mismo parir con veinte años que teniendo cuarenta, así que yo qué sé. Yo ya no sé nada.

Ante semejante ataque, Miguel tiene ganas de contarle la verdad, decirle que son presos del espíritu furioso de su primogénita que no los deja salir más que al jardín. «Ni siquiera al súper podemos ir. Nos toca recurrir a mi hermano, que si algo tiene es que nunca hace preguntas. Te hace el favor y adiós». Aunque no dice nada de eso, se queda callado y cabizbajo, como el niño al que regaña la profesora delante de sus compañeros de clase.

—Esperemos que no pase nada —continúa Eva—, pero tampoco quiero engañarte: la situación es grave y todos los finales son posibles.

Y, dicho esto, sube su enorme cuerpo por las escaleras y lo deja solo.

Miguel se lleva la mano a la boca, horrorizado ante la imagen que le aparece en la mente. No, Alba, no. No puede ser. Y al sentir el miedo real por primera vez, decide aplazar esa posibilidad.

Sube a la habitación de matrimonio y observa a Alba, que se muestra ruborizada al saberse el centro de atención de toda la familia.

—Ostras, qué corriente tenéis aquí, ¿no? —dice Eva.

Miguel no necesita mirar el termómetro. También el *frío* ha querido unirse a la escena.

—Aquí hay que venir con chaqueta en verano, ¡qué barbaridad! —dice la matriarca quejándose de nuevo.

Por un instante, Miguel piensa en echar a las dos hermanas para que Alba pueda descansar; pero se queda quieto, como un mero observador de la escena familiar. No sabe qué tiene, pero le gusta ver a las tres hermanas charlando sin parar como una partida de pimpón. Y Alba, aunque se siente débil, está con semblante alegre mientras escucha a Diana y a Eva.

Pese al alboroto, Miguel la mira ensimismado y no puede evitar sonreír.

Alba, sabiéndolo, también lo mira y se sonríen el uno al otro.

En este momento, Miguel confirma su idea de que lo dará todo por su esposa. No reparará en esfuerzos por cuidarla y quererla todo lo posible, con tal de que mejore y pueda dar a luz en noviembre a un niño sano y fuerte.

# MIRANDA

Teme estar volviéndose loca cuando repara en que está aquí, delante de esta puerta. Hay un letrero que dice: «CENTRO ESPIRITISTA». Se ve a sí misma desde fuera, en el rellano de esta escalera, frente a esta entrada, y se dice: imagina que alguien me viese entrar o que dentro haya una sola persona que me pueda reconocer, ¡qué disparate!

La vida, piensa al empujar.

¿Cómo es que se ha acercado hasta este lugar? Esta mañana se despertó mal. Como es habitual en ella, había tenido pesadillas y se fue inmediatamente a remar al lago de Casa de Campo. Fue sobre las ocho de la mañana, al regresar a casa de su padre, que este se levantó y empezó a preparar café para dos.

—Deja de obsesionarte, hija, y descansa un poco.

—¿Cuándo he hecho yo eso?

—Al menos inténtalo, pero si ya has cogido al hombre del saco.

—Pero hay algo..., no sé...

—Así no hay manera, ya te lo digo —culminó su padre, cansado de ver a su hija sin ni siquiera intentar salir de la fosa.

Miranda, para no empezar una discusión, salió a andar por Madrid y lleva todo el día fuera. Incluso, al mediodía, le puso un mensaje a su padre de que no la esperase y terminó comiendo en un gallego de Malasaña. Ha sido por la tarde, ya dando un paseo a última hora, cuando recordó un detalle.

En el informe que le enviaron los de delitos informáticos sobre los dispositivos que se llevaron de la casa de Alba y Miguel, le llamó poderosamente la atención un dato sobre los sitios consultados en el navegador. Resulta que Alba solía visitar insistentemente la web y el canal en YouTube de un centro espiritista. Lo que no dejaba de ser raro. Nunca imaginó que a Alba le fuese el ocultismo y esas cosas. Fue un dato que le chirrió desde el primer instante, solo que el informe llegó una vez detenido Cervantes, así que tampoco le dio muchas vueltas, para qué mentir.

Pero esta tarde, al verse cerca de dicho centro espiritista, ha pensado que por qué no pasarse a echar un vistazo.

Se descubre ante ella un local pulcro y que inmediatamente embriaga con un peculiar calor de hogar. Nada más cruzar la puerta, una se siente a gusto aquí. Eso se ha de admitir, y los posibles prejuicios que pudiese tener Miranda se desvanecen en el acto.

—Tú, carita guapa, ¿qué pasa, tan tímida?

Es una mujer mayor, de más de setenta, con el pelo teñido de rubio y una energía desbordante.

—¿A ti quién te ha liado para dejarte caer por aquí? Ven, pasa, que la conferencia está a punto de empezar.

Sin atreverse a responder, Miranda sigue recorriendo el pasillo y va a parar a una sala presidida por un atril con su correspondiente proyector detrás, que están delante de un montón de sillas, casi todas ocupadas. ¡Madre mía!, piensa ella, pues sí que hay gente, sí, y yo con miedo a entrar.

—Ahí, en el fondo, en la zona de prensa, hay sitio —dice la mujer, carismática.

—¿Zona de prensa?

—Ya me cogerás el humor, date tiempo.

Resulta que en el fondo de la sala hay un par de sillas libres porque al lado se encuentra una cámara de vídeo. Es simple, no muy voluminosa, pero con los comandos básicos para una buena grabación.

—Espera, que te hago hueco —dice el operador de la cámara. Viste un chaleco rojo demasiado cantoso y no es muy agraciado físicamente, pero parece simpático. Al menos esa es la primera impresión que da.

—¿Hay una conferencia ahora? —pregunta Miranda. Observa a las personas aquí congregadas, todas hablando entre sí (deben llevar muchos años coincidiendo), y la pantalla del proyector muestra un PowerPoint.

—Sí, cada miércoles a las siete y media. ¿Tú eres nueva, a que sí?

—Es demasiado evidente, ¿no?

—Un poco. Es como si yo fuese a un gimnasio, ¿te imaginas? O me intentase presentar a las pruebas de la policía.

Ríe más de lo que la broma merece, y Miranda espera a que cierre la boca para preguntar.

—Oye, y esto del espiritismo... ¿qué es?

—Oh, bueno, yo solo soy cámara. Ya sabes, es mi trabajo y punto, pero hay que reconocer que es curioso lo que se trata aquí. Yo, la primera vez que vine a grabar, estuve a punto de dar media vuelta y largarme, me parecían todos unos locos. Pero, sinceramente, después piensas lo que dicen y..., oye, que igual algo de razón tienen. Es una filosofía espiritual sin dogmas de fe, ¿sabes? Lo que a mí siempre me ha reventado de las religiones es que te dicen que esto es así porque es así y punto en boca. Aquí no, yo en estos años siempre he intentado pillar a Aurora en algún «vacío legal» y nada, sus respuestas siempre han estado bien fundamentadas.

—¿Aurora?

—La jefa de todo esto, Aurora Arlen, es la mujer que te ha saludado al entrar. Después de la conferencia seguro que te aborda otra vez. Siempre le encanta hablar con la sangre fresca que se acerca al centro.

Y así es. Dos horas de conferencia después, y cuando ya todo el mundo está levantándose de sus sillas, plegándolas y colocándolas cuidadosamente junto a la pared, la mujer carismática se acerca a ella.

—¿Qué, a que estamos para que nos encierren?

—No, no, no...

Bueno, un poco. ¿Había sido interesante la conferencia? Pues sí. ¿A ella le había gustado? Pues no, pero no podía decirlo.

—No sé si sería posible que hablásemos un momento... Nada, diez minutos.

Aurora la conduce a una pequeña salita y la invita a sentarse. Miranda Delgado le enseña la placa y se presenta. En cuanto empieza a exponer por qué está aquí, la mujer lo entiende.

—Pues claro que me acuerdo de esos dos, ¡qué pareja más maja! Qué mal me supo no poder ayudarlos más. Sentí que les dejaba *empantanaos*, con la casa hecha un cristo.

—¿Cuál es su relación con ellos?

—Ah, es que... ¿Cuánto sabe?

—Dígamelo usted.

—Es que hablar así, de sopetón... No soy un cura guardando el secreto de confesión, pero me gusta ser un poco reservada. Yo llevo desde los dieciséis años estudiando el espiritismo y para mí es la cosa más normal hablar de espíritus, médiums y ese tipo de cosas. Pero entiendo que no es así para el resto de la sociedad, allá fuera, y tampoco me gusta quedar como una loca.

—Mire, le voy a ser sincera. El caso por el que traté con la señora Villar y el señor Callejo está cerrado. Y, aun así, lo que usted me pueda decir dudo que pudiese ser relevante, pero, no sé por qué, necesito comprender... No sé, la verdad es que salí de casa esta mañana sin planteármelo. Ha sido hace un rato, al verme cerca del centro, que me he decidido a venir, ha sido un impulso.

—Ay, si supiera lo que dice el espiritismo de los impulsos...

—Ya, he escuchado su conferencia. Cree que ha sido una

jugarreta del destino o un buen espíritu que me ha ido guiando hasta aquí y me ha inspirado el pensamiento de subir a mirar, ¿no?

—Ahora, lo importante es que está usted aquí —dice la anciana con una sonrisa.

A Miranda la hartan este tipo de cosas. En realidad, se quiere ir a casa de su padre, cenar con él y quizá incluso puedan ver una película juntos. Pero sigue habiendo algo que la retiene en la silla, que la obliga a no levantarse.

—No fui a casa de esos dos por nada criminal, así que puede quedarse tranquila. En realidad, me parecieron muy buenas personas y yo suelo calar muy bien a la gente. Es más, tampoco recibí advertencia alguna desde el mundo espiritual sobre ellos. Sí que creo que esconden más de un secreto, pero y quién no.

—¿Por qué fue a la casa entonces?

—¿Promete guardarme el secreto?

—Siempre que no me desvele un crimen, por supuesto. Como le he dicho, ya no hay ningún caso abierto en el que esa pareja esté implicada.

—Por un espíritu que tienen en casa, el de su hija.

Miranda se queda anonadada, con una boca que se ha de obligar a cerrar. De todos los posibles motivos, ese es el que menos esperaba.

—Eh..., ¿cómo?

—Lo que ha escuchado. Usted sabe que la hija de esos dos murió hace unos años, ¿no?

—S-sí, lo sabía, pero...

—Pues creían que el espíritu de ella estaba en la casa. Bueno, creían no, lo sabían.

—Y usted fue...

—Para realizar un trabajo mediúmnico. Efectivamente, mi compañero y una servidora logramos que pudiesen comunicarse. Aunque... mucho me temo que no fue para bien..., pobrecitos... Por favor, no me pregunte sobre lo que pasó. Es muy personal e íntimo, y doy mi palabra de que no tiene nada que ver con posibles personas de fuera de esa casa.

—Está bien...

La médium estudia a la policía que tiene delante y la comisura de sus labios dibuja una sonrisa.

—Pero tú no has venido por eso, en realidad. Eso es lo que tú te has dicho a ti misma y que seguro te crees, pero no has venido por eso. A ver, dime, ¿qué?

Miranda la mira durante varios segundos y dice algo que ni siquiera ha pensado lo más mínimo anteriormente. Igual sí, igual se está volviendo loca.

—Últimamente me están pasando cosas... Cosas que parecen sacadas de una película de miedo o una novela de Stephen King. No sé, señales..., como si un muerto no estuviese tan muerto, ya sabe lo que quiero decir. Pero es absurdo, a mí ya me perdonará, pero yo no creo en todas estas cosas. Creo que cuando morimos, ya está, se acabó.

—Aun así, aquí estás, planteándote muchas dudas, por lo que veo. Hacerse preguntas es algo bueno.

—Es que me han pasado un par de cosas escalofriantes, como sobrenaturales.

—Ay, querida, lo sobrenatural está a nuestro lado en todo momento. O, para que me entiendas: lo sobrenatural no existe. Solo es cuestión del punto de vista. ¿Sabes? Yo vivo con un gato, y a menudo me digo: seguro que él no entiende por qué cuando toco un botón de la pared se ilumina todo y si lo vuelvo a tocar se va la luz. O, de repente, aprieto otro botón y hace frío en casa o el cuadrado negro del mueble se convierte en una ventana que deja ver otros mundos. ¿Me entiendes? Para nosotros no es magia, sin embargo, para mi gato, sí. Por eso, lo que ahora no entiendes y te parecen cosas raras, desde el mundo espiritual se ve como lo más normal. Nuestros Hermanos Mayores nos contemplan como yo miro a mi gato.

Bufff…, hay miles de cosas en la cabeza de Miranda y ella no sabe en qué orden decirlas. No, mejor no. Simplemente se excusa. Acaba de acordarse de que ha de hacer una cosa y se va casi sin despedirse. De camino a casa se hace una pregunta: ¿será cierto que hay más de lo que sus ojos ven?

# ALBA

Durante todo el mes de octubre, Miguel se desvive por ella. Se preocupa por cocinarle puntualmente una dieta equilibrada; si ha tomado tal o cual pastilla; la sujeta mientras se ducha; y hasta se queda al otro lado de la puerta cuando Alba lo echa del baño, pendiente de cualquier ruido que lo pueda alertar; también le da masajes en los pies y, cuando no tiene nada que hacer, se queda simplemente a su lado como un gato perezoso.

—Ni que estuviese inválida. Me estás agobiando, Miguel Callejo.

Siguen viendo la película tumbados en la cama, pues Miguel ha subido la televisión a la habitación. Aunque a ella le da igual si están viendo una cosa o la otra. Piensa en el tiempo perdido, la de días invertidos en quehaceres absurdos, enfados tontos o en personas no merecedoras de semejante derroche.

En ocasiones ha pedido a Miguel que le hable al bebé, que se acurruque junto a su tripa y le cuente al niño quién es. Pero con todo lo cariñoso que Miguel está siendo estos últimos meses, ante esa propuesta siempre se muestra reacio y saca una excusa con la que liberarse. Alba lo entiende, claro que lo entiende, pero no puede evitar que le joda.

—¿Tanto te cuesta? —le dijo una vez, ya harta.

—No me presiones, ¿vale? —respondió sin dejar de fregar los platos.

Pero ella ¿dejó pasar la oportunidad de una buena discusión? Claro que no. Entre ellos estalló una tempestad en la que aprovecharon para tirarse algún que otro plato a la cabeza.

Aunque nada de lo que se echaron en cara iba en serio, se dice ahora al hallarse junto a su esposo. Y sabe que tampoco él dijo nada que pensase realmente. Son los nervios.

Entre los dos hay cierto pesar a medida que pasan los días, y lo peor de todo es que no lo hablan. Ella no admite estar aterrada ante una vida sin Miguel en la que deba educar sola a un crío. Y él tampoco confiesa sufrir un estado permanente de pánico ante la idea de tenerse que quitar la vida en, ¿cuánto?, ¿quince días?, ¿un mes?

Alba se encoge sutilmente, lo suficiente para que Miguel la abrace más fuerte.

El móvil que tiene olvidado en la mesita empieza a sonar y Alba consulta quién llama.

El *shock* hace que se quede con el teléfono en la mano. Las pulsaciones se le han disparado en cuestión de un segundo.

—¿Qué pasa? —pregunta Miguel al ver que no responde la llamada.

—Es Diana...

—Qué raro que llame a estas horas, ¿no?

Y entonces lo saben. Los dos piensan lo mismo. Temen el motivo de la llamada.

Alba coge fuerzas y responde, casi sabiendo lo que se va a encontrar.

Al otro lado hay un desgarro de sentimientos. Una tormenta de llanto y dolor que Alba no se atreve a interrumpir.

En su cabeza pide calma a su hermana, le dice que se acerque a la casa, que desea hablar con ella en persona, explicarle que el *affaire* con su novio fue una equivocación y que no significó nada; si es necesario, incluso inventarse que fue Víctor quien cortó con ella, que le dijo: «No puedo seguir haciendo esto. Realmente amo a Diana, por favor, entiéndelo». Pero no dice nada de esto, Alba se limita a soportar el llanto que escucha por teléfono. Cuenta los segundos hasta que Diana cuelga por fin la llamada.

Dolida, se queda con el teléfono pegado en la oreja. Abandonada a esta batalla que se vive en sus adentros. En este tema, ni siquiera Miguel se presta a ofrecerle consuelo; está ella sola para enjugarse las lágrimas que empiezan a brotar.

Su marido se limita a quedarse anclado en una punta de la cama, con la mirada puesta en la ventana, y ella se encoge contra el cabecero todo lo que la tripa le permite, ocultándose para llorar.

Ve algunas lágrimas que van a morir a su enorme barriga, y eso ahonda en su dolor.

Miguel sin poderla mirar y ella queriendo arder a lo bonzo, así es como pasan la noche entera.

# DIANA

Mira que se conoce, mira que sabe que se odia cuando hace caso a estos tontos impulsos que a veces la invaden, y, sin embargo, siempre cae en la misma piedra, en el actuar sin pensar, sin ton ni son. Como hace un rato, cuando ha llamado a su hermana para confesarle que sabía sobre su aventura con Vi. ¿Por qué lo ha hecho? Tantos meses aguantando en favor de la concordia familiar, de que sigan siendo unas hermanas unidas, para ahora inmolarse así, de esta manera.

Pero es que..., es que...

Todo ha empezado hace unas horas, cuando ha visto que el telediario de la noche terminaba con una información de última hora: Gerardo Cervantes, el recién detenido por el asesinato del subinspector Víctor Blanco, ha sido hallado muerto en su celda.

Las causas aún no han trascendido a la prensa, pero a Diana eso le da igual, le parecen datos macabros que ahora no necesita. Sabe cómo es su mente y que no haría otra cosa que imaginarse la muerte del pobre inocente; porque sí, para ella Cervantes siempre fue un pobre inocente. Su intuición apunta directamente a su hermana y su cuñado, y le da igual lo que le digan. Por eso le ha hervido la sangre la injusticia. El hombre muerto, ella sola y desamparada, los padres de Vi agotados de vivir, y Alba y Miguel esperando a un hijo que además seguro que será guapísimo. La vida no es justa; la vida no es nada justa.

De ahí su impulsividad a la hora de coger el teléfono y llamar a su hermana. Necesitaba que se sintiese mal, que también ella tuviese congoja y no durmiese esta noche.

Y vuelve a darle vueltas a lo injusto que es todo, que es insultante el hecho de que Alba y Miguel sean los únicos que están bien. Ella no es creyente, pero piensa que si no hay un Dios que imparta justicia, quizá han de ser las personas las que lo hagan. Sí, y quizá de esta forma puedan alcanzar una justicia más verdadera, más humana, más real y, valga la redundancia, más justa.

## MIRANDA

Nadie te previene contra esto, contra el cáncer de la frustración, de la derrota. Y lo peor de todo es cuando tú sientes que has fallado, pero para el resto solo has hecho tu trabajo y además te dan algún que otro golpecito de enhorabuena y te dicen con la mejor de las sonrisas que buen trabajo.

Sabe que nadie en el cuerpo tiene un solo argumento contra ella. El suicidio de Gerardo Cervantes no va a ser ningún tachón en su expediente. Es más, que un asesino se suicide en la cárcel, donde esperaba recibir una condena seguramente ejemplar, no alarma a nadie. Ella hizo su trabajo: dar caza a un criminal, así que todo bien. Ha regresado al servicio activo con nota, de manera realmente ejemplar. El comisario Méndez la ha felicitado y también sus compañeros de la UDEV, pero entonces, ¿por qué se siente así?

Hay algo raro, muy raro. En todos los años que lleva Miranda persiguiendo asesinos, muy pocos se han mantenido en su declaración inicial como inocentes. Siempre, antes o después, terminan admitiendo lo que han hecho, ya sea para aceptar un trato de favor del juez, para fardar por pura egolatría, o porque la culpa los corroe por dentro. Pero Cervantes no, él defendió su inocencia hasta el final, ¿con qué objetivo?

Privado de tener puntas afiladas, nada semejante a una hoja que cortase y ni siquiera cordones en los zapatos, lo único que encontró a su alcance fue el lavamanos.

Se suicidó de la manera más brutal y salvaje. Dándose cabezazos contra el lavamanos. Una vez tras otra, sin parar pese a que la sangre que brotaba de su frente debía ser más que llamativa. Un guardia se acercó, alertado por el ruido de la cerámica del lavamanos al romperse, y encontró al reo tirado en el suelo, viviendo sus últimos momentos. Lo único que alcanzó a decir es que era inocente.

Esa fue su declaración *in articulo mortis*: que era inocente.

Claro, eso no lo exime de nada ni significa que realmente fuese inocente, pero Miranda lleva varios días con el runrún en la cabeza: cuando el río suena... Aunque no es la opinión oficial de la policía, ni de sus compañeros en *petit comité*. Todos defienden que es una última maniobra para blanquear su vida, al menos de cara a su hijo. Un burdo intento de que su vástago no crea que su padre era un asesino.

—Al menos eso, deja al chiquillo que viva en la mentira. Nosotros sabemos quién fue realmente ese hombre —dijo uno de sus compañeros.

Miranda nunca respondió a todos estos comentarios a costa de Cervantes, pero en la intimidad reconoce que cree que no obró bien, que quizá no era el culpable y que ella debió haber luchado más contra el juez para seguir buscando al verdadero asesino por otras vías. Quién sabe, igual debería haber estudiado mejor los movimientos bancarios de Víctor Blanco o algún trapo sucio que pudiese tener escondido: ¿era corrupto, quizá?, ¿se drogaba y tenía una cuenta pendiente con un camello de Usera, tal vez?

Lo que sí desconoce es lo que va a pasar a continuación.

Al llegar al complejo policial de Canillas, se le acerca un hombre de mediana edad. Miranda lo reconoce en el acto: lo ha visto antes, pero ¿dónde? No tiene tiempo de pensar. Todo transcurre muy rápido.

—Disculpe, ¿es usted la inspectora Miranda Delgado?

—Sí, soy...

El hombre le escupe en la cara y ella, pese a no salir de su sorpresa, coge la mano de su atacante y se la retuerce, inmovilizándolo en menos de un segundo. Enseguida acuden los agentes que custodian el acceso norte del complejo y algún par más que estaban pasando por ahí justamente en ese momento. Todos preguntan qué pasa, si necesita ayuda, pero Miranda solo tiene ojos para el pobre hombre que ahora solloza porque le duele la mano.

—¿Quién es usted?, ¿de qué nos conocemos?

—Soy el cuñado de Gerardo.

—¿El que vino a llevarse a su hijo el día que lo detuvimos?

—El mismo.

La inspectora le suelta la mano inmediatamente y el hombre empieza a tocarla con cara de dolor. Miranda aprovecha el desconcierto para limpiarse el escupitajo de su mejilla izquierda.

—¿Lo llevamos a una sala de interrogatorios, inspectora, mientras usted presenta la denuncia?

Ella mira al hombre y hace un gesto de negación.

—Le invito a un café, haga el favor de seguirme.

Lo conduce hasta el bar de la esquina, lugar donde se congregan todos los policías de la comisaría que no soportan el mejunje que expende la máquina del pasillo. Piden dos desayunos y entonces se miran a la cara, frente a frente.

—Si no le meto el puro del año es porque su cuñado se suicidó hace dos días y entiendo que está dolido, pero como vuelva a faltarme al respeto le prometo que lo enchirono. Al menos las setenta y dos horas que la ley me permite, ¿lo entiende o no lo entiende?

—Si no me empapela es porque tiene cargo de conciencia —dice el hombre.

—¿Se puede saber qué está diciendo ahora?

—Pues eso, que sabe que actuó mal con mi cuñado, qué si no.

—De ser así, ahora mismo estaría en casa sin placa ni sueldo.

—La ley siempre les favorecerá.

—Mire, podemos estar un rato echándonos mierda a la cara, pero imagino que los dos tenemos cosas que hacer. ¿A qué ha venido?, ¿solo a escupirme?

—¿Le parece poco?

—Dígame, ahora o nunca.

La mirada de la inspectora es dura. No es para menos. Ya se está hartando de este hombrecillo al que tiene delante.

—Mi cuñado era inocente, lo sé. Estuve con él esa noche, yo también me encontraba en el bosque.

## MIGUEL

Ahora sí que merece morir. Nunca se ha sentido tan abrumado por la vida, tan avasallado por las circunstancias como ahora. La culpa ha evolucionado a un dolor físico sincero y verídico. Hace un rato le ha faltado el aliento y ha notado una perforación en el estómago a la vez que su cerebro ha amenazado con estallar. Está de rodillas, sobre la hierba del patio, bajo un manto de estrellas que lo hacen sentir aún peor, como si todas y cada una de esas luces supiesen lo que ha hecho; que no es más ni menos que estar callado y mirar hacia otro lado mientras un inocente sufría las calamidades de saberse víctima de una injusticia.

Nada, absolutamente nada puede ayudarlo.

Lleva noqueado desde que vio la noticia en la televisión.

A veces parece sentirse mejor y al menos hacer frente al día a día, pero de vez en cuando, y sin previo aviso, la culpa lo zarandea y lo somete.

Como en esta ocasión, que lo ha sorprendido cuando se dirigía a llevar la basura al cubo de fuera.

Se lleva la mano a la frente y se pregunta cómo hará para seguir adelante. Ahora ya no tiene sentido confesar. Ahora ya, para qué. Sí, podría liberar su conciencia y dormir tranquilo, pero a efectos prácticos no serviría de nada.

El único consuelo que tiene es que morirá pronto. El

bebé está al llegar, y eso supondrá una gran alegría y también un alivio.

Por fin.

Morir, y ya.

No puede impedir arquear las cejas, ¡esto sí que no se lo esperaba!

—¿Usted es Alejandro?

—¡No! Alejandro nunca existió —aclara el cuñado de Cervantes.

No se atreve a mirarla, todo lo dice toqueteando el azucarillo del café con las dos manos. Miranda piensa entonces que seguramente es la primera vez que verbaliza la relación con el marido de su hermana.

—Ya me dijo, ya..., que con los nervios se había inventado a ese tal Alejandro para protegerme, o para proteger lo nuestro, mejor dicho... Normal que nunca lo encontrasen... Sí, mi cuñado y yo teníamos una aventura, parece un culebrón, ¿verdad?

—Si usted supiese lo habitual que es... Cuénteme, soy toda oídos.

—Empezó hace unos dos años. Nos encontramos por casualidad en el bosque, en esa zona... Yo hacía meses que iba, y en una reunión familiar se me ocurrió comentar que había escuchado que en tal sitio del bosque que teníamos cerca había una zona de *cruising*. Así como si tal cosa. En realidad no sé por qué lo dije, supongo que porque en el fondo tenía la necesidad de decir bien alto que yo acudía a ese tipo de sitios, vaya a saber. No sé, imagino que Gerardo se quedó con la copla y le picó la curiosidad. Aunque no se atrevió a ir hasta pasadas unas semanas. ¡Qué sorpresa me llevé cuando lo vi! Y qué corte... Le prometo que a mí nunca me había atraído ni lo más mínimo, ¡con esas pintas de bruto cavernícola, el pobre!

Aquí hace una parada en la que se le humedecen los ojos. Por un momento, Miranda teme que empiece a llorar y le monte un número, pero no, finalmente el hombre aúna fuerzas para seguir.

—Ya se puede imaginar el resto, no necesita un relato erótico a estas horas.

—¿Por qué no me contó esto mucho antes, cuando detuvimos a Gerardo?

—Por nada del mundo queríamos que se supiese lo nuestro. ¡Somos cuñados, por el amor de Dios! ¿Se imagina la reacción de mi hermana? Y yo también estoy casado y tengo tres hijos, así que...

—¿Y prefirió ver a su amante en la cárcel?

—Solo hice lo que Gerardo quiso, ¿vale? Puede que no se lo crea, pero él protegía mucho a mi hermana. Tiene una discapacidad del cuarenta y cinco por ciento y no es que pudiese quedarse sola, y además era un padrazo, pero ¿cómo le dices a tu hijo que en realidad te gusta su tío? Pues no lo haces. Por desgracia, aún en estos tiempos modernos no todo está bien visto en todos los círculos, inspectora.

Ella suspira y toma aire. El local está abarrotado de policías, todos la reconocen y murmuran sobre ella sin ni siquiera disimular. Seguramente los guardias que han acudido en su ayuda ya han pregonado la anécdota de que a la mal follada de Miranda la han escupido y que encima esta se ha llevado a su agresor a desayunar. ¡Cuánto inútil hay en este mundo, en serio!

—Entonces, la noche del crimen, ¿le pegó usted un puñetazo?

—Sí..., y ahora me arrepentiré toda la vida... Gerardo se puso pesado con que fuésemos a un hotel, que dejásemos de vernos solo allí, en el bosque, como animales o delincuentes. Pero yo nunca hubiese permitido eso, ¿sabe? No sé, lo hubiese hecho todo demasiado real y... Pero respecto al puñetazo tampoco se imagine una pelea, qué va, solo que le di mal y enseguida sangró un poco, pero ya está.

—¿Y estuvo todo el rato con él? Es decir, ¿lo acompañó en el momento en el que Gerardo vio el cadáver?

—Me quedé a lo lejos, porque a mí esas cosas me dan mucho mal rollo, pero sí. Vi cómo se dio cuenta de que había alguien tendido abajo y acudió en su ayuda. De hecho, yo fui el que lo convenció de que no valía la pena llamar a nadie, que ya estaba muerto.

—¿Y ahora, querría declarar todo esto que me está contando para limpiar el nombre de Gerardo?

Él hace un gesto de negación, avergonzado.

—Ahora ya sí que no tendría sentido.

—Pero podría hacer que todo el país supiese la verdad.

—El único que importa es mi ahijado. A él se lo contaré cuando tenga edad para entenderlo.

Miranda Delgado se va a la comisaría sin saber cómo digerir la mañana de hoy.

# DIANA

Llámalo intuición femenina o lo que quieras, el caso es que hay una cosa que la pone en alerta y le hace saber que algo no va bien; que algo está a punto de pasar.

¿El qué? Diana no tiene ni idea. De momento, solo está entrando en la biblioteca Benito Pérez Galdós y se está dando cuenta de que no hay ni rastro de Carlos Blanco.

Es el primer jueves en muchos meses que falla al encuentro, y no ha avisado.

Muy raro.

Diana se dirige al Manolitas, pero tampoco está ahí. Piensa en comer ella sola su tarta de queso, pero merendar sin compañía en una pastelería le parece muy triste. Se da por vencida y sale a la calle. Solo que en lugar de coger el metro y volver a casa, se queda plantada entre el gentío. En realidad, no sabe a dónde ir; peor aún, siente que no tiene ningún lugar a donde ir.

Y así, detenida en medio de la calle, se pasa, ¿cuánto? Pues mucho, mucho tiempo.

Suena su teléfono móvil y le extraña ver un número cualquiera en la pantalla:

—Ay, Diana, menos mal que te encuentro.

Es la madre de Vi, que no la había llamado en la vida. Ni siquiera sabe cómo tiene su teléfono.

—Tienes que ayudarme, por favor, tienes que ayudarme ya.

—¿Ha pasado algo?

—Me ha llamado el chico que lleva el bar Cantábrico, el de nuestra calle, que dice que Carlos está liándose a beber, ¿tú sabes cuánto hacía que no bebía?

—Pero ¿y por qué...?

—Solo habla contigo. A mí ni me escucha. Cualquier cosa que le diga le saldrá por el otro lado, pero a ti te tiene estima y te escuchará. Por favor, Diana...

Y Diana sabe que ha de acudir a la llamada. Aunque entonces se da cuenta de que eso es lo que no desea su intuición femenina.

Por algo será.

## MIRANDA

Nada que hacer. Eso lo sabe en cuanto ve la cara que pone el comisario Méndez al escucharla. No va a poder reabrir el caso de Víctor Blanco y seguir escarbando para darle justicia.

—Miranda, a ver, ¿en serio te basas en una confesión *off the record* que te ha hecho un antiguo amante de Cervantes?

—Dicho así...

—¿Ese hombre puede aportar alguna prueba de que, tal y como dice, Cervantes iba paseando por el bosque cuando encontró el cadáver?

—No, no creo que estuviese grabando en vídeo la situación, jefe.

—Pues eso. Si no miente por ti tu amante, ¿quién si no?

Lleva quince minutos batallando con el comisario, en su despacho, pero nada, tiene pinta de que va a tener que darse por vencida. Pero Miranda es muy Miranda y no baja los brazos tan fácilmente.

—El problema es que a mí me suena a cierta su historia. No podemos dejar el crimen de Víctor Blanco sin resolver.

—¡Está resuelto, Miranda! Tú mejor que nadie sabes que todas las pruebas indican a Cervantes. Y lo más importante, no lo decimos tú o yo, es lo que opina el juez. Por favor, deja de darle vueltas al tema, quién te ha visto y quién te ve, tan preocupada por ese tal Víctor.

—Una cosa es que yo tuviese un tema pendiente con él, y otra que no quiera atrapar a su asesino. ¿Por qué Cervantes siguió afirmando que era inocente en su declaración *in articulo mortis*?

—El hombre se estaba volviendo loco, Miranda, ¿es que no lo ves? Hace unos días me llamó el director en funciones de la prisión de Navalcarnero, donde estaba Gerardo Cervantes. ¿Sabes cómo lo llamaban los demás presos y los funcionarios de la prisión? «El monologuista», porque por las noches hablaba solo. Y ya te puedes imaginar lo que Cervantes respondía cada vez que le preguntaban, que por las noches le visitaba Víctor Blanco y no le dejaba dormir. ¿Qué me dices a esto, eh?

Miranda se limita a mirar hacia la ventana. Sabe lo que significa. Las típicas visiones que tienen los asesinos que se sienten culpables. Hay más de un caso similar en cualquier cárcel de cualquier país... No, para el carro, se dice a sí misma. ¿Qué pasa, que a todo el mundo le ha dado por ver a Víctor o qué?

Se rasca el mentón y entrecierra los ojos.

—¿En serio decía eso?

—Obviamente nadie se lo tomó en serio, pero los guardias dicen que sí, que por las noches no paraba de darle al pico, que se pasaba horas y horas hablando solo.

La inspectora se echa para atrás y se muerde el labio de la impotencia.

—Ahora dirígete al despacho de Miravete. Ella te devolverá el mando del grupo IV y te pones al día en la mayor brevedad posible, ¿sí? Creo que tus chicos andan con un crimen que hubo la semana pasada en Entrevías, pero ya ella te cuenta mejor.

Miranda abre los brazos con el ceño fruncido.

—¿En serio?, ¿así, tan fácil?

—¿Tan fácil cómo?

—¿Me va a poner al mando de un equipo de media docena de hombres así como así?

—El grupo IV es tuyo, ¿por qué?

—¿No me va a hacer pasar ninguna prueba psicológica ni nada de nada? Mire que vengo de una excedencia.

El comisario no disimula su desconcierto y abandona cualquier actividad paralela que estuviese haciendo con las manos.

—Miranda, deja de darme el coñazo y ve al grano.

—Y si no estoy lista para volver al lío, ¿qué?

El comisario se pasa la mano por la corbata y se acerca muy ceremoniosamente a la silla que Miranda tiene al lado.

—Contigo me toca ser jefe y psicólogo. A ver, ¿a ti qué te pasa?

—Pues que una cosa era investigar lo de Víctor, que nunca dejó de ser algo a pequeña escala, pero volver al jaleo de lo que supone la UDEV..., no sé. Otra vez las guardias, la negación de toda vida privada, las investigaciones farragosas, macabras y de larga duración...

—No me vengas con esas, Miranda, tú naciste para estar aquí cogiendo a los malos, y lo sabes.

Ella no se muestra muy segura. Su jefe se abalanza hacia delante, casi como si aquel despacho se hubiera convertido en un confesionario.

—¿Cuánto hace que nos conocemos? —Los dos se encogen de hombros. Vete tú a saber—. Y eres un dolor de muelas, así te lo digo, pero nunca he dudado de tus capacidades.

—¿Y lo que pasó la última vez, qué?, ¿y si vuelvo a explotar?

—¿Hablas del chavalín ese que se mató?

—Usted sabe y yo sé que dejé la ventana abierta a sabiendas, era consciente de lo que buscaba.

—Shhhh, no digas nada que tenga que elevar a un juez, ¿estamos?

Mira a su inspectora, que tiene la mirada cabizbaja, enfocada en un suelo que no merece tanta atención.

—Miranda..., venga, esto no te pega. Te devuelvo el mando del grupo IV con toda la tranquilidad del mundo; si hay alguien que tiene bien clara su posición en la balanza de la justicia, esa eres tú, ¿me oyes?

—Pero...

—Pero nada. ¿Tú te acuerdas de cuando Eloy venía aquí cada año, a comisaría, para el día del Patrón?

Una sonrisa se cuela en el rostro de Miranda. Porque llorar no va con ella, que si no podría romperse ahí mismo con una facilidad pasmosa.

—Cómo no —dice ella—. Hubo un año en el que usted le regaló una gorra como la de nuestro uniforme de gala. Aún tiene que estar por algún lado, en alguna caja, seguro.

—Yo lo que tengo presente es cómo te miraba el chico, Miranda, con pura admiración. Por eso, aunque solo sea en honor a tu hijo, sé que nunca dejarás de ser una *caballera* de reluciente armadura.

La inspectora hace una mueca y se queda mirando al comisario.

—Joder, jefe, qué mala adaptación tiene lo de caballero, ¿no? ¿No se le ha ocurrido nada mejor?

—Anda, vete ya con tus compañeros y deja de incordiar, que tengo una reunión a y media.

Y qué otra le queda. Miranda se levanta, dispuesta a irse y continuar con su vida, pero cuando está en la puerta, el comisario la detiene.

—Por cierto, ya que estamos —dice el hombre—, hay un detalle del suicidio de Cervantes que no se ha filtrado a la prensa para evitar el sensacionalismo y que, la verdad, no te conté porque sé que te afecta en demasía esta muerte.

—¿El qué? —pregunta ella con la mano en el pomo de la puerta.

—Sí que dejó una nota antes de suicidarse, y decía: «Ahora irá a por vosotros».

Miranda suelta el pomo de la puerta y se apoya en la pared. Tiene la mirada clavada en el comisario Méndez, pero este sabe que en realidad no lo mira a él, sino a través de él.

—¿Vosotros, quiénes? —pregunta ella casi hablando consigo misma—. ¿Y quién irá?, ¿el supuesto espíritu de Víctor, con el que hablaba?

—Quién sabe. Te lo he contado porque quiero ser sincero contigo, pero ya sabes cuál es mi postura. Ese hombre estaba para darle de comer aparte, por favor, no te hagas mala sangre y sigue hacia delante.

Miranda asiente, sabiendo que está mintiendo a su superior, y se va con un solo pensamiento obsesivo: «Ahora irá a por vosotros».

Solo la puede ayudar una persona.

## ALBA

Hay días que hacen biografía. Qué triste no saber cuándo vas a vivir uno de ellos..., o si ya estás inmersa en alguno.

Hay un secreto que no le ha contado a Miguel.

Lleva varios días sintiendo contracciones de Braxton Hicks.

Es decir, su útero se está preparando para el parto. Esto no significa que el bebé llegue inminentemente. Alba sabe de casos de mujeres que están semanas enteras con estas pequeñas contracciones, pero hay algo en ella que la alerta. Quizá por no querer que llegue la hora. ¿Tiene ganas de verle la cara al bebé? Claro, pero no desea quedarse sola. No es tan valiente.

La cercanía del parto hace que todo sea más grave. Sabe que en cualquier instante puede romper la bolsa o empezar con los pródromos, y que entonces todo terminará. A partir de ese segundo tan decisivo todo será preocuparse por el parto y después por el bienestar del bebé.

Dejarán de ser Miguel y Alba, y eso le jode.

Ahora, todo lo que hacen puede ser la última vez. La última vez que duerman juntos, que desayunen, que conversen de algún tema liviano o que se den un beso.

Todos estos años de relación van a terminar en cualquier momento.

Repara en algo que, de lo evidente que es, se hace casi absurdo no haber caído en ello. Esto es así para cualquier persona. No hace falta estar amenazado por un espíritu, cualquier relación puede terminar en cualquier instante, ya sea por un infarto, un ictus, un atropello o cualquier otro tipo de accidente. En un segundo podemos vivir nuestro último aliento. Cualquier vivencia con tu pareja, incluso una discusión, puede ser la última que se comparta.

Qué mierda todo.

Y entonces, sabiéndose a solas y en la intimidad de su cuarto, mira a su alrededor con los ojos a punto de llorar. El termómetro indica que su hija está aquí, con ella, y aunque se siente ridícula, decide seguir con lo que casi es una oración:

—Lucía..., Lucía, por lo que más quieras..., te lo pido..., necesito a tu papá, lo necesito a mi lado, ¿es que no me ves? Yo sola no podré, no soy tan valiente ni tan fuerte, por favor..., Lucía...

Una vez, Alba tuvo un profesor de yoga que le dijo que rezar es pedir a Dios y que meditar es escucharlo. Por eso ahora, que se ha quedado callada y a la espera de cualquier reacción del *frío,* siente que está prestando atención a cualquier cosa que su hija pueda decir.

Y el caso es que, llámala loca, pero le viene un pensamiento ajeno. Algo raro que no sabe por qué lo rumia en su cabeza. Lo único que sabe es que la acecha una frase: «La amenaza ya no soy yo».

# DIANA

—He sido un mal padre —confiesa Carlos con un vaso de *whisky* en sus manos—. Esa es mi carga: saber que he fallado a mis dos hijos.

—No digas tonterías, pero si tu hija está en Chicago la mar de feliz —dice Diana.

Están en uno de los extremos del local, en la última mesa, en la esquina, escondidos de la cruda realidad que se vive allí fuera. Diana ha llegado hace media hora, y lleva todo este rato soportando los desvaríos de un borracho. Aunque, qué cosas, a Diana también le ha apetecido utilizar el alcohol como paliativo de las penas y, lejos de llevar a Carlos a su casa, se ha unido a él. Ha empezado a pedir *gin-tonics* y, con lo rápido que le sube el alcohol, enseguida se ha puesto al nivel de su compañero de mesa.

Los dos tienen las miradas perdidas, los ojos brillantes y húmedos, los cuerpos pesados y las cabezas nubladas.

—He sido un padre desastroso. Seguro que Víctor te contó alguna de las muchas tropelías que les hice a él y a su hermana. ¡Pues si llegué a dejarles dormir en el descansillo, a la vista de todos los vecinos, a modo de castigo! ¿Qué padre hace eso, eh? Qué asco de vida... A Víctor me lo matan por *bujarra* y a su hermana, Inés...

Se lleva el brazo a la cara, todo muy teatrero. Pero Diana no se ríe, es un momento muy grave. No sabe bien qué le pasó a la hermana de Vi, pero él en alguna ocasión dejó entrever que había sido algo fuerte, algo que la había afectado mucho y que le había hecho tener que emigrar para seguir con su vida, pues Madrid se le atragantaba y la inmovilizaba.

—Fue uno de mis hombres, ¿sabes? Se llamaba Ramón Santiago y pertenecía al departamento de informática de mi comisaría. Era un buen chaval y destacaba por sus cualidades. Las cosas como *sean*: era muy bueno en lo suyo. De esto ya hace años y no estaba la tecnología tan en boga como hoy en día, así que estábamos todos muy verdes y él nos solucionó la papeleta en más de un caso.

—¿Cuánto hace de esto, Carlos?

—Pues vamos a ver, Ramón murió con cuarenta y pocos años, y mi comisaría de Arganzuela debía ser de sus primeros destinos, así que imagina... Ha llovido, sí...

—Y...

Diana ha de confesarlo: quiere saber, quiere saber más, quiere saberlo todo.

—Pasó lo que tenía que pasar, supongo. Un día vino mi hija a buscarme al trabajo, pero yo estaba con un lío y le pedí que me esperase. Fue ahí cuando acabó entablando conversación con Ramón. Había oído hablar de él por su hermano, por Víctor, porque eran amigos, y se cayeron bien. Aquí, déjame hacer un inciso, tengo que reconocer que Ramón sabía cómo capear las situaciones, tenía don de gentes, y mi hija cayó rendida a sus pies. Yo no me enteré hasta tiempo después, claro. No fue hasta pasados varios meses que supe que tenían una relación o aventura, llámalo como quieras.

Carlos bebe un sorbo largo de *whisky* y se tira de los pocos pelos que le quedan.

—El problema vino cuando Inés quiso cortar con él para irse a estudiar un máster a Florencia. Resulta que Ramón la había estado grabando en vídeos y le había hecho fotos, también le había hackeado el ordenador para saber todo lo que hacía... En fin, un sindiós del carajo, créeme, y la coaccionó durante meses. Mi hija estuvo casi un año con un animal que la tenía atemorizada, y claro, que la obligaba a acostarse con él. Yo de esto me enteré tarde, obvio. Yo creía que eran novios normales y corrientes, joder. Tendrías que haber visto la cara de mi hija una noche... No, mejor dicho, no quieres ver la cara de mi hija una noche...

»Llegué a casa tarde, pues me había quedado hasta bien entrada la noche en la comisaría, y me encontré a mi hija sentada al lado de la nevera devorando compulsivamente todo lo que encontró: jamón, queso... Tenía los ojos hinchados. Yo le pregunté que qué le pasaba y ella me dijo que nada, que no me preocupase. Pero eso no se le puede decir a un padre. Y conseguí que me lo contase todo. Nos dio el amanecer con la historia esta... Y yo, ¿crees que me fui a la cama a descansar, por fin? Cogí las llaves y me planté en casa de Ramón, pero el muy cretino se atrevió a amenazarme a mí, ¡a mí! Me enseñó el material casi pornográfico que tenía de mi hija y prometió filtrarlo en foros si yo tomaba medidas en el asunto. Asqueroso, realmente asqueroso. Pero eso sí, al menos conseguí algo: que la dejase ir, seguir con su vida, a cambio de que yo no tomase ninguna medida contra él.

»Bueno, ni yo ni mi hijo, que aún era más bruto que yo. Víctor se sintió ofendido por lo que le había hecho a su hermana, claro, pero también por la amistad a la que Ramón estaba traicionando. Habían sido los mejores amigos y a partir de entonces se convirtieron en los peores enemigos. Recuerdo que hubo un momento en el que Víctor le exigió que nos pidiese perdón, al menos eso, pero Ramón no se dignó, dijo que nanay, que él nunca nos pediría perdón.

Se termina el *whisky* de un sorbo y enseña su vaso vacío al camarero, que afirma con un gesto. A los pocos segundos ya tiene otro *whisky* delante de él.

Diana, más tímida, asimila el relato con aprensión. Pobre

Inés, aguantar que tu novio te haga semejante putada y encima tener que estar con él casi un año más, con todo lo que eso supone..., le repugna. Ojalá no estuviera tan borracha para poder ir al váter a vomitar, piensa después de una arcada.

—¿Y qué pasó con Ramón?

—Al menos tuvo la decencia de pedir el traslado a otra comisaría. Siguió en la policía tan pancho y hasta se casó.

—Y tú... ¿cumpliste tu palabra de no tomar ninguna medida?

—Hasta el año pasado, que, como ya estaba jubilado, me la sudaba todo. Lo seguí a un viaje que hizo con su hijo y me lo cargué. Aunque, bueno, oficialmente se suicidó.

La estupefacción es máxima en Diana, que se queda con los ojos abiertos y mirando a Carlos. Él enseguida demuestra que se arrepiente de la confesión, pero se encoge de hombros. Es lo que hay, y sigue bebiendo.

Diana traga saliva y no sabe cómo responder a esta confianza.

Bueno, sí.

Ella también tiene ganas de hablar.

# MIRANDA

Aurora Arlen la mira atentamente con sus dos manos entrelazadas. Asiente para sí misma y se lanza a hablar:

—Que un espíritu te cree obsesión es un tema muy serio.

Sí, Miranda Delgado se ha acercado de nuevo al centro espiritista, donde la médium la ha recibido con una sonrisa y la ha invitado a pasar a su despacho sin hacerle ninguna pregunta incómoda. Eso la inspectora lo ha agradecido, no tenía ganas de responder por qué se había ido tan apresuradamente la última vez, ni soportar ningún comentario de lo raro que era volver a verla por ahí.

Una vez en el despacho, Miranda le ha contado (lo que ha podido, sin desvelar nombres ni datos de interés) la problemática con Cervantes.

—Te voy a contar un caso que viví de primera mano, inspectora. Nos pasó aquí, en el centro espiritista hace un par de años. Nos vino a ver un joven, debía estar sobre los veinte, más o menos. Llevaba tiempo triste, como sin energías, e incluso había empezado a tener pensamientos suicidas. Vale, hasta ahí es un problema de salud mental, está claro. Lo importante de ser médium es tener los pies en el suelo y no dejarse llevar. Jóvenes como este vienen muchos, por desgracia, y lo normal es recomendarles que vayan a un psicólogo, que hablen con alguien que realmente esté capacitado para ayudarles. Sin embargo, en esta ocasión mis compañeros y yo sí que percibimos que algo pasaba.

»Resulta que tenía "pegado" el espíritu de una novia de vidas pasadas. No, no pongas esa cara. Sé cómo suena, pero eres tú quien ha venido aquí a pedir mi opinión. El caso: mis compañeros y yo empezamos a hablar con ese espíritu. Resultaba que ese chico, en su vida pasada, le había hecho mucho daño a esa joven. Tanto que la chica acabó muriendo por su culpa. (La historia es muy extensa y da para una película de tres horas, pero me permitirás que vaya al grano). Sin embargo, como es obvio, el chico de esta encarnación ni se acordaba de lo que había hecho y no consideraba que tuviese ninguna culpa. Pero, aun así, el espíritu llevaba obsesionándolo desde hacía un año, murmurándole pensamientos de baja vibración, por ejemplo, y fue de esta manera que acabó consiguiendo que el pobre chico no fuese más que una sombra.

—¿Y cómo ayudaron al joven?

—Nos costó, no creas. El chico tuvo que venir en varias ocasiones, durante meses, para que pudiésemos hablar con el espíritu de su novia. Al final le hicimos ver que el chico de esta encarnación era, de alguna manera, una persona nueva y empezamos a mostrarle pruebas de ello. Por ejemplo, le hicimos reparar en las buenas acciones que había hecho este chico, que si ayudaba en un banco de alimentos..., que si se portaba bien con sus amigos y hermanos..., ese tipo de cosas. Y aunque nos llevó varios trabajos mediúmnicos, al final lo conseguimos.

Por un momento, Miranda se arrepiente de haberse acercado aquí, la verdad. Se rasca el cuero cabelludo y se aprieta los labios: por dónde empezar...

—Pero a ver, según lo que dice, el chico este sintió que empezaba a entrar en depresión, por decirlo de alguna manera.

—¡Ojo! No estoy diciendo que todas las depresiones sean influenciadas por un espíritu, ¿eh? Eso es una tontería. No, solo estoy hablando de este caso en concreto.

—Vale, pero el chico este nunca vio al espíritu de su novia de vidas pasadas, ¿verdad?

—Cierto. El caso que tú me cuentas, el del hombre perturbado que juraba hablar con un espíritu, es algo particular, pero no raro. No es extraño que se produzcan apariciones. De hecho, si no vemos siempre a los espíritus es más porque ellos no quieren que porque nosotros no podamos, ¿se entiende?

—P-pero... no puedo contarle nada comprometido, pero... el tipo este aseguraba ver el espíritu de un hombre al que ni siquiera conocía. No tiene sentido, ¿lo ve?

—Si los unía un vínculo, por mínimo que fuese, aunque en vida no se conociesen, no es tan extraño... Dime, ¿hay algo que los una?

—Podría decirse que sí, de alguna manera. Lo que no entiendo es... el espíritu, ¿por qué se presentó ante este hombre y no ante su asesino?

—Imagina que empiezas a jugar al ajedrez, ¿acaso no te iniciarás con rivales, *a priori*, fáciles para posteriormente enfrentarte a alguien de mayor nivel? Se trata de un espíritu recién desencarnado que aún está probando su nueva forma, quizá aún no se siente capacitado para presentarse ante su asesino.

—¿Por qué?

—Puede haber cientos de razones, ¿tiene el asesino algo que lo proteja, por ejemplo? Con el calvario que el espíritu ha provocado a este hombre al que obsesionó, puede que así se haya entrenado y haya cogido fuerzas para, entonces sí, presentarse ante su asesino y superar el escudo que lo está protegiendo. Pero eso indica que es un espíritu de muy baja vibración..., espero que nos estemos equivocando y que realmente fuesen paranoias del hombre.

—Ojalá, sí... Porque en caso de que sea verdad...

—Por su forma de actuar, mejor no cruzarse en su camino.

## DIANA

En cuanto entra en casa, se derrumba. ¿Qué he hecho?, ¿QUÉ COÑO HE HECHO?, se repite una vez tras otra. Espantada, se lleva las manos a las mejillas y entonces sabe que es real, que una vez más ha hecho caso a sus impulsos y se ha dejado llevar. El alcohol no sirve de excusa y no podrá escudarse en nada si finalmente ocurre lo inevitable.

Dios...

Cómo se ha asustado cuando ha visto a Carlos cambiar el rictus de su cara. Qué manera de pasar a una mirada gélida y decidida. Eran los ojos de la determinación; de la liberación, mejor dicho; como cuando el disparo deja que los nadadores se tiren a la piscina. Así ha sido la confesión de Diana: ha liberado al monstruo de la jaula y le ha dado un enemigo que despellejar.

Carlos, el anciano duro pero entrañable que lleva conociendo estos últimos meses ha desaparecido en un segundo y ha evolucionado (o ha dejado paso) al antiguo comisario, el hombre recio y despiadado que necesita sangre en las manos para encontrar sentido a su vida.

Diana se lo ha dado, y de qué manera.

Contra todo pronóstico, no llora. Consigue que su cuerpo vuelva a respirar normal y cuando se levanta del suelo se siente un poco mejor. No mucho, pero un poco. Va recuperando el color en las mejillas con cada paso que da hacia la habitación, donde se sienta en la cama y se queda mirando fijamente la pared. Toda su mente está puesta en imaginar la forma en la que Alba y Miguel morirán.

No. No puede ser.

Y como si fuera un yoyó emocional, la domina un irrefrenable malestar. No, no, no, pero ¿cómo ha podido hacerlo? Se tira del pelo con saña, con un grito, y cuando ve un mechón de pelo en su mano sabe que todo es real. Es entonces cuando vomita.

# SEXTA PARTE

# MIGUEL

—¿Necesitas algo? —pregunta al subir a la habitación.

—He visto que le has dado algo a tu hermano, ¿qué era? —Mantiene su mirada puesta en él y la aparta casi en el acto—. No, espera. No sé si lo quiero saber.

Se tumba en la cama, dándole la espalda. Miguel se la imagina reprimiendo el llanto y, pese a que se le rompe el corazón, sabe que contra eso no puede hacer nada. Es finales de octubre y los dos saben lo que se avecina.

También el *frío,* que está ahí presente, haciéndoles compañía.

Esta tarde ha venido Berto, puntual como cada viernes, con el maletero de su coche cargado con bolsas de la compra. Pero con una sorpresa distinta al resto de viernes. Hoy se trajo a Paula, que pidió ver a su tía de inmediato.

—La tienes arriba, en la cama.

La niña subió corriendo, y Miguel y Berto se dedicaron a guardar la compra en los distintos armarios de la cocina; que si los tomates aquí, las galletas allá.

—¿Recuerdas aquella compañera del trabajo que te comenté?

—¿Al final ha tenido el mal gusto de caer en tus brazos o qué?

Berto asintió con un gesto exacerbado de orgullo masculino y Miguel le ofreció una cerveza tras guardar unas pechugas en el congelador.

—Pero fuera bromas, ¿sabes lo peor de todo?

—Que no es tu ex, ¿verdad? —respondió Miguel.

—Hay que joderse...

—Anda, bebe y calla.

—¡Pero si esto no tiene alcohol! —dijo Berto con su cerveza 0,0—. ¿Qué mierda me has dado?

—Cuida la boca, que aún te va a escuchar la peque.

Berto dio una palmada y lo miró con seriedad.

—¿Cuándo me vas a contar qué coño te ocurre?

—¿A qué te refieres?

—No sé, tío, llevas un tiempo que estás como en otra parte.

—Subamos a ver qué hacen nuestras dos mujeres, ¿sí? —propuso Miguel.

Encontraron a Paula subida a la cama, relatando a su tía una hazaña de los preparativos de Halloween en la escuela. Alba la mira con los ojos abiertos de par en par y mostrándole interés máximo.

—Paula, por lo que más quieras, no le des la tabarra a tu tía, ¿quieres? ¡Y ciérrate la cremallera de la chaqueta, que aquí hace mucho frío!

—¿Te estoy molestando, tía? —preguntó la niña ofendida.

—Claro que no. A tu padre ni caso, que no sabe lo que se dice.

Resignados, Miguel y Berto bajaron a las tumbonas del jardín. Al principio los dos estuvieron callados, moviendo sutilmente sus cervezas en la mano y con las miradas puestas en la sierra, pero después, poco a poco, se fueron enzarzando en una conversación fluida.

—Pues he escuchado en la radio, ahora al venir, más sobre el asesino de ese amigo vuestro —dijo Berto.

—No era nuestro amigo. Solo el novio de Diana.

—¿Y qué tal era la relación con el tipo ese?

—¿A qué se debe de repente tanto interés por el tema? —preguntó Miguel.

—Pues que la policía vino a hablar conmigo, eso pasa. Hará un par de meses, antes de que cogiesen al tipo en cuestión. No te lo conté en su momento para no rallarte, pero sí, vinieron.

—¿La policía?, ¿y por qué te molestan a ti?, ¿qué tienes que ver tú con todo esto?

—Querían saber si estuve contigo en el partido del Atleti, qué hicimos después, que a qué hora nos despedimos..., ese tipo de cosas. Nada que no hayas visto en cualquier capítulo de una serie mala de esas que hacen por la tarde. Después intentaron pillarme en algún detalle, que si el resultado, que si la alineación, que si el penalti en el tiempo de descuento...

—¿Y qué les dijiste?

—Pues la verdad, ¿qué quieres que diga? Estuvimos en el partido, ya tiene cojones preguntarme a mí sobre el Atleti —dijo Berto prácticamente ofendido—. Aunque eso sí te digo, qué buena está la inspectora esa, ¿eh? Tiene más hombros que yo y muchos de mis amigos, pero qué tipa.

—No tienes remedio. Lo tuyo es una enfermedad.

Hicieron chocar sus cervezas a modo de brindis y, tras echar un trago largo, Miguel cogió valentía.

—Hay una cosa que cada viernes quiero darte, pero al final nunca lo hago.

Miguel sacó un sobre del bolsillo interior de su chaqueta y se lo dio.

—¿Qué es esto, un millón de euros?

Berto abrió el sobre y extrajo una hoja en la que figuraban algunos datos.

—¿Qué coño significa esto, si puede saberse?

—Es solo por precaución, ya sabes —respondió Miguel—. A Alba le dan grima este tipo de cosas. Así que, ¿a quién se lo voy a dar si no?

—¿Y para qué quiero yo la contraseña de tu *e-mail*? —preguntó Berto leyendo una de las líneas apuntadas en el documento—. Y de tu Instagram, ¿a mí qué me importa? ¿Para qué mierdas quiero yo todo esto?

—¿Recuerdas cuando murió Andrés?

—¿El que estudió contigo en la universidad? Sí, ¿qué pasa?

—Cuando murió, todo el mundo empezó a escribirle en el muro de Facebook, y eso me pareció de muy mal gusto. Y lo peor no fue eso, lo peor del asunto es que nadie podía acceder a su cuenta y cancelarla, por lo que me pasé como año y medio con Andrés entre los contactos hasta que su familia consiguió eliminar la cuenta.

—El otro día leí sobre eso, lo llaman «fantasma digital» o algo así, creo.

La cara de Berto ensombreció de golpe y tuvo que dejar la cerveza en el suelo, pues la mano le empezó a temblar.

—¿Es que estás enfermo?, ¿tienes algo que contarme? Joder, soy tu hermano mayor, ¿por qué has esperado tanto en decírmelo? Podría haberte acompañado desde el principio, a las pruebas y demás.

—Estoy sano, no te preocupes. Esa no es la cuestión.

—Si aún eres joven, no tienes que pensar en estas cosas.

—Berto, ¿cuándo empezó Noé a construir el arca?

Esperó la respuesta, pero no llegó, y decidió continuar.

—Antes de que empezase a llover.

Con desgana, a Berto no le quedó más remedio que guardarse el sobre a la vez que hacía un gesto de rechazo con la cabeza.

—Papá, ¿nos vamos ya? Si no llego a la cena, mamá te echará a los leones —dijo Paula corriendo desde la puerta.

Berto no tuvo más remedio que ir tirando hacia el coche. Miguel se giró y se percató de que Alba los miraba desde la ventana de arriba.

De eso ya hace varias horas, y desde entonces Alba solo ha abierto la boca para decirle a Miguel que no quería saber qué le había entregado a su hermano. Después se ha dado la vuelta y, pese a todo, ha intentado descansar, por ella y por el bebé.

Todo esto ante la devota presencia de Miguel, que sigue cauto en una esquina de la cama hasta que percibe que Alba ha conseguido conciliar el sueño. Entonces se levanta y baja las escaleras.

La oscuridad de la planta baja se le antoja una amenaza aterradora y un escalofrío lo recorre hasta instalarse en su nuca.

No sabe por qué, pero siente la muerte cerca, muy cerca.

## ALBA

La casa descansa, piensa al abrir los ojos entre sueños. Está segura de que Miguel no está durmiendo. Al menos, no se encuentra con ella en la cama, ¿entonces? Se lo imagina contemplando el vacío de la noche, con la cabeza en un péndulo de pensamientos. Desea bajar y abrazarlo, pero no tiene fuerzas ni ánimos para eso. Y a la vez se siente culpable por no hacerlo, ¿cuántas más oportunidades tendrá?

La desvela una sensación extraña, curiosa, que hasta este instante solo había experimentado una vez en la vida. Hace años.

Sonríe sin tener más pruebas que su voz interior.

Está convencida de que el bebé se acerca.

Aun así, y sin necesidad de salir del amparo del edredón, lleva su mano a la entrepierna. Se palpa con cuidado y percibe una mucosidad espesa y viscosa. Esto no es flujo vaginal abundante, se asegura a sí misma, esto es el conocido «tapón».

No todas las mujeres entran en parto inmediatamente después del desprendimiento del tapón mucoso, pero ella sabe (no preguntes cómo) que de esta noche no pasa, que está cerca de conocer a su segundo hijo.

Ergo, en breve empezarán los pródromos de parto.

Comienza la cuenta atrás para volver a escuchar lloros en esta casa que ahora descansa y que está sumida en el silencio.

Alba sonríe ligeramente y al instante borra de su rostro

cualquier atisbo de alegría, pues el nacimiento del bebé significará que... ¡Qué poco tiempo hemos tenido!

Piensa en llorar, pero no quiere que el niño que está a punto de nacer se sienta culpable, así que reprime la pesadumbre y se traga la congoja. Se obliga a taparse hasta arriba con el edredón y trata de dormir. Necesita reponer fuerzas, se acerca un momento decisivo. El momento del parto es duro, eso bien lo sabe ella, así que ha de estar al cien por cien.

Y contra todo pronóstico, pasados unos minutos, consigue conciliar el sueño.

# DIANA

Se le hace imposible realizar otra cosa que no sea mirar a la pared fijamente. Por eso, cuando escucha las llaves de su hermana y que esta entra en casa, no se recompone ni hace nada. Bastante tiene con seguir respirando.

Así es como la encuentra Eva, que la mira extrañada.

—¿Qu-qué..., qué pasa?, ¿qué haces?

Repara en el vómito del suelo, cuya textura delata que lleva ahí varias horas, apestando sin que nadie se haya dignado a recogerlo.

—Por Dios, Diana, ¿qué te ocurre?

Mira que, en ese rato, Diana había practicado una explicación para sus ojos hinchados y rojos, e incluso para su mal cuerpo, pero nada, al ver la cara de preocupación de su hermana se siente derrotada por la vida.

—Eva..., no..., yo no...

Aún más preocupada, Eva da un paso al frente.

Se detiene al notar que pisa algo. ¿Qué es? Una fotografía..., de hecho, todo el suelo está lleno de fotografías familiares... Una de ellas está rota por la mitad, justo donde puede verse a Alba.

La matriarca levanta la mirada con más miedo que preocupación.

—¿Qué has hecho, Diana?

## MIGUEL

Es negra noche.

No sabe qué hacer, si ponerse a leer o ver un capítulo de alguna serie. No tiene sueño y sabe que ha de enfocar su mente en algo si no quiere verse arrastrado por el pesimismo. Mira el calendario por milésima vez y un nudo se le atraganta. El final está cerca, es lo que presiente, y un vuelco del corazón le confirma que así es.

Que el teléfono suene a estas horas no es extraño, pero sí preocupante. Ve que es Diana y no duda en rechazar la llamada. Segundos más tarde es Eva quien llama, pero lo mismo, no responde. Sabe los posos que dejarían estas llamadas en él. La respiración entrecortada, el estómago revuelto y la mente centrifugando.

Esta es mi última noche, le advierte un pensamiento fugaz.

Y sabe que así será.

## ALBA

Las pesadillas que Alba está sufriendo esta noche solo las conoce ella.

Su cuerpo se constriñe con violentos espasmos mientras su cara se tambalea de un lado a otro, sollozando un lamento que nunca llega a ser entendible.

Un grito ahogado que se convierte en una petición de auxilio.

Pero menos mal que no despierta. Da igual la pesadilla que esté padeciendo; la realidad sería aún peor.

Y Alba vuelve a agitarse de un lado a otro de la cama.

## MIGUEL

—

La oscuridad nunca es portadora de alegrías. Las ventanas crujen ante el viento que mueve la noche y Miguel se gira hacia la panorámica que le ofrecen las vistas. Se queda atento a los árboles, que parecen estar asediando la casa. Se mueven con un suave vaivén amenazante, como si en cualquier momento fuesen a dar un paso al frente e iniciar el ataque. ¿A qué viene tanto miedo de repente?, piensa Miguel, que se mantiene pendiente de los árboles. Estamos en peligro, le dice una voz en su cabeza.

Observa sus brazos y advierte que tiene la piel de gallina.

Una descarga le recorre el cuerpo y le indica que ha de escapar.

Pero él no hace caso. Él se queda quieto y se pregunta por qué tiene tanto miedo, ¿por qué ahora?

Sospecha que sus temores tienen fundamento al ver que la puerta principal se abre de golpe.

Y se queda abierta.

## ALBA

De entre toda la congoja que mantiene a Alba atada al mundo de los sueños, explota un susurro claramente entendible: «Muerte».

# MIRANDA

Es curioso, la oscuridad da una clarividencia difícil de encontrar en otras circunstancias. También la soledad ayuda. ¿Qué hace en el bosque a estas horas?, ¿por qué ha vuelto al lugar del crimen? Si la viese Aurora Arlen... Quizá sí; quizá debería hacer caso a su padre, descargarse una de esas aplicaciones para ligar y hartarse a follar; quizá eso fuese lo conveniente, y no estar sola de noche en el bosque. En un bosque que se ha llevado por delante a dos policías. Echa un vistazo precipicio abajo y aún puede ver la imagen de Javi sufriendo por la aparatosa caída, sus convulsiones sangrientas, sus estertores aciagos.

Está con la linterna apagada, pero la enciende cuando escucha algo tras ella.

Nada, es el viento. El viento restregándose con todos los árboles, que se mecen y prometen ir a más.

Pasea el haz de luz de la linterna por su alrededor y no sabe qué le da más miedo: si estar sola en la oscuridad o no estar sola en la oscuridad. Vuelve a pensar en Aurora Arlen. Maldita mujer, ¡cómo se mete en mi cabeza!

Apaga la linterna y vuelve a sentarse al lado de un árbol, otra vez en busca de la paz y la armonía que ha venido anhelando aquí, esta noche.

O eso cree ella.

De repente, se ilumina el bolsillo de su chaqueta. Es su móvil.

—¿Inspectora Delgado? Soy Diana, la pareja de Víctor Blanco, que conservaba aquí su tarjeta.

Miranda consulta la hora antes de responder y frunce el ceño.

—¿Ha pasado algo, Diana?, ¿está todo bien?

—No, llamo porque he hecho algo horroroso. Creo que el padre de Víctor está de camino a casa de mi hermana para matarla a ella y a mi cuñado. He llamado a la esposa de Carlos y me ha dicho que ha cogido la escopeta y se ha ido de casa. Inspectora, tengo mucho miedo.

—A ver, tranquila, respira y cuéntamelo todo detenidamente, que yo lo entienda.

Mientras atiende, Miranda vuelve a pensar en Aurora Arlen: con razón he venido aquí esta noche..., cualquiera la escucha después.

# MIGUEL

Miguel, clavado en su posición en la sala de estar, observa la puerta abierta. Por un momento teme ver de repente a alguien entrando por ella (aunque en realidad lo aterra precisamente no ver a nadie), pero al rato se convence de que no, que ha sido el viento. Que ha tenido que ser el viento, seguro. Cierra la puerta de un golpe y sobreviene un silencio cargado, preámbulo de una tormenta en la que él poco piensa.

Vuelve a la sala de estar y es entonces cuando lo percibe. La piel se le eriza de nuevo y el cuerpo se le encoge inconscientemente.

Se gira hacia el termómetro de la pared y ve cómo el mercurio está descendiendo. Hace un cálculo mental y sabe que normalmente se detiene sobre los seis grados por debajo de lo normal; pero esta vez no, esta vez la temperatura baja y baja hasta quedarse en los cero grados. Miguel se acerca con precaución al termómetro y mira a su alrededor, esperando encontrar una respuesta.

Ni se imagina que no solo el termómetro del salón ha bajado.

Todos los de la casa parecen haberse vuelto locos y se han desplomado hasta los cero grados.

Miguel, extrañado, fija la vista en el del salón y cree ver algo inusual. Eso es... Sí, el termómetro está rajado y el mercurio..., ¿a punto de entrar en ebullición? ¿Cómo puede ser? Se rasca los ojos con saña porque no puede ser verdad, adelanta un paso hasta tocar la pared y observa que el termómetro está resquebrajándose en vertical. Es una línea fina y limpia.

Sin que pueda reaccionar de otro modo que no sea gritando, el termómetro estalla y Miguel siente el mercurio caliente que le empapa la cara.

—¡¡¡AHHHHHHHH!!!

## ALBA

El grito de su marido la despierta, pero ella lo justifica con que algo se le habrá caído y no le da mayor importancia. Solo escucha a Miguel dirigirse a la cocina y abrir el grifo del agua, así que tan grave no será. Se habrá cortado con cualquier cosa.

Se cubre con el edredón hasta quedar oculta por completo y vuelve a cerrar los ojos.

Un ruido la desvela. Es un rasgar, es...

La puerta, que se está abriendo.

No entiende por qué eso la desvela. Será Miguel, que viene a dormir a su lado. Aunque algo le dice que no es él. ¿Entonces? Decide abrir los ojos y bajar el edredón hasta la nariz.

La puerta abierta le muestra el pasillo oscuro y tenebroso.

Ella se encoge, es como si el vacío que le revela la puerta la incomodase aún más que el *frío.* Piensa en levantarse y ponerse calcetines gruesos y esa chaqueta que solo se pone en el duro invierno; pero a la vez sabe que no, que no se atreve a salir de la falsa sensación de confort que le ofrece el edredón. Se vuelve a tapar y trata de tranquilizarse.

Lleva tres respiraciones profundas cuando el bebé le da una patada. Es fuerte, aguda, y ella se imagina que el peque cree estar en peligro.

Se abraza sutilmente a la almohada y presta atención a la puerta. No se cierra, no se mueve, no hace nada. Solo el vacío aúlla en esta habitación.

Pero.

El edredón empieza a escurrirse hacia abajo. Ella lo coge por las puntas al verse la cara completamente al descubierto y, contrarrestando la caída, consigue volver a taparse.

Falsa victoria, pues al rato el edredón vuelve a escurrirse hacia los pies de la cama. Alba coge las puntas y estira hacia arriba con fuerza.

Nada, el edredón sigue cayendo.

Entonces se incorpora y estruja el edredón. Siente cómo tiran hacia abajo. No sabe cómo lo hacen, pero pareciera que el edredón tiene un peso muerto abajo que se hunde más y más.

Solo dejándose los dedos blancos de tanto apretar, Alba consigue que el edredón no caiga del todo.

El bebé entra en crisis y se mueve inquieto en su vientre. Alba, lejos de desfallecer, junta fuerzas y hace un último estirón hacia arriba. Consigue liberarse del ataque y vuelve a cubrirse por completo.

La agitación la obliga a quedarse espantada bajo el edredón, con la respiración encendida, el pulso estremecido y la barriga dándole puñetazos. Se obliga a contar mentalmente una serie de respiraciones profundas para así volver a la cordura. Lleva sus manos a la tripa y pide calma a su bebé. Así se queda: tumbada con las pestañas y los labios tocando el edredón. Aterrada, pero obligándose a tranquilizarse por el bien de su hijo. Respira, respira, no dejes de respirar, enfócate en tu respiración, se repite compulsivamente.

De pronto, el edredón se constriñe en su rostro.

Intenta girar la cara, pero la presión no la deja respirar. Siente una mano al otro lado del edredón, ahogándola. Podría jurar que se trata de una mano grande y abierta. ¿Quién? ¿Cómo? La mano no cesa en su ataque y ella se revuelve como puede. Agita sus brazos arriba y abajo, pero no consigue apartar a su atacante, tampoco con los pies alcanza a impulsarse lo suficiente para zafarse. Quiere gritar, pero la boca no le alcanza para conseguir una nueva bocanada de aire y solo encuentra el edredón, que aprisiona su lengua en la garganta.

Calcula que le queda poco oxígeno y que dispone de pocos segundos antes de perder el sentido. Los brazos no le responden y los pies no pueden ni moverse.

Es lo peor de todo, sentir cómo la vida se te escapa entre los dedos sin poder hacer nada para remediarlo.

## MIRANDA

Sale de entre los árboles con paso decidido. Echa un vistazo alrededor de la casa de dos pisos con tejado a dos aguas en la que ya ha estado varias veces. Aún resuena en su cabeza la palabrería agitada y nerviosa de Diana. Mira que su instinto la advertía, y ella nada, nunca logró ni una sola prueba contra ese matrimonio, y ahora...

Ahí está.

El mítico comisario Carlos Blanco plantado con firmeza sobre sus dos pies y con una escopeta de caza entre las manos, delante de la casa. Observa el lugar con los ojos afilados y enfocados, aún fuera de la finca.

Miranda se acerca por su espalda. Dirige la mano a la funda de su arma reglamentaria que lleva acoplada a su cinturón. Pero espera que no haga falta.

Hasta aquí ha llegado el juego.

Da un paso en falso y unas ramas secas delatan su posición. El comisario se gira mínimamente y vuelve a enfocar su mirada en la casa.

—Inspectora, inspectora...

Miranda sigue con la mano derecha sobre su HK enfundada.

—No irá a apuntar con su pistola a un superior, ¿verdad?

—Está retirado, señor.

—Un policía lo es toda la vida, usted lo sabe.

—No me obligue a hacerlo, ¿por qué no suelta esa escopeta, eh?

El comisario parece reparar entonces en el arma que sujeta y muestra una sonrisa amarga.

—Creo que llego tarde, ahí dentro está pasando algo, pero no sé qué es...

Miranda ve la puerta abierta de la casa y teme lo peor. Debería entrar y socorrer a Alba y a Miguel, o pedir ayuda por el móvil. Pero no puede hacer ni una cosa ni la otra. No mientras el excomisario tenga la mirada encendida y una escopeta de dos cañones en sus manos.

—Suelte el arma, señor.

—Han matado a mi hijo, inspectora, ¿qué haría usted?

—No pueden haber sido ellos. No encontramos ninguna prueba, se lo aseguro.

—La hermana de la puta esa no opina lo mismo, ¿a quién me creo?

—Diana puede pensar lo que quiera, pero no tiene ninguna prueba. Víctor tenía una aventura con Alba, es cierto, pero no hay ninguna prueba de que lo matase.

—O el marido, a saber. A mí sí que me dirán la verdad.

Levanta la escopeta y da un paso al frente.

—No dé ni un paso más. No me obligue a desenfundar, lo digo en serio.

Carlos sonríe. El viejo zorro en acción, una última vez. Se gira con una agilidad inaudita para su edad y dispara a la inspectora.

Por poco.

Miranda ve que la corteza del árbol de al lado se hace añicos. Desenfunda su HK, pero es tarde. El excomisario ya se ha internado en el bosque.

Al principio, la inspectora no sabe si ir tras él o entrar en la casa y socorrer a la pareja; pero que disparen a pocos centímetros de tu cabeza le nubla la mente a cualquiera.

Además, sabe que Carlos Blanco no está huyendo, que eso no está en su naturaleza, y que es extremadamente peligroso.

Miranda acepta participar en su juego y va tras él.

## MIGUEL

Agua, rápido, agua y más agua, se dice al ponerse bajo el chorro del grifo. La adrenalina le cubre cualquier síntoma de dolor; aunque sabe que llegará...

Al final, el dolor siempre llega, más pronto que tarde.

Le ha parecido escuchar un disparo, pero tiene que haber sido un error. El mundo se está volviendo loco.

La irritación le indica que el mercurio le ha llovido en todo el lado derecho de la cara.

Piensa, Miguel, piensa, es momento de ser racional. Y decide no secarse la cara. Pese a que su primer impulso es coger una toalla limpia, teme tener la carne viva y, en caso de hacer uso de la toalla, dejarse medio rostro en ella. Ese al menos es el proceder en caso de quemaduras. ¿Será igual?, se pregunta, y no lo sabe, pero tampoco quiere descubrirlo. Antes que nada debe alcanzar un teléfono y llamar a una ambulancia. Pero una ambulancia después querrá llevárselo al hospital, y eso es algo que Lucía no permitiría; no, entonces quizá mejor llamar a Eva, aunque tenga que aguantar una bronca por su parte.

Con la mente encendida a mil revoluciones, cree escuchar algo en el piso de arriba.

Cierra el grifo del agua y oye un grito de auxilio, que más que un grito es una última exhalación.

## ALBA

Vete a saber por qué, en medio de semejante sufrimiento, recuerda un artículo que leyó en el que se relataban algunas de las peores muertes posibles. Y en el número uno de ese *ranking* macabro estaba la muerte por falta de oxígeno.

Vale, se refería a la muerte por ahogamiento en el mar, pero eso a ella le da igual en este momento. Solo sabe que, por más que trata de abrir la boca, le es imposible alcanzar el más mínimo oxígeno. Sus oídos están zumbando, la vista se le está achicando en un túnel y los ojos amenazan con salirse de sus órbitas. Todo ello mientras intenta luchar contra este mal invisible que no la libera.

Al menos los oídos sí que parecen tener la sangre fría suficiente, y se percata de que Miguel parece estar en alerta y en camino, acercándose. Aunque está... ¿tirando una mesita al suelo?

# MIGUEL

No piensa más que en subir las escaleras cuanto antes, pero, por desgracia, a su cuerpo parece darle igual la premura y es como si se hubiera abonado a la torpeza.

Cuando se atrevió a abrir los ojos (obligado por los gritos de padecimiento de su esposa) se encontró con una panorámica de la sala de estar desenfocada y teñida de gris oscuro. Pese a conocer la que ha sido su casa desde hace más de seis años, primero chocó contra la mesita de centro y después contra una silla. Lo que ha culminado con hacerle rebotar contra el brazo del sofá y hacerlo caer al suelo.

Se levanta de inmediato y empieza a subir las escaleras. Sobre el quinto escalón da un traspié, pero el mismo impulso lo lleva a culminar la ascensión de manera satisfactoria.

La mirada sigue desenfocada, pero avista la puerta abierta de la habitación al fondo y se anima a ir hasta allí. No debería haber ningún obstáculo en el pasillo, así que corre.

No le queda otra. Ha de llegar cuanto antes; hace rato que no escucha a Alba.

# MIRANDA

Qué fea sensación sentirse la presa y no la cazadora. Es la primera vez en su vida que se ve en una situación parecida. Ah, no, se dice, eso sí que no. Ella es una cazadora nata. Le da igual su contrincante, sus medallas y fama. Ella está haciendo honor al juramento que recitó cuando se convirtió en policía. Ni más ni menos.

No puede encender la linterna, para no desvelar fácilmente su situación, y buscar a Carlos en el bosque de noche se convierte en una misión titánica. Cualquier árbol, cualquier matorral, cualquier rama es un falso enemigo que juega al despiste. Cosa que ayuda más a Carlos, que parte con la ventaja de haberse internado antes en el bosque y así haber cogido una buena posición.

Tiene agarrada la HK con las dos manos, las piernas ligeramente flexionadas y la columna algo encorvada. Cuanto menos espacio ocupe, mejor. Incluso al pisar trata de ser ligera y que ni siquiera la tierra sepa que ella está aquí.

Solo la luna lo está viendo todo.

Lástima que Miranda no...

Cuando se da cuenta está en el suelo, con las rodillas y las manos hundidas en la tierra.

La pistola cae varios metros más allá.

# ALBA

Fluir. Ha llegado el momento de fluir con la muerte y entregarse al descanso, por fin. Por un instante incluso se alegra; si así cesa esta agonía, no le parece un mal precio a pagar. Deja que el edredón se le meta en la boca, sin tratar de luchar, y nota cómo su atacante la hunde todavía más en el colchón. Ella solo ha de cesar en su enfrentamiento para así encontrar la recompensa de la paz.

Pero.

Su hijo no parece dispuesto a la rendición y le da una patada.

Ella no tiene fuerzas ni para encogerse del dolor. Aunque, eso sí, recobra la consciencia mínimamente mientras el zumbido en sus oídos es tan poderoso que no escucha ni sus propios pensamientos. Su mente grita, o quizá no es su mente y es su hijo, pero el mensaje está claro.

Vive.

Abre los ojos de pronto. Cierra sus manos con fuerza y abalanza todo su ser hacia adelante.

El edredón cae y ella con él.

Coge aire y nota cómo sus pulmones y sus venas se ensanchan para acaparar el mayor oxígeno posible. Mientras, su boca empieza a escupir bilis y teme ponerse a vomitar.

Escucha unos pasos que se aproximan corriendo por el pasillo.

Levanta la mirada y ahí está Miguel. Aunque por poco tiempo. La puerta se cierra en un golpe violento.

—¡No!

Alba se pone de pie pese a sentirse débil para afrontar cualquier movimiento, y en el mismo instante en el que coloca su mano sobre el pomo de la puerta, siente otro dolor en su vientre. Mucho más agudo que cualquier otro.

Piensa que no es una patada, tampoco un movimiento brusco del bebé, dominado por el nerviosismo.

Los gritos de Miguel, que la llama desde el pasillo, no la dejan pensar.

—¡Miguel! No sé qué está pasando. ¡¡¡Agggggg!!!

Se encoge del dolor y a punto está de quedarse de rodillas.

—Alba, ¿qué te pasa? ¿Estás bien?

—Es el bebé, tengo miedo.

Ella alcanza el pomo, pero le es inútil cualquier esfuerzo, no puede hacerlo girar.

## MIGUEL

Al ver que no hay manera humana de abrir la puerta, piensa que es algo no humano lo que la bloquea. Y esta reflexión lo lleva a quedarse paralizado. Su cuerpo lo pone en alerta, aunque de poco le sirve.

Siente cómo le tiran del pie derecho, tan fuerte y de forma tan inesperada que lo lanzan al suelo.

Esta fuerza invisible al ojo humano no le suelta y empieza a tirar de él a lo largo del pasillo. Miguel tiene los reflejos suficientes para cubrirse la cara.

Mejor, pues es arrastrado por todo el pasillo y después se ve lanzado escaleras abajo, sin posibilidad de agarrarse a ningún lado.

Choca violentamente contra la pared del recibidor y cuando aún no ha podido volver a ponerse de pie lo lanzan de nuevo contra la sala de estar.

Cae sobre la mesita de centro y siente la espalda estremecerse ante semejante caída. Despliega los brazos a su alrededor y empieza a moverlos mediante espasmos, en busca de algo reconocible a lo que sujetarse. Esto no lo está haciendo Lucía, se dice en medio de su niebla mental, pero entonces, ¿quién? ¿Quién?

Se ve obligado a dejar de pensar ante un estremecimiento que jamás antes ha sentido.

No sabe qué es, pero sí es consciente de que se trata de una herida mortal.

Intenta forzar sus ojos para ver su propio fin, pero no le reaccionan. Pide a su mente calma para afrontar la muerte con cordura, pero tampoco esta lo atiende y sucumbe al miedo. Se palpa el pecho. Empieza a bajar y entonces es cuando lo nota.

El atizador de la chimenea clavado en su costado izquierdo.

No necesita mirar a su alrededor para saber que está a punto de ahogarse en su propia sangre.

# MIRANDA

Morder el polvo nunca sienta bien. Le duele la cabeza, y es que Carlos le ha propinado un fuerte golpe con la culata de la escopeta. Después le arrea una patada en el vientre; y la intenta golpear una segunda vez, pero ahí ya no. No deja de ser un señor de movimientos lentos, y Miranda es más joven y se mantiene en forma. Pero qué jodido el viejo, piensa.

Coge la pierna de Carlos y lo empuja contra el árbol más cercano. Se escucha el crujir de su espalda, pero no parece importarle. Le arrea con la escopeta y aprovecha que Miranda echa unos pasos atrás para recuperar el arma con las dos manos y apuntarla.

La inspectora, al ver los dos cañones apuntándola a medio metro, se detiene. A esta distancia, si dispara, la reventará entera y la expulsará a unos cinco o seis metros, además de embadurnar de rojo al mismo agresor.

Se queda quieta y no tiene más remedio que dejar que Carlos le pegue en el vientre y la haga caer. La cazadora cazada; el gavilán convertido en paloma. Eso enfurece a Miranda. Verse así, qué triste.

—¿Qué, a que creías que ibas a poder con el yayo?

Escupe en el pelo de Miranda, que cierra la mano derecha en un puño, cogiendo varias hojas entre los dedos. Junta sus dientes hasta rompérselos y sus ojos son puro fuego.

—No creas, lo mismo le pasó a tu exmaridito.

Ella abre los ojos, desorientada. Se debe haber dado muy fuerte en la cabeza. Lo último que esperaba en esta situación es que se mencionase al monstruo con el que compartió ocho años de su vida.

—¿Qué tiene que ver Ramón en todo esto?

—¿Quién te crees que le dio pasaporte?

—Ramón se suicidó.

—¿En serio lo crees?

Miranda afloja los puños inconscientemente.

Pero qué...

## ALBA

La verdad la atropella hasta dejarla sin habla: no son patadas del bebé, son... No se atreve a decirlo, no puede ser, ¡lo normal es que aún faltasen horas! Pero ¿puede el ataque haber acelerado el proceso? Quizá el niño siente la urgencia de salir porque cree estar en peligro de quedarse más rato dentro de su madre.

Primero lo primero, se dice.

Percibe la puerta menos robusta y más libre. Posa su mano sobre el pomo y, efectivamente, consigue girarlo.

Miedo le da lo que se pueda encontrar. Lo último que ha escuchado es la mesita de centro romperse y un grito estremecedor de Miguel. Aun así, está vivo, se dice. Escucho su respiración agitada desde aquí.

Echa a andar sin saber de dónde sacar la energía requerida, con las dos manos en la tripa y haciendo todo lo posible por no prestar atención al dolor. Y como toque de atención, un golpe agudo desde sus adentros la obliga a doblegarse. Suelta un bufido y trata de respirar hondo. Se agarra de la barandilla para ponerse de pie y, pese a los esfuerzos, le resulta imposible. Se ve a sí misma despojada de toda vitalidad y caída en medio del pasillo de su casa.

Ha de seguir adelante, cueste lo que cueste.

Vuelve a cogerse de la barandilla y consigue ponerse de

pie. Otra contracción la acecha y no sabe cómo lo va a hacer para conseguir bajar las escaleras.

Se obliga por la respiración de Miguel, que cada vez es más débil.

Pero, mierda, a ella el vientre le duele cada vez más y más.

## MIGUEL

—Papá.

Solo esa voz podría abstraerlo de su agonía.

Sigue sin ver nada más que sombras, pero se centra en una silueta que hasta hace solo un instante no estaba aquí, ante él.

Se trata de una niña bajita para su edad y con el cabello corto. No sonríe, pero, de hacerlo, dejaría ver unos hoyuelos en ambas mejillas y unos dientes pequeñitos, con las dos paletas frontales separadas entre sí.

Miguel no puede ver los ojos de esta silueta que se acerca, pero sabe que lo está mirando.

Piensa en hablar, en saludarla y decirle todo lo que lleva callando durante esta travesía que han supuesto estos últimos tres años; pero finalmente no hace nada. Se queda mudo y se olvida por completo del atizador que le está robando la vida.

A lo lejos, cree estar escuchando a Alba, que baja las escaleras. Lo mismo le da. Su atención es para la silueta que se detiene frente a él. Quiere verla, pero los ojos, ¡malditos ojos!, piensa al enfadarse con ellos. Pero a la vez no logra exteriorizar ninguna de las muchas sensaciones que experimenta. Solo se queda ensimismado en su hija.

... Su hija...

Escucha una cascada que lo ata a este mundo.

Al volver a subir la mirada, no hay ni rastro de la silueta

que con tanto cariño lo observaba y solo persiste el sonido del agua que se derrama por las escaleras.

¿Agua?

También repara en la agitación de Alba y es este el detonante que lo lleva a tomar una decisión: ha de ponerse en marcha; pase lo que pase, cueste lo que cueste.

Coloca sus dos manos en el atizador y tira de él.

Grita.

Grita mucho.

Al notar que la punta está empezando a desprenderse de su costado, se detiene mínimamente para coger aire y, sin pararse a pensar, vuelve a apretar sus dos manos en el mango del atizador y tira de él.

El grito que suelta cubre el ruido de la herramienta al caer en el suelo.

Nota cómo derrama sangre por el costado, pero no es momento de detenerse, pues tampoco la respiración agitada de Alba parece calmarse. Pero, mierda, no ve nada.

—¿Alba?

—Aquí, en las escaleras.

Miguel posa sus manos en el suelo y, sin pudor por ir a gatas como un niño pequeño, coge la mano de Alba, que justo está entrando en la sala.

—He roto aguas, el bebé ya viene.

Y como si de una bomba se tratase, la misma casa empieza a temblar.

—¿Tú crees que es Víctor? —alcanza a decir Alba.

—¿Y quién si no?

—¿Qué hacemos? El niño viene ya.

—Lucía nos protegerá.

La casa se estremece y la pesadilla se hace real.

# MIRANDA

—¿Y Eloy?

El temido y respetado excomisario Carlos Blanco le ha contado todo de pe a pa: sus motivos, sus años aguardando en silencio el momento idóneo para su venganza, cómo al jubilarse supo que debía hacerlo por fin, la manera en la que siguió a Ramón, que iba acompañado por su hijo, hasta la Alta Ribagorza, y cómo después simuló el suicidio de su víctima en pleno embalse de Cavallers. Sin embargo, no le ha contado nada de Eloy, en cuanto su relato llegó a los Pirineos, el niño desapareció por completo de la historia.

—¿Y con Eloy qué hiciste?

El hombre no responde, solo sonríe de forma siniestra. Seguramente calculando si dejarla inconsciente ahí, en pleno bosque, o meterle un tiro y aquí paz y después gloria.

—Dime, es mi hijo, ¿qué pasó con Eloy?

Carlos quita el seguro y la luz de la luna se refleja en sus ojos. Es cuestión de un segundo.

Con la cara de su hijo en la mente, Miranda siente una furia inusitada naciendo en ella y se abalanza sobre el hombre sin miedo a nada y dispuesta a todo. Lo hace mientras grita, dándole igual si a Carlos le da tiempo de disparar o qué.

Lo tumba sobre la hierba y le hace comer algo de arena. Se coloca sobre él de rodillas. La escopeta cae lejos, más o menos donde está su HK. Aunque Carlos es alto, ella consigue controlarlo en el suelo y colocar su mano en la cara, con toda la intención de hacerle daño.

—¿Qué hiciste con mi hijo?

Quiere saberlo; necesita saberlo.

—¿Qué pasó con Eloy?

Pero, de la caída, el hombre está hecho mierda y no demuestra intención alguna de querer responder. Miranda se levanta y coge su pistola. Lo apunta a menos de un metro, ¡qué ganas de dispararle en las piernas para hacerle hablar!

—¡¡¡Que me digas qué hiciste con mi hijo!!!

Sabe que aquello sería una ejecución y que ni siquiera podría alegar defensa personal. Ella no es así. Qué curioso, en medio de la niebla de la furia y la desesperación, consigue recordarse quién es en realidad y que no por luchar contra un monstruo ha de convertirse en uno.

Eso es lo que le gustaría a su hijo.

Y la admiración de Eloy es lo más preciado para Miranda ahora mismo. Baja la pistola; eso sí, quizá un poco decepcionada consigo misma, e impulsa a Carlos para que se ponga de pie.

—Tú te vienes conmigo a comisaría en cuanto arregle este entuerto, ¿te ha quedado claro? Y ahora, arreando, que aún tengo cosas que hacer.

Con la cabeza le indica que empiece a caminar en dirección a la casa, pero con la mirada le está suplicando que le dé un motivo para poder meterle una bala entre ceja y ceja.

## ALBA

Desviar su atención de las contracciones quizá fuese más difícil de no estar la casa desmoronándose a su alrededor. Los mismos cimientos están temblando y amenazan con hacer caer la construcción de dos pisos en cualquier momento.

Está dilatando y los intervalos entre contracción y contracción son cada vez más cortos. El dolor no consigue mantenerla ajena a toda la locura que se está viviendo en la casa.

Todo parece haber cobrado vida. Las luces se encienden y se apagan. Las persianas se bajan y se suben. Las ventanas chocan al cerrarse para después abrirse de nuevo, y así una vez tras otra. Los cuadros tiemblan y a medida que ceden van cayendo. El mobiliario recorre el espacio como si estuviese en medio de un terremoto y, entre toda la locura, Miguel que le pregunta qué hacer y cómo la puede ayudar.

Alba se ha fijado en que su marido tiene una masilla roja de carne viva que le cubre media cara y que le impide abrir los ojos. Ella tiene mil preguntas, pero, aun así, él intenta cumplir su función y acompañarla en este momento que tantas veces se ha imaginado y que ninguna de ellas se acercaba siquiera a ser así.

Otra contracción.

Una más.

Cada vez son más continuadas.

Pronto no podrá hablar y le tocará empezar a empujar.

Se encoge de dolor hasta quedarse plegada, a cuatro patas, junto al sofá.

Es lo más extraño y loco que ha visto jamás. La casa está realmente temblando y sumida en la anarquía más salvaje. Es como..., como si hubiese un terremoto que solo está afectando a la vivienda. Es rarísimo, en serio.

Ella, que tiene cogido al excomisario por el brazo, se queda detenida.

Los dos están alucinando con el *show* esperpéntico que tienen delante de ellos.

Miranda ha aparcado cerca, en la oscuridad del camino. Abre la parte trasera y suelta al anciano ahí, de cualquier manera. Se arrepiente de no haber traído esposas, pero claro, quién iba a pensar que acabaría peleándose con uno de los policías más conocidos del cuerpo.

—Tú aquí a dormir la mona, yayo.

Cierra con llave el vehículo y guarda la escopeta en el maletero. Después se dirige a la casa; se interna en la locura.

## MIGUEL

En cualquier instante empezarán los pujos, y eso lo aterra.

El niño está cerca.

Muy cerca.

Y él no puede hacer nada más que acompañar los gritos de su esposa, a la cual no puede ayudar de ninguna manera. Ni siquiera protegiéndola de los objetos y muebles que campan a sus anchas mientras la casa tiembla.

¡Joder!

La puerta principal golpea violentamente contra la pared y entra la inspectora, que en cuanto ve el panorama echa mano del móvil.

—Hola, quiero pedir una ambulancia...

—¡¡¡No!!!

Miguel intenta cogerle el móvil, pero la policía retira la mano a tiempo.

—¿Qué coño hace?

Quien responde es Alba, que a duras penas consigue verbalizar algo que se entienda:

—No podemos salir de casa...

—Pero de lo contrario...

—Por favor...

Miranda guarda el móvil. Detrás de ella se cierra la puerta de golpe.

—¿Y ese olor?

Ella y Miguel se miran durante un segundo y él reacciona:

—¡El gas!

Sale disparado hacia la cocina, chocándose varias veces contra las paredes, y, efectivamente, encuentra los cuatro fogones abiertos, expulsando todo el gas de la bombona de butano. Y no solo eso, además hay un periódico enrollado metido en el tostador.

Miguel palpa la bombona de butano y, después de varios intentos, logra desconectarla de la cocina. La misma inspectora es la que desenchufa el tostador.

—¿Qué está pasando aquí?

—Es..., es...

Y Miranda lo ve claro, aunque se siente absurda diciéndolo:

—Es Víctor, ¿no?

—Y..., y alguien más, que está haciéndole frente..., por lo que parece.

La inspectora repara en el estado de Miguel, que lleva la ropa completamente manchada de sangre y su cara no es más que un adefesio.

—Necesitaríamos dos ambulancias.

—Yo estoy bien, aguantaré. No sé cómo, pero aguantaré.

Regresan con Alba, que parece hallarse en el epicentro de una catástrofe.

—¿Y si llamamos a Eva? —sugiere Miguel.

—Vive lejos y puede ser peligroso. —Alba se detiene para aguantar una contracción. Respira hondo y continúa—: ¿Cómo le contamos el puto terremoto que estamos sufriendo?, ¿cómo le justificamos que aun así nos quedamos aquí, pese al peligro, y que no estamos huyendo? Es más, mírate. Estás empapado en sangre, ¿cómo le decimos que te has clavado el puto atizador de la chimenea?

Miguel se pasa las manos por el pelo. Solo le importa una cosa.

El bebé.

—Está bien, dime, ¿qué hacemos?

Alba es incapaz de vocalizar nada que no sea un grito; no puede ni pensar.

Es Miranda la que habla:

—Necesitamos toallas y alcohol, también agua caliente. Ah, y unas tijeras para cuando tengáis que cortar el cordón.

—¡Mira dónde estamos! ¿Cómo nos vamos a poner a preparar todo eso ahora?

—¿Qué otra cosa hacemos? Dime. No me dejáis llamar a una ambulancia ni llevaros yo misma al hospital más cercano, ni siquiera podéis salir al jardín. Y el niño viene. Si tienes una idea mejor, es el momento.

Miguel esclarece su mente y decide enfocarse en su misión: toallas. ¿Dónde están? En el armario del baño. Agua caliente: mejor de la cocina, pilla más cerca, y así con todo lo requerido para hacer frente a lo que se avecina. Se reparte las tareas con la inspectora y se ponen en movimiento.

Un segundo después se resiente de la herida en el costado izquierdo.

—Tú quédate aquí —le indica la policía—. Que aún te vas a desmayar y te vas a dar en la cabeza. Ya voy yo.

¡Un nacimiento! Jo-der... Miguel trata de tranquilizarse y no dejarse secuestrar por el pánico. Al fin y al cabo, la parte difícil la tiene Alba, él y la policía solo han de ayudar.

Desoyendo a la inspectora, Miguel se pone de pie y empieza a caminar palpando la pared y esquivando un libro que sale despedido de la estantería. Va dejando sangre por donde pasa.

—¡Eh, Miguel! —lo detiene Alba—. Que sea rápido. El bebé ya está aquí.

Y grita al sufrir otra contracción.

También la casa se retuerce. Justo en ese instante, y al abrir los ojos levemente, Alba ve encima de ella una grieta enorme que empieza a dibujarse en el techo. Ha de moverse. Pese a todo, ha de moverse.

—¡¡¡Ahhhhhh!!!

Se impulsa a la derecha y cuando consigue desplazarse un metro más allá, parte del techo cae en el lugar en el que se encontraba.

—¡Alba! —grita Miguel—. ¿Alba, estás bien?

—¡¡¡Rápido, ya tengo ganas de empujar!!!

## ALBA

Grita al empujar por enésima vez. Miguel la tiene agarrada con su mano izquierda, y la derecha la ha dejado libre para coger al bebé cuando llegue.

—Respira hondo: uno, dos, tres; empuja. Respira: uno, dos, tres; empuja.

La inspectora está detrás de Alba, secándole la frente, dándole de beber..., ayudando en todo lo que puede, vaya. La futura mamá está embadurnada en sudor, con los pelos pegados en la cara. Algunos se le meten en los ojos, pero solo se centra en dar a luz al bebé que está llamando a la puerta.

Grita y empuja. Empuja y grita.

—Lo estás haciendo muy bien. Venga, que ya queda poco —dice la policía animándola.

Mediante el temblor de la casa, Alba siente cómo se va desplazando levemente y ha de ir corrigiendo el contrapeso de su cuerpo para no verse lanzada un par de metros más allá.

Lo malo es que nadie está vigilando el mobiliario.

Los libros de la estantería empiezan a suicidarse contra el suelo. Algunos incluso salen disparados contra las paredes. Alba tiene miedo de que algo (ya sea libro, jarrón o cualquier otro objeto) los golpee.

Pero no puede hacer otra cosa que no sea seguir empujando.

—Está cerca, ¡ya viene!

Alba siente que la están partiendo en dos, que va a morir en cualquier momento. Pero pasados unos segundos, respira hondo de nuevo y piensa en lo poco que falta para verle la cara al bebé. Lo que inesperadamente le da energía suficiente para volver a respirar y empujar de nuevo.

Y así una vez tras otra. Respira, empuja; respira, empuja.

# MIGUEL

El caos, el puro caos. No hay mejor manera de describir lo que están viviendo a su alrededor. El libre albedrío de cada uno de los objetos convierte cada segundo que pasa en un peligro inminente para ellos.

—Tranquila, mírame —pide Miguel—. Empuja, vamos.

—Eso, tú a lo importante. Ya nos ocupamos nosotros de lo demás —dice la policía.

Alba mira de reojo un jarrón que se estampa contra la pared de al lado, pero asiente y empuja una vez más. Miguel no la puede ver, pero sabe que tiene los ojos llorosos, la cara encendida y el pelo pegado a las sienes.

—Ánimo, que ya no queda nada. Solo el último esfuerzo —dice Miranda.

Miguel palpa la entrepierna de su esposa y siente que el bebé ya está aquí. Casi.

—Un último empujón, venga.

Pero ella ya no tiene energías y apenas puede seguir respirando.

—Mírame —dice él, que no la ve, pero sabe que Alba solo tiene ojos para el alboroto de la casa—. Alba, que me mires.

Ahora sí, nota la mirada clavada de Alba.

—Te quiero, pero, por favor, empuja.

Ella aprieta todavía más su mano y Miguel le responde con todo el cariño que le puede enviar.

Alba respira hondo y empuja con saña.

No para y sigue empujando.

Una vez tras otra.

El reloj de pared se detiene a medio metro de ellos, preparándose para convertirse en un proyectil. Miguel piensa en proteger a la mamá, pero ya hay alguien luchando para defenderlos: el reloj sale despedido hacia el recibidor.

Apenas vuelve Miguel a centrar la atención en su esposa, cuando siente cómo la mano de esta lo libera y cae rendida.

Primero se preocupa, pero inmediatamente entiende el porqué.

Nota el peso en su mano. Un movimiento sutil pero enérgico le indica que hay vida ahí abajo.

El llanto rebosa y llena cada uno de los rincones de la casa.

Miguel agarra al recién nacido con ambas manos y, con delicadeza, se lo entrega a Alba.

Ella lo acuna en su pecho y la criatura parece tranquilizarse. Solo tiene ojos para su madre.

También para su padre.

Pasea por ellos dos sus enormes ojos, que apenas están acostumbrándose a la vida.

Miranda se aparta exhausta para dar intimidad a la pareja y se deja caer en el sofá.

Alba besa al bebé en la frente quedándose anclada en él durante varios segundos. Después mira a Miguel, que desearía estar disfrutando de esta imagen con claridad y no mediante sombras borrosas. Pero solo intuyéndola, ya le parece lo más hermoso que ha visto jamás. Él y Alba se besan.

—Te quiero —se susurran al unísono.

Miguel le dedica un segundo beso en la mejilla y Alba se centra de nuevo en el bebé. Aún sin creerse que tenga a semejante criaturita entre sus brazos.

Es entonces cuando se percatan de algo.

Con el fin del llanto, ha vuelto la paz a la casa. Las paredes no tiemblan, los muebles ya no se pasean con libre albedrío y las ventanas ya no se abren y se cierran solas.

La paz ha vuelto a la casa, que, pese al destrozo, se siente casi un hogar.

Salvo por un detalle mortal.

Un revólver que los apunta directamente.

Y el arma está empuñada por un hombre mayor poseído por el odio. Tiene el codo ensangrentado, y la sangre está manchando sus propios pies.

—Tendrías que aprender a cachear mejor. A los de tu generación se les ha olvidado las ventajas de llevar un arma en el tobillo. Malos tiempos, inspectora, malos tiempos...

Miranda se pone inmediatamente de pie.

—Carlos, no cometas ninguna tontería. ¿Qué has hecho, me has roto la ventanilla del coche?

Pero el hombre no está haciendo caso.

—No seas estúpido y vuelve al coche, ¡que vuelvas!

No quiere desenfundar su pistola para no dar pie a un paso en falso del anciano, pero eso no quita que se acerque lentamente.

Todo esto Miguel solo lo percibe. No ha de aguantar los ojos encendidos del anciano. Sin embargo, Alba sí que levanta la mirada y alcanza a ver el resplandor del revólver al dispararles.

## ALBA

—¡¡¡NO!!! —dice Alba.

No tiene tiempo de decir nada más.

El estruendo del disparo la deja aturdida.

Está agachada, protegiendo a su hijo recién nacido de cualquier mal.

Espera un segundo en el que incluso deja de respirar; vive un instante de silencio y presiente que tanto ella como el bebé están bien.

¡Miguel!, se dice de inmediato. Y al no escucharlo, teme girarse hacia su marido. Abre los ojos y coge fuerzas.

Antes de procesar lo que ve, repara en el sonido. Es la bala intentando taladrar el vacío. La separa una distancia no mayor de un centímetro de la frente de Miguel.

El pobre ni se mueve, indefenso, sin ser capaz de ver su muerte inminente.

—No te muevas —indica Alba.

—No veo nada, ¿qué pasa?

¿Cómo decirlo?, piensa ella sin soltar a su hijo y sin atreverse al más mínimo movimiento. La bala está bloqueada en el aire, justo delante de Miguel; como detenida en el último instante antes del impacto.

La bala gira y gira.

Intenta perforar el aire para llegar a su víctima, pero algo (ella sabe que es Lucía) está protegiendo a su papá.

—Tú no te muevas —repite Alba.

—Hazle caso, Miguel, por lo que más quieras, ni se te ocurra moverte lo más mínimo —dice la inspectora.

Miguel se queda casi sin respirar, solo mirándolas de reojo.

La bala sigue acercándose a él, muy sutilmente, y Alba no sabe qué hacer. Teme que, de realizar cualquier movimiento abrupto, pueda romper lo que sea que esté haciendo Lucía para vencer la batalla.

Así que se queda quieta, solo atenta al desarrollo de la lucha invisible que se disputa aquí mismo, delante de ellos.

Miguel no puede ni pensar.

Hasta que...

Por suerte para la familia, la bala cae al suelo, desfallecida.

Carlos Blanco no se da por vencido y vuelve a levantar el arma. Pero esta vez escucha un sonido seco. Le da y le da al gatillo, pero nada. Un sonido seco tras otro sonido seco.

—¡¡¡Argggggg!!!

Deja caer el revólver al suelo. Es un hombre derrotado, cuyo único fuego encendido era la venganza, ese era su sino. Desploma su metro noventa contra el suelo, de rodillas, y lleva sus manos a la cara.

—No..., mi hijo..., mi hijo...

Llora con desconsuelo, como nunca antes ha llorado. Ni quiera cuando le dieron la noticia de la muerte de Víctor.

Solo Miranda se atreve a acercarse a él.

Pero, de repente, a Carlos lo levantan, como si no fuese más que un títere al que tiran de los hilos hacia arriba. El mismo anciano detiene su llanto ante la sorpresa y, una vez que está erguido de nuevo, se queda a la espera. Atento a cualquier señal.

Entonces es cuando lo nota.

Miranda lo ve en el bello del rostro de Carlos.

Hay algo, alguien, acariciándolo con cariño.

El hombre parece escuchar algo que le dictan al oído y tarda en procesarlo.

—¿Víctor? —pregunta casi con miedo—. ¿Víctor?

Y a la vez que sonríe vuelve a llorar. Deja que las lágrimas bajen por sus mejillas sin vergüenza ni amparo. Asiente al vacío y echa a andar.

Sale de la casa y comienza a caminar hacia el bosque.

—Ahora vuelvo —dice Miranda a los padres con su recién nacido en brazos, y va detrás del anciano.

Lo sigue hasta el límite del bosque, momento en el que Carlos se gira. No está dejando ni de llorar ni de sonreír. Miranda diría que es la primera vez que ve un rostro con tanta armonía, pese a todo.

Los dos se miran.

—Yo no le hice nada a su hijo, inspectora. Mis cuentas pendientes solo eran con Ramón, ¿qué no haría un padre al cabrón que le jodió la vida a su hija?

—¿Y la llamada que Ramón hizo a Víctor antes de suici..., de que usted lo matara?

Carlos guarda silencio. Mira a su lado, como escuchando a alguien, y murmura:

—Se merece una explicación, qué menos.

Acto seguido se gira hacia la inspectora.

—Tanto mi hijo como yo deseábamos vengarnos de Ramón, y el que yo nunca le dejase llevar a cabo sus planes fue una de las muchas cosas que nos separaron... Víctor siempre me afeó el que yo permitiese que Ramón siguiese en el cuerpo, casado y feliz como si no fuese un gran hijo de puta. Puede que actuase de forma un poco infantil, inspectora, pero antes de matar a Ramón me pareció bonito que llamase a mi hijo. Primero, para que él supiese lo que su padre estaba haciendo, y, segundo, para que le pidiese perdón, pues ese maldito bastardo no nos dio ni eso, ni la posibilidad de perdonarlo, siempre nos negó una disculpa.

—P-pero entonces..., mi hijo...

—Le prometo que nosotros no sabemos nada, absolutamente nada de su hijo. Eso sí, puede ser que Ramón fuese un malnacido, pero diría que no tuvo nada que ver con lo de su hijo.

—¿Cómo está tan seguro?

—Cuando ataqué a Ramón no estaba con el niño, no había ni rastro de él. No puede ser que le hiciese algo porque, al contrario, en ese momento lo estaba buscando con desespero. A mí incluso me lloró y me rogó que por favor le dejase encontrar a su hijo y ya después podría hacerle lo que quisiera.

—¿Y usted no hizo nada?

Se encoge de hombros con una mirada de disculpa. Después se interna en el bosque, perdiéndose entre los árboles, fundiéndose con la oscuridad.

Muy lejos. Más allá del horizonte.

## MIGUEL

Alba se echa sobre él inmediatamente. A Miguel le cuesta lo suyo procesarlo todo, pero termina por besarla y dedicarle una caricia al bebé.

—Mira qué guapo —dice sin poder verlo más que en sombras.

Alba observa sonriente la complicidad que la caricia despierta en el bebé, que levanta sus brazos en busca del dedo de su papá.

—Lucía nos ha salvado —dice Alba—. Nos quiere juntos, sé que es así.

Miguel no parece creerla. No al menos en un primer término. De ahí que pasee sus ojos por la sala. Pero, ante la paz que se respira, termina por asentir.

—Deja que coja yo también al bebé un momento —dice él con una sonrisa—. Míralo..., es precioso... Hola, soy tu papá.

Miranda regresa a la casa, más derrotada de lo que salió. Muy aturdida y cansada. Se acerca a la pareja y mira al recién nacido.

—Es precioso. Realmente precioso, enhorabuena.

Se queda contemplándolos. Ellos son la esperanza; la esperanza de que puede haber un futuro, de que todo puede arreglarse e ir a mejor.

Alba se pone seria por un instante y la mira suplicante.

—¿Y ahora, inspectora?

Miranda agita la cabeza, realmente no sabe qué hacer. Nunca ha estado tan perdida.

—Deje que le contemos todo, por favor. Después, si cree que merecemos estar en la cárcel, no pondremos ningún impedimento. Pero, por favor, escúchenos unos minutos.

La policía rumia su decisión y suspira.

—Tienen toda mi atención hasta el amanecer, cuéntenme.

# MIRANDA

El cielo está clareando a lo lejos y los primeros rayos de sol impregnan la casa cuando la inspectora sube a su coche.

Sola.

Pero no arranca el vehículo, se queda hecha polvo, con la mirada aturdida y las manos en el volante. No tiene fuerzas para seguir hacia delante, ni siquiera para respirar. Siente cómo su cuerpo está desfalleciendo, perdiendo energía hasta niveles incompatibles con la vida.

Suspira.

Poco a poco, emergen en ella unas lágrimas que no creía necesitar. No sabe si por las últimas revelaciones acerca de su hijo, el cansancio o vete tú a saber qué. El caso, y lo bonito, es que se permite llorar.

Este próximo minuto es para mí, piensa. No hace nada por reprimir el llanto y el tacto de las lágrimas en su piel es incluso sanador.

La luz del sol naciente la golpea en la cara y la obliga a entrecerrar levemente los ojos, cosa que interpreta como una señal. Venga, vamos. Arranca el coche y se va.

Qué cosas tiene la vida, cómo le apetece desayunar con su padre. ¿Y si va a por cruasanes recién hechos para acompañar el café?

## LA FAMILIA

«No hay camino a la felicidad. La felicidad es el camino», dijo Buda una vez.

Es una frase que Miguel ha recordado a menudo durante estos últimos meses. Dani ya gatea y han de estar pendientes de las fugas nocturnas que protagoniza al salir de su cuna de colecho. Por su parte, Lucía se ha integrado en la cotidianidad de la familia y convive con ellos en absoluta normalidad. Y ahora, al ver Miguel a su esposa delante de él, haciéndole las curas en el lado derecho de su cara, vuelve a pensar en la frase atribuida a Buda: «No hay camino a la felicidad. La felicidad es el camino».

La coge por la cintura con claras intenciones amatorias y ella frunce el ceño.

—Miguel Callejo, no puede ir toqueteando a su enfermera. Habrase visto...

Escondiendo una sonrisa, Alba continúa extendiéndole la pomada por las quemaduras de su cara.

La vista volvió. Aunque para ello hizo falta un trasplante de córneas y, respecto a su piel, hace falta paciencia.

—Te da un toque *sexy*. Si te preguntan, di que eres un héroe de guerra —bromeó Alba en el coche, de vuelta a casa después de que el médico les dijese que las quemaduras tardarían en irse—. Al menos ya puedes sentarte y levantarte sin grandes dolores.

Por suerte, el atizador de la chimenea se le clavó bajo las costillas y no alcanzó el bazo, así que, dentro de lo que cabe, tuvo suerte. Mucha suerte.

—A ver si poco a poco podemos hacer una vida normal —dijo Miguel.

—Sí, por favor, nos merecemos un poco de normalidad.

—Ahora que ya veo bien, puedo volver a trabajar.

Algo es algo, se consoló. En la editorial lo echaban en falta y en cuanto llamó para ver si podían darle algún trabajo, por nimio que fuese, se vio con el encargo de traducir la novela de un importante autor inglés.

—La novela es mala con ganas, para qué engañarnos, pero al menos no es un manual de bricolaje —comentó él en la cena mientras se disputaba con Alba quién hacía mejor el helicóptero con la cucharilla a Dani. Cómo no, la competición la ganó Alba. Pero, oye, que él le sigue poniendo empeño cada día al darle de comer a su hijo.

En ocasiones, Dani se queda mirando el vacío con interés y se echa a reír. O hay veces en las que lo han sorprendido evitando peligros gracias a su vigía invisible, su ángel de la guarda.

El peque siempre podrá contar con su hermana. De alguna manera, Lucía siempre estará velando por él. Saben que es así, y eso les tranquiliza.

Ya no hay termómetros en casa, ya no hacen falta. De vez en cuando notan cómo la temperatura baja, pero, lejos de sentir el terror de antaño, ahora no pueden más que sonreír en cada una de las visitas de Lucía. De hecho, se han implantado ciertas rutinas. Hay momentos en los que están los cuatro reunidos y, antes de que se produzcan, tanto Alba como Miguel lo saben. Es como si presintiesen la próxima visita de su hija. Por ejemplo, los sábados por la noche, cuando hacen pizza casera y después ponen una película. En noches como esas, saben que pasarán frío y, aunque estén a más de treinta grados, se preparan una chaqueta. Pero bendito frío, piensan ambos.

La familia está reunida, qué otra cosa podríamos desear, ¿verdad?

# EPÍLOGO

Ha fallado. Ha acabado pasando lo que hace un año, cuando perdió a su hijo, prometió que no iba a pasar. Ha caído en el cliché. Se ha convertido en el capitán Ahab, que se obsesionó con un cachalote blanco y se perdió en una persecución autodestructiva.

Lleva los últimos meses acudiendo cada fin de semana al Pirineo catalán, a la presa de Cavallers y sus alrededores. Vuelve a recorrer los pasos que ya se realizaron en su momento, cuando se buscó a su hijo sin descanso y con muchos medios a su disposición. También trata de reconstruir los últimos días del viaje que su exmarido realizó con Eloy, cuando se lo llevó de Madrid al pueblo de Boí, donde nadie le volvió a ver jamás.

Se hizo humo.

Los viernes por la tarde, da igual a qué hora salga de la comisaría, coge el coche y se planta religiosamente en el Pirineo, y está allí investigando hasta que termina el fin de semana. Cuando llega a Madrid, los domingos por la noche, su padre la reprende y le intenta hacer ver la salud y el dinero que está perdiendo en recorrer un callejón sin salida. A veces, incluso es más cruel, le dice que no se engañe, que Eloy lleva un año muerto y que ella debería seguir con su vida.

—Eso es lo que él querría.

Miranda no es tonta, sabe que seguramente su cadáver yace en algún rincón de la Alta Ribagorza, pero al menos quiere encontrarlo, enterrar a su hijo y poder decir: «Aquí está, aquí puedo venir a dejarle flores, a hablar con él o solo a hacerle compañía, pero aquí, y no en "no sé dónde"».

Con todo, su única vía de escape es el trabajo. No el sexo o el alcohol, ni siquiera el remo en Casa de Campo. Solo el trabajo.

Eso es triste.

Es cuando está en las calles o en la comisaría buscando al criminal de turno que consigue olvidarse por un momento de su drama personal. Quizá por eso no le importa echar las horas que haga falta, porque es en sus jornadas laborales cuando puede desconectar y volver a ser simplemente la inspectora Miranda Delgado. No la hija desastre, la madre incompleta, la amiga disfuncional o la exesposa maltratada psicológicamente, solo Miranda.

Silencio.

El silencio mental es lo único que anhela.

Por eso enfoca sus esfuerzos en un último intento por encontrar a Eloy. No por albergar una mínima esperanza, sino realmente para poder descansar, por fin.

Hoy es lunes, está reventada después de un fin de semana agotador, en el que ha estado pateando todas las rutas de senderismo habidas y por haber alrededor de la presa de Cavallers. Ha dormido poquísimo y, aun así, al acabar su jornada se ha acercado al lugar más insospechado. Al sitio que prometió olvidar; borrar del mapa de Madrid que hay en su cabeza.

Pero es quizá por eso que se ha atrevido a venir.

Porque es una mujer vencida y ya no le queda nada más que perder.

—Miranda, cariño, qué alegría.

Aurora Arlen la saluda con dos besos enérgicos en las mejillas. No le dice: «Qué raro verte aquí, chiquilla», ni le pregunta el motivo de su visita, simplemente le ofrece asiento y café, como si hubiera estado esperándola.

Miranda no sabe por qué, pero se siente cómoda desde el mismo instante en el que ha cruzado la puerta. Le gusta estar en compañía de esta mujer.

No pasan al despacho. Se sientan en unas sillas que hay preparadas alrededor de una mesa.

—Es que dentro de un rato tenemos trabajo mediúmnico. Me gusta venir con antelación e ir preparando la casa.

La anciana saca café y también algunas pastitas. «Porque un día es un día», dice con una sonrisa pícara, «Seamos un poco traviesas, ¿quieres?». Hablan de esto y de lo otro, y finalmente pasan por fin a la resolución del caso de Víctor Blanco.

—Algo que no entiendo es por qué el espíritu de Lucía, que había tomado la decisión de que uno de sus padres se quitara la vida al nacer el bebé, cambió de parecer en el último momento.

—La verdad es que cuando llamé a Alba y me lo contó yo también me lo pregunté, pero me puse en el papel de Lucía. Imagina..., yo creo que la amenaza de Víctor fue tan fuerte que la pobre niña vio lo que significaría que uno de sus progenitores muriese, y que ver la imagen de su mamá y su papá con el recién nacido en sus brazos debió ser tan y tan bonito que... ¿Cómo no te va a remover por dentro y te va a dar empatía? Quizá pensó que podría ser divertido tener un hermano pequeño al que cuidar. Quién sabe. Pero, ay, cuando soy testigo de hechos así, me convenzo de que lo mejor es no hacer caso de las noticias que ponen en televisión. Miranda, créeme, el amor es lo que mueve el mundo.

—Puede ser, no sé.

—Lo mismo creo que pasó con el otro espíritu, el del subinspector. Alba me contó la escena de su padre al sentir la caricia de su hijo muerto..., y antes había llorado, ¿verdad?

—El amor es lo que mueve el mundo, ¿no?

—Estoy convencida.

Hablan un rato más y Miranda empieza a sospechar una

cosa. Se ve sentada en una silla preparada para un trabajo mediúmnico que tendrá lugar en breve y levanta la mirada.

—Tú sabías que vendría, ¿no?

—Tanto como saber..., ya ves que aquí no hay bola de cristal y que no voy por ahí prediciendo el futuro, ¡pues estaría bueno! Si supiera qué número saldrá mañana en la lotería, anda que iba a estar yo aquí dándote cháchara, querida.

Ríe mientas se limpia una miga que la pastita que está comiendo le ha dejado sobre el mentón.

—Pero para que no te asustes y salgas corriendo te diré que cada lunes, en este centro, practicamos la mediumnidad. Es la tarde en la que se acercan los espíritus que acaban de desencarnar para que les demos una guía o convocamos a algún Hermano Superior para que nos dé un consejo..., así que la pregunta que más tarde te harás es si has venido aquí por pura coincidencia.

—O si un buen espíritu me ha dado una intuición que yo he seguido, ya...

—Yo solo te diré una cosa: quédate, ¿qué pierdes? Así podrás hacer la pregunta que llevas queriendo realizar desde el primer momento que pisaste este centro.

Miranda no dice nada. Apenas abre la boca cuando segundos después empiezan a entrar los demás miembros del centro. Se van quitando las chaquetas, se saludan con cotidianidad, se quejan del tráfico o de las obras del metro..., no la hacen sentir una extraña. Al contrario, se siente una más.

Incluso cuando empieza el trabajo mediúmnico, ella lo presencia con naturalidad, con los ojos abiertos, atenta al ritual y a la función que realizan cada una de las personas congregadas.

En un momento, Aurora se acerca a su oreja y le susurra:

—Hoy pediremos la presencia de un Hermano de conocimiento elevado. Verás que entraré en trance, para que me entiendas, pero no tengas miedo. Yo solo seré un canal.

Y menos mal que la ha avisado. De lo contrario, cuando Miranda ve que la anciana cierra los ojos y, pasado un rato de «conexión», empieza a hablar con un tono totalmente diferente al suyo, habría saltado de la silla y se habría ido corriendo. Es raro y no sabe cómo decirlo. Es Aurora hablando, es su voz, pero es como si leyera un texto desconocido con un deje y una forma de hablar totalmente ajena a ella.

Pasado un rato, un hombre que al llegar se ha presentado como Linares se gira hacia ella.

—Si lo deseas, ya puedes realizar tu pregunta.

Algunos la miran, pero no por la curiosidad, sino para mostrarle su apoyo, y otros mantienen los ojos cabizbajos en señal de respeto. Con todo, Miranda se siente a gusto y dentro de un ambiente de confianza. No tiene miedo de hablar. Se sorprende a sí misma al escucharse haciendo la pregunta que lleva reconcomiéndola desde hace más de un año. Pero solo eso. Ni siquiera es una sorpresa desagradable. Lo desagradable es vivir con la incertidumbre.

El silencio se hace materia en la sala.

Los segundos pasan y la médium se mantiene inmóvil, con los ojos cerrados y las manos extendidas en la mesa.

Finalmente, por fin, abre la boca. Aunque le cuesta vocalizar.

—Tu hijo no ha desencarnado. No se halla en el plano espiritual.

Las pupilas de Miranda se dilatan.

Su mente no cede al caos. Es algo distinto, es..., ¿qué es?

El caso es que no sale de su ensimismamiento hasta que el trabajo mediúmnico se da por concluido y se halla de nuevo en la compañía exclusiva de Aurora Arlen, que le coge las dos manos, dándole fuerza y entereza con las suyas.

Es entonces cuando Miranda ve que el resto de personas se han ido, y le sabe mal no haberse despedido, no haberles dado las gracias al menos. Pero nada. Solo es capaz de hablar cuando Aurora Arlen lleva un buen rato dándole energía con su amistad.

—S-significa..., entonces..., ¿eso es que está vivo?

—Al parecer, sí, sigue en este mundo. Pero no me preguntes más. Yo he intentado arañar mentalmente algo más de información, de verdad que sí, pero no ha habido manera, chica, ¡qué crípticos se ponen a veces los espíritus!

—Aurora...

—Dime, querida.

—¿Sabes si encontraré a mi hijo?

La médium medita con sabiduría la respuesta correcta.

—Me temo que todos tenemos libre albedrío. Imagina que te subes al coche y configuras el GPS para que te lleve a Barcelona, por ejemplo. Empiezas el viaje; sales de Madrid, y a mitad del trayecto decides desviarte hacia Galicia o quedarte a vivir en Zaragoza, o tienes una avería y la grúa te devuelve a Madrid, así que..., quién sabe lo que puede pasar.

Sonríe con calidez y deja una última frase para que Miranda se la lleve a casa:

—Lo que sí te puedo decir es que todos los ríos llevan al mar.

Minutos después, y ya en la calle, Miranda teme que las palabras de la médium resuenen en ella haciéndola pequeña y provocando que pierda su centro, desestabilizándola y anulándola. Pero no. Se sorprende al comprobar que esta nueva revelación aviva su fuego interno, le da el motor que esperaba y necesitaba.

Todos los ríos llevan al mar, se repite en sus adentros.

Ya no es una mujer vencida.

Ahora es una madre con un propósito que se hace una promesa a sí misma.

## AGRADECIMIENTOS

*Ofensa al frío* es mi primera novela, y como toda primera novela es un salto al vacío. O un salto de fe, mejor dicho. Uno empieza entusiasmado por un chispazo y no sabe si aquella idea llegará a algo, si tiene sentido todo ese esfuerzo invertido, así que mi primer agradecimiento ha de ir dirigido a Nuri, la persona a la que le he quitado más tiempo y atención en pos de la escritura. No sé si le compensará, pero espero que algo sí. También he de reconocer su buen talante; no solo no me desanimó, sino que me llegó a empujar en más de una ocasión.

También a mi hijo. Cuando nació, alguien me dijo: «Este niño no ha venido con un pan bajo el brazo, sino con una novela». Y de alguna manera fue así, pues solo su nacimiento me dio el atrevimiento necesario para sacar del cajón el manuscrito al que tenía tanto cariño y presentárselo a la que hoy en día es mi agente.

Quiero hacer una mención especial a mi madre, mi padre y mi hermana. Que el peque de la casa te diga «Quiero ser contador de historias» no ha de ser fácil, pero ellos me han apoyado en todo momento.

Si algo me ha enseñado *Ofensa al frío* es que la literatura, aunque no lo parezca, es un trabajo en equipo. Sin las personas que mencionaré a continuación esta novela que tienes en tus manos no sería más que un simple manuscrito.

Justyna Rzewuska es la primera persona que ha confiado

en mí como novelista, y eso es algo que jamás olvidaré. He disfrutado de su apoyo y comprensión, y, pese a que es un oficio muy solitario, nunca me he sentido solo. Además, resulta inspirador comprobar su profesionalidad. Para mí, ser un autor representado por la agencia Hanska es un honor.

Zoa Caravaca no ha sido solo mi editora; también ha sido mi amiga, mi referente, y yo la siento la madre de esta novela. Conocerla y trabajar a su lado es, sin lugar a dudas, uno de los mayores regalos que me llevo de todo el camino que ha supuesto *Ofensa al frío* (cuyo título, por cierto, también se lo debo a ella).

Raquel Gisbert me ha abierto las puertas de la mejor casa del mundo. No tengo palabras que definan lo que siento; debería inventar unas nuevas. Ya la admiraba antes de conocerla en persona, por su trayectoria, pero ahora también puedo decir que la aprecio en lo personal.

También quiero agradecer su trabajo y empeño por hacer que este barco llegue a buen puerto a Elisa Sánchez Sousa y Sabrina Rinaldi, entre muchas otras personas de la editorial Planeta a las que quizá no he llegado a conocer y cuyos nombres desconozco pero que sé que han estado ahí, aportando su talento y tiempo.

A Luis García Craus, el fotógrafo responsable de mi retrato, porque solo él podría haberme hecho sentir a gusto con todos los nervios que llevaba encima el día de la sesión de fotos. Consiguió naturalidad y que además pasara un buen rato.

A Maria Fresquet y Elena Lobato, que me han salvado de alguna que otra falta sonrojante gracias a sus correcciones.

A Jacinta Rodríguez y Pepe Hierro por aconsejarme y guiarme en términos médicos. Que alguien te pregunte por heridas de cuchillo y otros temas *creepies* es raro, pero ellos reaccionaron de la mejor de las maneras.

También a Víctor M. Fernández, quien soportó mis preguntas sobre el espiritismo, y a otros tantos amigos espíritas que durante años me han ido contando sobre su creencia en la vida más allá de la muerte. *Ofensa al frío* es una novela de ficción y, por ende, he tenido que hacer alguna que otra concesión a favor del entretenimiento, pero, aun así, espero haber sido lo más fiel (dentro de lo posible) a esta filosofía espiritual.

Y finalmente quiero darte las gracias a ti. El hecho de que estés leyendo esto ya justifica todo el trabajo de estos años.

Gracias, gracias, gracias.